D1879047

प्रवीण कुमार

1982 में बिहार के भोजपुर जिले में जन्म। शिक्षा हिन्दू कॉलेज, दिल्ली विश्वविद्यालय से पाई। कहानी लेखन में नई कथा-भाषा और नई प्रविधियों के प्रयोग के लिए चर्चित। दो कहानी संग्रह प्रकाशित—*छबीला रंगबाज़ का शहर* और *वास्को डी गामा* की साइकिल। *अमर देसवा* पहला उपन्यास। पहले कहानी-संग्रह के लिए 'डॉ. विजयमोहन सिंह स्मृति युवा कथा पुरस्कार' (2018) और अमर उजाला समूह का प्रथम 'शब्द सम्मान : थाप' (2018) से सम्मानित।

वर्तमान में दिल्ली विश्वविद्यालय के सत्यवती कॉलेज में असिस्टेंट प्रोफ़ेसर।

सम्पर्क : pravinkumar94@yahoo.com

अमर देसवा

व्यवस्था के तिलिस्म में नागरिकता का आख्यान

प्रवीण कुमार

राधाकृष्ण पेपरबैक्स

राधाकृष्ण पेपरबैक्स में
पहला संस्करण : 2022
दूसरा संस्करण : 2023

राधाकृष्ण पेपरबैक्स : उत्कृष्ट साहित्य के जनसुलभ संस्करण

राधाकृष्ण प्रकाशन प्रा. लि.
जी-17, जगतपुरी
दिल्ली-110 051
द्वारा प्रकाशित

शाखाएँ : अशोक राजपथ, साइंस कॉलेज के सामने, पटना-800 006
पहली मंजिल, दरबारी बिल्डिंग, महात्मा गांधी मार्ग, प्रयागराज-211 001
1, अनमोल सोराबजी संतुक लेन, धोबी तलाव, मरीन लाइंस, मुम्बई-400 002

वेबसाइट : www.radhakrishnaprakashan.com
ई-मेल : info@radhakrishnaprakashan.com

विकास कंप्यूटर एंड प्रिंटर्स
ट्रॉनिका सिटी-201 102
द्वारा मुद्रित

मूल्य : ₹250

AMAR DESVA
Novel by Pravin Kumar

ISBN : 978-93-91950-23-1

महामारी में मारे गए,
पर आँकड़ों में बेदर्ज
उन बेबस नागरिकों को,
गंगा में तैरती हुई गुमनाम लाशों को,
जिनके पुरखों ने आज़ादी वाली रात
तिरंगा हाथ में थामे कभी जश्न मनाया था...

महामारी में शहीद हुए अग्रणी रक्षादल के योद्धाओं को,
तमाम सफ़ाईकर्मियों को;
और मसान-कब्रिस्तान में दिन-रात खटने वाले उन लोगों को
जिनकी सुध महामारी में किसी को न थी...

यहाँ वर्णित चरित्र और घटनाएँ काल्पनिक नहीं हैं। चरित्रों और घटनाओं का सम्बन्ध जीवित और मृत व्यक्तियों से जितना मेल खाता है उतना ही उनकी परिस्थितियों से भी। इसे संयोग न समझा जाए। यह वर्तमान की नोक पर छटपटाती-हाँफती एक देश की ताज़ा सचाइयाँ हैं जिन्हें आप उपन्यास मानकर पढ़ने की भूल कर सकते हैं।

"कैलस का अर्थ बताओगे तुम?"

"कैलास का? उसका कोई अर्थ नहीं, पहाड़ है वह।"

"अरे तुग वकील लोग! साला सामान्य भाषा में बात ही नहीं करता! कैलास नहीं कैलस, सी.ए.एल.एल.ओ.यू.एस., कैलस, समझे?"

अब जाकर वकील के माथे की शिकन मिटी, वह मुस्कुराया, "ओह! कैलस! कैलस माने कठोर, निर्दयी, बेदर्द, कड़ा, घट्टेदार।"

फिर वकील ने ठहरकर पूछा, "क्यों? क्यों पूछ रहे हैं?"

उधर सेल फ़ोन से आवाज़ आई, "पहले मैं पूरा स्टेटमेंट पढ़ देता हूँ, तुम सुनना—नॉट ओनली द कैलस एटिट्यूड ऑफ़ ऑफ़िशल्स, बट आल्सो देयर अनप्लान्ड एक्जिक्यूशन ऑफ़ कन्स्ट्रक्शन वर्क्स ऑफ़ द रोड एंड सिवेरेज़ हैज मेड आवर लाइव्स हेल, सेड एडवोकेट एस. अमृत। ए रेज़िडेंट ऑफ़ अघोरी बाज़ार—समझे?"

वकील को पहले कुछ अचरज हुआ, फिर ख़ुशी हुई, "अरे!! यह तो पूरा का पूरा छाप दिया! कमाल हो गया यह तो! धन्यवाद डाकसाहब। मेरे यहाँ आजकल अख़बार नहीं आता, आपसे ले लूँगा।"

उधर फ़ोन से मसखरी भरी आवाज़ आई, "वकीलों के साथ यही दिक़्क़त है, कंजूस होता है सब। कुछ ख़र्च करेगा तब अख़बार दूँगा।"

"तो बताइए?"

"तीन बजे क्लीनिक पर आ जाओ। और सुनो! दूध की छोटी थैली साथ में लाना। यहाँ दूध नहीं है। असम की चाय पिलाऊँगा।"

"जी डाकसाहब," मुसकुराते हुए वकील ने फ़ोन रख दिया। पर वकील की गर्दन अब ग़ुरूर से कुछ तनी हुई थी, "अब जाकर बाँस हुआ होगा प्रशासन को। नक़्शा तो देना ही होगा। बाप का राज है!"

परसों की बारिश के बाद आसमान धुलकर एकदम नीला हो गया था। साफ़-सुथरा नीला। जो आसमान की ख़ूबसूरती को निहारते हुए चलते हैं उन्हें यह एहसास ही नहीं होता कि आसमान जितना धुलता जाता है अघोरी बाज़ार उतना ही मैला होता जाता है। बरसात के बाद इस इलाक़े की पुरुष आबादी तीन दिन तक पैंट-पाजामा अपने टखनों तक मोड़कर चलती है। अपनी साड़ियों और सलवारों के साथ औरतें भी इसी डेकोरम का अनुसरण करती हैं। यही यहाँ का ड्रेस-कोड है। सृष्टि के प्रारम्भ से ही यह इलाक़ा गंगा के किनारे था जिसे भूविज्ञानियों से पहले किसानों ने कछार कहा था। नागरिकता के जन्म के साथ-साथ शहरों का भी जन्म हुआ और तब से लेकर तीस-चालीस साल पहले तक इस इलाक़े पर किसी की ठीक से नज़र नहीं पड़ी थी। हाँ, यहाँ मसान पहले से ही था, शायद सृष्टि के प्रारम्भ से ही, पर आबादी के भय से वह गंगा के साथ-साथ लगातार खिसकता रहा।

कहते हैं कि यहाँ कभी अघोरी रहा करते थे जिन्हें दिन-रात तंत्र-साधना करते हुए पाया जाता था। जब मसान गंगा की ओर ज़्यादा खिसकने लगा तो तंग आकर अघोरियों ने गंगाजी में शरण ले ली। हालाँकि कुछ लोग अब भी मानते हैं कि अघोरियों के साथ कोई बड़ा हादसा हुआ था। पर इतिहास ने उसे कभी दर्ज नहीं किया। अब टूटे-फूटे मन्दिरों के साथ-साथ उनकी जादुई कथाएँ रह गई हैं। कुछ कमज़ोर-सी प्रेत कथाएँ भी ज़िन्दा हैं अभी। इन कथाओं का आधार हज़ार साल पुराना वह वट-वृक्ष है जिस पर आज भी श्राद्ध का मरघण्ट टाँगा जाता है। अब यहाँ मठ की कतारबद्ध दुकानें हैं जो इन्हीं कथा-छायाओं में गुलज़ार रहती हैं। इसकी मुख्य सड़क पर जन्म से लेकर मरण तक का सारा सामान मिलता है। मुख्य सड़क के दाएँ कुछ रिहायशी इमारतें हैं जबकि बाएँ बाज़ार। इसी दाएँ-बाएँ की जगह को दुनिया अघोरी बाज़ार कहती है।

यहाँ बाएँ की दुकानों के रेट हैं पर दाएँ के रिहायशी मकानों के नहीं। जो रहते हैं वे मजबूरी के बाशिन्दे हैं।

उनचास क़िस्म की हवाओं में से केवल दो ही क़िस्म की हवा चलती है यहाँ। एक निर्गन्ध तो दूसरी गँधाई। अघोरी बाज़ार के मुख्य सड़क के बीचोबीच एक फ़्लाईओवर है जो हाल-फ़िलहाल बना है। वह भी कई बार इस इलाक़े की हवा बदलता रहता है। इसी फ़्लाईओवर निर्माण के ख़िलाफ़ एडवोकेट शैलेन्द्र अमृत ने तीन साल केस लड़ा था पर वह केस हार गया और पुल बन गया। तब से ज़िन्दा आदमी पुल के ऊपर से गुज़रते हैं और मुर्दा पुल के नीचे से। ऊपरी पुल इस शहर को सीधे राजधानी के हाई-वे से मिलाता है। जबकि पुल से नीचे का रास्ता इनसान को मसान से मिलाता है। मसान ठीक इस सड़क के दूसरी ओर बाज़ार और मठ से थोड़ा आगे है। उसके आगे गंगाजी हैं।

इस शहर से बिछड़ने वाले मसान जाते हैं या फिर राजधानी। लोग कहते हैं कि एस. अमृत को इसी फ़्लाईओवर के केस की वजह से सिसवा बाज़ार से लेकर अघोरी बाज़ार तक के नागरिक पूरी तरह जान पाए थे। ज़िगरा वाला वकील है। कोई कुछ उखाड़ नहीं सकता उसका। सुनने में आया है कि अब वकील की मठ से ठन गई है।

2

"हाँ! हाँ तो डॉक्टर साहब का व्यवहार ऐसा है कि हम यहाँ कम्पाउंडर हो गए। नहीं तो मेरा बाप मरते हुए यह वादा ले गया था कि आई.ए.एस-पी. सी.एस. के नीचे के आदमी के साथ उठना-बैठना मत। या फिर बहुत हुआ तो तीन सौ-चार सौ बीघा के जमींदार की सोहबत में रहना।"

यह बात रामायन ने बहुत गम्भीरता से कही और असम की चाय को डेकची से कप में छानने लगा।

एक कलाकारी तो थी रामायन में। वह चाय बनाए या इंजेक्शन दे, सूत बराबर हाथ नहीं हिलता था उसका। एकदम सधा हुआ। इन सधे हुए हाथों

का करिश्मा था कि डॉक्टर बी.पी. मंडल की इस क्लीनिक में आने वाले कुछ मरीज़ मंडल साहब से ज़्यादा रामायन की 'डाकडरी' पर भरोसा करने लगे थे। ख़ासकर महिलाएँ, जिन्हें वह ठेठी-बोली में चाची-काकी कहकर सुइयाँ देता था। अपने कम्पाउंडर से विपरीत डॉक्टर मंडल कम बोलते हैं लेकिन इसका यह मतलब नहीं कि वे हास-परिहास में भरोसा नहीं करते। भाषा के धनी हैं पर मस्ती की भाषा में उनका बंगाली लहजा पकड़ा जा सकता है। बस एक ही ऐब है उनमें कि मेहनती होने के साथ-साथ वह समय के पाबन्द हैं। उनकी क्लीनिक दिन में दो दफ़े खुलती है। दस से तीन और साढ़े पाँच से साढ़े नौ। दोपहर तीन बजे से साढ़े पाँच बजे तक रेस्ट टाइम। जो मरीज़ डॉक्टर मंडल को जानते हैं उनकी हिम्मत नहीं कि ऑफ़ टाइम में आकर दवा-दारू करा लें।

रामायन बड़बड़ाता रहा, "डॉक्टर साहब भले आई.ए.एस. नहीं पर दिल तो जमींदारों वाला ही है।" उसकी बड़बड़ को अनसुना करते हुए वकील और डॉक्टर असम-चाय की चुस्कियाँ ले रहे थे। डॉक्टर वकील की बौद्धिक ख़ुराक थे और वकील डॉक्टर की आत्मिक ख़ुराक। वकील को उम्मीद थी कि डॉक्टर मंडल आज कम-से-कम अख़बार की उस रपट की प्रशंसा करेंगे। पर काफ़ी देर से कुछ बोले ही नहीं 'डाकसाहब'। वकील ने ही खरोंचा, "क्या बात है डाकसाहब, आज कुछ ज़्यादा सुस्त हैं? शुगर की वजह से?"

डॉक्टर मंडल ने ना में सर हिलाया। चुपचाप चाय पीते रहे। चाय की आख़िरी चुस्की के साथ फूटे, "यह देश, नक़्शे से नहीं, ज़रूरतों से चलता है। ऐसा मैं नहीं कह रहा। वह रिटायर जज कह रहा था जिससे तुम्हारे लिए नक़्शे की सिफ़ारिश की थी।"

"तो आपने क्या कहा?" वकील की आवाज़ गम्भीर हो गई।

डॉक्टर को मसखरी सूझी "अरे! उसके घर में उसके साथ ही पी रहा था। ऐसे में मैं कह ही क्या सकता था? मैंने उसकी हाँ में हाँ मिलाई, उसकी ख़ुशामद की और अपनी ओर से जोड़कर कहा कि आप ठीक कह रहे हैं जज साहब, यह देश नक़्शे से नहीं ज़रूरतों से चलता है। जहाँ जे.सी.बी. मशीन खोद दे वहीं नाला और जहाँ बुलडोजर चल जाए वहीं सड़क। यही नक़्शा है आजकल का।"

अमृत को हँसी आ गई, उसने ज़ोर का ठहाका लगाया।

डॉक्टर कनखियों में मुस्कुराए, फिर मुंडी हिलाकर कहा, "जज भी ऐसे ही हँसा था। पर उसे मेरा व्यंग्य समझ में ही नहीं आया। धुत्त था और जवाब में शेरो-शायरी करने लगा।"

"अच्छा! क्या?" अमृत मजे लेने लगा।

"वही, गर फ़िरदौस बर रुए ज़मीं अस्त; हमीं अस्तो, हमीं अस्तो, हमीं अस्त।"

अमृत और ज़ोर से हँसा और ऐसा हँसा कि उसकी हँसी ही अब रुक नहीं रही थी। "आप जज से मिलने गए थे या शायर से?" और वह फिर ज़ोर-ज़ोर से हँसता गया।

जैसे बाप अपने बेटे की हँसी को कौतुक से देखता है, ठीक वैसे ही डॉक्टर मंडल अमृत को देख रहे थे। चुपचाप। दोनों में उम्र की दूरी बाप-बेटे की न सही पर बारह-पन्द्रह साल छोटे-बड़े चाचा-भतीजे जैसी ज़रूर थी। डॉक्टर पचपन पार कर चुके थे। अमृत डाकसाहब को तब से जानता है जब से डाकसाहब अमृत को जानते हैं। पर याद नहीं कब से!

अमृत की हँसी का दौरा रुका तो डॉक्टर ने कहा, "अख़बार पर मत जाओ अमृत। अख़बार ने भी तभी छापा जब बरसाती नाला सम्पादकों के रिहायशी इलाक़ों में घुसा। नहीं तो कवरेज़ ही कहाँ होती है? फ़्लाईओवर के ख़िलाफ़ इतना लड़े तुम, एक ख़बर नहीं आई थी, याद है? लोगों के अख़बार पढ़ने से भी कुछ नहीं होता अब। अख़बार भी तो एक वर्चुअल है, रियल के ख़िलाफ़।"

डॉक्टर मंडल थोड़े निराश थे। सुन्दरनगर के पड़ोसियों से एड़ी-चोटी का ज़ोर लगाकर उस रिटायर जज तक पहुँचे थे। कोफ़्त कम नहीं हो रही थी उनकी। मानो ख़ुद को समझा रहे थे, "साला यहाँ एक्चुअल को वर्चुअल खा रहा है और वर्चुअल वही है जो एक्चुअली नहीं है—जो रियल नहीं है।"

वकील को बात समझ नहीं आई, "जैसे?"

"जैसे तुम्हारा अघोरी बाज़ार। वह है पर दिखता भी है किसी को?"

"अच्छा!"

"हाँ।"

"तो आपकी नज़र में बस इतना ही रियल है डाकसाहब?" अमृत ने छेड़ा।

"नहीं, रियल का एक मतलब यह भी है कि तुमको नक़्शा नहीं मिलने वाला।"

"आप निराशावादी हो रहे हैं," वकील ने डॉक्टर को खींचा।

"बिलकुल नहीं। मेरा पेशा ही आशावादी है। तुम्हें तो मैं बस सच बता रहा हूँ, जैसे मरीज़ों को उनका मर्ज़ बताता हूँ, ठीक वैसे ही।"

अमृत चुप हो गया। उसने घड़ी देखी। चार बजकर सात मिनट हो रहे थे। यह डाकसाहब के आराम का वक़्त था जिसमें से लगभग एक घंटा अमृत ही खा गया था। वह चलने को हुआ कि डॉक्टर ने टोका, "और तुम्हारे पागल-हत्यारों का क्या हाल है?" डॉक्टर अक्सर अमृत के पेशे पर व्यंग्य करते रहते हैं। अमृत फ़ौजदारी देखता है।

"अब क्या कहूँ डाकसाहब! प्रोसीडिंग ही शुरू नहीं हो पा रही है। हड़ताल, छुट्टियाँ और लॉक-डाउन। नागरिकता जैसे स्थगित ही है!" वकील की बातों में लाचारी थी।

पर डॉक्टर मंडल व्यंग्य में हँसे और नागरिकता शब्द को खींचकर उच्चारित किया, "ना...ग...रि...क...ता?"

अमृत भाँप गया। "अभी तो एक नया मुवक्किल आने वाला है डाकसाहब। नहीं तो नागरिकता पर उस दिन की अधूरी बहस को पूरी करके जाता। पर आज नहीं, फिर कभी। वादा रहा।" अमृत ने मुस्कुराकर ही यह बात कही और क्लीनिक से बाहर निकल आया। उसके हाथ में डॉक्टर का अख़बार था।

जाते हुए अमृत की पीठ डॉक्टर मंडल के इकलौते बेटे सी.पी. जैसी लग रही थी। सी.पी. ने भी एक क्लीनिक खोल ली थी बनारस में। बनारस गए आठ मास हो गए हैं उसे पर फ़ुर्सत कहाँ है लाटसाहब को! बेटे को याद करते हुए डॉक्टर मंडल क्लीनिक के पिछले कमरे में लगी चौकी पर लेट गए। रामायन ने रोज़ की तरह क्लीनिक का शटर बाहर से बन्द किया और अघोरी बाज़ार में गुम हो गया। शटर अब ठीक साढ़े पाँच बजे खुलेगा। रात साढ़े नौ बजे तक और खुल रहेगा।

3

"इस मसले को फिर से समझिए सर! मुख्य बाज़ार की सड़क बारह फीट चौड़ी थी पहले। मेरा बचपन बीता है यहाँ। हम खेलते थे उस सड़क पर। मेरी शादी के समय तक इसकी चौड़ाई ठीक यही थी। पन्द्रह-सोलह साल हो गए शादी के। बहुत हुआ होगा तो एकाध फीट बाज़ार ने निगला होगा। लेकिन अब इसके बीचोबीच फ़्लाईओवर बन गया। उसके खम्भों ने जगह-जगह तीन-तीन फीट ले लिए। इस अफरातफ़री का फ़ायदा बाज़ार और मठ के दुकानदारों ने उठाया और अपनी ओर वाली आधी सड़क को दुकानों के अन्दर ले लिया। जो सड़क कल तक बारह फीट में टू-वे थी, वही सड़क अब बाक़ी बचे छह फीट के वन-वे में टू-वे हो गई। समझ रहे हैं न? वह भी हमारी तरफ़ वाली। बाज़ार की तरफ़ वाली नहीं। अब इसी में नाला खोद दिया आपके विभाग ने।" अमृत ने अपनी बात एक ही साँस में कह डाली जैसे कि यह सब वह रटकर आया हो।

निगम के उपायुक्त चुपचाप अमृत की बातें सुन रहे थे, जैसे कि तौल रहे हों। फिर उपायुक्त ने अपनी घड़ी देखी और पूछा, "कुछ और कहना चाहेंगे आप?"

"जी सर, बस पाँच मिनट में ख़तम करूँगा...सर देखिए, बचपन में हम क्रिकेट या गुल्ली-डंडा खेलते थे तो कभी-कभी हमारी गेंद या गुल्लियाँ सड़क पार वाले नाले में गिर जाती थीं। बहुत बड़ा नाला था बाज़ार की तरफ़, जो गंगा के कछार में बिला जाता था। नाला इतना बड़ा था सर कि एक बार महन्त जी का घोड़ा गिरकर मर गया था उसमें।"

"क्या आपने अपनी आँखों से देखा था?"

"नहीं सर, पिता जी कहते थे"

उपायुक्त को ग़ुस्सा आ गया, "अरे अपनी बात कहिए न महाराज! कहानी मत बघारिए।"

"सर...सर, मतलब यह था कि हम गेंद और गुल्लियाँ कभी नहीं निकाल पाए, गहरा नाला था, यह आँखों देखी कह रहा हूँ। फिर वह धीरे-धीरे ग़ायब

हो गया। इस इलाक़े का ड्रेनेज सिस्टम है सर? नया नाला खोदने से क्या फ़ायदा? मठ के अवैध क़ब्ज़े वाली दीवार के नीचे से मुख्य निकासी थी नाले की। अब भी है।"

उपायुक्त आक्रामक हो गए, "आप पढ़े-लिखे आदमी हैं, वकील हैं, फिर यह कैसी बेसिर-पैर की बात कर रहे हैं? बाज़ार ऊँचा दिखता है और आपका मोहल्ला नीचे दबा हुआ। नाला नीचे से ऊपर की ओर बहेगा जी? कि ऊपर से नीचे की ओर बहेगा?"

भीतर के ग़ुस्से को पीते हुए अमृत ने धीरज से काम लिया, "सर, यही तो समझा रहा हूँ। दुकानदारों ने दुकानों के प्लिन्थ को ऊँचा कर दिया है तो आपको ऐसा लग रहा है। जबकि ऊँचाई पर हमारा मोहल्ला है। आप ही सोचिए सर, जब हम गंगा की कछार की ओर बढ़ते हैं तो ज़मीन हमेशा कुछ ढालू ही होती है। हमारे मोहल्ले के दक्षिण में बाज़ार है, उसके दक्षिण में मठ और मसान है और उसके दक्षिण में गंगाजी। तो हमारा इलाक़ा ऊँचा हुआ न?"

उपायुक्त को अब जाकर बात समझ में आई। उसने ठंढी साँस छोड़ी, "ओ आई सी! येस-येस, नाऊ आई एम कन्विंस्ड।"

अमृत की आँखों की जाती हुई चमक वापस लौटने लगी। "सर नरक होने से बचा लीजिए। सब कुछ दुरुस्त है। बस एक बार नक़्शा देख लीजिएगा तो मेरी भी ज़रूरत नहीं पड़ेगी आपको। छह फीट चौड़ी सड़क की ट्रैफिक में ज़िन्दा और मुर्दा दोनों ही दिनभर फँसे रहते हैं सर। कई बार तो डोली और अर्थी एकदम एक-दूसरे के आमने-सामने फँस जाती हैं। सोचकर देखिए, एक ओर बरात और दूसरी ओर अर्थी, क्या बीतती होगी? ऊपर से गाड़ियों की चिल्ल-पों, लोगों की रेलमपेल, बाज़ार-दुकान, ठेला-रिक्शा, सब्ज़ी-फल, बरसात, कीचड़, बदबू। सीवर का पानी-ही पानी। आप अन्दाज़ा लगाएँ सर, प्लीज!" वकील मिन्नत की मुद्रा में उतर आया।

उसके निवेदन का असर हुआ। उपायुक्त ने सहायक सचिव को बुलाया और कहा, "एक सर्च टीम बनाकर अघोरी बाज़ार निकलिए कल। पाँच दिन में रिपोर्ट तैयार चाहिए। "फिर वह अमृत की ओर मुखातिब होकर सहायक

सचिव से कहने लगे, "यही हैं एस. अमृत। इनकी ही ख़बर छपी थी कल। पेशे से वकील हैं।" बात सहायक सचिव को भी समझ में आई। उसने अपने दोनों कन्धों के बीच अपनी गर्दन गड़ाकर कहा, "जी! जी सर, समझ गया।"

मीटिंग ख़त्म हुई।

निगम-उपायुक्त के कार्यालय से अमृत किसी बाघ की तरह निकला। अपने आप में एकदम मस्त और अपनी नैतिक शक्ति में चूर। बस यही था कि इस बाघ से शहर को कोई ख़तरा नहीं था। कार्यालय से एक रास्ता आउटर सी-सर्कल के लिंक रोड से होकर गंगा के कछार को छूते हुए, उसी फ़्लाईओवर में मिल जाता है, जिसकी वजह से यह सारी समस्या पैदा हुई थी। यातायात की सुविधा के लिए यह सी-सर्कल भी हाल-फ़िलहाल बना था। वह रास्ता लम्बा था पर बाघ उसी रास्ते पर चल पड़ा।

कछार में लगातार चलते रहने से बाघ पसीने में नहा गया था। फागुन अभी-अभी बीता था। चैत चढ़े हफ़्ता भर भी नहीं हुआ कि मौसम जेठ जैसा हो चुका था। कछार में वह बहुत दूर निकल आया पर गंगाजी मिल नहीं रही थी। यहाँ आए हुए भी उसे एक अरसा हो गया था। उसे अब यह भी याद नहीं कि आख़िरी बार यहाँ वह कब आया था। बहुत पुराने एक भग्न मन्दिर के कुछ अवशेष थे यहाँ जिसे बरसात में गंगा निगल जाती थी। बाघ की उस अवशेष से कुछ जान-पहचान थी। बचपन में यहाँ खेलता था वह। पर मन्दिर अब पूरी तरह से ज़मींदोज़ होकर एक छोटा-सा टीला भर बच गया था। बाघ उस टीले पर चढ़कर गंगा को निहारने लगा कि कहाँ गई?

बहुत दूर एक पतली धार दिखाई दी उसे। बाघ को बहुत हैरानी हुई। "अरे बाप रे!! इतनी दूर?" उसने भय से हाथ जोड़ा, "नमामि गंगे! बहुत दूर चली गईं माँ तुम।"

भारी मन से बाघ टीले से नीचे उतर आया।

अब बाघ टीले की ओट में सुस्ताने बैठ गया। भग्न-मन्दिर के साये में उसे एक अजीब-सा सुकून मिलने लगा। पसीना पलक झपकते ही सूख गया और

शीलत बयार ने देह के रोएँ सहलाने शुरू किए। बाघ ने आँखें बन्द कर लीं।

कुछ देर बाद किसी के पैरों की धप-धप उसे महसूस हुई। बाघ ने आँखें खोलीं तो देखा एक अधेड़ सामने खड़ा था। घुटने तक का बरमूडा, आधे बाजू की गेरुआ शर्ट, सिर पर गोल हैट और आँखों पर महँगा-सा चश्मा। इससे पहले कि बाघ यह पूछता कि साले इस कछार में क्या कर रहे हो, उस आदमी ने झट से बाघ का अभिवादन कर डाला, "नमस्ते भई शब। में ताकिओ हाशिगावा। जापान शे।"

इतना कहते हुए जापानी ने चश्मा और हैट उतारकर अमृत का फिर से अभिवादन किया।

"ओ! तो हिन्दी भी आती है?"

"जि बिलकल।"

"बिलकल नहीं बिलकुल।" अमृत ने टोका।

"वई, बिलकल।"

अमृत को जापानी थोड़ा भांड़ जैसा लगा तो वह मुस्कुराने लगा। प्रत्युत्तर में जापानी भी मुस्कराया।

"तो इस बियाबान में क्या कर रहे हैं आप? लूट लेगा कोई।"

"कोई चिनता नईं, कई बार लुत गया में, कई जगे में लुता।" सहज जवाब था उसका जिसमें उसका बातूनीपन और उत्साह झलक रहा था।

अमृत को हैरानी हुई। अजीब शख़्स है यह। उसने फिर पूछा "इधर कैसे?"

"शान्ति।" इतना कहकर अपनी आँखें बन्द कर ली जापानी ने।

"अरे! यह बीमारी तो केवल अमेरिकियों में थी! तुम जापानी भी?" अमृत ने चुटकी ली।

जापानी गम्भीर हो गया। थोड़ा ठहरकर सोचने भी लगा। तेज़ धूप से उसका चेहरा और लाल होता रहा। फिर जापानी ने संयत होकर जवाब दिया, "शान्ति कोई बीमारी नईं। जापान बुद को मानता हे, में भी। शान्ति में तुलना क्या हे? बोदगया आया था। फिर इधर। मेन्द्रनात से मिला इधर।"

महन्त महेन्द्रनाथ का नाम सुनते ही अमृत का चेहरा ज़हर हो गया, "अरे वह साला फ्रॉड है। उसके चक्कर में मत पड़ना कभी।"

"हा, अब जान गया, नकली हे वो।"

"तो अब?" अमृत ने सवाल किया।

"अब वापस जापान। पर दस मन्थ बाद। अबी साउथ इंदिया जाएगा।"

"शान्ति की खोज में?"

"हाँ।"

"शान्ति कहीं नहीं है पृथ्वी पर। बेकार भटक रहे हो।" अमृत ने दृढ़ता से अपना पक्ष रख दिया।

लेकिन जापानी ने उसी दृढ़ता से अपना जवाबी पक्ष रखा, "हे, हे। पर खोज्ना हे।"

"तो जाओ खोजो। जैसे बोधगया में और यहाँ मिल गया न; वैसे ही साउथ में भी मिल जाएगा! फ्रॉड है सब कुछ। शान्ति कहीं नहीं।" अमृत ने व्यंग्य और हिकारत के साथ कहा।

जापानी चुपचाप यह सह गया। उसकी उम्र पचास के पार थी। शायद उम्र ने उसे धैर्य धारण करना सिखा दिया था। बाघ के लिए अब तक वह मामूली टूरिस्ट था। पर टूरिस्ट ने अपना जलवा दिखाना शुरू किया, जवाब में वह एक-एक शब्द चबा-चबा कर बोलने लगा "खोज्ने का मतलब... कुस बचाना होता हे। तुम इधर क्यूँ आया? नदी देखने! मैंने देखा, तुमने नदी को नमस्ते किया। नदी दूर हे, तुम वाहाँ गया नईं, याहाँ बैत गया। क्यूँ? किसलिए? शान्ति न!"

जाओ बेटा शैलेन्द्र अमृत! जिस जापानी को अब तक नमूना समझकर छेड़ रहे थे वह तो बाप निकल रहा है तुम्हारा। अमृत ने मन ही मन यह सोचा और हैरानी से जापानी को देखने लगा। जापानी अमृत की आँख में अपनी आँख गड़ाए देखे जा रहा था।

बात की गहराई को समझते हुए अमृत ने अपना सिर खुजाना शुरू किया, "तो आप धर्म के जासूस भी हैं?"

"नो। आत्मा का।"

"आत्मा बचाकर शान्ति चाहिए! यही न?"

"हा।"

"और आत्मा कैसे बचती है? जापान से इंडिया आकर?"

"नो-नई। शान्ति एक जेगे नईं। वह लेकर बैथता नईं कोई। वह त्रॉफी भी नईं। वह लाइफ में होती रहे। आती रहे। प्रोसेस में। बस इतना और रोज-रोज," कहते हुए जापानी ने अपनी मुट्ठी को गोल करके अमृत के आगे कर दिया।

"मुट्ठीभर शान्ति! यही न? देखिए महाराज! आपकी बातें मुझे समझ में नहीं आ रही है पर आदमी आप अच्छे लगे मुझे।" फिर ठट्ठा मारकर दोनों हँस पड़े। जापानी की हिन्दी की समझ प्रशंसनीय थी।

पर आगे की जान-पहचान दोनों ने नहीं बढ़ाई। शायद दोनों अपने आप में अब भी खोए हुए थे।

फिर दोनों मौन होकर टीले पर चढ़ गए और गंगा को निहारने लगे। जापानी ने अपने छोटे कैमरे से कछार-गंगा की कुछ तस्वीरें उतारीं। अमृत मौन ही रहकर यह सब देखता रहा। फिर दोनों साथ-साथ कछार से लौटने लगे।

शाम ढलने वाली थी।

दोनों जब कछार से सटे मठ के पास आए तो ठहर गए। अमृत मठ को भीतर से देखना चाहता था। यहाँ भी आए हुए उसे अरसा हो गया था। ख़ासकर जब से महेन्द्रनाथ से ठनी है तब से अमृत ने इधर झाँका भी नहीं था। पर महेन्द्रनाथ को नापना अब ज़रूरी हो गया था। उसकी हरकतें जाननी थीं कि मठ में चल क्या रहा है आजकल। एक बार नक़्शा हाथ लगे तो साले की मठाधीशी निकालूँ।

ताकिओ हाशिगावा से अमृत ने पूछा, "मैं आपके फ्रॉड महेन्द्रनाथ का मठ देखने जा रहा हूँ। चलेंगे?"

ताकिओ मुस्कुराए, "में अब जानता हूँ वह नकली हे। तुम जाओ।"

"मैं भी जानता हूँ पर दुनिया नहीं जानती। उसका मुखौटा उतारने के लिए ही जा रहा हूँ।" अमृत ने आँख मारकर यह बात कही।

पर ताकिओ हाशिगावा गम्भीर हो गए थे तब तक। उनकी आँखें एकदम से गहरी होती हुई छोटी हो गईं, उन्होंने ठहरे हुए अन्दाज़ में बाघ के कन्धे पर हाथ रखा और जैसे बुदबुदाते हुए कहा, "कुस अस्ली हे...तबी कुस..नक्ली हे। अस्ली क्या हे...खोज्ना हे।"

इतना कहकर हाशिगावा किसी गली में अन्तर्धान हो गए।

बाघ हैरानी की रस्सी से बँधा खड़ा रहा।

अब बाघ को अपने पीछे गंगा के कछार में जमी हुई सदियों की शान्ति दिख रही थी और अपने आगे मठ की घंटियों का शोर। शोर और शान्ति के ठीक बीच में चार फीट का एक जापानी छह फीट के बाघ का शिकार करके चलता बना। ताज्जुब है!

4

"देखो अमृत! यह बात तुम भी जानते हो कि जहाँ कमीशन बँधा हो न, उस धन्धे को ईश्वर भी नहीं उजाड़ सकता। चाहे कमीशन चवन्नी-भर का ही क्यों न हो।"

"डाकसाहब! यह भी एक नियतिवादी ख़याल है। मैं कोई हरिश्चन्द्र नहीं हूँ जो सत्य और असत्य की बात करूँ! मैं साधारण बात कर रहा हूँ। नागरिक अधिकार की बात कर रहा हूँ। क्या हमें इतना भी हक़ नहीं कि हम कीचड़ में सूअरों की ज़िन्दगी न जीएँ? आप तो अघोरी बाज़ार के पहले मोड़ पर क्लीनिक खोले हुए हैं और ख़ुद आते हैं सुन्दरनगर से। कभी अन्दर की सड़क पर आइए डाकसाहब! यथार्थ से सामना होने से अवधारणाएँ बदल जाएँगी।"

"बिलकुल। पर मेरी धारणाएँ रियलिस्टिक हैं यार!" डॉक्टर मंडल ने जवाब दिया।

"ना डाकसाहब। लड़ने से चीज़ें बदलती हैं। बस इतना जानता हूँ मैं।"

"इस बात से इनकार नहीं। मैं तो मर्ज देख रहा हूँ। अच्छा यह बताओ कि तुम्हारे मोहल्ले से कमीशन जाता है पुलिस को? या निगम को? दुकानों और मठ से तो जाता है।"

"ना, कमीशन तो नहीं जाता पर वोट तो जाता है।"

डॉक्टर ने टेबल पर मुक्का मारा, "यही तो समझा रहा हूँ। साला वोट पर कमीशन भारी है।"

"हाँ, तो क्या नागरिकता कुचल देंगे साले?" प्रत्युत्तर में अमृत ने भी उसी टेबल पर मुक्का जमाया।

"कुचलेंगे नहीं। नहीं कुचलेंगे पर कमतर कर देंगे। कर ही दिया है। देख लो तुम।" डॉक्टर मंडल की बात में एक दृढ़ता दिखी।

"आप तो महाराज उन्हीं की तरफ़ हो गए!" अमृत तैश में आ गया।

"अब देखो साला यही बात है। अब तुम पर्सनल होकर मेरा ख़ून जला रहा है। मैं उनकी ओर क्यों जाऊँगा? बिलकुल नहीं। मैं बात से बात निकाल रहा हूँ।" डॉक्टर साहब ने सफ़ाई दी।

"तो हाथ पर हाथ रखकर बैठ जाएँ?" अमृत की आवाज़ ऊँची हो गई।

"नहीं, कुछ और सोचो। नया। मैं भी सोचता हूँ।" डॉक्टर ने जवाब दिया।

डॉक्टर मंडल का अमृत के प्रति यह लगाव ही था कि वे भी ज़ोर लगाकर सोचने लगे। पर डॉक्टर मंडल क्या सोचते? बड़े दिनों बाद बैठकी लगी थी आज। चौथे पैग के बाद न उनको कुछ सूझ रहा था और न अमृत को। होश में केवल रामायन था। वह पीता नहीं। बस साकी का काम करता है। बैठकी डॉक्टर मंडल के घर के छत पर लगी थी। रामायन का काम नीचे रसोई से तली हुई मछली और फ्रिज से सोडा लाकर पैग बनवाने में मदद करना था।

रामायन का एक काम और भी था। नशे की हालत में पहले डॉक्टर मंडल को उनके बेड तक ले जाना और फिर शैलेन्द्र अमृत को कन्धे का सहारा देते हुए उनके घर तक पहुँचाना। पर अभी उस काम में एक घंटा बाक़ी था।

"छोड़िए इन बातों को डाकसाहब। यह बताइए चन्द्र प्रकाश कैसा है? साल तो लग गया होगा उसे गए हुए?" अमृत ने बतकही बदली।

"ना। साल नहीं। आठ-नौ मास। पर क्लीनिक जमा ली पट्ठे ने। मेरे साथ रहता तो उतने पैसे नहीं कमा पाता।" डाकसाहब ने बदली हुई बात को लय दी।

पर जैसे रामायन के मन की बात कह दी थी डॉक्टर मंडल ने। वह बातचीत के बीच में कूद पड़ा और डाकसाहब से बहसने लगा, "सी.पी. भइया भी यहीं कमा सकते थे पर आप अपनी क्लीनिक का फ़ीस चालीस रुपया से आगे बढ़ाते तब न।"

"अबे चुप कर! साला पैसा क्या होता है?" डॉक्टर साहब ने रामायन को डपटा।

"हम तो चुप ही हैं सर। अब अमृत भइया यहाँ थे तो हम टोक दिए," रामायन ने अपनी विवशता दिखाई; पर दूसरे ही पल रामायन ने डॉक्टर साहब के नशे का नाजायज़ फ़ायदा उठाना शुरू किया, अमृत से कहा, "आप ही बताइए भइया। इस ज़माने में चालीस रुपया फ़ीस कौन लेता है? इस इलाक़े की सबसे बेजोड़ क्लीनिक है हमारी, भीड़ लगी रहती है। फ़ीस सौ-पचास बढ़ा देने से किसका क्या बिगड़ जाएगा?"

अमृत अपनी सहमति जतलाने ही वाला था कि मंडल साहब ने सुरूर में टोका, "मेरे पास ग़रीब और अमीर दोनों आता है। रेट बढ़ाने से ग़रीब आना बन्द कर देगा। समझा?"

"तो हम ठेका लिए हैं सर गरीबों का?" रामायन ने मुँहजोरी की।

डॉक्टर मंडल भड़क गए "ए बाड़ा। बेशी कोथा कोरो ना।" मंडल साहब को जब ग़ुस्सा आता है तब वह बांग्ला में उतर आते हैं।

रामायन डरकर चुप हो गया। पर डॉक्टर का ग़ुस्सा शान्त नहीं हुआ, "मेरा बाप चाय बागान में मज़दूर था।"

डॉक्टर ने फिर वही कहानी शुरू की जिसे अमृत और रामायन सौ मर्तबा सुन चुके थे कि कैसे बंगाल के सुन्दरवन में डॉक्टर मंडल का गाँव था जिसे समय-समय पर दरिया निगल जाता था। एक बार ऐसा हुआ कि दरिया ने जो निगला वह उगला ही नहीं। घर-बार सब छूट गया। फिर पिता असम के किसी चाय बागान में काम करने लगे पर बच्चे की शिक्षा पर असर नहीं पड़ने दिया। फिर एक दिलदार मैनेजर की नज़र इस मेधावी बालक पर पड़ी और धीरे-धीरे मंडल साहब इस मुकाम तक पहुँचे। नींदी-उनींदी आँखों से अमृत और रामायन मंडल-कथा एक बार फिर सुनते रहे।

डाकसाहब के कथा कहने का एक फ़ायदा हुआ कि उनका ग़ुस्सा जाता रहा। कथा जब ख़त्म हुई तो मंडल साहब ने रामायन से प्यार से कहा, "अइ रामायन, एक पैग और बना दे भाई।"

पर अमृत की सुई अभी भी रामायन की सलाह पर अटकी हुई थी। उसकी

एक वजह थी—मैडम मंडल। उन्होंने भी क्लीनिक की फ़ीस बढ़ाने की पैरवी अमृत से कर दी थी, "डॉक्टर साहब को समझाओ अमृत। थोड़ी मुश्किल हो रही है अब। सी.पी. की क्लीनिक के लिए अच्छा-ख़ासा लोन ले लिया है डॉक्टर साहब ने। नहीं सँभल रही है गृहस्थी।"

अमृत फ़ीस वाले मुद्दे पर आज फ़ैसला कराना चाहता था। पहली बार मैडम मंडल ने कोई काम दिया था पर डाकसाहब की ज़िद से अमृत परिचित था। उसने रामायन का सहारा लिया, "पर डाकसाहब, रामायन कुछ ग़लत नहीं कह रहा है। सौ रुपया तो बनता ही है।"

डाकसाहब पाँचवे पैग को आधा ख़त्म कर चुके थे इसलिए सोचने में थोड़ा वक़्त लिया और तब बोले, "जब क्लीनिक खोली थी तब फ़ीस पाँच रुपया था। कुछ लोग इतना ग़रीब था कि वह भी नहीं दे पाता था। फिर भी क्लीनिक चलती रही। भीड़ बढ़ती गई। तब यह तुम्हारा उधर का अघोरी बाज़ार भी नहीं जमा था ठीक से। मठ था और मसान था और ख़ाली ज़मीनें थीं। यह घर जिसकी छत पर हम बैठे हैं, इसी क्लीनिक की आमदनी से बना जब सुन्दरनगर जम रहा था। सी.पी. भी पढ़ा तो इसी क्लीनिक के पैसे से। सब तो ठीक ही रहा अमृत।" डॉक्टर मंडल गहराई में उतर चुके थे।

"बिलकुल सही कह रहे हैं डाकसाहब। पर महँगाई बहुत बढ़ गई है। आप तो सब जानते हैं? चालीस रुपय में क्या होगा?" अमृत ने पत्ता फेंका।

सुरूर में डूबते-उतराते डाकसाहब ने एक बार फिर सोच की गहराई में गोता लगाया। अमृत को लगा कि गाड़ी पटरी पर आ रही है, पर नहीं, सामने वाले शख़्स का नाम डॉक्टर बी.पी. मंडल था जिन्होंने इस बार बोलने से पहले दो बार गला साफ़ किया, फिर लड़खड़ाई ज़बान से बोले, "देखो अमृत, तुमि देखो कि, जीवन जो है, वह साला सबसे बड़ा होता है। सबसे बड़ा। माँ-बाप से बड़ा। बेटा-बेटी से बड़ा। दुनिया से भी बड़ा। पृथ्वी से भी बड़ा। ब्रह्मांड और ईश्वर से भी बड़ा...बूझलो?"

रामायन मुँह खोलकर इस सूक्ति को समझना चाहता था। पर क़ायदे से समझ केवल अमृत रहा था, "जी डाकसाहब।"

"जी वकील साहब, जिन्दगी बड़ी चीज़ है," डाकसाहब अब होश खोते

जा रहे थे। अमृत को जब भी डॉक्टर मंडल 'आप' कह कर सम्बोधित करने लगते तो अमृत समझ जाता था कि चलाचली का वक़्त हो गया है। रामायन ने लगभग बेसुध हुए मंडल को सहारा देकर कमरे तक पहुँचाया। फिर अमृत से कहा, "चलिए भइया, आपको भी छोड़ आएँ।"

"अरे हम बेसुध नहीं हुए हैं यार! चले जाएँगे।"

रामायन ने इसरार किया, "हम जानते हैं भइया पर आपको घर तक छोड़ने का मन है मेरा। दस मिनट का तो रास्ता है।"

क्लीनिक मंडल साहब और अमृत के घरों के ठीक बीच में थी। घर से क्लीनिक तक पैदल आने में मंडल साहब को भी पाँच मिनट का समय लगता था और वकील को भी पाँच मिनट ही लगते थे। अगर उन्हें एक-दूसरे के घर जाना हो तो दस मिनट। इन घरों के इलाक़ों के बीच दस मिनट का यही फ़ासला स्वर्ग और नरक का फ़ासला था।

इसी फ़ासले पर अमृत ने एक बार डॉक्टर मंडल को छेड़ा भी था, "डाक साहब, इस शहर की बसावट भी जाति-व्यवस्था की तरह है। वर्णक्रम में देखें तो सुन्दरनगर का उत्तरी इलाक़ा धनाढ्य है और उसी सुन्दरनगर का दक्षिणी इलाक़ा कमतर है। आप दक्षिणी इलाक़े में रहते हैं। पर आपका रोज़गार थोड़ा और दक्षिण की ओर सड़क पार इस अघोरी बाज़ार के कोने से चलता है। आपकी क्लीनिक के दक्षिण में मैं हूँ और मेरे दक्षिण में मठ और मठ के दक्षिण में मसान। इस हिसाब से आप बीच में फँस गए हैं और निचले पायदान पर मैं हूँ! जबकि राख होकर सबको गंगा में ही जाना है। आगे गंगाजी जानें!"

डॉक्टर साहब भी कहाँ छोड़ने वाले थे। बल्कि उल्टे अमृत को ही छेड़ दिया "पर तुम तो ब्राह्मण है न अमृत?"

"हाँ डाकसाहब, हूँ, पर महापात्र ब्राह्मण हूँ डाकसाहब," जवाब देते हुए अमृत निराशा से भर गया था तब।

अमृत के पिता ग़रीब ही थे। श्राद्धकर्म करके पेट पालते थे। शहर की आबादी जब बढ़ने लगी तो निगम के घेरे में यह इलाक़ा आ गया। तब भी ज़मीनों के दाम बहुत कम कूते गए थे यहाँ। शहर की उपेक्षित और कमज़ोर हैसियत वाली

आबादी धीरे-धीरे आकर बसने लगी। पुरोहित जी को जब लगा कि इलाक़ा आबाद हो रहा है तो ज़ोर लगाकर साठ गज का प्लॉट ले लिया। पर प्लॉट की क़ीमत चुकाने में पुरोहित ने अपना सब कुछ लुटा दिया। बचा-खुचा ख़ून अमृत की पढ़ाई ने चूस लिया। जैसे-तैसे करके अमृत ने वकालत पूरी की पर पुरोहित जी नहीं रहे। वह दो कमरे का मकान छोड़ गए थे। पन्द्रह साल अदालत में घिस-घिसकर अमृत ने कोठरी को दोमाले में बदल दिया। नीचे का माला किराए पर और ऊपरी माले पर ख़ुद का परिवार। एक चौदह साल की बेटी रिया और पत्नी रेणु। यही अमृत का संसार था। उसकी ज़िन्दगी अब जाकर कुछ पटरी पर आ गई थी।

रामायन रास्ते भर बकबक करता रहा पर पाँचवे पैग ने अमृत की हालत पतली कर दी थी। वह शायद उसे सुन नहीं रहा था। रामायन ने अमृत के घर की कॉल-बेल बजाई। पर दोमाले पर से कोई हरकत नहीं हुई। रेणु और रिया सो चुके थे। तीसरी बेल पर निचले तल से रजत निकला। कई बार मकान-मालिकों की वजह से किराएदारों को जगना पड़ता है। उसकी गोद में उसकी आठ माह की बेटी थी जिसे हिलाते-डुलाते वह बाहर आया और गेट खोलने लगा।

"अरे, यह छुटकी अभी तक जगी हुई है?"

"अब क्या कहें वकील साहब, देख लीजिए इसकी नौटंकी। दिनभर सेल्स की दौड़-भाग और रात को यह ड्यूटी! इसने इशा को भी जगा रखा है और मुझे भी।" रजत ने छुटकी का चेहरा अमृत की ओर किया तो छुटकी अमृत को टुकुर-टुकुर देखने लगी।

अमृत छुटकी को निहारने लगा। फिर जैसे कोई बात याद आ गई अमृत को, "आज छुटकी को दूर ही रखो यार, हम थोड़ा पिये हुए हैं।"

"क्या वकील साहब, आप हमें कभी शामिल नहीं करते," रजत ने शिकायती लहजे में कहा।

"कर लेंगे यार किसी दिन। कौन-सी बड़ी बात है?"

तभी रामायन ने अमृत को टोका, "भइया, आपसे एक ज़रूरी बात करनी थी।"

"अरे रास्ते भर तो बोलते ही रहे तुम," अमृत ने उसे झिड़का। पर रामायन कुछ गम्भीर हो गया था, "नहीं भैया, एक ज़रूरी बात है।"

रजत अमृत को गेट की चाबी देकर चला गया। तब रामायन ने अपनी बात कही, "भइया! एक कमरा और कुछ पैसा दे देने से गुज़ारा चलता है क्या? आज के ज़माने में?"

"साफ़-साफ़ बोलो न जी," अमृत बौखलाया। उस पर नशा पूरी तरह सवार हो चुका था।

रामायन रिरियाते हुए बोला, "भइया, साफ़ बात यह है कि डॉक्टर साहब ने मुझे सहारा दिया, खड़ा किया। मैं भी दस साल नौकर-कम्पाउंडर बनकर उनके साथ रहा। पर अब एकदम असम्भव है इतने में गुज़ारा करना। डॉक्टर साहब न फ़ीस बढ़ाएँगे और न मेरी मजूरी बढ़ेगी। हमसे नहीं होगा अब। जल्दी हो हटेंगे क्लीनिक से।"

"पर कहाँ जाओगे रामायन?" अमृत को अभी भी कुछ होश था शायद।

"कुछ सोचे हैं भइया, बताएँगे कभी।" इतना कहकर रामायन चला गया।

अमृत जब गेट में ताला डालने लगा तो याद आया कि रजत को किराया बढ़ाकर देने वाली बात कहना वह भूल ही गया। तीन हज़ार में दो कमरे का फ़्लोर कौन देता है आजकल? किराया साढ़े तीन करना ही होगा। रेणु तो चार चाहती थी। पर साढ़े तीन ठीक है। अमृत को मन हुआ कि रजत को बुलाकर यह बात कहे। पर अभी-अभी वह एक सनकी डॉक्टर के घर से दारू पीकर आया था। एक ऐसा डॉक्टर जो किसी क़ीमत पर अपनी फ़ीस चालीस रुपए से ज़्यादा करने को तैयार नहीं था। वह चाहे तो दो सौ कर दे। लेकिन नहीं। वह ज़िद्दी आदमी ऐसा नहीं करेगा। एक रुपया भी नहीं बढ़ाएगा।

उसी डॉक्टर की पिलाई हुई शराब अमृत की देह में दौड़ रही थी। अमृत जानता है कि बन्दी में माली हालत किसी की भी अच्छी नहीं। ऊपर से यह छुटकी हर दस दिन पर बीमार पड़ती है। अमृत की हिम्मत ही नहीं हुई कि रजत को बुलाए। वह चुपचाप सीढ़ियों पर चढ़ता हुआ दोमाले पर जाने लगा। सीढ़ियाँ चढ़ते हुए उसे उसके पैरों की धप-धप में ताकिओ हाशिगावा के पैरों की धप-धप जैसी आवाज़ निकल रही थी। अजीब ही इनसान मिला था उसे।

एकदम अजूबा। अमृत को हँसी आ रही थी 'उधर अजूबा और इधर पगलैट।"

पगलैट माने डॉक्टर मंडल!

5

बत्ती गुल थी। दो ग्रामीण फिर भी बार-बार कॉलबेल दबाए जा रहे थे। उनमें से एक अधेड़ था। पचास की उम्र को छूता हुआ। उसका एक पैर भी नहीं था। वह बैसाखी के सहारे खड़ा था। उसके साथ वाला अधेड़ के विपरीत तन्दरुस्त डीलडौल का युवा था। रजत छुटकी को हिलाते-डुलाते बाहर आया तब उसकी नज़र अधेड़ पर पड़ी—"क्या है चचा? किससे?"

विकलांग ने बैसाखी से बन्दूक की तरह निशाना लगाते हुए दूसरी मंज़िल की ओर इशारा किया। रजत समझ गया, उसने आवाज़ मारी, "वकील साहब, कोई मिलने आया है।"

अमृत ने सीढ़ियों से झाँका। इससे पहले कि वह मुवक्किलों को ऊपर आने के लिए कहता उसकी नज़र अधेड़ की बैसाखी पर पड़ी। उसने वहीं से आवाज़ लगाई, "यार रजत! अपने कमरे के बाहर दो-तीन कुर्सी डाल दो, ये ऊपर नहीं आ पाएँगे।"

अमृत धप-धप की आवाज़ करते हुए सीढ़ियों से नीचे आया। नमस्ते-बन्दगी के बाद सब बैठ गए। कुछ देर की चुप्पी रही।

"अउर कतना दिन इन्तज़ार करें सर?" अधेड़ ने कातर होकर वकील से सवाल किया। प्रत्युत्तर में वकील ने अपनी सिगरेट सुलगा ली। एकाध कश लगाया, फिर कहा, "देखिए अब सुनवाई ऑनलाइन शुरू हो गई है। कम्प्यूटर पर। शुरू-शुरू में तो महामारी के डर से बन्दी रही, पर सरकार को लगा कि ऐसे कितना दिन चलेगा। इसके बावजूद भी कुछ दिक़्क़तें हैं। एक दिक़्क़त तो यही है कि अभी हम सब लोग ख़ुद सीख रहे हैं इस ऑनलाइन तकनीक को, बहुत लोग सीख भी गए हैं।"

"कम्प्यूटर पर त काम झट से होता है न? तबो देरी हो रहा है सर?"

अधेड़ ने मासूम-सा सवाल किया। उसे बस इतना ही ज्ञान था।

वकील ने अपना माथा रगड़ा। फिर कुछ सोचकर बोला, "इसको ऐसे समझिए कि वकील और जज दोनों अब तक केवल कानून की किताब पढ़े हुए थे, टेक्नोलॉजी की नहीं। कम्प्यूटर-लैपटॉप को ठीक से चलाना अब तक न वकील जानता था न जज। ट्रेनिंग ही नहीं थी हमारी। पर अब दोनों सीख रहे हैं। मैंने भी लैपटॉप खरीद लिया है।"

"चलाना तो ठीक से सीख गए हैं न सर आप?" अधेड़ को चिन्ता हुई।

"हाँ भाई, फटाफट चलाते हैं।"

"तब काहें देरी सर?" अधेड़ ने हाथ जोड़कर पूछा।

"वकालत कुछ और नहीं धैर्य का दूसरा नाम है। वकील ने समझाया, "इसे ऐसे समझिए कि तीन महीने पहले सिसवा बाज़ार में दो गुट झगड़ गए। दोनों में सिर-फुटव्वल हो गया। पाँच लोग एक गुट से और सात लोग दूसरे गुट से अरेस्ट किए गए। डेढ़ माह सभी लोग जेल रहे। प्रोसीडिंग ही शुरू नहीं हुई। फिर सिसवा बाज़ार व्यापार मंडल की अध्यक्षी में दोनों गुटों ने अदालत से बाहर समझौता कर लिया। फिर अदालत में उनकी अर्जियाँ लगाई गईं। अब ऑनलाइन पेशी होनी थी। पर देरी होती गई। ख़ैर, सुनवाई शुरू हुई। पहली पेशी में जज की आवाज़ वकीलों-मुवक्किलों तक ही नहीं पहुँच रही थी। जज साहब घर से सुनवाई कर रहे थे। उनको भी इस तकनीक का बहुत अता-पता नहीं था। उनके कम्प्यूटर में म्यूट का बटन दब गया था पर किसी को समझ में नहीं आ रहा था कि क्या करें। सुनवाई ही टल गई। जैसे-तैसे बीस दिन बाद फिर सुनवाई हुई। इस बार जज साहब कचहरी के चेम्बर से सुनवाई कर रहे थे। दोनों गुटों के वकील सिन्हा जी अपने चेम्बर से। दोनों गुटों की पेशी जेल से ऑनलाइन हुई। वकील और जज दोनों एक-दूसरे की आवाज़ सुन रहे थे पर वह आवाज़ अभियुक्तों तक नहीं पहुँच रही थी। उनके समझौते का हलफ़नामा तो दाख़िल था। पर जज साहब उन सभी अभियुवतों का इक़बालिया बयान अपने कानों से सुनना चाहते थे। इधर जेल का नेटवर्क ख़राब था। अब इस परेशानी में जज के निर्देश से तीन घंटे बाद फिर सुनवाई शुरू करना तय किया गया। पर तीन घंटे बाद जज साहब किसी दूसरी सुनवाई में ही व्यस्त

रहे। बहस लम्बी चली होगी तो समय नहीं निकाल पाए। इधर बेल के लिए अभियुक्त इन्तज़ार करते रहे पर उस दिन की सुनवाई थी कि टल गई। सत्ताईस दिन बाद, अभी परसों फिर सुनवाई हुई। और जानते हैं क्या रिज़ल्ट रहा? तकनीकी ख़ामी की वजह से वह सुनवाई फिर टल गई।"

दोनों ग्रामीण मुँह बाए कथा सुनते रहे। अधेड़ को जैसे रोना आ रहा था। वह रोनी सूरत बनाए कुछ सोचने लगा, फिर अपने दाहिने हाथ के अँगूठे से सिक्का उछालने वाला इशारा करते हुए बोला, "हुजूर! कुछ ले-दे कर ठीक करवाइए इसको।"

वकील साहब कुछ समझ नहीं पाए, "किसको?"

अधेड़ ने हौले-से समझाया, "अभी बोले न जो आप कि...त-क-ने-क का खामी है! उसी को!"

"?" वकील साहब चकरा गए।

"का बकलोल जैसे बोल रहे हो?" अधेड़ के साथ आया लड़का अधेड़ पर चढ़ गया। यह उनका बेटा था।

अमृत ने लड़के को टोका, "अरे ऐसे मत डाँटो, क्या कर रहे हो तुम? बाप हैं तुम्हारे! उनको नहीं मालूम है यह सब।" अमृत उल्टे उस पहलवान बेटे पर ही चढ़ बैठा।

अधेड़ रुआँसा हुआ पहले। फिर उसकी आँखें छलक आईं। उसका दर्द नया था और पहाड़-सा भी जिसके नीचे उसकी ज़िन्दगी कुछ वर्षों से दबी पड़ी थी। उसके जीवन में अभी तक तो सब ठीक ही चल रहा था। पाँच बीघे की उपजाऊ खेती थी। दो बेटे और एक बेटी। बेटी की शादी धूमधाम से एक मिलिटरी-मैन से हुई। उसके कुछ साल बाद बड़े बेटे की शादी हुई। छोटा बेटा तब दसवीं कर रहा था। जब छोटे ने बारहवीं भी कर ली तो रिश्ते आने शुरू हो गए उसके लिए। छोटे बेटे की शादी की तारीख़ तय हो गई। घर का पहला पढ़ा-लिखा लड़का था वह। इसलिए नए चलन के हिसाब से लड़का और लड़की एक-दूसरे को अँगूठी पहनाकर सगाई की रस्म पूरी करने वाले थे। इधर बेटी-दामाद को भी मिन्नतें करके बुलाया गया। बहुत कोशिशों के बाद मिलिटरी-मैन को पाँच दिन की छुट्टी मिली थी। बड़े साले की शादी

में किसी अनबन की वजह से जीजा नहीं आ पाया था। पर जीजा और छोटे साले में बहुत छनती थी। दीदी-जीजा सपरिवार पहुँचे। हँसी-ख़ुशी का मौसम बन चुका था।

लेकिन सगाई की रस्म से एक रात पहले हादसा हो गया। ख़ुशी से अघाए जीजा ने रम की पूरी बोतल गटक ली और नशे में धुत्त अपनी सर्विस रिवाल्वर से हवाई फ़ायर करने लगा। दो हवाई फ़ायरिंग के बाद तीसरी फ़ायरिंग के समय जीजा लड़खड़ा गया और गोली सीधे छोटे साले के शहरी दोस्त के सीने में जा घुसी। कोहराम मच गया। दीदी अपने दोनों बच्चों को गोद में लिए अपने पिता के पैरों में गिर पड़ी, "बचा लो बाबूजी। सरकारी नौकरी चली गई तो हम सड़क पर आ जाएँगे।"

मिलिटरी-मैन का नशा भी कपूर की तरह उड़ चुका था। वह बड़े साले के पैरों पर गिरा, "बचा ले रे भाई।"

पुलिस के आने के पहले गाँव-घर के बुज़ुर्गों ने तय किया कि दामाद को किसी हाल में जेल नहीं जाने देंगे। बड़ा साला ख़ून का इलज़ाम अपने माथे पर लेकर कुर्बानी देने के लिए तैयार हुआ। पर उसकी पत्नी ने तांडव मचाना शुरू कर दिया। उसके भी दो बच्चे थे, दोनों ही लड़कियाँ। उसका सवाल था कि बच्चियों की परवरिश किसके सहारे होगी? बड़े ने अपनी पत्नी को लाख मनाने की कोशिश की पर वह रणचंडी हो चुकी थी। बोली, "पुलिस आते ही हम बता देंगे कि जीजा के हाथ से ख़ून हुआ है। हम गवाही देकर रहेंगे।" अब यह नया फ़साद खड़ा हो रहा था। पुलिस अब पहुँची कि तब। समय एकदम नहीं था। फिर समय की सुई छोटे बेटे के माथे पर आकर रुक गई। उसे समझाया गया कि बहुत हुआ तो छह-मासा होगा। बेल करा लेंगे, हर हाल में और शादी भी धूमधाम से होगी। छोटा हर लिहाज से छोटा निकला, भावुक तो वह जन्मना था ही। उसने "हाँ" कह दी और अपने ही दोस्त के क़त्ल का इलज़ाम अपने माथे ले लिया।

छोटे के पुलिस कस्टडी में जाते-जाते, पुलिस से मनचाहा एफ़.आई.आर लिखवाते-लिखवाते, अदालत में बत्तीस बोर की गोली वाली सर्विस रिवाल्वर की जगह एक अड़तीस बोर की गोली वाली ग़ैरकानूनी रिवाल्वर की बरामदगी

दिखवाते-दिखवाते अधेड़ का दो बीघा खेत कब बिक गया पता ही नहीं चला।

इधर छोटे के शहरी दोस्त का परिवार खुद्दार निकला, उन्हें मुआवज़ा नहीं न्याय चाहिए था। उनकी अदालती पैरवी भी परेशानी का सबब बनी हुई थी। इसी बीच अधेड़ के दाहिने पैर में एक घाव हो गया। पुलिस-जेल-अदालत के चक्कर में घाव की ओर ध्यान नहीं गया बेचारे का। जब बुख़ार चढ़ने लगा और महीने-भर तक नहीं उतरा तो डॉक्टर की याद आई। घाव ने गैंग्रीन का रूप धर लिया था। दायाँ पैर काटना पड़ा। दो कट्ठा ज़मीन गैंग्रीन ने भी ले लिया।

इधर जेल की रोटी तोड़ रहे छोटे की मासूमियत झटके खाने लगी। सालभर तक तो वह बर्दाश्त करता रहा। पर चोरी-छिपे उसकी होने वाली बीवी एकाध बार जेल में मिलने आ गई उससे। छोटे ने अब तक उसकी तस्वीर ही देखी थी। पर जेल में हुई उन मुलाक़ातों ने छोटे के मन पर रूपवती लड़की की कमनीयता की ऐसी छटा बिखेरी कि छोटा एकदम से बौरा गया। उसे हर हाल में अब बेल चाहिए थी। उसे शादी करनी थी। वह कभी बाप-भाई पर चीख़ता तो कभी अपने वकीलों से लड़ता। वकील पर वकील बदले गए पर कुछ न हुआ। और जब केस ख़राब हो गया तब शैलेन्द्र अमृत को पकड़ा गया। इन लोगों ने कुछ वकीलों के नाम सुन रखे थे जो ख़राब हो चुके केस को ठीक करने में माहिर थे। उनमें एक नाम एस. अमृत का भी था। पर बाक़ियों की फ़ीस बहुत ज़्यादा थी। नाम और जेब का सन्तुलन केवल इसी जगह आकर बैठा था।

अमृत को पता था कि उसके पास आने से पहले केस कुछ ज़्यादा ही बिगड़ गया था। बिगड़ा इसलिए कि लड़की तो डेढ़ साल से धीरज तब भी रखे हुए थी पर लड़की के घर वाले बिदक चुके थे। उन्हें अन्दाज़ा हो गया कि छोटे का मामला अब लम्बा खिंचेगा। इतनी जल्दी रिहाई नहीं होने वाली। उन्होंने रिश्ता तोड़ लिया। छोटे को तीन माह बाद पता चला कि रिश्ता टूट चुका है। वह सन्तुलन खोने लगा। फिर उसे किसी दोस्त से पता चला कि वह लड़की किसी और की ब्याहता होने जा रही है। छोटे ने तब जेल की दीवार को अपना माथा पटक-पटककर लाल करना शुरू किया। उसका पागलपन बढ़ता गया। अगली पेशी पर उसने जज को अपनी ओर से उस रात की सच्ची घटना बता डाली और अदालत को चीख़-चीख़कर सुनाने लगा, "जीजा ने

फँसाया...बाप ने फँसाया...दीदी और भइया ने फँसाया।" अदालत में सन्नाटा पसर गया। जज ने सुनवाई की अगली तारीख़ दी।

अगली तारीख़ से पहले दीदी-जीजा, माँ-बाप-भाई सब छोटे से मिलने जेल गए। पहले तो उसने मिलने से ही इनकार कर दिया। जेल के सन्तरियों को पैसा खिलाया गया। सन्तरी छोटे को घसीटते हुए ले आए और घरवालों के सामने उसे पटक दिया। मजबूर माँ-बाप छोटे से लिपटकर कलेजा फाड़कर रोये। ख़ूब रोए। उन्हें उनकी बेक़सूर औलाद चाहिए थी पर दामाद और बेटी को भी उजड़ते हुए नहीं देख सकते थे। घंटों छोटे को समझाया-फुसलाया गया। बताया गया कि बयान बदलने से बेल मिलने में और दिक़्क़त होगी। जीजा ने उसे गोद में भरकर दिलासा दिया "तुम्हारे लिए हाईकोर्ट का जज ख़रीद लेंगे पर यहाँ सड़ने नहीं देंगे और शादी भी उसी लड़की से करवाएँगे।" जीजा ने सबके सामने काली माँ की कसम खाते हुए बार-बार यही बात दुहराई। छोटे को बात कुछ समझ में आई और अगली पेशी पर छोटे अपने पिछले बयान से पलट गया। अदालत के सामने उस रात की घटना को उसने वकील के समझाये अनुसार हादसा कहा। अदालत को ग़ुस्सा आ गया। छोटे नहीं जानता था कि अदालत का ग़ुस्सा किसी अभियुक्त के मुजरिम होने के लिए काफ़ी होता है।

समय बीतते-बीतते छोटे की मानसिक हालत एकदम ख़राब होती गई। उसके बाद दो और पेशियाँ हुईं। इजलास में वह कभी हत्या का इल्ज़ाम ख़ुद के सर लेता तो कभी जीजा को ख़ूनी बताता तो कभी हत्या को हादसा बताता। उसकी कोई एक गवाही रेकॉर्ड पर दर्ज़ नहीं हो पा रही थी। ऊपर से अब वह ख़ुद को ज़्यादा घायल करने लगा था। वह कभी दीवारों पर सर लड़ाकर फोड़ लेता तो कभी ब्लेड से हाथ की नसें काट लेता। जेल-प्रशासन भी तंग हो चुका था। इस तरह चार-पाँच साल निकल गए। अब छोटे कभी माँ को पहचानता है तो बाप को नहीं। कभी बाप को पहचाना तो बाक़ियों को नहीं। वह लगभग बीमार रहने लगा है। फिर पहली लहर की बन्दी शुरू हो गई।

अमृत उस केस को संवेदनशील ढंग से समझ रहा था। उसने तीन बार दरख़्वास्त डाली थी अदालत में, पर बन्दी में सारी गतिविधियाँ सुस्त हो गई थीं। अमृत ने अधेड़ को ढाढ़स दिया, "तीन बार अर्जी लगा चुका हूँ, थोड़ा

वक़्त लगेगा पर काम हो जाएगा। कानून में साफ़ लिखा है कि मानसिक रोगी को सज़ा नहीं दी जा सकती, किसी भी सूरत में नहीं। बस एक बार उसका मेडिकल हो जाए। एक बार। फिर छोटे को छुड़ा लेंगे, पक्का।"

"आख़िर मेडिकल हो काहे नहीं रहा है सर?" सवाल अधेड़ ने नहीं बल्कि साथ आए लड़के ने पूछा। यह छोटे का बड़ा भाई था। संयत और विनम्र। उसके सवाल में कोई तल्खी नहीं थी, ना कोई बेचैनी। वह केस को बहुत गहराई से समझता रहता था इसलिए बहुत सीधा सवाल किया।

"ऐसा है कि गम्भीर अपराध की सज़ा काट रहे कुछ मालदार क़ैदियों ने पैसे के दम पर मेडिकल करा कर ख़ुद को मनोरोगी घोषित करवाना शुरू कर दिया था। हाल-फ़िलहाल तक यह फैशन हो गया था। हाईकोर्ट की नज़र पड़ गई एक केस में। वह भी तब जब एक मनोरोगी मुखिया बन गया और वह भी रिकॉर्ड बहुमत से। हाईकोर्ट ने एक रूलिंग दे दी। तब से बड़ी दिक़्क़त हो गई है।"

"तब? अब?" बड़े ने निराशा से भरा सवाल किया।

"अरे निराश मत हो। इसका मतलब यह थोड़े है कि न्याय का दरवाज़ा बन्द ही हो गया है। प्रोसेस फॉलो करेंगे। कहा न, कानून में साफ़ लिखा है कि मनोरोगी को सज़ा नहीं दिया जाएगा। दे ही नहीं सकते।" अमृत ने कड़कते हुए यह बात कही।

बाप-बेटे की आँखों में कुछ उम्मीद जगी। रजत वहीं खड़े-खड़े सब देख-सुन रहा था। अधेड़ की आँखों से आँसू निकल आए तो वह पानी लेकर आया पर अधेड़ ने पानी पीने से इनकार कर दिया। उसका दुख उसके गले तक भरा हुआ था।

बड़े ने अपने पिता को इशारा किया कि अब चला जाए। इशारा समझकर अधेड़ अपनी जेब टटोलने लगा। उसने जेब से एक छोटी पॉलीथिन निकाली जिसके अन्दर एक छोटा-सा सेल-फ़ोन और एक पॉकेट-डायरी थी। डायरी के भीतरी पन्नों में कुछ रुपए मोड़कर रखे हुए थे। डायरी से रुपए बटोरकर उसने अमृत की ओर बढ़ा दिया, "ई धरिए।"

अमृत के मन में आया कि बोल दे कि इसकी अभी ज़रूरत नहीं पर

घोड़ा चाहकर भी घास से दोस्ती नहीं कर सकता था। उसने रजत को कहा, "रजत, पैसे पकड़ लो और ऊपर रेणु को दे आओ।"

भारी कदमों से बाप-बेटे बाहर का रास्ता पकड़कर चले गए।

वे चले तो गए थे पर उनकी भारी-भरकम उदासी अमृत के आसपास अब भी जमी हुई थी। उसका दबाव वह अपने कन्धे तक पर महसूस कर रहा था।

पैसे पहुँचाकर रजत लौटा तो अमृत उठने को हुआ। रजत ने टोका, "अरे बैठिए न वकील साहब। चाय पीकर जाइए।" उसने अपनी पत्नी इशा को चाय बनाने के लिए आवाज़ मारी, फिर अमृत से बोला, "रेणु भाभी ने कहा है कि इस बार भी कम रकम देकर गया है आपका यह बैसाखी वाला।"

"कितना था?"

"सात सौ...वह भी तेल और पसीने की गन्ध में लथपथ।"

"अब तुम्हारी भाभी को कौन समझाए रजत? बाँह मोड़कर हज़ार रुपए तो ऐंठ नहीं सकता!!" अमृत ने महसूस किया कि रेणु इधर कुछ ज़्यादा लालची होती जा रही है। या शायद बन्दी ने हालत कुछ पतली कर दी है, तो उसका भी असर हो सकता है।

रजत ने अमृत की सोच के बीच में टोका, "क्या सोच रहे हैं?"

"अरे कुछ नहीं यार, बस ऐसे ही।"

"तो क्या लगता है, छूट जाएगा इसका लड़का?"

"बिलकुल, छूटना ही है," अमृत ने मजबूती से कहा।

रजत को कुछ इत्मीनान हुआ, फिर बोला, "बहुत भले आदमी लगते हैं ये लोग। कम से कम ये आपके गंगा पार वाले केस से तो बहुत बेहतर हैं।"

अमृत समझा नहीं, "कौन सा गंगा-पार वाला?"

"अरे वही, आठ महीने पहले जो आया था, जो आपको धमकिया रहा था कि इस बार उसका भाई नहीं छूटा तो आपको गोली मार देगा," रजत ने वह क़िस्सा याद दिलाया। तमाशा हो गया था उस दिन।

अमृत को हँसी आ गई, "अरे वो!" अमृत उस केस को याद करने लगा तो और ज़ोर की हँसी आई उसे। फिर उसने रजत को बताया, "बेल मिल गई उसके भाई को। एक दिन आया भी था। माफ़ी माँगने लगा। तुम नहीं थे

उस दिन। मैंने उससे कुछ नहीं कहा, बस उसे चुपचाप देखता रहा। मेरी चुप्पी देखकर उसने झट से एक किलो गाय के घी का डब्बा मेरी ओर बढ़ा दिया। क्या करता? रख लिया। वह जानता था कि बेल केवल मेरी वजह से मिली थी उसके भाई को।"

"आपको डर नहीं लगता?" रजत ने पूछा।

"किससे?"

"ऐसे लोगों से या उन लोगों से जो विरोधी पक्ष के हों और बेल दिलवाने की वजह से आपसे नाराज हों।"

"भक्क! ऐसा नहीं होता। यह प्रोफ़ेशन ही ऐसा है।"

"फिर भी?" रजत किसी जिज्ञासु बालक की तरह सवाल पूछ रहा था।

रजत नई उम्र का लड़का था। सेल्स-मैन था। उसकी एक अपनी समझ थी। उसे इन सब चीज़ों से कुछ घबराहट होती थी। आठ महीने पहले जो तमाशा किया था अमृत के मुवक्किल ने, उस दिन रजत का चेहरा देखने लायक था। एकदम स्याह हो गया था।

अमृत रजत की कमज़ोरी को पकड़ चुका था। इसलिए आज उसने रजत का डर दूर करने की कोशिश की। अमृत ने वकील की मुद्रा पकड़ी और बहुत गम्भीर होकर रजत से कहने लगा, "चलो तुम्हारे इस डर पर एक सच्चा क़िस्सा सुनाता हूँ। एकदम सच्चा-सच्चा। अभी बन्दी के पहले तक एक जज गंगा पार से आता था यहाँ सुनवाई करने। उसका अपना घर है गंगा पार में। सब जानते हैं उसे। तो यहाँ उसने कोठी नहीं ली और अपने घर से ही रोज आता-जाता था। वह भी कभी बस तो कभी ट्रेन पकड़कर आता था। बस या ट्रेन में अपनी बैठने की सीट को लेकर मुसाफ़िरों से झगड़ पड़ता था। दोनों ज़िले के मुसाफ़िर तक उसे जान गए थे। एक से एक अपराधी, स्मगलर, हत्यारे और माफ़िया भरे पड़े हैं इस ज़िले में रजत! पर उसके सामने पड़ते ही मिमियाने लगते थे। और वह जज था कि ज़रा-सी भी उनकी ग़लती पकड़ी जाती तो उन्हें देखते ही देखते टाँग देता था। एकदम बेरहमी से। इस ज़िले के कई धुरन्धरों को उसने बारह-बारह साल क़ैद की सज़ा दी। उसके डर से अपराधी काली पूजने लगे थे। डरकर मन्दिरों में मनौतियाँ रखने वाले एकाध अपराधी को तो मैं भी जानता

हूँ। पर रिकॉर्ड है कि उस जज का कोई कुछ उखाड़ नहीं पाया। कभी नहीं। जबकि वह रोज़ बस या ट्रेन से ही आता-जाता रहा। रिटायर होने तक। घर लौटते वक़्त वह जज एक ही ठेले से झालमूढ़ी ख़रीदता था और उसे चबाते हुए गंगा पार चला जाता था। रोज़। डेली। समझे रजत किशोर?"

अमृत ठहरकर अपनी बात का असर देखने लगा। थोड़ा रुककर वह फिर शुरू हुआ, "हम नागरिक समाज हैं रजत। विधि का शासन है। ऐसे कैसे कोई कुछ कर सकता है? और चाहो तो इस क़िस्से की सच्चाई तुम भी किसी से पता कर सकते हो। एकदम सच्चा क़िस्सा है।"

क़िस्सा ख़त्म करते-करते अमृत के रगों का ख़ून तेजी से दौड़ने लगा था।

पर रजत के चेहरे पर कुछ ऐसा था जो अब भी सिमटा-सिकुड़ा हुआ था। वह किसी गहरी सोच में था। इशा चाय देकर आई और चली भी गई। पर रजत धरती ताकता रहा।

अमृत ने टोका, "क्या कोई बात है क्या?"

"कल मैं महन्त महेन्द्रनाथ से मिलने मठ गया था।" रजत ने बस इतना ही कहा।

"तुमको उस जाली आदमी से क्या काम निकल आया?" अमृत को हैरानी हुई।

"सेल्स के चक्कर में।"

"पर तुम तो खेती-किसानी के सामान के सेल्समैन हो न?"

"लो! वह तो कब का छोड़ दिया मैंने।" रजत ने सफाई दी।

"तो?" अमृत को हैरानी हो रही थी कि अब क्या शुरू किया है उसने?

रजत ने समझाया, "महामारी की मन्दी में मैं जल्दी ही समझ गया था कि इसमें अब कोई फ़ायदा नहीं। पाँच या बहुत हुआ तो दस परसेंट कमीशन मिलता था। पर दवाई और मेडिकल के सामान में आग लगी थी। तो धंधा वही रखा बस माल बदल लिया।"

"इसमें कितना कमीशन है?" अमृत को जिज्ञासा हुई।

"बेचने पर है वकील साहब।"

"फिर भी?" अमृत प्रॉफ़िट नापना चाहता था।

रजत अभी भी बालक ही था। वह नहीं जानता था कि मकान-मालिक से अपना प्रॉफ़िट शेयर नहीं करना चाहिए। बोला, "जाली काम करने वाले तो तीस और चालीस परसेंट तक मुनाफ़ा मार देते हैं। नकली दवा बेचने वाला पचास परसेंट तक। पर हमें डर लगता है। ग़लत काम हमसे नहीं होगा। एक नम्बर का माल बेचते हैं और बीस परसेंट बना लेते हैं।"

"तो फिर महन्त महेन्द्रनाथ के पास क्यों गए?" वकील ने शातिराना सवाल किया।

"अपना पैसा लेने"

"उससे?"

"आपको पता ही नहीं है कुछ?"

"ना। क्या?" अमृत की जिज्ञासा ख़त्म नहीं हो रही थी।

"मठ वाली दुकानों में एक नई दुकान खुल गई है। मेडिकल स्टोर। दो माह से तो माल हम ही दे रहे हैं। हिसाब करने गए तो दुकानदार बोला कि महन्त जी देंगे, बुलाए हैं।"

फिर थोड़ा रुककर रजत ने अमृत से ही सवाल किया, "आप देखे नहीं दुकान?"

"ना, नज़र नहीं पड़ी होगी। आगे बताओ।" अमृत की जिज्ञासा बढ़ रही थी।

रजत ने विवरणात्मक ढंग से बताना शुरू किया, "हम महन्त से मिलने मठ के अन्दर गए। क्या आलीशान कोठी बना ली है महन्त ने! बड़े-बड़े गेट भी लगा रखा है। क़ब्ज़े वाली ज़मीन पर एक चारमाला भी तैयार कर रहा है अलग से।"

"नई बिल्डिंग मठ के अन्दर ही बन रही है?" अमृत को जैसे सदमा लगा हो।

"हाँ, क़ब्ज़े वाली ज़मीन पर ही और उस बिल्डिंग का फ्रंट एकदम मेन रोड की ओर बन रहा है।"

"अच्छा!" अमृत को कोफ़्त होने लगी। उस दिन कछार से लौटते वक़्त अन्दर जाकर देखना चाहिए था। पर वह गया नहीं, घर आ गया था।

"आगे बताओ रजत।"

रजत ने थके स्वर में कहा, "अब क्या बताएँ वकील साहब आपको! वह डॉक्टर साहब का रामायन है न, वह भी वही था। वह महन्त के देह की मालिश कर रहा था।"

अमृत को भरोसा नहीं हुआ, "क्या? महन्त की मालिश? रामायन!"

"जी, वह भी एक्यूप्रेशर वाली मालिश। महन्त के कमर और घुटने में तकलीफ़ रहती है। रामायन ने पहले महन्त की मालिश की और फिर एक लकड़ी की गिल्ली लेकर महन्त के बॉडी-पॉइंट पर उस गिल्ली की नोक धँसाने लगा। मैं वहीं था। महन्त पहले चीख़ता, फिर कहता हाँ-हाँ यहीं दबाओ, यहीं राहत मिल रही है। नगर-निगम वाले हँस रहे थे खड़े-खड़े।"

अमृत का माथा ठनका, "नगर-निगम वाले क्या कर रहे थे वहाँ?"

"मुझे नहीं मालूम। महन्त ने उनको अलग ले जाकर बात की। बहुत हँस रहे थे सब। निगम वाले चले गए तो महन्त ने मुझे बुलाया और कहा कि मेहनती बालक हो तुम, बहुत ख़ुशी है कि हमारे जानकार के घर किराए पर रहते हो। मैं समझ गया कि रामायन ने ही भेद खोला होगा।।"

अमृत को बुरा लग गया। वह उखड़ा, "इसमें भेद वाली क्या बात है? महन्त की औकात ही क्या है?" अमृत के माथे पर बल पड़ता गया। दस-पन्द्रह दिनों में घटना-क्रम इतनी तेज़ी से बदला था कि वह ख़ुद हैरान था। उसने आगे जानना चाहा, "मेरे बारे में भी कुछ बोला महेन्द्रनाथ?"

"कुछ ख़ास नहीं, बस आपकी प्रशंसा कर रहा था।"

अमृत को लग गया कि रजत झूठ बोल रहा है अब। उसने रजत को हल्के-से डपटा, "देखो डरो मत। महन्त जैसे दर्जनों को अपने आगे-पीछे घुमाता हूँ। मैं दबाव नहीं दे रहा हूँ पर साफ़-साफ़ बता दोगे तो आगे के लिए सुविधा हो जाएगी।"

रजत डर गया कि कहीं मकान ख़ाली करने को न बोल दे वकील। उसने आगे जोड़ा, "मैं सच कह रहा हूँ वकील साहब। पहले तो वह आपकी ईमानदारी और मेहनत की ही तारीफ़ कर रहा था। बोला कि आपके पिताजी से उसकी अच्छी दोस्ती थी।"

"कुत्ता साला। मेरा बाप तो उसकी ओर देखता भी नहीं था। उसके धतकर्म से नफ़रत थी मेरे बाप को। ख़ैर, फिर?" अमृत आवेश में आ चुका था।

रजत जारी रहा, "फिर बोला कि तुम्हारे वकील साहब मेरे पीछे पड़े हुए हैं जबकि मेरी उनसे कोई दुश्मनी नहीं। और कहने लगा कि तुम्हीं बताओ रजत, पवित्र मठ से नरक निकासी का मार्ग माँग कर रहे हैं वकील साहब। ऐसा होता है भला? पढ़े-लिखे आदमी हैं। पूरा देश गंगा सफ़ाई अभियान चला रहा है और वकील साहब नाले को गंगाजी में प्रवाहित करने की ज़िद किए बैठे हैं। एकदम भठ-युग आ गया है।"

महेन्द्रनाथ ने अमृत की नास्तिकता को लेकर कुछ और बातें भी कही थीं पर रजत उन बातों को चतुराई से पचा गया।

अमृत किसी गहरी सोच में डूब गया। फिर उसका चेहरा ग़ुस्से से लाल होता चला आया। उसके नथुने फड़कने लगे। वह रजत से बोला, "अबकी बार महेन्द्रनाथ से मिलना तो बोल देना रजत उसे कि श्राद्ध-कर्म का मंत्र मेरा बाप रटाकर मरा था। वह मंत्र आज भी याद है शैलेन्द्र अमृत को। फ़िलहाल तो मैं समझा रहा हूँ उसे। जिस दिन मेरा माथा पूरी तरह से घूम गया न उस दिन मठ पर बुलडोजर चढ़ा देंगे। भरभरा कर गिरेगी उसकी इमारत। यह बात उससे बोलना ज़रूर रजत!"

रजत सच में डर गया, "छोड़िए न वकील साहब, फ़ालतू में पंगा क्यों?"

"न-न, अरे तुम समझते नहीं हो रजत! लोकतंत्र का यही मतलब है कि ऐसे लोगो से पंगा लेते रहो। नहीं तो खा जाएँगे साले ये नगरिकता को," कहते हुए अमृत की आवाज़ ऊँची हो गई और वह कुर्सी छोड़कर खड़ा हो गया। चाय कब की ठंडी हो चुकी थी। बातचीत में चाय की सुध ही नहीं रही उन दोनों को।

अमृत ने सिर झटका और वहाँ से निकलकर अपनी सीढ़ियाँ चढ़ने लगा। फिर कुछ याद करते हुए उसने रजत को इशारे से अपने पास बुलाया और धीमे-से कहा, "ऐसा है रजत, कि अगले महीने से पाँच सौ रुपया बढ़ाकर किराया देना। तीन हज़ार कहीं भी रेट नहीं है। पता कर लो।"

बात एकदम बदल चुकी थी।

रजत कुछ कहने को हुआ तो अमृत ने टोका, "देखो, डेढ़ साल से ऊपर हो गया है। किराया तो कानूनन हर साल बढ़ना चाहिए था, रेणु तो एक हज़ार बढ़ाने को कह रही थी पर मैं बस पाँच सौ कह रहा हूँ। बन्दी ने सबकी हालत पतली कर दी है। रिया के ऑनलाइन ट्यूशन का ख़र्चा अलग।" इतना कहकर अमृत सीढ़ियों पर धप-धप करता हुआ चला गया।

रजत को अफ़सोस होने लगा। बढ़ती आमदनी वाली बात उसे नहीं बतानी चाहिए थी। महन्त महेन्द्रनाथ वाली तो बिलकुल भी नहीं।

6

"अब नहीं पिलाओगे चाय?" इशा ने छुटकी की तेल मालिश करते हुए ताना मारा।

"अरे यार! मुझे क्या मालूम था कि किराया बढ़ा देगा?"

"ज़िन्दगी में जब भी थोड़ी-सी ख़ुशी आती हैं न रज़्ज़ाक़, ठीक तभी तुम ब्लंडर कर देते हो!"

"अब बात को तूल मत दो...जो होना था हो चुका," रज़्ज़ाक़ ने सफ़ाई दी।

"बात तूल देने की नहीं है। तुम्हारी हिलने-मिलने की आदत और भोलेपन से डर लगता है। प्लीज यार! घर पर मत बैठाओ-उठाओ किसी को।" इशा की बेबस आँखें थोड़ी छलक आईं।

रज़्ज़ाक़ ग़ुस्से से भर गया, "कब तक डरते रहें हम, बताओ? क्या पूरी ज़िन्दगी डर-डर कर काटेंगे हम लोग? इसीलिए शादी की थी हमने?" रज़्ज़ाक़ की आवाज़ थोड़ी ऊपर उठी।

"धीमा नहीं बोल सकते तुम?" दाँत पीसते हुए इशा ने रज़्ज़ाक़ को डाँटा।

"साला मनोरोगी हो जाएँगे हम एक दिन," रोनी सूरत बनाकर रज़्ज़ाक़ दूसरे कमरे में चला गया।

कमरे में पहुँचते ही रज़्ज़ाक़ ने तैश में अपनी जेब से एक लिस्ट निकाली

और कमरे के फ़र्श पर बिखरी दवाइयों और शीशियों को लिस्ट से मिलाते हुए उन्हें एक बड़े से एयर-बैग में रखने लगा। वह यह काम इतनी फुर्ती से कर रहा था जैसे वह दवाइयों-शीशियों को नहीं ज़िन्दगी के किसी आतंक को समेटकर बैग में बन्द कर रहा हो। इशा कमरे में आई और तेल से नहाई बच्ची को डाइपर पहनाकर बेड पर लिटा दिया। रज़्ज़ाक़ ने अनकही आँखों से बीवी को देखा पर बोला कुछ नहीं। बस बच्ची को देखकर मुस्कुराया। वह सो रही थी। इशा कमरे से बाहर गई और झट से अन्दर भी आ गई। उसने ठंडी चाय के दोनों कप दिखाते हुए सवाल किया, "इसे पिया क्यों नहीं तुम लोगो ने?"

"भूल गए थे।"

"वकील साहब भी?"

"हाँ।"

"तुम दोनों।"

"हाँ, हम दोनों।"

"हो क्या गया है यार तुम्हें? कोई बात है क्या?" इशा थोड़ी डरी।

"यार इशा, हर समय तुम डरी-डरी हुई-सी क्यों सवाल करती रहती हो?"

एक डरा हुआ इनसान दूसरे डरे हुए इनसान पर बिफरा।

"डर कहाँ रही हूँ, बस पूछ रही हूँ। क्या कुछ पूछ भी नहीं सकती अब?" इशा ने डर को छुपाया।

रज़्ज़ाक़ ने एक शब्द नहीं बोला और एयर-बैग सजाता रहा। इशा उसे कटी आँखों से देखती रही। देर तक। जब रज़्ज़ाक़ पर इस तीखी नज़र का भी कोई असर नहीं हुआ तो थोड़ी देर ठहरकर बहेलिये ने बाण चलाया, "इतनी नफ़रत रज़्ज़ाक़ मियाँ? इतनी चुप्पी? क्या इसी चुप्पी के लिए ब्याह लाए थे?"

बहेलिये का बाण हिरण के सीने में घुस गया। एकदम सीधा। एकबारगी तो उसे भरोसा ही नहीं हुआ, वह तुरत लड़खड़ाकर मुड़ा। हिरण ने देखा कि तीर मारने के बाद बहेलिये की ही आँखों से आँसू झर रहे थे। घायल हिरण ने बहेलिये को गले लगा लिया, "नहीं-नहीं...नफ़रत तुमसे नहीं उस डर से है। उस डर से ज़िन्दगी जिसकी बोझ से दफ़न हुई जा रही है।" कहते हुए हिरण ने बहेलिये को और ज़ोर लगाकर पकड़ा। दोनों की रुलाई फूट गई।

दोनों दिल खोलकर रोने लगे। सोता-सा बह निकला। देर तक बहता रहा। वे सिसक-सिसककर रोए।

यह जोड़ा बहुत दिनों से रोया भी नहीं था। दो बरस निकल गए इस दुनिया से लड़ते-लड़ते पर वे रोए नहीं थे अब तक। आज वह काम भी हो गया।

बिस्तर पर ऊँघती बच्ची जब अलसाई-सी खिलखिलाई तब समाधिरत जोड़े की साधना भंग हुई। इशा ने खिलखिलाती बच्ची को गोद में उठा लिया।

यह मुज़फ़्फ़रनगर का वही मशहूर जोड़ा था जिसकी वजह से दो साल पहले वहाँ बलवा और आगजनी हुई थी। तब ख़ूब मीडियाबाजी भी हुई थी। जितनी मीडियाबाजी हुई उतनी ही राजनीति। रज़्ज़ाक़ मियाँ और सोनाली शर्मा एक ही मुहल्ले के वारी थे। इनके प्रेम और विवाह की सारी कहानी सिनेमाई है। जोड़े ने हिन्दू मान्यता के अनुसार एक गुमनाम आर्य-समाज मन्दिर में अज्ञातकुल नाम रखकर शादी कर ली और अपने मैरेज़-सर्टिफ़िकेट के साथ तत्काल ज़िले से फ़रार हो गए। जैसे-जैसे बातें खुलने लगीं वैसे-वैसे बवाल बढ़ता गया। वे चुनावों वाले दिन थे और लव-जिहाद जैसा एक शब्द पूरे मुल्क़ में तैर रहा था। रज़्ज़ाक़ मियाँ के घरवालों का करिश्मा था कि मियाँ के ख़िलाफ़ फ़तवा तक जारी हो गया। यह भी था कि इलाक़ा ख़ून से न सने, इसलिए हिन्दू-मुस्लिम सौहार्द बढ़ाने के लिए, इन जोड़ों के ख़ून की प्यास ज़िले में बढ़ती चली गई। लड़की के घरवाले भी ख़ून ही पीना चाहते थे। कुल मिला कर जोड़े की यहाँ तक की प्रेम-कथा तो सिनेमाई ही रही।

पर जो चीज़ सिनेमाई नहीं थी वह थी विवाह के बाद की असली ज़िन्दगी और कुछ हद तक अकादमिक डिग्रियाँ। बी.ए तक की डिग्री में तो इनके असली नाम थे पर मैरेज-सर्टिफ़िकेट पर उनके असली नाम नहीं थे। अगर कहीं नौकरी करनी होती तो असली डिग्रियाँ दिखानी पड़तीं। किराए का मकान लेना हो तो पहचान-पत्र के साथ-साथ शादी का प्रमाण-पत्र भी दिखाना पड़ता। शादी और तालीम की डिग्रियों में कोई मेल न था। शुरू के चार महीने तो रज़्ज़ाक़ के दोस्त ने चंडीगढ़ में पनाह दी पर मुज़फ़्फ़रनगर वाले सूँघते -सूँघते वहाँ तक पहुँच गए थे। भनक लगते ही यह जोड़ा वहाँ से भाग खड़ा हुआ।

उन्हें लग रहा था कि दुनिया बहुत तेज़ी से बदल रही है तो घरवाले भी कुछ दिनों में मान ही जाएँगे। पर कहानी फ़िल्मी न हो सकी। दोनों के घर वाले बड़े जल्लाद निकले। उन्हें अब भी इन जोड़ों की लाश चाहिए थी। हर हाल में। जबकि चुनाव भी बीत चुके थे।

प्रतिशोध के भाव को जब धर्म की हवा लगती है तब वह किसी की भी होने वाली हत्या के लिए एक फ़रेबी नैतिक आधार गढ़ लेता है। यही हुआ भी। घरवालों ने पाँच-पाँच लाख का इनाम रख दिया था—ज़िन्दा या मुर्दा। शिकंजा कसता चला गया।

फिर इशा ने अपनी एक दोस्त की दोस्त से मदद माँगी। इसी ज़िले में वह ब्याही थी। उसने अपने घर में नए जोड़ों को बाक़ायदा किराएदार रख लिया। दो महीने। इसी दौरान जोड़ों ने अपने असली वजूद को धीरे-धीरे मिटाना शुरू किया। जेवर और अँगूठी बेचकर नए नाम की डिग्रियाँ ख़रीदी गईं और नए पहचान-पत्र भी बनवाए गए। बचत के पैसे से नए नाम का नया मैरेज-सर्टिफ़िकेट बना। फिर से।

सोनल शर्मा इशा बनकर घर में दुबक गई और रज़्ज़ाक़ मियाँ रजत किशोर होकर सेल्समैनी के धंधे में उतर आए। पर मुज़फ़्फ़रनगर के आतंक का वे क्या करें? वैसे वह एक ख़याली डर का भी नाम था। पर वह डर कहाँ नहीं था? एक दिन यह जोड़ा इशा की दोस्त के घर से भी चुपके से निकल गया। अब उनकी नई पहचान थी। इशा तब पेट से थी। बहुत सूझबूझ के साथ इस कमतर इलाक़े में शरण ली दोनों ने। वकील साहब ने ना जात पूछी न धर्म। बस मतदाता पहचान-पत्र उलट-पुलटकर एक बार देखा था।

जोड़े तीन हज़ार में निचले माले के किराएदार हो गए। छुटकी का जन्म यहीं हुआ। इशा अब शान्ति से जीना चाहती थी। चुपचाप। अब उसे छुटकी को ठीक से पालना था। फ़िलहाल यहाँ से कहीं उजड़कर नहीं जाना था। भागते-भागते वह तंग आ चुकी थी। पर रज़्ज़ाक़ मियाँ के भोलेपन का क्या करे वह? ज़िन्दगी भाले की नोक पर टँगी थी। पता नहीं कब, कहाँ रज़्ज़ाक़ साहब ब्लंडर कर जाएँ! समाज में हिलने-मिलने के बाद एक छोटी-सी ग़लती सब चौपट कर सकती थी। समाज ने इशा के

मन पर इतनी गहरी चोटें दी थीं कि वह समाज से ही कट जाना चाहती थी। एकदम बन्द ज़िन्दगी। उसे कोई नहीं चाहिए था अब। एक बेटी और एक शौहर, बस।

दोपहर को रज़्ज़ाक़ ने बाइक स्टार्ट की और मार्केटिंग के लिए निकल गया। पर इशा की हिदायतों के साथ कि किसी से झगड़ना नहीं है, किसी से भी यारी नहीं करनी और बैठकी तो लगानी ही नहीं है; बड़बड़ बोलना भी नहीं है, सीधे माल बेचो—पेमेंट लो और किसी प्रोफ़ेशनल की तरह चलते बनो। पर इशा को क्या पता था कि मार्केटिंग और सेल्स का पूरा धंधा ही बोलने पर निर्भर है। जिसके पास भाषा की जादूगरी नहीं वह बाज़ार का आदमी नहीं। भाषा भी एक इनवेस्टमेंट है। रजत यह बात समझ रहा था और इसी डर से उसने इशा को यह भी नहीं बताया कि महन्त ने अभी एक ही माह का पेमेंट दिया है और आज फिर बुलाया है दूसरी किस्त के पेमेंट के लिए।

वह सीधे घर से निकला और सबसे पहले मठ ही गया। मठ के मुख्य-द्वार के आहाते में बाइक लगा दी। महन्त थे नहीं। पता चला किसी का मरघंट टँगवा रहे हैं कछार वाले बरगद पर। रज़्ज़ाक़ को पैसे की सख़्त ज़रूरत थी। मरता क्या न करता! उधर ही चल पड़ा।

दूर उसने एक पेड़ को देखा। बहुत घना और बहुत बड़ा। वहाँ से धुआँ निकल रहा था। धड़कते दिल से वह दूरियाँ कम करता गया। पास जाकर देखा कि उस पेड़ से बहुत सारे मटके लटके हुए थे। अनगिनत पानी भरे मटके। अभी-अभी कोई यज्ञ ख़त्म हुआ था। मुंडन कराए कुछ लोग पंक्तियों में बैठे थे और महन्त प्रसाद बाँट रहे थे। रजत के पाँव दस कदम दूर ही ठिठक गए।

पसीने से नहाये ढिगने-से महन्त का जूड़ा खुल गया था और उसके लम्बे काले बाल उसकी कमर और सीने पर बेतरतीब बिखरे हुए थे। चेहरा एकदम स्याह था और माथे पर लाल त्रिपुंड की तीन धारियाँ चमक रही थीं। मन्दिर के अन्य पुजारी उसका सहयोग कर रहे थे। प्रसाद लेकर मुंडन किए हुए चार

लोग उठे और महन्त का पैर छूकर दक्षिणा रखने लगे। महन्त ने अपने पाँव पीछे खींच लिये, "नहीं नहीं...यह मैं नहीं लेता। आप इन्हें दीजिए।" महन्त का इशारा वहाँ खड़े मन्दिर के पुजारियों की ओर था। उसने ऐसा जतलाया जैसे मठ की आमदनी से उसका कोई लेना-देना नहीं।

महन्त ने बरगद के चबूतरे के पर रखी अपनी चाँदी की थाली को उठाया। थाली का दीया जलकर बुझ चुका था। अक्षत-रोली और चन्दन थाली में पसरे घी से सने पड़े थे।

मुड़ते ही महन्त की नज़र रजत पर पड़ी। "ओ! रजत बाबू!"

रजत ने महन्त के पैर छुए तो महन्त के कंठ फूटे, "कल्याणम् भवति। शुभ मुहूर्त में आए हो। अभी-अभी एक पूजा ख़त्म की। पुण्यात्माओं की शान्ति के लिए। यह लो," कहते हुए महन्त ने अपनी दाहिनी मुट्ठी में फँसे लड्डू को रजत की ओर बढ़ा दिया।

रजत ने अपना हाथ आगे किया। पर महन्त ने लड्डू नहीं दिया, बल्कि वह रजत को घूरने लगा। धर्मों के फ़ासले डर की सवारी करते हैं। रजत महन्त द्वारा अचानक घूरे जाने से एकदम डर गया।

"क्या हुआ महन्त जी?" रजत का हलक सूखने लगा।

"प्रसाद के लिए बायाँ नहीं, दायाँ हाथ बढ़ाया जाता है।" महन्त ने नाराजगी जतलाई।

"सॉरी महन्त जी, ग़लती हो गई।" रजत एकदम बेचारा बन गया। समूची देह ही निढाल कर ली रजत ने।

महन्त मुस्कुराया। "तुम नई पीढ़ी के लोग अपने धर्म के बारे में कुछ नहीं जानते। आओ चलो।"

रजत के साँस में साँस आई। दोनों चुपचाप मुख्य द्वार की ओर बढ़ गए। रास्ते में महन्त ने उड़ते-उड़ते अपनी बात कही, "तुम धर्म के अज्ञानी हो। यह मैं तुम्हें देखते ही समझ गया था।"

रजत का आत्मविश्वास कुछ लौट आया था। उसने महन्त से ही सवाल किया पर कुछ घुमाकर, "आप ज्ञानी आदमी हैं महन्त जी पर इस बात का कोई आधार तो होगा?"

"आधार है। यहाँ आने वाला हर कोई मरघंट के पेड़ को देखकर सन्देह करता है। हिन्दू धर्म-शास्त्र के हिसाब से मरघंट तो पीपल के पेड़ पर टँगना चाहिए पर यहाँ तो बरगद है। तुमने यह सवाल नहीं पूछा तो मैं समझ गया।"

"आपके तेज के आगे ध्यान ही नहीं रहा महन्त जी।" रजत चापलूसी की सीमा छूने लगा।

"यह अघोरियों का इलाक़ा था। उन्होंने सिद्धि की थी इस बरगद पर। अघोरी महाकाल के भक्त थे। जो माहात्म्य पीपल का होता है वही इसका है यहाँ। यह पेड़ हज़ारों साल पुराना है। बड़ा ही दिव्य बरगद है यह।" महन्त की बात से एक भव्यता फैली।

रजत ने अपनी मुंडी घुमाकर उस घने बरगद को फिर निहारा। उसके लिए यह एक नई ही कहानी थी। उसने अब तक सुन रखा था कि इस बरगद पर सैकड़ों चमगादड़ रहते हैं जिन्हें दिन के उजाले में उल्टा लटके कई बार देखा गया था। पर महन्त की बात सुनकर उसने रात के सन्नाटे में अघोरियों की आत्माओं के उल्टे लटके रहने की जो कल्पना की, उससे देह ही सिहर उठी। बिजली की गति से उसने बरगद से मुँह मोड़ लिया और महन्त से कुछ सटकर चलने लगा।

मठ के मुख्य-द्वार के भीतर राजभवन था महन्त का। पिछली बार अन्दर की भव्यता देखकर ही रजत को महन्त की ताक़त का अन्दाज़ा हो गया था। बैठक में जाते ही महन्त ने अपने चेले को बुलाया और रजत की बाक़ी पेमेंट कर दी। रजत उठने को हुआ कि महन्त ने टोका, "एक कल्याणकारी योजना मन में है मेरे। कुछ शुरुआत भी हो चुकी है और बड़ी जल्दी ही उसका उद्घाटन होने जा रहा है। मैं सोच रहा हूँ कि तुम्हारा साथ मिल जाता रजत?"

रजत ने मुँह बाया, "जी।" उसे क़ुछ समझ नहीं आ रहा था। फिर उसे लगा कि महन्त चन्दा माँगेगा।

महन्त उसकी नासमझी भाँप गया। महन्त को भी लगने लगा कि अभी सही मौक़ा नहीं है। महन्त ने बात बदल दी, "कितना कमा लेते हो रजत?"

"बस महन्त जी ख़र्चा चल जाता है।"

"अरे फिर भी?"

"कभी बीस तो कभी पन्द्रह तो कभी पच्चीस। यह मार्केट पर है महन्त जी।"

"और परिवार में कितने सदस्य हैं?"

"हम दो और एक आठ माह की बेटी।"

"अन्नप्राशन हो गया है उसका?"

सवाल सुनकर रजत की दिल की धड़कन एक बार फिर तेज़ी से बढ़ने लगी। उसे बिलकुल समझ में नहीं आ रहा था कि महन्त ने पूछा क्या है। उसके मुँह से बस इतना निकला "जी? नहीं समझा?"

"अरे भाई अन्नप्राशन!"

रजत फिर भी कुछ नहीं समझ सका। उसके पसीने छूटने लगे। अब महन्त ने हैरानी से पूछा, "तुम हिन्दू ही हो न रजत?"

रजत को काटो तो ख़ून नहीं। महन्त के सवाल की भंगिमा से वह और हड़बड़ाता चला गया। पर कठिन दौर के संघर्ष से निकला हुआ जीव था रजत। पता नहीं कैसे उसके मुँह से अचानक ही निकला, "जैशिरी राम महन्त जी। क्या कह रहे हैं आप? गर्व से कहो हम हिन्दू हैं।" कहते हुए रजत ने अपनी मुट्ठी भींचकर हवा में लहरा दी।

महन्त को हँसी आ गई, "अरे भाई तुम तो नारे लगाने लगे!"

उसकी इस नाटकीयता पर महन्त देर तक मुस्कुराता रहा। महन्त को क्या मालूम था कि ये नारे रजत ने टी.वी और फिल्मों से चुराये थे। समय और समाज ने धर्मों की बस इतनी ही छवि गढ़कर छोड़ दी थी। यह आक्रामकता ही अब धर्मों का परिचय बन गई थी।

महन्त के मुस्कुराने से रजत की जान में जान आई। इशा ठीक ही कह रही थी कि मेलजोल मत बढ़ाओ नहीं तो फँस जाओगे! महन्त फिर गम्भीर हो गया, बोला, "जब पहली बार नवजात को अनाज खिलाते हैं न, उसे ही अन्नप्राशन कहते हैं। समझे? सेल्स से कुछ समय निकालकर सेल्फ़ को दो। धर्म को दो। समझे?"

रजत ने 'हाँ' में मुंडी हिलाई। अब वह हर हाल में मठ से फ़रार होना

चाहता था। उसका काम हो चुका था। महन्त ने अपने चेले को फिर कुछ इशारा किया तो चेले ने पाँच हज़ार रुपए रजत की ओर बढ़ा दिए।

"यह क्यों महन्त जी?" रजत हैरान।

"दवाई-दुकान का एडवांस मान लो।" महन्त ने दरियादिली से कहा। रजत ने महन्त के पाँव छुए। वह अब जान गया था कि हर समस्या का यहाँ एक ही इलाज है। पाँव छूकर फरार हो जाओ। रजत तेज़ी से मुख्य-द्वार की ओर लपका पर महन्त की आवाज़ ने फिर उसका पीछा किया, "अरे यार! अपने उस धर्मद्रोही वकील को समझाया करो। क्यों उलझ रहा है पुण्यभूमि से?"

रजत ने बिना मुड़े ही ऊँचे स्वर में जवाब दिया, "बिलकुल महन्त जी। आज जाते ही समझा दूँगा।" रजत ने यह बात इस तरह से कही थी जैसे कि वही मकान-मालिक है और शैलेन्द्र अमृत उसका किरायदार। बाहर निकलकर रजत ने झट से बाइक को एक किक मारी और बन्दूक की गोली की तरह बाइक मठ के अहाते से बाहर निकल आई। जान बची आज!

महन्त जिस वकील को समझाने के फ़िराक़ में था वह वकील आज फिर निगम-उपायुक्त के कमरे के बाहर दो घंटे से डेरा डाले हुए था। अमृत कुछ दिन पहले भी यहाँ आया था। तब उपायुक्त किसी मीटिंग के लिए बाहर निकल रहे थे। एक सरसरी मुलाक़ात हुई थी तो अमृत ने पूछा था, "पाँच दिन में जाँच-रिपोर्ट आनी थी पर अब तक नहीं आई?" पता चला कि सहायक सचिव की सासू-माँ का देहान्त हो गया था तो वह छुट्टी पर चले गए थे। पर अमृत का माथा तब ठनका जब उस दिन रजत ने बताया कि निगम वाले महन्त महेन्द्रनाथ से मिलने आए थे। कुछ तो मिलीभगत चल रही है। आज वह हर हाल में उपायुक्त से मिलकर ही जाएगा। चाहे रात ही क्यों न हो जाए। अमृत जितना इन्तज़ार कर रहा था, उतना ही उसका माथा गरम हो रहा था। वह इस सच्चाई को जान रहा था कि अख़बार की ख़बरें जब पुरानी पड़ने लगती हैं तब समस्याओं का ताप ठंडा होने लगता है।

उपायुक्त साहब जब आ गए तो अमृत ने मुलाकाती-पर्ची भिजवाई। तत्काल

तो नहीं पर पन्द्रह मिनट बाद बुलाया गया उसे। अमृत के कमरे में घुसते ही उपायुक्त ने बिना समय लिए कहा, "बधाई हो! आपकी समस्या का कुछ हद तक समाधान हो गया।"

पर वकील तो जला हुआ था, ऊपर से शातिर भी, बोला, "बड़ी जल्दी! कैसे? किस हद तक?"

"आपके इलाक़े में तीन किलोमीटर के एक बड़े नाले का प्लान है अब। खुला नाला नहीं बल्कि अंडरग्राउंड। बड़े होल वाले सीमेंटेड सीवर के साथ। उसके ऊपर ठेला जाए या ट्रक। उसे कुछ नहीं होगा।"

"नहीं, मुझे केवल यह बताइए कि जाएगा किधर से?" वकील ने तना हुआ सवाल किया।

उपायुक्त ने एक मिनट का मौन लिया और पेंसिल से सादे काग़ज़ पर लकीरें खींचने लगा। फिर बोला, "देखिए अमृत साहब! आपके आर.टी.आई. के चक्कर में उस नाले का बजट सत्तर लाख बढ़ गया है। चलिए, है तो यह पब्लिक का ही पैसा पर यह भी तो देखिए कि अघोरी बाज़ार की मुख्य सड़क पर खुले नाले की जगह अब अंडर-ग्राउंड सीवर बन रहा है।"

"वह तो मैं समझ गया सर! पर नाला जाएगा किधर से?" अमृत अपने पहले सवाल पर ही अटका रहा।

उपायुक्त झल्ला गया, "अरे भाई किधर से जाएगा? उधर से ही जिधर से जा रहा था।"

"मतलब कि जो पुराना नाला, सिसवा बाज़ार की मुख्य सड़क के दक्षिण में बहता हुआ अघोरी बाज़ार के दक्षिण में आ रहा था, अब वह नाला सिसवा बाज़ार के दक्षिण से तो चलेगा ज़रूर पर अघोरी बाज़ार में उत्तरायण हो जाएगा। भले ही बजट ही क्यों न बढ़ जाए। पर दक्षिणी दुकानों के नीचे जो पुराना और बड़ा नाला है, जहाँ सचमुच काम होना चाहिए और जो कछार में जाकर ख़त्म होता है उसे आपका प्रशासन नहीं छुएगा। यही न?" एकदम रटा-रटाया वाक्य बोला वकील ने।

उपायुक्त थोड़े हिले, "आपको उससे क्या भई? आपके मोहल्ले का तो काम हो गया।"

अमृत ने एक संक्षिप्त कोशिश की, "आप समझ ही नहीं रहे हैं सर! बरसात में जब गंगाजी उफनती हैं तो वही नाला जिसे आप छोड़ रहे हैं, बैक-फ़ायर मारता है और पूरा अघोरी बाज़ार नरक में डूबने लगता है। काम तो वहाँ होना चाहिए?"

"अरे यार प्राकृतिक विपदा पर किसी का ज़ोर है?" उपायुक्त अमृत पर फिर झल्लाया।

"बिलकुल ज़ोर नहीं पर यह विपदा तो आप लोग पैदा कर रहे हैं?"

उपायुक्त भड़का, "क्या मतलब?"

अमृत एकदम शातिर हत्यारे की तरह शान्त रहा, आज वह घर से बहुत निश्चित करके आया था। उसने ठंडी साँस छोड़ते हुए उपायुक्त से कहा, "मेरे एक मित्र हैं, डॉक्टर हैं, उनका कहना है कि जिस धन्धे में कमीशन बँधा हो न उस धन्धे को ईश्वर भी नहीं उजाड़ सकता है। वह सच कहते हैं। मैं देख रहा हूँ कि जिस आपदा का हल साठ-सत्तर लाख में हो सकता था वह एक करोड़ सत्तर लाख के बजट में भी नहीं होने जा रहा है।"

उपायुक्त समझ गया। बल्कि साफ़-साफ़ समझ गया कि यह शख़्स पूरा होम-वर्क करके आया है। अब दुराव-छिपाव की जगह वकील से सीधे भिड़ना था उसे। वकील ने उपायुक्त को कमीशनख़ोर तक कह दिया था। उपायुक्त हल्के-से गरजा, "आदमी को अपनी औक़ात नहीं भुलानी चाहिए एस. अमृत।"

"औक़ात तो मैं कोर्ट में दिखाऊँगा उपायुक्त साहब!"

"कोर्ट को तथ्य चाहिए और अघोरी बाज़ार के ड्रेनेज सिस्टम का कोई पुराना रेकॉर्ड नहीं है कहीं।" उपायुक्त ने पाँसा फेंका।

"ज़िले का तो होगा," अमृत आत्मविश्वास के साथ बोला। पर उपायुक्त को हँसी आ गई। "वही तो बता रहा हूँ अमृत। पूरे ज़िले के ही ड्रेनेज सिस्टम का पुराना नक़्शा नहीं है हमारे पास। और मेरे ही पास क्या, मेरे पहले के दो उपायुक्तों के पास भी नहीं था। कोर्ट को दोगे क्या घंटा?"

वकील की हवाइयाँ उड़ने लगी। उपायुक्त मुस्कुराता रहा। अब उपायुक्त की बारी थी "तुम अघोरी बाज़ार के ड्रेनेज़ का पुराना नक़्शा ढूँढ़ रहे हो न? जबकि यहाँ तो अघोरी बाज़ार के मठ की ज़मीन का खाता-खेसरा का नम्बर तक ही नहीं है। एक पुराने नक़्शे में वहाँ कछार दिखाया गया है बस।"

उपायुक्त ने अमृत के सहारे की अन्तिम लाठी तोड़ दी। वह लड़खड़ा गया। पर वह वकील था। उसने ख़ुद को क़ाबू में लेते हुए जवाब देने की एक अन्तिम कोशिश की और कहा, "इतना अँधेरा नहीं हुआ है अभी उपायुक्त साहब। मेरे पास और भी साक्ष्य हैं।" अमृत ने गोला फेंका। जबकि उसके पास कोई साक्ष्य फ़िलहाल तो नहीं ही था।

सरकारी नौकरी करने वाला चाहे क्लर्क हो या उपायुक्त, नौकरी जाने के ख़याल से ही उसमें डर पैदा हो जाता है। वकील ने अनजाने में उस डरावनी नस को दबाया था। उपायुक्त थोड़ा विनम्र हुआ, पर थोड़ा-सा ही। "तुम्हारे पास साक्ष्य होंगे उससे इनकार नहीं। पर लड़ते-लड़ते दस साल निकल जाएँगे। तब तक न जाने कितने उपायुक्त आएँगे-जाएँगे। सरकारें बदलेंगी और कोर्ट की अपनी सीमा है।" उपायुक्त भी कम खिलाड़ी नहीं था। एक सधी हुई लेकिन नंगी सच्चाई उसने अमृत के सामने रखी। अमृत इस सच की काट सोचने लगा। तब तक उपायुक्त ने उसे सोचने का एक और मौक़ा दिया। "देखो यार! तुम तेजतर्रार आदमी हो। निगम के सरकारी वकील बन जाओ। तब तक रहो जब तक मैं हूँ। निगम के लिए लड़ो। निगम से नहीं।" यह खुला ऑफ़र था।

अमृत ने उपायुक्त पर अपनी नज़र गड़ाई। नंगई और ढिठाई साफ़ नज़र आ रही थी उपायुक्त के चेहरे पर।

कुछ सोचते हुए अमृत उपायुक्त की मेज़ पर झुका और उपायुक्त के पानी से भरे ग्लास को बिना पूछे उठा लिया और एक ही साँस में उनका पानी पी गया। फिर बोला, "फ़िलहाल तो निगम का नौकर बनने का नहीं बल्कि निगम से बराबरी पर लड़ने का इरादा है।"

उपायुक्त को इसमें कोई सन्देह नहीं रह गया था कि यह सिरफिरा एक जटिल जीव है। अमृत विदा लेने के लिए कुर्सी से खड़ा हुआ तो उपायुक्त ने अन्तिम चाल चली, "हाँ, यह ज़रूर कर सकता हूँ कि अघोरी बाज़ार की दक्षिणी दुकानों का ड्रेनेज़ पॉइंट तुम्हारी ओर की ड्रेनेज से लिंक कर दूँगा। अघोरी बाज़ार को कम से कम बरसात में नरक होने से बचा ही सकता हूँ मैं।"

यह उपायुक्त का अन्तिम अस्त्र था जो शायद अचूक बैठा।

अमृत हरकत में आया, "और तीन किलोमीटर आगे जाकर यह नाला गिरेगा कहाँ?"

"सिम्पल है। पश्चिम वाले कछार में," उपायुक्त उत्साह के साथ बोला।

"कुछ तो रहम करो बॉस...वहाँ ज़िन्दा नदी है, कम से कम उसे तो छोड़ दो," कहते हुए अमृत एकदम बिफर गया और उसकी आवाज़ ख़त्म होने से पहले चीख़ में बदल गई।

कमरे से बाहर जाते हुए अमृत ने उपायुक्त के दरवाज़े को जिस तरह से खोला और बाहर निकलते हुए पटककर बन्द किया उससे 'धड़ाम' की आवाज़ गूँजी। कमरे के बाहर मौजूद कर्मचारी सकते में आ गए।

अमृत किसी गोली खाए बाघ की तरह छटपटाते हुए निगम-भवन से बाहर निकला। उसकी साँस तेज़ हो चुकी थी। अब इस बाघ से शहर के कुछ लोगों को ज़रूर ख़तरा था।

बाघ के सामने फिर दो रास्ते थे। एक सीधा और एक आउटर सी-सर्कल का। वही लिंक रोड जो अघोरी बाज़ार जाती थी। यह रास्ता पश्चिम से जाते हुए दक्षिण में मुड़ जाता था। बाघ ने लम्बे फ़ासले का फ़ैसला लिया। इससे शायद उसकी बेचैनी दूर हो जाएगी। उसकी बेचैनी की सबसे बड़ी वजह यह थी कि वह जानता था कि गंगा का पश्चिमी कछार छोटा है। वहाँ नदी बारहों मास कलकल बहती है। इसलिए उसने उसे ज़िन्दा नदी कहा था। वहीं से गंगा की एक धारा कटकर मठ वाले दक्षिणी कछार से जाती थी। पश्चिम की गंगा ही मुख्य गंगा है। मठ वाली गंगा नहीं। सिसवा बाज़ार से अघोरी बाज़ार तक का सारा नरक किसी कछार में गुम होने की जगह अब सीधे मुख्य गंगा में गिरेगा।

"ओह!"

7

घायल बाघ टीले के साए में सुस्ताने की कोशिश कर रहा था। पर उसकी बेचैनी थी कि शान्त होने का नाम नहीं ले रही थी। वह अपने पंजों से कभी

कछार की रेत खुरचता तो कभी भग्न-मन्दिर के टीले के सीमेंट को नोचता। उसके नाख़ून घिसने लगे थे। रक्ताभ नाख़ूनों में थोड़ा दर्द भी उठा।

पसीने से तरबतर उसने आसपास की चीज़ों को डूबती हुई आँखों से निहारा।

कछार में बहुत दूर जिधर गंगा की पतली धारा थी, उधर कुछ लोग बैठे थे। बाघ को लगा कि वे कोई और नहीं, हठयोगी ही हैं। कछार में कभी-कभार अघोरी भी दिख जाते हैं। ज़्यादातर बनारसी होते हैं। पर उनके आने का यह मौसम नहीं था। पता नहीं क्यों आते हैं? अघोरियों के बारे में सोचकर ही बाघ का मन मितलाने लगता था। एक तो उसे धर्म ही पसन्द नहीं था। मन्दिरों की परिक्रमा तो उसने कब की छोड़ रखी थी। पर धर्म का यह रूप! यह हठयोग और अघोरपन्थ! उसे घृणा थी। पर ऐसा शुरू-शुरू में नहीं था।

बचपन में वह यहीं, इसी भग्नावशेष पर दोस्तों के साथ खेला करता था। तब गंगा की लहरें इस टीले तक हिलोर मारती थीं। उसके दोस्त टीले से सीधे गंगा के पानी में कूदते थे। उनकी देखादेखी वह भी कूदने लगा था पर पता नहीं कैसे गंगा धीरे-धीरे दूर होती गई।

बाघ ने उदासी से गंगा को फिर निहारा। हठयोगियों की साधना शायद ख़त्म हो गई थी। वे अपना सामान समेट रहे थे। पर गंगा पार जाने की जगह वे इधर टीले की ओर ही बढ़े आ रहे थे। हठयोगी कुछ पास आए तो बाघ चेतने लगा। ये हठयोगी तो नहीं लगते! कुल चार लोग थे। वे कुछ और पास आए तो उनमें से एक कुछ जाना-पहचाना लगा। बाघ ने गौर से देखा। अरे यह तो वही जापानी है। हाशिगावा। जब वे दस फीट की दूरी पर आए तब बाघ ने साफ़ देखा। दो जापानी थे और दो हिन्दुस्तानी। हाशिगावा ने आते ही उसी चिर-परिचित अन्दाज़ में नमस्ते किया। बाघ ने अभिवादन स्वीकार किया और प्रत्युत्तर में सबका अभिवादन किया।

बाघ की दिलचस्पी ताकिओ हाशिगावा से ज़्यादा उन तीन छोकरों में थी जो तरह-तरह के छोटे-बड़े यंत्र हाथ में लिये हुए थे। सवाल बाघ ने ही पूछा, "तो आप आत्मा के जासूस नहीं हैं?"

"हूँ न।" ताकिओ मुस्कुराए।

"तो ये कलपुर्ज़े आत्मा खोजने के लिए हैं?" अमृत ने हैरानी से पूछा।

"हाँ, पर गंगा की आत्मा खोज़ रहा हूँ।"

"तो आप साइंटिस्ट हैं?" बाघ को लगा कि उसने सही-सही पहचाना।

जवाब में हाशिगावा ने अपने साथ के उन तीन लड़कों से पहले परिचय करवाया, "ये गोसी हे, जापान से, ये पवन और करन, ये दोनों इंदिया से ही हें। सब मेरे एस्तुदेंत्स हें।" तीनों छात्रों ने फिर से नमस्कार किया।

बाघ की सुई अब हाशिगावा पर अटकी। अपने पूर्वानुमान को वह सही होते देखना चाहता था। "पर आप क्या हैं?" सवाल पूछते हुए बाघ मुस्कुराया। हाशिगावा भी मुस्कुराए और जवाब दिया, "मे प्रोफेसर हूँ, ओसाका में।" अब तक टीले की छाया में सुस्ताता हुआ बेशऊर बाघ अब शऊर के साथ उठकर खड़ा हुआ और अपना दाहिना हाथ मिलाने के लिए आगे बढ़ाया, "नाइस टु मीट यू सर। पर आपने उस दिन पूरा परिचय नहीं दिया था।"

हाशिगावा मुस्कुराए, "तुमने जितना बोला, उतना में बोला।" उनके कहने का अर्थ यह था कि अमृत ने जितना पूछा उतना ही जवाब दिया था तब। फिर हाशिगावा विद्यार्थियों की ओर मुड़े। पहले तो जापानी में योसी से क़ुछ बोले फिर सबको निर्देश दिया, "होतेल जाओ सब, में रुकूँगा अबी।" साज़ो-सामान के साथ छात्रगण विदा हुए। ग़ज़ब का अनुशासन था उन तीनों में।

"तो गंगा में क्या खोज रहे थे आप लोग?" बाघ ने उनके काम में दिलचस्पी दिखाई।

"लाइफ़," एकदम सीधा जवाब दिया प्रोफेसर ने।

"तो मिली?"

जब समझदारी बढ़ने लगती है तब भाषा संक्षिप्त होने लगती है। अमृत के सवाल में वही संक्षिप्तता थी। प्रोफेसर ने जवाब दिया, "येस, पर आई.सी. यू में हे अभी।"

बाघ को पूरा क़िस्सा समझ में आने लगा। धूप अब भी तीखी थी। दोनों टीले की छाँव में बैठ गए। हाशिगावा ने अपनी टोपी उतारी और पंखे की तरह उसे हिलाने लगे। दोनों चुप रहे।

बाघ को उनसे पहली मुलाक़ात याद आई तो यह भी याद आया कि हाशिगावा ने कुछ सूत्रात्मक ढंग से कहा था पर वह समझ नहीं पाया तब।

उसने बात वहीं से शुरू की, "आपने उस दिन शान्ति की बात की थी। असली और नकली की। पर मैं समझ नहीं पाया?"

हाशिगावा मुस्कुराए, "मे भी अबी समझ राहा हूँ।"

"फिर भी, कुछ तो बताइए। आपने कहा था कि आप साउथ चले जाएँगे। पता नहीं फिर आपसे मुलाक़ात हो या न हो।" बाघ की स्मृति का तो कहना ही क्या था!

हाशिगावा समझ गए। पर एक अजनबी भाषा में ज्ञान-मीमांसा वे किस हद तक करते? इसलिए कुछ देर चुप रहे। फिर उनकी आँखें छोटी हो गईं, एक-एक शब्द उसी तरह चबाते हुए बोले, "देह, बॉदी, नक्ली नहीं। वह झुत नहीं बोलती। उसका पेन, दरद सचा हे। नदी जेसा। बस कारन खोज्ना है। कारन।" यह बोलते हुए उनके चेहरे पर उदासी छाई थी।

अमृत ने उस उदासी को पकड़ा। "और वह असली-नकली वाली बात? शान्ति खोजने वाली।" अमृत की सुई इसी शान्ति पर अटकी हुई थी। उसकी बेचैनियों का अन्त नहीं दिख रहा था। शायद उस बेचैनी ने ही उससे यह सवाल पुछवाया होगा।

हाशिगावा उसी दार्शनिक अन्दाज में बोले, "एक देह से, दूसरा देह को दरद न हो, यही शान्ति हे। देह मतलब बॉदी नहीं। पूरी धरती पर सब कुस।"

"तो नकली क्या है?" बाघ दर्शन में डूब रहा था।

"एक देह का दूसरी देह का किंग होना।" इस बार हाशिगावा कुछ ज़्यादा ही मुस्कुराए। किंग शब्द को ज़ोर लगाकर बोला था उन्होंने।

रहस्य एकदम खुल गया। बहुत सीधी-सी बात थी। बाघ पता नहीं मीमांसा की किन गहराइयों से घबरा रहा था। पर हाशिगावा रुके नहीं, "प्रोफित–लाभ नक्ली हे। गंगा अस्ली हे, खोज्ना हे।"

बाघ के माथे की शिकन कुछ कम हुई और देह की बेचैनी जाती रही। वह शान्त होकर अपने पंजों से कुरेदे गए रेत के गड्ढों को भरने लगा। हाशिगावा उसकी हरकत चुपचाप देख रहे थे। फिर बोले, "मुझे इस जेगे की हिस्त्री नहीं मिली। तुम इधर के वासी हो तो बताओ कुस।"

बाघ ने रेत के गड्ढे भरना छोड़ा और बोला, "मेरा जन्म यहीं हुआ था।

मैं इस टीले से सीधे गंगा में छलांग लगता था। तब गंगा यही थी।"

"और।"

बाघ ने निराश स्वर में कहा, "इस इलाक़े का कोई लिखित इतिहास नहीं। बस सच्ची-झूठी कहानियाँ हैं।"

"सुनाओ," हाशिगावा ने ज़ोर देकर कहा। आज मूड में थे।

बाघ को हैरानी हुई कि क्या अब यह बच्चों वाली कहानियाँ सुनेगा? पर बाबा हाशिगावा कथा सुनने का मूड बना चुके थे। धूप का चश्मा तो कब का उतर गया था। अब अपनी छोटी आँखों से बाघ को घूरे जा रहे थे।

बेमन बाघ ने कथा कहने से बचना चाहा, "छोड़िए। क़िस्से-कहानियों में कुछ ख़ास नहीं। आप साउथ कब जा रहे हैं?"

इतना सुनते ही हाशिगावा नाराज़ होने लगे, "तुम भाग रहे होअ?"

"कहाँ? किससे?"

"सुनाने से?"

"अरे? मैंने कहा न कि उनमें दम नहीं है।"

"पर में सुनूँगा ही।" किसी हठी बालक की तरह हाशिगावा ज़िद कर बैठे थे। इतने कम समय में एक परदेसी इतना अधिकार जता सकता है! बाघ ताज्जुब से भर गया। इधर हाशिगावा ने अपनी छोटी आँखों को रूमाल से पोंछा। फिर चश्मा साफ़ करते हुए बाघ की ओर घूरा और निवेदन किया, "सुनाओ।"

मन मारकर बाघ ने कथा प्रारम्भ की—

राजा का नाम तो याद नहीं पर कहते हैं कि इस इलाक़े में सैकड़ों वर्ष पहले एक प्रतापी राजा हुआ करता था। उसके शासन-काल में बाघ और बकरी एक ही घाट पर पानी पीते थे। गंगा की उपजाऊ भूमि से किसानों का घर अनाज से भरा रहता था। दूर-दूर से ऋषि-महात्मा, साधु-संन्यासी राजदरबार में आते और राजा उन्हें कुछ-न-कुछ उपहार देकर ख़ुद को कृतार्थ समझता था। बुज़ुर्गों का मानना है कि एक समय ऐसा आया कि कुछ साधु नेपाल की तराई से भटकते-भटकते राजदरबार में पहुँचे। पर देखने में वे साधु नहीं लग रहे थे। जटा-जूट बढ़ाए और देह पर चिता की भस्म लपेटे आए थे। शायद नहाते भी नहीं थे। प्रजा ने फटी आँखों से उन्हें देखा। वे नरमुंड के खप्पर में

पानी पीते थे और आशीर्वाद की जगह गालियाँ देते थे। वे जब राजदरबार में पहुँचे तो उन्हें देखकर दरबारी विचलित होने लगे। ज़्यादातर साधु तो नंगे ही थे। किसी के हाथ में मानव-हड्डी तो किसी के हाथ में मानव-खप्पर। रनिवास की औरतें घबराकर दरबार से महल की ओर भागीं। उधर दरबार में आते ही नंगे साधुओं ने राजा को गालियों से भर दिया। राजदरबार में सन्नाटा पसर गया।

पर वे इतने पर भी न रुके। बहुत साहस करके महारानी ने जब उनकी चरण-वन्दना की तो उन्हें भी जी भर के कोस दिया साधुओं ने। इस पर क्रुद्ध सेनापति ने भरी सभा में म्यान से तलवार खींच ली पर अपना राजा समझदार निकला। उसने कनखियों से सेनापति को टोका। सेनापति ने तलवार म्यान में वापस डाल ली। राजा को लग गया था कि मामला इतना आसान नहीं। इतनी दूर चलकर ये महापुरुष केवल शापने-गलियाने नहीं आए हैं। राजा ने दरबार में सबसे ऊँची जगह पर उनका आसन लगवाया और गालियाँ सुनते हुए भी उन सबके पैर पखारे। तब सबसे बूढ़े साधु ने राजा से कहा, "तू बड़ा दयालु है रे...तुझमें करुणा का वास है।" राजा की आँखों में आँसू आ गए। बूढ़े साधु ने अपने खप्पर में वे आँसू रोक लिये, यह कहते हुए कि "जा अब तेरे आँसू हमारे हिस्से के हुए...तू बस ऐसे ही राज कर।" ख़ुशी के मारे महारानी ने सोने के परातों में हीरे-जवाहरात भरकर भिजवाए। पर अघोरी-साधुओं ने परातों पर थूक दिया। फिर फल और मेवे भिजवाए गए पर साधुओं ने साफ़ कहा, "हम दूसरों का दिया नहीं खाते।"

थककर राजा-रानी ने हाथ जोड़ लिए और क्षमा-याचना की "हे महात्मन, हम अज्ञानी हैं, हमें बताएँ कि कैसे सेवा करें आपकी?"

तब बूढ़े साधु ने कहा, "दक्षिण दिशा का कोई मसान दे दे, नौ मन्दिरों के साथ...और कुछ भी नहीं।"

राजा ने उनकी बातों का अक्षरशः पालन किया। उनके कहे अनुसार छोटे-बड़े नौ मन्दिर बनवाए गए। वे मन्दिर परम्परिक नहीं थे। बल्कि नौ प्रवृत्तियों के प्रतीक थे जिनकी साधना उन साधुओं ने शुरू की। उनकी साधना इतनी विचित्र थी कि उसे देखकर जनता ने उसको तरह-तरह के नाम दे दिए। कुछ ने उन्हें

औघड़ कहा तो कुछ ने अघोरी। कुछ ने हठयोगी। तब से वे इस इलाक़े में बस ही गए और इलाक़े को नौ-मठ का नया नाम मिला। कहते हैं कि इस इलाक़े में उनको देखने के लिए लोगों का ताँता लगने लगा। लोग दूर-दूर से आते और उनकी गालियों को किसी आशीर्वाद की तरह माथे पर धरे चले जाते। धीरे-धीरे साधु जनता को सुनने लगे थे और जनता उनको। वे कभी-कभार यहाँ के प्रशासकों को भी गलियाते थे। वे जिस प्रशासक को गलियाते उसकी ख़बर गुप्तचर सीधे राजा तक पहुँचाते। उन पर कार्रवाइयाँ होने लगीं। शासन में उनका भय बढ़ने लगा था और राज-काज से जुड़े अधिकारी उनके कोप से थर्राने लगे थे। सदियाँ ऐसे ही बीतीं। राजे-महाराजे आते गए-जाते गए पर साधु जमे रहे। उन पर उम्र का कोई असर नहीं पड़ा। वे कालजीवी हो गए थे और सदियों तक इलाक़े में आने वाली हर विपदा को पहले-पहल हरते थे। लोग तो यह भी कहते हैं कि जब तक वे मसान में रहे तब तक राज्य में कोई महामारी नहीं आई।

फिर पता नहीं कि कब, क्या और कैसे हुआ। गंगा अक्सर बढ़ियाने लगी। नदी के उस पार घना जंगल था जिसमें भयानक जानवर रहते थे। वह जंगल डूबने लगा। अब रात के सन्नाटे में जंगल से कई तरह की चीत्कारें आने लगीं। जंगल के आसमान पर सारी-सारी रात चमगादड़ किसी बवंडर की तरह मँडराने लगे। जंगल का शोर बढ़ता जा रहा था। डूबते हुए जानवर मदद की गुहार लगाते रहे। पर उनकी चीख़ों पर किसी का ध्यान नहीं गया। बस अघोरियों ने उनकी तकलीफ़ों को समझा। मसान में वे जलती चिताओं के बीच गंगाजी से प्रकोप कम करने के लिए प्रार्थना करने लगे। उनकी प्रार्थनाएँ नाच की शक्ल में होती थीं। वे दिनों-महीनों नाचते रहे। इसका असर हुआ। धीरे-धीरे बढ़ियाई गंगा का पानी उतरने लगा और रात के सन्नाटे में जंगल से आने वाली चीख़ें एकदम थम गईं।

फिर एक दिन गंगा के एक मछुआरे ने रात के अँधेरे में जंगल की ओर असंख्य चमगादड़ों को उड़ते हुए पाया। वे किसी गुफा से निकलते और आसमान में छा जाते। चमगादड़ बेहद बेचैन दिख रहे थे। मछुआरे को कुछ समझ में नहीं आ रहा था। कई रात वह मछुआरा गंगा किनारे उस गुफा के

पास पाल डाले इस रहस्य को जानने में लगा रहा। पर गुफा के भीतर जाने की उसकी हिम्मत नहीं हो रही थी। और एक दिन उसने देखा कि गुफ़ा से काले रंग का एक तेंदुआ बाहर निकल रहा है। काले तेंदुए ने उस मछुआरे को देख लिया। मछुआरे ने डरकर एक लम्बी चीख़ मारी। पर देर हो चुकी थी। अघोरियों ने उस चीख़ को सुना तो मशाल थामे नदी किनारे पहुँचे। एक डूबती हुई नाव के सिवाय वहाँ कुछ भी नहीं था। वे लौट गए।

इस घटना के कुछ ही दिनों बाद वह तेंदुआ फिर दिखने लगा। अब वह साँझ ढलते ही नदी पार करके मसान की तरफ़ आने लगा। लोग कहते हैं कि तब वह एक जवान हो रहा तेंदुआ था और अक्सर बहुत भूखा रहता था। कुछ नहीं मिलने पर वह चिता से मुर्दा खींचकर ले उड़ता। धीरे-धीरे वह ढीठ होता गया। अब वह मठ वाले बरगद के पेड़ पर छिपकर रहने लगा और मौक़ा मिलते ही चोरी-छिपे कारनामे करने लगा। सबसे पहले उसने मसान के कुत्तों को चट किया। दिन बीतते-बीतते उसका साहस और बढ़ता गया और वह दिन-दहाड़े हमला करने लगा। जिस दिन मसान में कोई लाश नहीं आती उस दिन वह अघोरियों पर हमला करता। एक-एक करके वह अघोरियों को भी खाने लगा। एक रात तो उसने इतना खूँखार हमला किया कि देखते-देखते बाक़ी बचे अघोरी भी निपट गए। सबसे वृद्ध अघोरी की तो गर्दन ही लेकर उड़ा था वह।

भय से मन्दिर सूने पड़ गए और काले तेंदुए का आतंक जम गया। यहाँ तक कि डर से लोगों ने इधर चिताएँ फूँकना ही छोड़ दिया।

रात के अँधेरे में वह कछार-गंगा में बेख़ौफ़ घूमता था।

गंगा जी से उसका यह अत्याचार देखा न गया। प्रजा भी डरपोक निकली। किसी की हिम्मत ही नहीं हो रही थी कि वह काले तेंदुए का सामना करे। कुपित गंगा का पानी इस इलाक़े में फिर चढ़ता गया और एक दिन क्रुद्ध गंगा ने मठ के छोटे-बड़े सभी मन्दिरों को अपने में समेट लिया।

कहते हैं कि बारह साल तक गंगा का पानी इलाक़े से नहीं उतरा। मन्दिर उसी में समाहित रहे। बारह साल बाद जब गंगा का कोप शान्त हुआ तो पानी उतरने लगा। जब पानी उतरा तो छोटे-बड़े वही नौ मन्दिर जनता के सामने

प्रकट हुए। कहीं कोई टूट-फूट नहीं। वैसे ही चमकते हुए अक्षत मन्दिर सबके सामने थे। पर भय से लम्बे समय तक मन्दिर सूने ही रहे।

फिर एक दिन किसी बूढ़ी भक्तिन ने मन्दिरों में दीये जलाकर रख दिए। अगले दिन उसकी देखादेखी किसी और ने भी यही किया। फिर देखते-देखते सभी मन्दिरों में दीया रखने का चलन हो गया। जनता का जब साहस बढ़ा तो पुजारियों का प्रबन्ध किया गया। पुजारी दिन में पूजा करते और साँझ होने से पहले मन्दिर में ताला जड़कर बाहर निकल आते। इस दौरान कुछ सिपाही तैनात रहते। एक महापात्र को भी बुलाया गया और उसे नौवाँ मन्दिर देकर एक छूट रहे कर्म को फिर से शुरू करने की कोशिश हुई। काला तेंदुआ भी नहीं दिख रहा था। इस बार भी गंगा में बाढ़ आई पर पानी मन्दिर का बाहरी छोर छूकर वापस लौट गया। सब कुछ पहले की तरह सामान्य हो रहा था।

लेकिन एक दिन फिर वही हुआ जिसका डर था। कुछ पुजारी मुख्य मन्दिर में पूजा-अर्चना कर ही रहे थे कि काले तेंदुए ने फिर हमला कर दिया। उसने सिपाहियों को बेतरतीबी से मारा। पहले तो उनका मूँड़ चबाकर फेंक दिया फिर उनके कलेजे खा गया।

डर के मारे पुजारी थरथर काँपने लगे। पर हैरानी इस बात की थी कि इस बार उसने पुजारियों पर हमला नहीं किया। पुजारियों ने देखा कि अपनी प्रचंड ताक़त के बावजूद काला तेंदुआ कुछ कमज़ोर हो चला था। इस बार उसने दहाड़ते हुए नहीं बल्कि दबे पाँव हमला किया था। अब वह पहले से कहीं ज़्यादा खूँखार और जानलेवा बन चुका था।

काले तेंदुए ने पुजारियों के सामने शर्त रखी ‘चढ़ावे का आधा चाहिए... शर्त मानोगे तो बदले में यहाँ रक्त की एक बूँद भी नहीं बहेगी।”

पुजारियों ने आपस में मंत्रणा की और मठ के आठ मन्दिरों के पुजारियों ने अपनी सहमति दे दी। पर नौवें मन्दिर का पुजारी हठी निकला। उसने साफ़ कह दिया, “मर जाऊँगा पर इस नरभक्षी के आगे झुकूँगा नहीं।” नौवें मन्दिर के पुजारी के पास एक दिव्य छड़ी थी जिससे काला तेंदुआ दूरी बनाए हुए था। पुजारी की हठधर्मिता के पीछे वह छड़ी कवच की तरह खड़ी रही। पुजारी इसलिए भी हमले के वक़्त डरा नहीं था। बिलकुल भी नहीं।

तेंदुआ कुछ बिगाड़ नहीं पाया उस पुजारी का लेकिन मठ में दो गुट बन गए। तेंदुआ त्रिपुंड लगाए अब मुख्य मन्दिर पर बैठने लगा। उसके अहिंसक बर्ताव को लोगों ने देखा और अचम्भित हुए। समय के साथ लोगों में उसका आतंक जाता रहा और साधु-तेंदुए को देखने के लिए भीड़ लगने लगी। भीड़ कई बार उसके बहुत पास आकर उसकी पीठ और पंजे देखती और हैरत से भर जाती। कोई-कोई तो उत्साह में उसे छू भी लेता पर तेंदुआ कुछ नहीं करता।

इधर नौवें मन्दिर का बागी पुजारी अलग-थलग पड़ गया था लेकिन उसने मन्दिर पर ना तो कभी अपनी दावेदारी छोड़ी और ना ही उस तेंदुए के सामने कभी घुटने टेके। पर पुजारी का सात साल का एक बेटा था जो गुरुकुल में पढ़ता था। कभी-कभी वह गुरुकुल से घर आता तो पुजारी को उसकी फ़िक्र लगी रहती। बालक माताविहीन था। पुजारी कभी-कभार उसे मठ भी लाता। सबसे पहले पुजारी बरगद को प्रणाम करता और बालक को भी नतमस्तक होने के लिए कहता। पुजारी का मानना था कि अघोरियों की आत्माएँ आज भी इसी वट-वृक्ष पर उल्टी टँगी हुई हैं। उनकी आत्माएँ काले तेंदुए की मौत का इन्तज़ार कर रही हैं। जब तक काला तेंदुआ नहीं मरेगा तब तक उनकी आत्माओं को मुक्ति नहीं मिलेगी।

पुजारी दिन में कभी बरगद के पास श्राद्ध-कर्म करता तो कभी मन्दिर में। इस बीच उसका सात साल का बालक अपने दोस्तों के साथ खेलता-कूदता। कभी-कभी वह मन्दिर की दीवार पर चढ़कर गंगा में कूदता-फाँदता। दूर बैठा काला तेंदुआ उस बालक को घूरा करता था पर बालक था कि उसे कोई फ़र्क़ ही नहीं पड़ता था। उसके बूढ़े बाप ने उसके भीतर इतने मंत्र भर दिए थे कि वह बालक किसी से भी नहीं डरता था। उस बालक का वश चलता तो उसी उम्र में उस तेंदुए से भिड़ जाता। वह पिता से कई बार तेंदुए के बारे में पूछता, "यह कहाँ से आया है बाबा? यह क्या खाता है?" पर उसके पिता कुछ बताते ही नहीं थे। जवाब न मिलने पर उस बालक का मन तेंदुए से लड़ने की तरह-तरह की कल्पनाएँ करता। बड़ी ही विचित्र कल्पनाएँ होतीं उसकी। एक कल्पना तो यह करता कि एक दिन वह आसमान से उड़ता हुआ आएगा और काले तेंदुए को टाँगकर ले उड़ेगा, फिर उसे गंगाजी में डुबा देगा। बालक

को हमेशा लगता कि उसके बाबा के पास ऐसे-ऐसे मंत्र हैं कि उनको पढ़कर कुछ भी किया जा सकता है। जो आदमी आत्माओं को स्वर्ग भेज सकता है वह कुछ भी कर सकता है। इसी चक्कर में बालक ने एक दिन अपने बाबा से ज़िद की, "पंख उगाने वाला एक मंत्र सिखा दो ना बाबा मुझे। मैं उड़ूँगा।"

बाबा ने उसे प्यार से समझाया, "पंख तो पखेरुओं के लिए होते हैं मेरे बेटे। बड़े पेट वालों को पंख नहीं होने चाहिए। इससे सृष्टि नष्ट हो जाएगी।"

बालक ने बहुत ज़िद की पर उसके बाबा ने कभी उसे पंख उगाने के मंत्र नहीं बताए। बस माथे पर प्यार से हाथ फेरते रहे जिसे बालक मंत्र मानकर ग्रहण करता रहा। समय बीतते-बीतते बालक को अपने पिता के निर्भीक मंत्रों से ज़्यादा स्वयं की बलशाली देह पर भरोसा होने लगा। बालक थोड़ा और बड़ा हुआ तो अखाड़े भी जाने लागा। बालक ने मन ही मन कुछ तय कर लिया था। अब काला तेंदुआ उसे दूर-दूर से ही देखता रहता और बालक से कभी सामना होने पर अपना रास्ता बदल लेता।

बाघ जब यह कथा ख़त्म कर रहा था तो उसकी शिराओं में रक्त का प्रवाह तेज़ होता जा रहा था। लग रहा था कि उसकी देह की नसें फट जाएँगी। काले तेंदुए के चेहरे को याद करते ही बाघ की भुजाएँ फड़कने लगीं। उसका मन हुआ कि काले तेंदुए को अपने मजबूत पंजे से अभी ही चीर-फाड़ दे। अगर मौक़ा मिला तो सबसे पहले बाघ उस त्रिपुंडधारी काले तेंदुए का सीना चीर कर कलेजा खाएगा। फिर उसके मूँड़ को चबाकर उसी तरह फेंकेगा जैसे तेंदुए ने अघोरियों का चबाकर फेंका था।

8

डॉक्टर मंडल की छत पर वकील साहब दो दफ़ा डाँट खाकर अब मछली खा रहे थे। सबसे पहले तो उनकी चौदह साल की बेटी रिया ने ही उन्हें डाँटा फिर रेणु ने। रेणु ने कुछ ज़्यादा ही डाँट दिया था अमृत को। आज मंडल दम्पती की शादी की सालगिरह थी। सी. पी. सुबह ही बनारस से आ गया था।

उसने सालगिरह के पूरे आयोजन को एक 'सरप्राइज़ इवेंट' बनाया था। वह दिनभर अपने पिता से छुपकर रहा और रामायन को सख़्त हिदायत दी गई थी कि सी.पी. के आने की ख़बर और आयोजन वाली बात वह डॉक्टर मंडल को बिलकुल न बताए। तय हुआ कि मैडम मंडल डॉक्टर साहब को शाम आठ बजे फ़ोन करके घर बुलाएँगी और उनके आते ही जश्न शुरू होगा। सब कुछ प्लान के हिसाब से ही हुआ पर अमृत ग़ायब था। सी.पी. दिनभर फ़ोन मिलाता रहा पर जनाब का फ़ोन ऑफ़ था। ऑन भी होता तो कछार में टावर पकड़ने से रहा! जश्न की साँझ जितनी डाकसाहब के लिए सरप्राइज़्ड रही उतनी ही वकील साहब के लिए भी। बस अन्तर यह था कि वकील साहब की तरह डाकसाहब ने डाँट नहीं खाई थी।

जलसा कुल मिलाकर पारिवारिक था। डाकसाहब के सुन्दरनगर वाले दो पड़ोसी और अमृत का परिवार। बस यही दुनिया थी। नए चेहरों में रामायन के साथ उसकी ही उम्र का एक लड़का दिख रहा था। एक लड़की भी दिखी जो रसोईघर और छत के बीच खाने-पीने की चीज़ें जुटाने में व्यस्त थी। रामायन उसे कनखियों से देखता और सुकून से मुसकुराता। वकील को हरकत पकड़ में आई तो उसने रामायन को इशारे से बुलाया, फिर पूछा, "ये लड़की कौन है जिसे देखकर तू मुस्कुरा रहा है?"

रामायन ने लड़की को आवाज़ मारी "कुसुम।" रामायन की आवाज़ में अधिकार की भावना थी। लड़की तुरत मुस्कुराती हाजिर हुई तो रामायन ने कहा, "ये वकील भैया हैं कुसुम।" कुसुम ने झटपट अमृत के पैर छू लिए तब रामायन ने अपनी मुस्कुराहट की गुत्थी सुलझाई, "भइया यह आपकी होने वाली बहू है।"

अमृत पहले हैरान हुआ फिर मुस्कुराया, "वाह पट्ठे...तू तो सच में बड़ा हो गया!"

कुसुम प्यारी बच्ची लगी अमृत को।

फिर अमृत कुछ याद करके अपनी जेब से पैसे निकालने लगा, मुँह-दिखाई देने के लिए, तो रामायन ने टोका, "रेणु भाभी ने दे दिया...पर इतने से काम नहीं चलेगा...शादी में आना होगा।" दोनों हँस पड़े। कुसुम शरमा कर चली गई।

अमृत को रामायन के धीरे-धीरे व्यवस्थित हो रहे जीवन को लेकर कुछ सुकून हो रहा था। अमृत बचपन से रामायन को देख रहा है जब रामायन की मसें भी ठीक से नहीं भीगी थीं। उसकी माँ घरों में बर्तन माँजकर गुजारा करती थी। बाप ने उसे छोड़ रखा था। तब सी.पी. हॉस्टल में रहता था। डाकसाहब का घर अक्सर सूना पड़ा रहता। फिर डाकसाहब ने छत वाला कमरा देकर अपने पास रख लिया रामायन को। बातूनी तो खैर रामायन तब भी था। स्कूल के बाद सीधे क्लीनिक पर जाता था और मरीज़ों से गप्पें लड़ाता था। फिर धीरे-धीरे मरीज़ों की केस हिस्ट्री लिखने लगा और डॉक्टर मंडल की लिखी दवाइयाँ और पर्ची लिफ़ाफ़े में भरकर देने का काम करने लगा। और फिर देखते-देखते सब सीख गया। डाकसाहब के प्रभाव से कम्पाउंडरी की डिग्री भी मिल गई। आगे बढ़ने की लगन तो बहुत थी रामायन में। शुरू से ही। पर महन्त महेन्द्रनाथ के यहाँ रामायन का जाना अमृत को बहुत अखर गया था। इस मुद्दे पर उसने रामायन से कोई बात न की। बस यह पूछा, "यह लड़का कौन है रामायन?" अमृत का इशारा उस नए चेहरे को लेकर था जो रामायन का हमउम्र लग रहा था।

"अरे यह राजू है। ये कुसुम का भाई है और आपके डाकसाहब का नया ट्रेनी," रामायन ने बहुत सहजता से बात कही। ट्रेनी वाली बात पर अमृत थोड़ा हिला, "तो तुम डाकसाहब का साथ छोड़ने का मन बना चुके हो?"

"अब आपको तो बताया ही था भइया जी...बस सालगिरह का इन्तज़ार कर रहा था। कल से फ्री।" रामायन भीतर से किसी उत्साह में भरा हुआ था। आज़ादी की ख़ुशी जैसे उसके रोम-रोम से फूट रही थी।

अमृत किसी दूसरे ख़याल में खोया था, उसने पूछा, "क्या डाकसाहब को बताया तुमने?"

"उनको कोई फ़र्क़ पड़ता है भइया जी?"

"फिर भी, बताना तो चाहिए था न?"

"सब बता दिए हैं भइया जी। बिना बताए ही राजू ट्रेनी हो गया डाकसाहब का? जब हम सब बताए तो वह बोले कि एक विश्वासी लड़का दे दो क्लीनिक के लिए...बस इतना ही कहा। आगे कोई और बात नहीं की डाकसाहब ने।" रामायन अमृत से सच ही कह रहा था।

दोनों डाकसाहब को निहारने लगे। डॉक्टर मंडल तली मछलियों के साथ-साथ पालक के पकौड़े भी खा रहे थे। उनको देखते हुए रामायन ने अमृत से कहा, "भइया, देख रहे हैं न आप डाकसाहब को? जैसे किसी दूसरे की शादी की सालगिरह में आए हों! उनको सच में कोई फ़र्क़ नहीं पड़ता भइया जी!!"

अमृत ने डाकसाहब को अब गौर से देखना शुरू किया। मंडल साहब सुस्ताए हुए से चुपचाप पकौड़ों का स्वाद ले रहे थे। जैसे बिलकुल ऐसा ही और एकदम यही सुस्त समय चाहिए उनको। वैसा समय नहीं जिसे दुनिया जी रही है। डाकसाहब के पास कोई आपाधापी नहीं थी। जैसे कि डॉक्टर मंडल दुनिया से मिलने वाली हर चीज़ को सरप्लस मानकर चलते हों। कभी कोई शिकायत ही नहीं की। किसी चीज़ का कभी रोना नहीं रोया। रिश्ते हों या चीज़ें, हमेशा उन्हें अपनी उम्मीदों से ज़्यादा ही माना और सहेजा भी। वैसे वे उम्मीद ही नहीं करते किसी से। एक बार उन्होंने अमृत से कहा था, "दूसरों से ज़्यादा मेहनत करो और किसी से कोई उम्मीद मत रखो तभी सुखी रहोगे।" अमृत क्या ही बोलता! बल्कि उसे अब हँसी आ रही थी। पालक के पकौड़े का एक टुकड़ा डाकसाहब की नाक की नोक पर चिपक गया था जिससे बेपरवाह डाकसाहब पकौड़ों के स्वाद में डूबे हुए थे। अमृत अपनी जगह से उठकर उनके पास गया और उनकी नाक की नोक से वह टुकड़ा पोंछ दिया, फिर उनको दिखाया भी। डाकसाहब ने पहले तो कुछ नहीं बोला, फिर जब अमृत उनके पास बैठा तो बोले, "बताओ यार अमृत! इतनी बढ़िया पार्टी है पर तुम्हारी मैडम ने दारू पर पाबन्दी लगा दी है। सारा स्वाद ही आधा हो गया।" डाकसाहब की ज़िन्दगी में बस यही एक शिकायत बची थी। अमृत जानता था कि मैडम मंडल सार्वजनिक मैकशी को पसन्द नहीं करती थीं। इसकी वजह भी ख़ुद डाकसाहब ही थे। वह पीने के बाद किसको क्या बोल जाएँगे उन्हें ख़ुद नहीं पता था।

अमृत डॉक्टर मंडल के सामने एक खुलासा करना चाहता था। हालाँकि उससे डाकसाहब पर कितना फ़र्क़ पड़ता वह भी नहीं जानता था। शायद

डाकसाहब पर कोई फ़र्क़ पड़े ही न। खुलासा यह था कि सी. पी. ने अपनी शादी के लिए लड़की चुन ली थी। वह सीधे अपने पिता को कहना नहीं चाहता था क्योंकि पिता का मन था कि बहू भी डॉक्टर ही हो। पर अब तो होने वाली बहू बनारसी थी और शिक्षा जगत से उसका कोई लेना-देना नहीं था। वह बस लिख-पढ़ लेती थी। यह बात अमृत को सी.पी. ने अभी-अभी संक्षेप में बताई थी, इस आग्रह के साथ कि "वकील भइया, बस मौक़ा निकालकर यह बात अपने डाकसाहब से कह देना।" सी.पी. और डाकसाहब में कोई अनबन न थी पर उनके आपसी रिश्तों में औपचारिकता की एक पतली-सी चादर ज़रूर पड़ी थी। चादर पारदर्शी थी। पर थी तो चादर ही।

अमृत को वह बात कहने का मौक़ा नहीं मिल रहा था। उसने रामायन का बहाना लिया, "डाकसाहब! एक पक्षी होता है न! अरे वही जो कई बार दूसरों के अंडे अपना समझकर सेता रहता है और जब अंडे फूटते हैं तब भीतर से एक बेगानी-सी चीज़ बाहर निकलती है। नहीं?"

"हूँ...होता तो है...पर...अंडे सेने का सुख तो उस पक्षी का अपना होता है। नहीं होता क्या? होता है न?" यह अमृत के वैचारिक सवाल का दार्शनिक जवाब था शायद। डॉक्टर ने दाँत में फँसे मछली के कांटे को बाहर निकालते हुए अमृत के विचार पर अपना विचार रखा था। इस बूढ़े शख़्स को सच में पकड़ना मुश्किल था। अमृत फिर कुछ नहीं बोला।

"तुम रामायन की बात कर रहे हो या सी.पी. की?" अमृत की चुप्पी भाँपकर डाकसाहब ने सवाल किया।

अमृत हैरान, "कमाल है डाकसाब! नें चन्द्र प्रकाश की बात क्यों करूँगा? वह तो आपका है!"

"क्या फ़र्क़ पड़ता है अमृत? अंडे अपने हों या बेगाने, आज़ादी तो दोनों तरह के चूजों को चाहिए। और मैं रोकूँगा भी नहीं।"

रामायन सही ही कह रहा था कि डाकसाहब पर फ़र्क़ नहीं पड़ता। जैसे उन्हें सब पता हो फिर भी निर्वेद की चादर में सुस्त पड़े हों। कोई हलचल नहीं। बल्कि चेहरे पर एक सुकून था उनके।

"तो आप जानते हैं सब कुछ?"

"हाँ।"

"लड़की बस पढ़-लिख लेती है। यह तो पता नहीं होगा आपको?"

"यह भी पता है मुझे।" जैसे कृष्ण अर्जुन को बता रहे हों कि सृष्टि का मुझसे कुछ नहीं छुपा। मैं ब्रह्मांड के सारे रहस्य जानता हूँ। जानता क्या हूँ बल्कि मेरे ही निमित्त सब कुछ है।

"पर आपको तो डॉक्टर बहू की ख़्वाहिश थी?"

"ख़्वाहिशों के लिए हक़ीक़त को पत्थर नहीं मारते अमृत!"

अमृत मुस्कुराया, "चलिए, यह ख़ुशी की बात है। मैं समझा कि कहीं आप नाराज़ न हो जाएँ सी.पी. से।" पर डॉक्टर ने 'ना' में अपनी मुंडी हिलाई, "ना, चन्द्र प्रकाश से नाराज तब होता जब वह किसी मालदार लड़की को फँसाता।"

अब कहने-सुनने को कुछ ख़ास बाक़ी नहीं बचा था पर अमृत ने हैरानी ज़रूर जताई, "लो! और सी.पी. को लगता है कि आप कुछ भी नहीं जानते।"

डाकसाहब मुस्कुराए, "रामायन को मैंने पाला है कि उसने?"

पोल खुल गई। डॉक्टर और वकील दोनों हँसे। दिल खोलकर। बातूनी रामायन ने सारा भेद खोल दिया था।

फिर भी रामायन और महन्त वाली बात खटक रही थी अमृत के भीतर। उससे रहा नहीं गया। अमृत कुछ संजीदा हुआ, "रामायन महन्त महेन्द्रनाथ की चाकरी कर रहा है आजकल। यह तो पक्का आप नहीं जानते होंगे डाकसाहब?"

महेन्द्रनाथ एक ऐसा नाम था जहाँ दोनों को संजीदा होना पड़ा। डाकसाहब ने एक उड़ती हुई निगाह डाली अमृत पर, फिर कुछ सोचकर बोले, "उसने बताया तो नहीं पर ख़बर है मुझे।"

फिर कुछ ठहरकर डाकसाहब ही बोले, "डॉक्टर केवल मरीज़ को बचाने का दावा कर सकता है अमृत, मनुष्यता को बचाने का नहीं। जैसे कि तुम्हारी कानून की किताबें। वे नागरिकता को बचाने का दावा करती हैं पर मनुष्यता को नहीं। जो भी ट्रेनिंग है वह एक दायरे के भीतर ही है। मैं ही रामायन को कितना बचा पाया?"

आज बहस का दिन नहीं था। अमृत चुप ही रहा।

इधर डॉक्टर मंडल किसी निष्कर्ष पर पहुँचने के पहले जैसे ठहरकर सोच रहे हों, कुछ देर ऐसे ही रहे फिर बोले, "हाँ, इतना है कि किसी को भी, किसी की भी बढ़ती ज़रूरतों को, कमतर मनुष्य होकर पूरा नहीं करना चाहिए। चाहे कोई भी हो। मैंने नहीं ही किया।"

"बिलकुल सही डाकसाहब पर महेन्द्रनाथ के शरण में जा रहा है वह!"

"महेन्द्रनाथ क्या चीज़ है यार? असली चीज़ है बाज़ार। बाज़ार की पुकार सबसे तेज़ वही सुनता है जो भूख से बिलबिलाया हुआ होता है। और यह तो अघोरी बाज़ार है अमृत! रामायन की आँखों में अभी बहुत भूख है। उसकी इस भूख का निदान न किसी डॉक्टर के पास है और न किसी क़ानून की किताब में। उसकी आँखें पढ़ो तुम कभी।"

इतना कहकर डाकसाहब कुर्सी से उठ गए। उन्हें अभी और मछली चाहिए थी। अमृत बैठा रहा। कुछ सोचता भी रहा।

डाकसाहब से कहने-सुनने को अब सच में कुछ नहीं रह गया था। दस बजते-बजते सबने खाना खा लिया। रोहू मछली का स्वाद शायद ही कोई भूलेगा। हाँ, शुगर के बावजूद डाकसाहब का रसगुल्ला-प्रेम परवान चढ़ा हुआ था। मैडम मंडल के लाख मना करने के बावजूद तीन बंगाली रसगुल्ले डाकसाहब दबा चुके थे।

घर लौटते वक़्त अमृत के साथ अब उल्टा हो रहा था। वह रामायन और महेन्द्रनाथ की नई जोड़ी पर नाराज़ होने की जगह रामायन और नागरिकता के पक्ष में सोचने लगा था। उसे डाकसाहब की बातें ही फ़ालतू लग रही थीं। असली मुद्दा था रामायन को ग़लत हाथों में पड़ने से रोकना। पर वही बात नहीं हुई। बात कहाँ की थी और कहाँ जाकर ख़त्म की डाकसाहब ने! आज़ादी किसी का भी जन्मसिद्ध अधिकार है। क्या किसी नागरिक को हक नहीं कि जीवन में उन्नति की सीढ़ियाँ चढ़े? रामायन का कब तक गुज़ारा होता ऐसे? शादी करेगा। बच्चे होंगे। हो सका तो घर ख़रीदेगा। और डाकसाहब के यहाँ रहते तो यह सम्भव था नहीं। इसमें बहुत भूखा होने वाली क्या बात हो गई? जब कुछ भी प्राप्य नहीं और हर चीज़ संघर्ष से ही मिलनी है तो इनसान नियति

को क्यूँ स्वीकार करे? किस बात का सन्तोष? यह तो एकदम यथास्थितिवाद है! रामायन उनके यहाँ पड़ा-पड़ा सड़ता रहे? न?

अमृत की कनपटी लाल हो गई। उसे अब डाकसाहब की फ़िलॉसफ़ी पर शक होने लगा था। ऐसे तो आदमी कहीं का नहीं रहेगा। हद हैं डाकसाहब आप भी! हद हैं!

9

कोठरी में कुल तीन प्राणी थे। राजू, कुसुम और रामायन। राजू रामायन से किसी बात पर डाँट खाकर चुप बैठा था और कुसुम उस डाँट के असर से चुपचाप रोटियाँ बेल रही थी। किराए की कोठारी में अलग से कोई रसोई नहीं थी पर कोठरी बड़ी थी। उसमें एक खिड़की भी थी। रामायन को अब ग्लानि हो रही थी कि उसने राजू को आज तेज़ झाड़ा है। पर वह भी क्या करे? बीस दिन हो गए हैं राजू को डॉक्टर मंडल के यहाँ काम करते हुए। अभी तक ठीक से बी.पी. चेक करना नहीं सीख पाया था। दवाइयों और शीशियों की पहचान तो अभी दूर की कौड़ी थी। अगर जल्दी-जल्दी राजू ने ये गुर नहीं सीखे तो सारा प्लान ही चौपट हो जाएगा रामायन का। वह बहुत दूर की सोच रहा था। पर राजू की चाल सुस्त थी। आज राजू कायदे से लपेटे में आ गया था। हालाँकि डॉक्टर मंडल ने कोई शिकायत नहीं की थी पर रामायन राजू की यह सुस्ती भाँप चुका था।

रामायन बोला, "मेरी बात तुम्हारे मन पर लगी होगी राजू। पर यह जान लो कि दलिद्रा ऐसे दूर नहीं होगी। यह काम तो हर हाल में सीखना होगा। वह भी जल्दी-जल्दी।" रामायन अब समझाने की मुद्रा में आ गया था। वह जारी रहा, "मेरी माँ जब मर रही थी न राजू, तो उसकी देह पर महँगी वाली साड़ी थी। गले में चेन और हाथ में चाँदी का कंगन।"

राजू और कुसुम उसकी बात समझने के लिए मुँह बाए हुए थे। रामायन ने आगे जोड़ा, "पर यह साड़ी-चेन-कंगन सब मेरी वजह से थे। ज़िन्दगीभर मेरी माँ घरों में बर्तन माँजती रही पर उसकी देह पर कभी कोई बढ़िया साड़ी

नहीं देखे हम। पर हम जब कमाने लगे तो सब पूरा कर दिए। मरते समय उसके चेहरे पर पहले वाली ग़रीबी नहीं थी।"

रामायन फिर ठहरकर बोला, "सोचो राजू, हम ई काम नहीं सीखते तो उसको सुख दे पाते?"

बात समझ में आ गई तो राजू रुआँसा हो गया "हम कोशिश कर रहे हैं। दो माह में सब सीख जाएँगे। हम कसम खाते हैं।" भाई की रोनी सूरत देखकर कुसुम की भी रुलाई छूटने लगी। भाई-बहन का ख़र्च कुछ महीनों से रामायन ही उठा रहा था। कहने को तो वे दोनों रामायन के दूर के ममेरे भाई-बहन लगते थे पर रामायन वह रिश्ता बदल चुका था। रिश्ते अमीरी में ही नहीं ग़रीबी में भी बदलते हैं। रामायन की ज़रूरत उन्हें भी थी।

राजू और कुसुम की रोनी सूरत देखकर रामायन भावुक नहीं हुआ बल्कि फिर समझाने लगा, "कल गरीबी का रोना ना रोना पड़े इसलिए आज रो लो तुम भाई-बहन...पर याद रखना वह दिन आने वाला है जब ए.सी. लगे कमरे में तुम दोनों बैठकर ठिठुरोगे तब तुम्हें लगेगा कि मैंने ठीक कहा था।"

ए.सी. कमरे वाली बात कहते-कहते मुस्कुराने लगा रामायन।

राजू और कुसुम कुछ समझ नहीं पाए। तब रामायन ने समझाया, "बहुत जल्दी एक हॉस्पिटल खुलने वाला है। सब कुछ ठीक रहा तो वहाँ के मैनेजर हम होंगे।"

बात का असर हुआ। राजू और कुसुम के चेहरे उदासी से बाहर आने लगे। फिर बात की गहराई समझकर उनके चेहरे चमक उठे। रामायन ने उन्हें और चमकाना शुरू किया, "इसीलिए तो कह रहे हैं राजू कि जल्दी-जल्दी सीखो। समय नहीं है। फिर कुसुम को भी नर्स बना देंगे।"

ग़रीबी से झुर्राए भाई-बहन की देह में झुरझुरी फैल गई। कहाँ तो मजूरी करने आए थे और कहाँ अब सीधे नौकरी लग रही है। वह भी दोनों की। रामायन उनकी झुरझुरी बढ़ाता गया, "अब का हॉस्पिटल सरकारी टाइप नहीं बनता। होटल जैसा बनता है। खूब चकाचक। फुल एअर-कंडीशंड! कँपकँपा देगा देह को। कितना भी काम करो लेकिन पसीना नहीं आएगा।"

गर्मी से लथपथ रोटियाँ सेंक रही कुसुम मुसकाती हुई उस कँपकँपी को

महसूस करने लगी। ग़रीबी के आँवे में भाई-बहन की ख़ुशियाँ कब की झुलस चुकी थीं। अब एक देह ही बची थी जिस पर रामायन मरहम लगाए जा रहा था। राजू का मन किया कि होने वाले जीजा के पैरों में लोट जाए। पर कुछ सोचकर रुक गया।

पर राजू था तो खाँटी गाँव वाला ही। उसकी हिम्मत तो नहीं हो रही थी पर कुछ देर बाद उसके गँवारूपन ने एक बार फिर ज़ोर मारा तो उसने रामायन से पूछ ही लिया, "नोकरिया सरकारी है का?"

रामायन को एकदम से ग़ुस्सा आ गया। उसकी आँखें बड़ी हो गईं। कुसुम उस ग़ुस्से को भाँप गई। भाई को भी एकदम सऊर नहीं। भक्चोंन्हर है एकदम से। कुसुम ने मन ही मन राजू को कोसा। पर रामायन राजू की डाँट का कोटा पहले ही पूरा कर चुका था। दुबारा डाँटने पर कुसुम के रोने का डर था। वह ग़ुस्सा पी गया पर राजू को तैश में समझाने लगा, "सरकारी-प्राइवेट देखना है कि माल पीटना है? गँवारे रहोगे हमेशा? प्राइवेट हॉस्पिटल का खेल जानते हो तुम? तुम ख़ाली ये सोचो कि एक प्राणी की जगह तीन प्राणी कमाएँगे। सोचो। पन्द्रह पर हम जाएँगे। दस तुमको दिलवाएँगे। फिर कुसुम नर्स बनेगी तो दस-बारह इसको आएगा। एक बार सोचकर देखो राजू। दलिद्रा जा रही हैं और लक्ष्मी जी दरवाज़े पर झाँक रही हैं।" यह कहते हुए रामायन ने छत को निहारा और प्रार्थना में दोनों हाथ जोड़ लिए।

रामायन की इस हरकत का इतना असर हुआ कि उसके देखा-देखी भाई-बहन ने भी हाथ जोड़ा। कुसुम मन ही मन प्रार्थना करने लगी, "हे माता सहाय हो।"

कमरे का तापमान अब पूरी तरह नियंत्रित था।

कुसुम ने खाने की थाली सजाई। पापड़ की तरह पतली-पतली रोटियाँ और लहसुन-प्याज के छौंक वाली दाल। रामायन बाज़ार से पनीर ले आया था आते वक़्त। उसने देखा कि पनीर की सब्ज़ी में पनीर त्रिभुज के आकार का कटा हुआ है। सलाद का खीरा भी सीधा नहीं बल्कि तिरछा काटा था कुसुम ने। एकदम डिज़ाइनदार। कलाकारी तो है कुसुम में। इस पर रामायन ने मुस्कुराकर कहा,

"हमको तो लगता था कि देहात में लड़कियाँ केवल खाना पकाना जानती हैं पर आप तो खाने को डिजाइनदार बनाती हैं।"

प्रशंसा सुनकर भावी पत्नी की देह सिहर उठी। वह पहले तो लजाई। फिर सुरीली आवाज़ में बोली, "बनाने का सारा सामान हो तो होटल का खाना फेल कर दें हम।" उसकी आँखें पाक-कला के अभिमान से हँस रही थीं।

आह! रामायन पर जैसे कोई जादू चला हो। खाने के स्वाद में एक दिव्यता उतर आई। वह वैसे ही मुसकुराता हुआ अन्न ग्रहण करता गया। हे ईश्वर! बस किसी की नज़र न लगे। ज़िन्दगी पटरी पर आने वाली है।

खाना खाने के बाद हाथ धोते समय कुसुम ने राजू को टोका, "हम बोले थे फल लाने को। भूल गए का?" भाई अपनी बहन का दांव समझ गया, बोला, "अरे हाँ। एकदमे भूल गया। ग़लती हो गई।"

रामायन ने हस्तक्षेप किया, "अरे कोई बात नहीं। वैसे भी फल खाना खाने के पहले खाना चाहिए। बाद में नहीं।"

कुसुम किसी भी बहाने बतियाना चाहती थी रामायन से, वह बोली, "पर हम तो सुने थे कि शहरी लोग खाना खाकर फल खाता है!"

रामायन ने कुसुम के अज्ञान को दूर किया, "शहरी लोग को कुछ बुझाता भी है का? सब फैशन का मारा होता है। उनको क्या पता है देह के बारे में? दिनरात खटता है और अनाप-शनाप खाकर ख़ुश होता रहता है। डाकसाहब हमको सब बताए हैं। फल खाना खाने के पहले खाना चाहिए। इससे लेयर बनता है और बाद के खाने को पचाने में मदद करता है।" रामायन शहर की दुनिया को समझा रहा था। भावी पत्नी को भावी पति की समझदारी पर गर्व हो रहा था। उसकी देह दोहरी हो रही थी।

पर रामायण रुका नहीं, बोलता गया, "शहर से डरना नहीं चाहिए। उसको समझना चाहिए। एक बार नाड़ी पकड़ लो तो सब समझ आ जाता है। हम लोग जिसे शहरी चलन कहते हैं न कुसुम वह बस पैसे का खेला है। समझदारी का नहीं।"

अब बात कुसुम के सिर के ऊपर से जा रही थी। उसके भौचक चेहरे से रामायन समझ गया कि कुसुम कहाँ तक समझदार है। वह कुसुम को देखकर मुस्कुराने लगा तो कुसुम की आँखों में लाज भर आई। राजू यह सब चुपचाप

देख रहा था। उसे एक समझदार जीजा मिला था। वह मन ही मन अपने पितरों को याद करने लगा।

रामायन अब चलने को हुआ तो उसे कुछ याद आया। उसने राजू को भी याद दिलाया, "कल महन्त जी से मिलने चलना है। याद है न?"

"जी।"

"कुसुम तुम भी चल लेना," रामायन ने कहा।

"हम नहीं जाएँगे कहीं। हमको लाज आती है" कुसुम ने इनकार किया।

"पागल हो क्या? महन्त जी बहुत अच्छे आदमी हैं। उनकी ही कृपा है कि आज हम कोई सपना देख रहे हैं।"

"पर हम कहीं नहीं जाएँगे। अजनबी लोगों से मिलने से मन घबराता है।" कुसुम ने अपनी सीमा बताई।

रामायन की हँसी छूट रही थी, "अरे संन्यासी आदमी हैं भाई! कोई अजनबी नहीं। बचपन से देख रहे हैं हम उनको। बस आशीर्वाद ही तो लेना है।"

पर कुसुम वैसे ही जड़ बनी रही। रामायन समझ गया, बोला, "कोई बात नहीं। बियाह के बाद चल लेंगे। अभी तो उनको भी फ़ुर्सत नहीं। बड़े मेहनती आदमी हैं महन्त जी। सुबह चार बजे उठ जाते हैं। दो घंटा पूजा-पाठ विधि-विधान। फिर मठ का काम। कहाँ से कहाँ पहुँचा दिया मठ को। पहले सियार रोते थे यहाँ। अब देखो मेला लगा रहता है। दिनभर दुनियाभर के दुखियारों को सुनते रहते हैं महन्त जी। किसी को जड़ी तो किसी को फल देकर विदा करते हैं। बहुत प्रताप है उनका। ज़िले में कौन है जो उनका आशीर्वाद नहीं लेना चाहता?" महन्त का गुणगान करते-करते रामायन के होठ के कोर पर थूक आ गया।

पर रामायन के गँवार साले से रहा नहीं गया, झट से बोल पड़ा, "पर डाकसाहब तो उनको पसन्द नहीं करते न?"

रामायन एक बार फिर भड़क गया, "उससे तुमको क्या है जी? बड़ा लोग का आपसी लड़ाई है। उसमें छोटा लोग क्या करेगा? छोटा ख़ाली सेवा करता है। सेवा करो और लाभ लो।"

राजू को लग गया कि अपने अज्ञान से जीजा को वह फिर भड़का चुका

है। पर जीजा काफ़ी देर से राजू को झेल रहा था। पलीते में आग लग चुकी थी और अब विस्फोट शुरू हो चुका था। रामायन गरजा, "एक बात बता देते हैं तुम्हें राजू। तुम काम सीखो। कौन किसके बारे में क्या सोच रहा है यह गँवारू काम छोड़ो। नहीं तो कहीं के नहीं रहोगे। अब तुम शहरी हो रहे हो और शहर के लोगों के पास दूसरों के बारे में कहने-सुनने का फ़ुर्सत नहीं होता। समझे? और भइया तुमको यही करना है न तो खुशी-खुशी गाँव चले जाओ। पर हमको मत झेलाओ!" रामायन ने राजू को बुरी तरह छिड़का। कुसुम को भी लग गया था कि भाई बेसऊरा है। एकदम से बकलोल।

राजू आत्मग्लानि से भर गया। उसने हाथ जोड़ लिए, "ग़लती हो गई पहुना। अब नहीं सोचेंगे।"

साला वज्र देहाती है। रामायन को सच में कोफ़्त हो रही थी। पर कुसुम का मुरझाया चेहरा सामने दिख रहा था। इससे आगे डाँटना भारी लग रहा था उसे। उसने कुसुम का सहारा लिया, "इससे आगे क्या कहें अब हम? कुसुम, तुम अपनी समझदारी दिखाओ। जरा समझाया करो यार इसको!"

पहली बार भावी पति ने भावी पत्नी को कोई ज़िम्मेवारी दी थी। देह पुलकित हो गई कुसुम की। कुसुम को 'समझदार' कहने वाली बात पर वह तो रीझ ही गई थी। बस बौड़म भाई की हरकत पर शर्मिंदा थी। फिर वह कुछ सोचते हुए दृढ़ता से बोली, "आप घर जाइए आराम से। कल से ये बाँस की तरह सीधे हो जाएँगे।"

कुसुम की बातों में वजन और प्रतिबद्धता दोनों दिख रही थी। रामायन को कुछ तसल्ली हुई।

डाकसाहब नफ़रत करें तो करते रहें महन्त से। बूढ़े हो गए पर समझदारी नहीं आई डाकसाहब को। क्या बिगाड़ लेंगे महन्त जी का? वकील भइया भी तो लगे हैं महन्त के पीछे। क्या कर लिए? चार पैसे का रोजगार दे नहीं सकते ये लोग और जो रोजगार दे रहा है उसके पीछे पड़े हैं। दारू पीकर गप्प मारो और बेसुध होकर सो जाओ, यही काम है इनका। रामायन वकील और डॉक्टर पर मन ही मन क्रोधित हो रहा था। पर अमृत पर कुछ ज़्यादा ग़ुस्सा आ रहा था उसे। उन्होंने ही डाकसाहब को भड़काया है नहीं तो डाकसाहब

को दुनियादारी से कोई लेना-देना ही नहीं। बूढ़ा आदमी है। बच्चा बनारस में। उसके अकेलेपन का खूब फ़ायदा उठा रहा है वकील।

तनहा और बुज़ुर्ग डॉक्टर की याद आते ही रामायन का मन करुणा से भरने लगा। एक-एक करके बचपन से जवानी तक उनके साथ बिताया हुआ पल याद आने लगा उसे। हीरा आदमी हैं डाकसाहब। बचपन में कभी मारा नहीं रामायन को। जो खाया वही खिलाया। दूध पीकर सोने की आदत उन्होंने ही लगाई थी। डाकसाहब को याद करते ही रामायन के रोम-रोम में करुणा भर आई। बीस दिन से ऊपर हो गए डाकसाहब को देखे। पता नहीं कैसे होंगे!

कुछ याद करके उसने राजू से पूछा, "साढ़े नौ बजे क्लीनिक बन्द करके घर पहुँचाए थे न डाकसाहब को?"

"ना। आज तो नौ बजे ही क्लीनिक बन्द हो गया था। साढ़े आठ के बाद कोई मरीज़ ही नहीं आया," राजू ने मासूमियत से जवाब दिया।

"अच्छा!" फिर कुछ सोचकर रामायन ने सवाल किया, "डाकसाहब को खाना खिलाकर आए थे न?"

"नहीं। आज वह खाना नहीं खाये। बस दूध में एक गोली डाले और उसे पीकर सोने चले गए। हमको बोले कि तुम खाकर जाओ। हमने मना कर दिया।"

"यही तो नहीं करना है राजू," रामायन ने राजू को समझाया।

रामायन समझ गया कि डाकसाहब का आज शुगर बढ़ा हुआ है। वह राजू को समझाने की जगह आग्रह की मुद्रा में आ गया, "देख रे भाई। एक बात समझ ले। डाकसाहब को शुगर है। उनका पैर बहुत पिराता है रात में। हम एक चीज़ और माँगते हैं तुमसे। रोज रात में डॉक्टर साहब का पैर दबा देना। वे अपना दर्द किसी को बोलते नहीं हैं। पैर दबाओगे तो पहले मना करेंगे पर तुम मानना मत। जिद करके रोज पैर दबाना और सप्ताह में दो दिन मालिश करना।" अपनी बात कहते-कहते रामायन ने निहोरा में राजू के हाथ पकड़ लिए। रामायन के कलेजे में डाकसाहब के लिए ममता हिलोरें मार रही थी, जिसे राजू अब ठीक-ठीक समझ रहा था। राजू ने अबकी समझदारी दिखाई, "पहुना! हम कसम खाते हैं। डाकसाहब को कष्ट नहीं होने देंगे।

मालिश कर-करके दो माह में जवान कर देंगे।" ग्रामीण की बातों में सच्चाई और समर्पण का भाव स्पष्ट था।

रामायन आश्वासन पाकर वहाँ से निकल पड़ा। डाकसाहब का घर छोड़ने के बाद उसने भी एक कमरा किराए पर ले लिया था। लौटते वक़्त कुसुम का खिला हुआ चेहरा बार-बार उसके सामने आ जाता था। रामायन की जीभ पर छौंके हुए दाल का ज़ायका अभी भी फैला हुआ था। उसने आसमान की ओर निहारा और हाथ जोड़कर कोई प्रार्थना की।

रामायन के कमरा छोड़ते ही कमरे का तापमान फिर से गरम होने लगा। कुसुम के कानों में रामायन की आवाज़ अभी भी बार-बार गूँज रही थी, "यार कुसुम! समझाओ इसे।"

राजू हतप्रभ कुसुम के चेहरे के बदलते भाव को देखने लगा। उसे लगा कि अचानक ही कुसुम इतने ग़ुस्से से क्यों भर गई। एकदम रणचंडी!

इससे पहले कि राजू आगे का कुछ समझता कुसुम ने समझाने के लिए कमरे को भीतर से बन्द किया, कुंडी लगाई और राजू की ओर मुड़ी। उबलते चेहरे के साथ बहन ने भाई से प्रार्थना करनी शुरू की। पर यह प्रार्थना बेरहम थी। बन्द कमरे में बहन ने अपनी लाल गुस्सैल आँखों के साथ भाई के आगे हाथ जोड़ लिए और गरजी, "भाई! हमको ज्यादा कुछ नहीं कहना। बस बहन का ख़ुशी देखना चाहते हो न, तो इससे कम बोला करो। नहीं तो कमाने के लिए हमको एक दिन कोठे पर बैठना होगा और तुम गाहक लाओगे।"

इतना सुनना था कि राजू को लगा कि वह पछाड़ खाकर गिर जाएगा।

10

"हाकिम! सुना जाय। इस हत्या में कोई बाहरी गवाह भी नहीं है हुज़ूर। जबकि सरे बाज़ार सुबह दस बजे का मामला है यह। पुलिस ने इन्वेस्टिगेशन में भी लिखा है कि हत्या के समय अभियुक्त हत्या स्थल से सौ किलोमीटर दूर अपनी

मोटरसाइकिल में तेल भरा रहा था। पेट्रोल पम्प का सीसीटीवी फुटेज प्रमाण है। बाक़ी घर वालों और रिश्तेदारों की गवाइयाँ झूठी हैं हुज़ूर। एफ़.आई.आर. पर भी नक़ली हस्ताक्षर है। अदालत चाहे तो मिलान करा ले। मेरे मुवक्किल को क्लियर-कट फँसाया गया है!"

तभी विरोधी पक्ष के वकील ने अदालत ने सामने हस्तक्षेप किया, "डर के मारे किसी बाहरी ने कोई गवाही नहीं दी हाकिम। पुलिस को ख़रीद लिया गया था। हस्ताक्षर की बात करके अमृत साहब अदालत को गुमराह कर रहे हैं हुज़ूर।"

अमृत गरजा, "सिग्नेचर और नेचर कभी बदलता है हाकिम? मेरे साथी अब वैज्ञानिक तर्क को ही चुनौती दे रहे हैं।" इतना कहकर अमृत हँसने लगा। हँसना भी क़ानूनी पैतरा था ताकि जज को लगे कि वकील बहुत समझदार है।

आज अदालत के सामने ये सारी बहसें ऑनलाइन चल रही थीं। ज़िलों में जज को योर-ऑनर या मीलॉर्ड की जगह हाकिम और हुज़ूर कहने का प्रचलन है। अमृत के किसी मुवक्किल के तीन साल पुराने केस की अन्तिम सुनवाई चल रही थी। या तो अभियुक्त बरी होता या फिर जेल। बीच का कोई रास्ता नहीं था। अदालत काग़ज़ात देखने में व्यस्त हो गई। दोनों तरफ़ के वकीलों की साँस टँगी हुई थी। पर प्रतिपक्ष का वकील कुछ ज़्यादा ही बेचैन था। वह बार-बार किसी न किसी तरह की फ़रियाद करता जा रहा था, "उन्नीस सौ एकहत्तर में हुज़ूर! शिवशंकर महतो बनाम स्टेट का केस भी यही था हुज़ूर। पर अदालत ने न्याय किया। आप भी अब न्याय कीजिए हाकिम।"

हलफ़नामा और साक्ष्यों को पढ़ने में मशगूल जज साहब ने अपने चश्मे के भीतर से लैपटॉप में झाँका, "अब आप बताएँगे कि हमको कैसे न्याय करना है? उन्नीस सौ एकहत्तर में सीसीटीवी था जी? आंय?"

प्रतिपक्ष के वकील की सिट्टी-पिट्टी गुम हो गई, हकलाने लगा। जज साहब उस पर चढ़ बैठे, "पुराना जज लोग मामूली ग़लत फ़ैसला किया है? उन्नीस सौ इकहत्तर छोड़िए, उन्नीस सौ छिहत्तर के नाइन मर्डर केस में क्या हुआ था, पढ़े होंगे आप तो? असली क़ातिल को छोड़कर सबको सज़ा हो

गई थी। बाद में हाईकोर्ट में सब बरी हो गए और असली क़ातिल उन्नीस सौ छियासी में पकड़ाया। हमको मत पढ़ाइए। यह इकहत्तर नहीं है।"

अमृत मन्द-मन्द मुस्कुरा रहा था। उसे साफ़ लग गया था कि उधर के वकील की तैयारी नहीं थी और पब्लिक प्रॉसिक्यूटर तो बकलोल ही था। बस देह दिखाने के लिए वकील की पिछली सीट पर बैठा झाँक रहा था।

जज साहब ने अपने टेबल पर बिखरे साक्ष्यों-काग़ज़ों को सिलसिले में नत्थी करना शुरू किया, फिर बोले, "उस रिश्तेदार को पेश कीजिए जिसने गवाही दी थी और जिसके सिग्नेचर पर एस. अमृत को ऑब्जेक्शन है।"

प्रतिपक्ष के वकील की हवाइयाँ उड़ने लगीं, "सरकार, उनके पास लैपटॉप नहीं है। गाँव में रहते हैं वे लोग।"

जज चिढ़ गए, "तो यह भी अदालत की ज़िम्मेवारी है जी? अब अदालत लैपटॉप भी मुहैया कराए? उनके पास केस लड़ने के लिए पैसा है, वकील को देने के लिए है, पर लैपटॉप ख़रीदने के लिए नहीं है, ना?"

"हाकिम, गाँव में कनेक्शन की भी तो दिक़्क़त है। बिजली का हाल तो जनबे करते हैं," प्रतिपक्ष के वकील ने दयनीयता दिखाई। पर जज साहब उखड़ चुके थे, "तो जनरेटर चलवाते, शहर आ जाते।"

"हुज़ूर बन्दी में ट्रांसपोर्ट की बड़ी समस्या है।"

"आप फिर हमें पढ़ाने की ग़लती कर रहे हैं। रोज सत्ताईस केस देख रहे हैं हम, पता कर लीजिएगा आप। यह तीन सौ दो का मामला है। केस लड़ने के लिए स्पिरिट चाहिए। तब जाकर कोई फ़ैसला होता है। पर न तो आपके मुवक्किल में कोई स्पिरिट दिख रहा है और न आप में। हस्ताक्षर पर ऑब्जेक्शन हुआ है और सीसीटीवी फुटेज सामने पड़ा है। अदालत रोहन को केस से बरी कर रही है। उनके ख़िलाफ़ कोई प्रमाण नहीं। गवाही भी सन्दिग्ध है। फ़ैसला हो गया।"

ये मारी अमृत ने बाजी! केस जीत गया था वह। सबने देखा कि अमृत अपने लैपटॉप के सामने हाथ जोड़कर जज को इशारे में धन्यवाद कह रहा था। पर उधर का वकील उबल गया था। अपनी उकताहट दबाते हुए उसने आग्रह किया, "हुज़ूर अगली तारीख़ दी जाए। गवाह भी होगा और सिग्नेचर की प्रामाणिकता भी सामने होगी।"

लेकिन जज साहब इधर फ़ैसले की नोटिंग लिख चुके थे। बल्कि ग़ुस्सा होने की जगह अब मुस्कुरा रहे थे। उन्होंने उस वकील को सम्बोधित किया, "आपका चले न मिसिर जी तो आप सात जनम तक फ़ैसला न होने दें, तारीख़ डलवाकर।"

"आपकी उम्र लम्बी हो सरकार पर हम तो बस आख़िरी तारीख़ माँग रहे हैं," वकील चिरौरी पर उतर आया। लेकिन जज साहब टस से मस न हुए, "बिलकुल नहीं। अब हाईकोर्ट में अपील करवाइएगा।"

इसी बीच जज साहब ने अपने पेशकार को डाँटा, "आज सुस्त क्यों हैं जी आप। नेक्स्ट लिंक पर ले चलिए। यह फ़ैसला तो हो चुका।"

अमृत के लैपटॉप का लिंक चला गया। मतलब फ़ैसला सच में हो गया और निःसन्देह वह केस जीत चुका था। उसने अपने मुवक्किलों को नीचे रजत के कमरे के बाहर कुर्सियों पर बैठा रखा था और ख़ुद छत के कमरे से प्रोसीडिंग में शामिल था। पता नहीं अदालत कब ज़मानत पर छूटे अभियुक्त की पेशी माँग लेती, इसलिए भी बैठाना ज़रूरी था उनको। इधर रजत के कमरे के बाहर टावर ही नहीं पकड़ता है। हाँ छत पर नेट का कनेक्शन बढ़िया पकड़ता था। इसलिए वह छत वाले कमरे में था। अब ख़ुशखबरी साझा करने का समय आ गया था।

अमृत धप-धप करते हुए सीढ़ियों से नीचे उतरा। मुवक्किलों के प्राण सूखे हुए थे कि पता नहीं क्या फ़ैसला हुआ हो! नीचे कुर्सी पर तीन लोग बैठे थे। एक बुज़ुर्ग, एक अधेड़ और युवा रोहन। वकील के आते ही सब खड़े हो गए। बुज़ुर्ग रोहन के दादा थे और अधेड़ रोहन के पिता। वकील ने आते ही बुज़ुर्ग को सम्बोधित किया, "भोज-भात कराइए चचा अब। हम लोग केस जीत गए। रोहन बाइज़्ज़त बरी हुआ।"

बुज़ुर्ग ने ख़ुशी से हड़बड़ाकर अमृत को गले लगा लिया, "बाह वकील साहब बाह! लाज रख लिए," यह कहते हुए जैसे रो पड़े बुज़ुर्ग। अधेड़ पिता हाथ जोड़े वहीं खड़ा था और रोहन ने दो बार अमृत के पैर छुए। जान में जान आई थी। तीन साल से हलक़ में प्राण फँसे थे इन सबके।

"नहीं, ग़लत ग़लत है और सही सही। अदालत भी अन्धी नहीं है न

चचा। रोहन निर्दोष नहीं होता तो सारा पैसा और पैरवी धरी की धरी रह जाती" अमृत ने नैतिक बात कही और अदालत के फ़ैसले के प्रति सम्मान दिखाया। उसकी बात पर सभी सहमत थे। पर वह वकील ही क्या जो अपना महत्त्व न समझाये। अमृत बोला, "इस बार हम भी तगड़ी तैयारी कर के बैठे थे। रोहन के ख़िलाफ़ केस ही नहीं जाने देते। उन्नीस सौ अट्ठानवे के एक सेम-टु-सेम केस वाला पत्ता तो अभी फेंके ही नहीं थे। पर उसकी नौबत नहीं आई। ख़ैर, अभी दो और सुनवाई है मेरी। इजाज़त चाहूँगा।" अमृत ने अपना महत्त्व फिर बताया और अपनी व्यस्तता भी। यह सच भी था। आज ही छोटे के केस की भी सुनवाई थी। पर वह दो बजे की थी। वैसे भी मुवक्किलों के साथ देर तक बैठना नहीं चाहिए। इससे इज़्ज़त कम हो जाती है। अमृत का इशारा साफ़ था कि ख़ुशी-ख़ुशी जाओ अब।

तब बुज़ुर्ग ने अधेड़ को कुछ इशारा किया। अधेड़ ने अपने हैंड-बैग से सौ और पचास की एक-एक गड्डी निकाली और अमृत की ओर बढ़ा दी।

नोटों की गड्डी लेने की जगह अमृत अपना चश्मा उतारकर अपनी आँख पोंछने लगा और उसी क्रम में पूछा भी, "कितना है चौधरी जी?"

अधेड़ ने जवाब दिया, "पन्द्रह हज़ार।"

अमृत मुस्कुराया "हम तो कुछ कहेंगे नहीं पर यह चोरी-छिनैती का मामला नहीं था। तीन सौ दो का था। फ़ैसला पलट भी सकता था अगर जी-जान से नहीं लगे होते।"

अधेड़ पिता बात तो समझ रहा था पर इस वक़्त उसके पास बस इतने ही रुपए थे। बुज़ुर्ग इस बात को और ज़्यादा समझ रहे थे। उन्हें अधेड़ बेटे पर ग़ुस्सा आने लगा। बल्कि अपने पोते के बाइज़्ज़त बरी होने की ख़ुशी में अपने उन सगोत्रियों को गंदी-गंदी गलियाँ दे रहे थे जिन्होंने झूठे मुक़द्दमे में रोहन को फँसागा था। उनसे रहा नहीं गया तो उन्होंने अपने अधेड़ बेटे को ज़ोर से डाँटा, "केसवा हार जाते तो हाईकोर्ट में घर-दुवार सब बेचा जाता। जीत गए तो मुट्ठी बाँध लिये?"

वकील के सामने एक पचास साल का आदमी अपने पचहत्तर साल के बाप से डाँट खा रहा था। वह भी अपने ही बेटे की उपस्थिति में। पर वह

बाप भी क्या करता? तीन साल में पैसा पानी की तरह बहा था। बोला, "कल आकर और दे देंगे।"

अमृत ने एक शब्द नहीं कहा। चुपचाप हालात का जायज़ा लेने लगा। भावुक बुज़ुर्ग ने अधेड़ बेटे को कोसा, "हुँह! कल देंगे!!" और झटके से बुज़ुर्ग अपने हाथ की उँगली से सोने की मोटी अँगूठी निकाल कर अमृत को पहनाने लगे। अमृत एकदम से पीछे हटा, "अरे ये क्या कर रहे हैं चचा! हम तो कुछ माँगे भी नहीं।"

"आप माँगिए या न माँगिए। हम अपना धर्म निभा रहे हैं," कहते हुए बुज़ुर्ग ने अमृत की कलाई ज़ोर से पकड़ी और उसकी उँगली में वह अँगूठी पहनाने लगे। बुज़ुर्ग की पकड़ मजबूत थी। अमृत अपना हाथ छुड़ा न सका। रोहन भी दादा के पक्ष में हो गया, "पहन लीजिए सर। नहीं तो बाबा अगले छह माह तक पापा को गलियाएँगे।"

"गलियाने की बात नहीं है वकील साहब," बुज़ुर्ग ने अमृत की उँगली में अँगूठी चढ़ाकर कर कहा, फिर अपनी अधूरी बात पूरी की, "बात यह है कि हम अपने गोतिया लोग को खूब जानते हैं। साला सब अभी हाईकोर्ट भी जाएगा।"

अमृत ने बुज़ुर्ग की आशंका को निर्मूल करते हुए उनमें साहस भरा, "कुछ नहीं होगा। कुछ भी नहीं। हाईकोर्ट केस दाख़िल करेगी कि ख़ारिज, कोई नहीं जानता। वहाँ अभी दुनियाभर का केस पेंडिंग पड़ा है। उन लोगों की बारी ही तीन साल बाद आएगी। वह भी तब जब केस दाख़िल हो जाएगा। पर हमें नहीं लगता कि हाईकोर्ट उस केस को लेगा।"

निर्णायक बात कही थी अमृत ने। सबका कलेजा जुड़ा गया। बुज़ुर्ग ने हाथ जोड़ लिए, "बस-बस वकील साहेब! इतना ही सुनना चाहते थे हम।"

जीतने वाले चले गए। जिताने वाला खड़ा कुछ सोचता रहा। फिर जिताने वाले ने सोने की वह अँगूठी अपनी उँगली से निकाली और हाथ से ही तौलने लगा। अँगूठी वाक़ई भारी थी। रेणु और रिया की बहुत सारी शिकायतों को दूर करने का समय आ गया था अब।

ठीक दो बजे अमृत फिर अपने लैपटॉप के सामने था। राम बचन राउत

उर्फ़ छोटे का केस था। ऐसा कम ही होता है कि बन्दी के दौरान एक वकील की एक ही दिन में दो सुनवाइयाँ हों। पर अमृत छोटे के केस में अर्ज़ियाँ लगातार लगाता रहा था। दो बजे उसने लिंक क्लिक किया तो सामने वही जज साहब थे। रोहन वाले। अमृत को देखते ही चौंक गए, "यह भी केस आप ही देख रहे हैं?"

"जी हाकिम। एक साल से।"

"तो एक ही दिन में दो-दो केस जीतने का रिकॉर्ड बनाएँगे क्या?" जज साहब ने चुहल की।

"न्यायमूर्ति हम क्या रिकॉर्ड बनाएँगे? यह केस तो जीत-हार से बाहर निकल गया है हुज़ूर।"

"क्या मतलब?" जज के मुँह से निकला। अमृत समझ गया कि जज ने उसकी फ्रेश अपील को ठीक से पढ़ा-समझा नहीं है अभी। पुराने जज के रिटायर होने से यह केस अभी-अभी ट्रान्सफर हुआ था उनके यहाँ।

अमृत ने चतुराई दिखाई, "आप तो सब जानते हैं हाकिम! मैं आज यह लड़ाई नहीं लड़ने वाला कि राम बचन राउत उर्फ़ छोटे हत्यारा है कि नहीं। हम इतना जानते हैं अभियुक्त ने सत्ताईस बार ख़ुद को चोटिल किया है। बीस दफ़ा सिर फोड़ा और सात दफ़ा हाथ की नसें काटी हैं।"

"आप चाहते क्या हैं साफ़-साफ़ कहिए?" जज ने सच में अपील की स्टडी नहीं की थी।

"हुज़ूर आपके सामने जेल की मेडिकल रिपोर्ट पड़ी है। वही साक्ष्य है। अभियुक्त ने जेल की दीवार पर माथा लड़ाकर बीस बार ज़ख़्मी किया है ख़ुद को। कभी दो तो कभी तीन तो कभी सात टाँके पड़े हैं उसके सर में। एक बार तो चौदह टाँके पडे थे। हाथ की नसें सात दफ़ा काटीं सो अलग। यह कोई सामान्य बात नहीं है हुज़ूर। वह बिलकुल मनोरोगी हो चुका है। उसका मेडिकल परीक्षण कराने के लिए फ़रियाद है हुज़ूर। आप साक्ष्य देख सकते हैं। यह जीत-हार का मामला ही नहीं रह गया है अब।"

जज साहब ने अपील को अब पढ़ना शुरू किया। फिर चश्मा उतारकर बोले, "हाईकोर्ट की रूलिंग है। बहुत टफ़ काम है यह तो!"

"हुज़ूर हम अवगत हैं। पर न्यायमूर्ति के सामने ही तो फ़रियाद लेकर आए हैं।"

जज साहब फ्रेश अपील को छोड़कर अब छोटे की केस-हिस्ट्री देखने लगे। केस-हिस्ट्री पढ़ने का मतलब था कि पक्ष में होता हुआ फ़ैसला कई बार विपक्ष में चला जाता है। जानबूझकर अमृत ने बीच में टोका, "छोटे शहरों का नागरिक समाज तो हाकिम आप ही लोगों के दम पर ज़िन्दा है। मनोरोगी को सज़ा देने का कोई प्रावधान नहीं। हार-जीत की बात नहीं है हुज़ूर, नागरिक समाज का इतिहास लिखने की बात है।"

जज ने अपना चश्मा ठीक किया और अमृत को हैरानी से घूरते हुए कहा, "अरे यह तो हथुआ बाज़ार वाला केस है न जी?"

"जी हाकिम," अमृत थोड़ा हिला।

"इस केस का तो हम बहुत कुछ सुन रखे हैं पहले से। मेरे ससुराल के पास है हथुआ बाज़ार।" जज ने बात को घुमाकर कहा, जिसका अर्थ और इशारा एकदम स्पष्ट था कि इस केस की असली और पूरी कथा वे जानते हैं। किसने हत्या की और किसके माथे पर केस पड़ा, सब।

अमृत उन इशारों को समझ गया, इसलिए अपनी चतुराई फिर दिखाई, "बिलकुल सूचना होगी न्यायमूर्ति आपको। और सही ही सूचना होगी। पर हम अभियुक्त को बेक़सूर मानकर उसकी रिहाई के लिए अर्जी ही नहीं लगा रहे हैं। हम तो आपकी रौशनी चाहते हैं हाकिम। मनोरोगी नहीं साबित हुआ तो अदालत जेल दे या फाँसी दे, वह बाद की बात है हाकिम। पर हाकिम के सामने जो आत्मघात के साक्ष्य पड़े हैं वे सरकारी हैं। चार साल में सत्ताईस बार उसने आत्मघात की कोशिश की है हुज़ूर। दर्जन के हिसाब से गम्भीर रूप से घायल हुआ है। मनोरोगी को जेल या फाँसी देकर नागरिक समाज का स्वर्णिम इतिहास तो नहीं लिखा जा सकता न हुज़ूर?" धड़कते दिल से वकील ने अन्तिम प्रयास किया।

एक तरह से अमृत ने अपनी ज़िरह ख़त्म कर दी थी। अब अदालत समझे। पर अदालत थी कि देर तक पसोपेश में पड़ी रही। शायद पेशकार से कोई बात कर रहे थे जज साहब, फिर कुछ सोचकर बोले, "मेंटल चेकअप का ऑर्डर

दे रहे हैं हम पर इतना जान लीजिए कि इस केस के बारे में सही-सही जानते हैं हम। अपराधी मनोरोगी नहीं निकला तो कोई भी अदालत इसको बरी नहीं कर सकती। मेरे यहाँ से तो हरगिज़ नहीं। इस केस में तमाशा बनाकर रख दिया है आप लोगों ने अदालत का। फ़रेब की अति हुई है।"

जज को सच में सब पता था। अदालत की भाषा में जो रोष टपक रहा था उसे अमृत समझ रहा था। अदालत ने अमृत को घुड़ककर अपना लिंक तोड़ लिया।

इस केस में भी सफलता मिली अमृत को। मेंटल चेकअप का ऑर्डर हो चुका था। अमृत की ख़ुशी का ठिकाना न रहा। शायद उसे रोहन वाले केस में उतनी ख़ुशी नहीं मिली थी जितनी इस केस में उसे मिल रही थी। बैसाखी वाले अधेड़ की रोनी सूरत उसके सामने नाच रही थी। उसने विकलांग को तुरत फ़ोन लगाया "बधाई, कोर्ट ने मेडिकल का ऑर्डर दे दिया है।" अधेड़ ने फ़ोन अपने बड़े बेटे को दे दिया तो अमृत ने उसे विस्तार से समझाया और इसके मातहत आगे कैसे क्या-क्या करना था, यह भी बताया। फ़ोन पर पीछे से अधेड़ के कुहुक-कुहुक कर रोने की आवाज़ आ रही थी। सगाई की वेदी से निर्वासित बेटा देखते-देखते जेल से पागलखाने जा रहा था अब। उस निर्दोष के दीर्घायु जीवन का बाप क्या करेगा, उसे नहीं पता था।

11

तीन बजे लंच किया अमृत ने। रेणु और रिया भी ख़ुश थे। मन चंगा तो कठौती में गंगा। पर चंगे आदमी का मन फ़िलहाल घर में नहीं लग रहा था। तो खाना खाकर अमृत ने सिगरेट सुलगाई और निकल गया बाज़ार की तरफ़। आई.पी.सी. की धाराओं को केस के मुताबिक सेट करने और अदालती कार्यवाही के चक्कर में सात दिन से वह घर में ही क़ैद था। बाहर उसे निकलना ही था। उसे अब यह भी देखना था कि तीन दिन से अघोरी बाज़ार की मुख्य सड़क से हड़हड़-कड़कड़ की जो आवाज़ आ रही थी वह

किस चीज़ की थी। सड़क पर आते ही उसका अन्देशा सही निकला। उसके मोहल्ले की तरफ़ वाली सड़क नाली के लिए खुदी पड़ी थी। पहली वाली नाली से ज़्यादा चौड़ी और लम्बी भी। अमृत ने पश्चिम की ओर निहारा। तीन किलोमीटर तक का लम्बा नाला किसी खोजे गए सुरंग की तरह मुँह बाए हुए था। उसकी उधड़ी हुई मिट्टी से पूरी सड़क पटी पड़ी थी। उसकी धूल में सब्जी और फल के ठेलों की रेलमपेल जारी थी, जिस पर लोग निर्द्वंद्व भाव से आ-जा रहे थे। मठ की तरफ़ वाली दुकानें सजी थीं और ग्राहकों की भीड़ बढ़ गई थी। अमृत ने सिगरेट की अन्तिम कश ली, फिर उसे सुरंग में फेंकते हुए बड़बड़ाया, "कहाँ है नियंत्रित बन्दी? ऐसे महामारी कंट्रोल होगी? जाओ सालो नरक भोगोगे!"

राज्य सरकार ने थोड़ी ढील दी थी ज़रूरी दुकानों के लिए। पर नियम वही था। पाँच बजे तक सब बन्द। मठ वाली लगभग सभी दुकानें साँझ पाँच बजते-बजते बन्द हो जाती हैं पर दाह-कर्म और श्राद्ध-कर्म की सामग्री बेचने वाली दुकानें चौबीसों घंटे खुली रहती हैं। इसी चक्कर में बन्दी के शुरू में ही एक बड़ा लफड़ा भी हो गया था। पुलिस ने जब छापेमारी की तब महन्त लड़ने-भिड़ने आ गया था। उसने पुलिस से ही सवाल किया, "मुर्दा जलाने की कोई टाइमिंग फिक्स की है सरकार ने? जब नहीं की तो दाह-कर्म की दुकानों पर भी पाबन्दी नहीं होगी। पुण्य-आत्माएँ बिना चन्दन-काठी के जलेंगी? हिन्दू धर्म के कार्यों में दख़ल न दे पुलिस नहीं तो दंगा हो जाएगा!" भीड़ लग गई थी बाज़ार में। डी.एस.पी. नया रंगरूट था। दंगा शब्द सुनते ही उसकी हवाइयाँ उड़ने लगीं। फिर महन्त उसे मठ में ले गया। तय हुआ कि दाह और श्राद्ध सामग्री की दुकानें खुली रहेंगी पर नियमों के सख़्त पालन के साथ।

अमृत देख रहा था कि महामारी के बीच नियमों का पालन किस सख़्ती से हो रहा था। आधे लोगों के मुँह पर कोई मास्क नहीं था। जिन्होंने लगा रखे थे उनमें भी अधिकांश के नाक के नीचे लटक रहे थे। अमृत ने जेब से मास्क निकाला और उसे पहनते हुए बाज़ार की ओर बढ़ गया। उसने नोटिस किया कि दाह-कर्म की दुकानों पर ज़्यादा भीड़ थी। कफ़न बेचने वाले एक दुकान

पर दो ग्रामीण दुकानदार से झगड़ रहे थे। उनमें से एक ग्रामीण बहुत तैश में था और ऊँची आवाज़ में दुकानदार पर चीख़ रहा था, "पिछला बार अपने बाप का कफन का कपड़ा यहीं से खरीदे थे हम। तब बारह रुपया मीटर था। सालभर में वही कपड़ा बाईस रुपया मीटर हो गया जी? एकदम से लूट के कंगाल कर दो तुम डकईत लोग।"

अमृत अपना माथा रगड़कर वहाँ से आगे निकल गया यह सोचते हुए कि "साला कफ़न के कपड़े पर भी लड़ाई है।"

उसका मन हुआ कि मठ का एक बाहरी सर्वेक्षण करे। वह उधर बढ़ गया। अवैध क़ब्ज़े वाली दीवार पचास फीट टूटी हुई थी। उसके भीतर एक भव्य चारमाला इमारत तैयार हो चुकी थी। मज़दूरों की फ़ौज जिस हिसाब से काम कर रही थी उसे देखकर लग रहा था कि हफ़्ते भर में फिनिशिंग का काम भी पूरा कर देंगे। पता नहीं कैसे उस दिन इसे देखने से चूक गया था अमृत! उसे ख़ुद पर हैरानी हो रही थी! इधर मज़दूरों के बीच एक मैनेजरनुमा आवाज़ लगातार गूँज रही थी। वह आवाज़ बार-बार मज़दूरों को डाँट रही थी। अमृत ने गौर किया कि आवाज़ वाला कोई और नहीं रामायन ही था। उसने अमृत को देख लिया था और अपना मुँह फेरकर अनजान बना हुआ था। अमृत से वहाँ ठहरा नहीं गया। दो दिन का लौंडा उसे नज़रअन्दाज़ कर रहा था। अमृत आगे बढ़ गया।

अमृत को कायदे से तो उल्टे अघोरी बाज़ार लौटते हुए अपने घर जाना चाहिए था। पर रामायन की बेरुख़ी के दबाव में कछार की ओर वह मुड़ चुका था। रास्ते में दाह-कर्म करने में मदद करने वाले समुदायों की कच्ची-पक्की झुग्गियाँ थीं। एक सूनी पड़ी और टूटी-फूटी पक्की झुग्गी के सामने आते ही अमृत के पाँव ठिठक गए। झोंपड़े में ताला पड़ा था और उसके छोटे से आँगन में एक पीपल का पेड़ लहरा रहा था। आँगन में सदियों का सूनापन और धूल जमी थी जिसे बिखरे हुए पीपल के पत्तों ने छुपा लिया था। पत्तों के ऊपर काई जमी हुई थी और पूरा आँगन ही हरा-चींकट दिख रहा था।

पड़ोस के झोंपड़े का किवाड़ चर्र करके खुला और एक बूढ़ी औरत का आधा चेहरा बाहर झाँकते हुए दिखा। फिर वह बूढ़ी औरत पूरे चेहरे के

साथ बाहर आई "का बाबू? बड़ा दिन बाद आए। सलाम।" औरत ने जब मुस्कुराकर सलाम किया तब अमृत ने पहचाना कि यह कजरौटा की चाची है। पहचानते ही अमृत ने सलाम का जवाब दिया, "अरे सलाम चाची सलाम। आप तो बुढ़ा गईं एकदम से।"

"तो कब तक जवान रहेंगे?" चाची मुस्कुराई। फिर मुसकुराते हुए ही अमृत से शिकायत करने लगी, "इधर का रास्ता ही भूल गए हैं आप तो।"

"ना हो चाची। घर-गृहस्थी का झंझट है और का।"

चाची वैसे ही चुप किंवाड़ पकड़े खड़ी रही। फिर ठहरकर पूछा, "दोस्त का घर देखने आए हैं, ना?"

अमृत ने कोई जवाब नहीं दिया। बस उस सूने पड़े घर को निहारने लगा। चाची समझ गई "पता नहीं ई घर अब कब भरेगा? ऐसा भागा कजरौटा कि कोई अता-पता ही नहीं!"

अमृत का ध्यान भंग हुआ।

"बाक़ी मरद लोग कहाँ हैं? बस्ती एकदम वीरान है आज?" अमृत ने बात बदली।

"अरे जाएँगे कहाँ सब? मियाँ का डेरा मस्जिद तक। सब मसाने में हैं। बड़ी भीड़ हो रही है चार-पाँच दिन से।"

अमृत ने नज़र घुमाकर कछार की ओर देखा। बहुत दूर भग्न-मन्दिर के टीले से भी आगे गंगा की पतली धार के पास क़तार में लाशें जल रही थीं। फिर उसने बरगद की ओर देखा। बरगद के नीचे और आसपास जैसे मूँड-मुड़ाए लोगों का हुजूम था।

गर्मी बहुत थी यहाँ। अमृत ने सूने घर को फिर से देखा और "चलते हैं चाची, फिर आएँगे," कहते हुए वहाँ से वापस मुड़ गया।

सच में कोई अन्दाज़ा नहीं लगा सकता था तब कि यह घर भी कभी सूना पड़ेगा। चाची ठीक ही कह रही थी। यकायक कजरौटे की याद ने अमृत का मन भारी कर दिया था। वह अमृत से पाँच साल छोटा था पर पक्का यार था वह अमृत का। जब ज़रूरत हो वह हाज़िर रहता था। अमृत उसे अपने बचपन से ही जानता था। कजरौटे का रंग काले में भी इतना गाढ़ा था कि

कजरौटा के अलावा कोई दूसरा नाम ही नहीं सूझा था माँ-बाप को। एकदम फिल्मी आदमी था कजरौटा। एक नम्बर का सिनेमची। एक दिन में तीन-तीन शो देखता था। घर के पारंपरिक काम से एकदम बेपरवाह। स्कूल से भागकर सिनेमाघरों की टिकटें ब्लैक करता और मुनाफ़े के पैसे से सिनेमा देख आता। वह फ़िल्मी गानों का दीवाना था। शायद ही कोई गाना हो जो उसे ज़ुबानी याद न था। बचपन में तो वह मन्दिर वाले टीले पर चढ़कर फ़िल्मी गाने गाता था और अमृत समेत बहुत सारे दोस्त उसके गाने पर ताल देते। बड़ा ही सुरीला कंठ पाया था उसने। सुरीला कंठ तो उसके सारे ख़ानदान का था पर वे लोग केवल कबीर के पद गाते थे। कजरौटे के बाज़ारू गाने की इस लत पर उसके बाप ने न जाने कितनी बार उसे कूटा होगा। पर कजरौटे ने गाने और नहाने के सिवाय कछार-गंगा से कोई और नाता ही नहीं रखा। मौत से बहुत डरता था कजरौटा। दाह-कर्म से उसे घिन आती थी और लाशों को देखते ही वह घबरा जाता था। उसे किसी भी हाल में बाप का पेशा नहीं छूना था। इन्हीं थपेड़ों के बीच वह किशोर हो गया।

आसपास के सिनेमाघरों को तब मल्टीप्लेक्स की छूत नहीं लगी थी इसलिए उसने टिकटें ब्लैक करने का धंधा जारी रखा और साथ के साथ वी.सी.पी. और वी.सी.आर. पर फ़िल्में दिखाने वाले कारोबारियों के डूब रहे कारोबार की सवारी करने लगा। पर धंधा सच में मन्दा हो रहा था। इंटरनेट का आगमन अभी ज़िले में हुआ नहीं था, नहीं तो वह धंधा थोड़ी और जल्दी से उजड़ता। पर यह ज़रूर था कि नए जमाने के घरों में वीडियो-कैसेट देखने का चलन अब कम हो रहा था और सीडी देखने का चलन ज़ोर पकड़ रहा था। बड़ी चतुराई से कजरौटे ने इस बदलाव को सूँघा और अघोरी बाज़ार के दुकानदारों के घरों में सेंध लगाना शुरू किया। धीरे-धीरे दर्जनों दुकानदारों के लड़के-लड़कियाँ कजरौटे के गुलाम होते गए। वह हॉलीवुड-बॉलीवुड की नई-नई फ़िल्मों की पाइरेटेड सीडी राजधानी से ले आता था और मनचाही क़ीमत पर उसे उन्हें बेचता। सीडी थोक में आती और खुदरा में मुँहमाँगी रकम पर बिकती। कजरौटे की अब एक आज़ाद तिजारती दुनिया थी। लक्ष्मी भी कुछ हद तक प्रसन्न होने लगी थी कजरौटे पर। पैसा आने लगा तो उसके

फैशन ने भी ज़ोर मारा। वह फिल्मी हीरो की तरह जीने लगा। उम्र कुछ और निकली तो चश्मा, घड़ी, जूता और गोल हैट उसके कवच-कुंडल हो गए। कजरौटे की देह के साथ-साथ उसका फ़िल्मेनिया भी चर्रा रहा था। वह अब सरे-बाज़ार सिगरेट के धुएँ को आसमान में उड़ाता रहता और ज़ोर-ज़ोर से फिल्मी गाने गाता। गाने के बीच में पहचान के राहगीरों को रोक लेता और एक फ़िल्मी डायलॉग मारकर फिर अधूरे गाने को पूरा करता। देखते-देखते कजरौटा अघोरी बाज़ार का स्वघोषित सुपरस्टार हो गया। अपनी गायकी के दम पर बहुत जल्दी ही वह एक बैंड-पार्टी खोलने की सोचने लगा था। बाज़ार के दुकानदारों ने भी उसको ख़ूब चढ़ाये रखा।

किसी को कानोंकान ख़बर न थी कि साहस के इस फ़िल्मी खेल के बीच अघोरी बाज़ार के लकड़साज की बेटी उसके इश्क़ में दीवानी हो चुकी थी। कजरौटे को भी बाद में पता चला। लड़की उसकी उम्र से कुछ बड़ी थी और सीडी पर ख़ूब फिल्में देखती थी। फ़िल्मी मिज़ाज के मामले में वह कजरौटे की बाप निकली। अब सीडी के तिजारत के बीच वह जवान कजरौटे को फ़िल्मी गाने सुनाने का आग्रह करने लगी। हर गाने पर दस रुपए अलग से। मुनाफ़ा कौन ग़रीब छोड़ता है भला! धीरे-धीरे फ़िल्मी गानों का तापमान बढ़ने लगा और सेज-निमंत्रण के गाने उनके बीच हिट होने लगे। गानों के लम्हों के बीच उन्होंने ऐसा गोता लगाया कि जब उससे बाहर निकले तो वे प्रेमी जोड़े हो चुके थे।

हिन्दी गानों के पुण्य-प्रभाव का परिणाम हुआ कि लड़की गर्भवती हो गई। पर इससे भी इन जोड़ों का सिनेमाई अन्दाज़ कमज़ोर नहीं पड़ा बल्कि उरूज़ तक गया। वे सचमुच के प्रेमी निकले। अघोरी बाज़ार को कोई भनक लगती उसके पहले प्रेमी जोड़ा ज़िले से फ़रार हो चुका था। बस उसी रात कजरौटा अमृत से मिला था। पर अमृत को क्या पता था कि लड़की लकड़साज बाप की गाढ़ी कमाई के साथ चंपत हुई थी। दोनों ही घरों के समुदाय उबलकर सड़कों पर आ गए। अमृत चुपचाप देखता रहा। किसी अनहोनी के डर से बाज़ार की तो साँस ही थम रही थी। बड़ी मुश्किल से पुलिस ने मामले को सँभाला। पर कोतवाली में दोनों पक्षों के बीच लाठियाँ और गँड़ासे चलने की

नौबत बार-बार आने लगी। पुलिस दोनों पक्षों के भारी दबाव में थी। अतः एक ही साथ उन भगड़े जोड़ों पर डकैती और अपहरण का केस लादा गया था। हालाँकि पुलिस तय नहीं कर पा रही थी कि किसको कौन लेकर भागा है और डकैती की साज़िश का असल रचयिता कौन है?

बहरहाल, शहर छोड़ते वक़्त कजरौटे ने अपने दोस्त के मार्फ़त अपने ख़ब्ती बाप के नाम एक फ़िल्मी सन्देश छोड़ा था जिसे एक दशक तक बाज़ार के बनियों ने हँस-हँस कर याद रखा। अपने बाप को दिए फ़िल्मी सन्देशे में कजरौटे ने थोड़ा हेर-फेर भी किया था। बाप को सन्देश था, "जिल्लेइलाही! दुनिया मेरी अनारकली को जीने नहीं देगी और हम उसे मरने नहीं देंगे!"

सन्देश सुनने के बाद कजरौटे के बाप ने उस सन्देशवाहक उद्धव को जूतों से पीटा था।

कजरौटे को शहर छोड़े एक युग से भी ज़्यादा हो गया था।

पाँच बज रहे थे। डाकसाहब की क्लीनिक के खुलने में अभी आधा घंटा बाक़ी था। कजरौटे के इलाक़े से लौटते वक़्त अमृत का मन हुआ कि एक बार क्लीनिक झाँक आए, क्या पता डाकसाहब जग गए हों? वैसे भी राम बचन राउत उर्फ़ छोटे के केस में उनकी बड़ी दिलचस्पी थी। अमृत ने सोचा कि लगे हाथों यह सूचना भी उन्हें दे दूँ। नहीं तो छोटे वाले केस के बारे में डाकसाहब ने तो जैसे ईश्वरीय भविष्यवाणी ही कर रखी थी, "पागलों, भिखारियों और हत्यारों की आबादी, नागरिकता से बर्खास्त एक ऐसी आबादी है अमृत, जिनकी धीमी मौत में ही नागरिक समाज का वजूद है। यही स्टेट की सीमा है।" लेकिन नहीं। बिलकुल नहीं। आज अमृत डाकसाहब साहब को ग़लत साबित करेगा। वह उन्हें बताएगा कि लोकतंत्र निष्प्राण नहीं हुआ है। वह अभी भी ज़िन्दा है और ताकतवर है!

अमृत ने डाकसाहब की क्लीनिक का रास्ता धर लिया।

पाँच के बाद बाज़ार के रास्ते की दुकानें धड़ाधड़ बन्द हो रही थीं। पुलिसवाले सक्रिय थे। बस चिता की लकड़ियों और पंचकर्म से जुड़ी हुई दुकानें ही खुली हुई थीं। उन पर अभी भी भीड़ दिखी। अमृत ने गिना एक दो

तीन चार...। मठ की कुल नौ दुकानें अभी भी खुली हुई थीं जिनमें एक दवाई की दुकान थी। रजत ने इसी के बारे में बताया था।

अमृत अघोरी बाज़ार से सुन्दरनगर को मिलने वाले चौराहे पर आ गया। कमाल है? आज तो डाकसाहब ने पाँच बजे ही क्लीनिक खोल ली! अमृत को हैरानी हुई। भीड़ भी ठीकठाक थी। राजू मास्क लगाए मरीज़ों को उनके मुलाक़ाती नम्बर बाँट रहा था और उनसे कतारबद्ध खड़े होने का आग्रह भी कर रहा था। अमृत को देखते ही राजू ने अपने हाथ जोड़े, "भइया आज तो डाकसाहब बहुते बीजी हैं।"

अमृत ने क्लीनिक के भीतर झाँका। कोने में काँच के कमरे में बन्द डाकसाहब मास्क लगाए बैठे थे और एक-एक मरीज़ से काँच की सुराख़ से बात करते हुए दवाई दे रहे थे। रामायन के जाने के बाद क्लीनिक का भीतरी ढाँचा भी बदल गया था। पहले डाकसाहब केवल पर्ची पर लिखते थे और मरीज़ सुराख़ से वह पर्ची लेकर रामायन को देते थे। रामायन उन्हें पढ़ता और दवाइयाँ बनाकर देता—नीली-पीली-हरी-काली। सबसे ज़्यादा माँग लाल रंग की खाँसी वाली छोटी शीशी की थी। पता नहीं क्या जादू करते थे डाकसाहब उसमें। बाज़ार के महँगे कफ़-सिरप की तुलना में यह शीशी सस्ते दाम पर मिलती थी और इसका असर तो जादू जैसा था। अमृत कई बार उन शीशियों को उठाकर घर ले गया है। रिया की खांसी बस इसी शीशी से ठीक होती है।

पर अमृत अब देख रहा था कि डाकसाहब पर्ची लिखने के बाद उठ-उठकर मरीज़ों के लिए दवाई भी बना रहे थे। यही वजह थी कि मरीज़ों की क़तार लम्बी होती जा रही थी। रामायन था तो फटाफट काम होता था। ऐसे तो अब डाकसाहब पहली शिफ़्ट में ही थक जाएँगे! राजू से ये चीज़ें इतनी जल्दी नहीं सँभलेंगी। अमृत के भीतर रामायन को लेकर घृणा भर गई।

बाहर जमा भीड़ देखकर अमृत को लग गया कि डाकसाहब से बतकही की उम्मीद करना बेकार ही था। सो दुआ-सलाम करके निकला जाए। उसने क्लीनिक में एक पैर रखा और तेज़ आवाज़ में बोला, "डाकसाहब, मैं रात में फ़ोन करूँगा। अभी तो आप बहुत बिजी दिख रहे हैं?"

पता नहीं डाकसाहब को क्या ख़ब्त समाया, वह अमृत देखते ही चीख़ पड़े, "व्हाट द हेल यू आर डूइंग हियर? जस्ट गो टु योर होम। जस्ट गो टु योर होम इमिडिएटली।" अमृत के तो कान ही लाल हो गए। क्या हो गया इस सनकी आदमी को? अचानक ही? राजू भी मुँह ताकने लगा। जैसे किसी ने सरेआम तमाचा जड़ा हो अमृत के गालों पर। तमतमाये चेहरे के साथ वह वहाँ से निकल आया। अपमानित आत्मा के साथ वह फ़ौरन अपने घर पहुँचा। उसकी पूरी देह ग़ुस्से से झुलस रही थी। बुड्ढे के पास अब कभी नहीं जाना। क्या समझ रखा है उसने मुझे? ऐसे कितनों को आगे-पीछे घुमाता है यह एस.अमृत। किस ग़ुरूर में है वह आदमी?

घर आते ही अमृत कपड़े खोलकर गुसलखाने में घुसा और नहाने लगा। देर तक नहाता रहा। गुसलखाने से जब वह बाहर आया तो झाग-पानी के असर से उसकी दोनों आँखें लाल हो चुकी थीं। उसने कंघी की और कुछ देर अपनी देह को सुखाता रहा। उसकी चाय पीने की इच्छा हुई पर कुछ सोचकर उस इच्छा को भी वह दबा गया। फिर कुछ देर बाद अमृत ग़ुमसुम बिस्तर में घुसा और चादर तानकर सो गया। कुछ ही देर में रेणु को उसके ख़र्राटे की आवाज़ सुनाई देने लगी। उसने रिया को टोका, "देखो अपने पापा को। उस दिन पूछ रही थी न कि घोड़े बेचकर सोने का मतलब क्या होता है? यही होता है!" माँ-बेटी हँसने लगीं।

पता नहीं यह किस तरह की नींद थी? रेणु दो बार चाय लेकर आई पर अमृत ख़र्राटे ही मारता रहा। डॉक्टर मंडल ने भी दो बार फ़ोन किया पर नींद न खुली जनाब की। रेणु ने तीसरी बार उसे झकझोरा, "अरे भई रात के नौ बज गए। फिर सो लीजिएगा। ऐसे कोई सोता है भला?"

अमृत ने अँगड़ाई ली और सुस्ती के साथ आँख मलने लगा। सच में लम्बी नींद थी। वह उठा तो रेणु फिर चाय लेकर आई और अमृत के मोबाइल को टेबल से उठाकर देती हुई बोली, "दो बार आपके डाकसाहब फ़ोन कर चुके हैं पर आप बेसुध पड़े रहे!"

डाकसाहब का नाम सुनकर ही अमृत को पित्त चढ़ गया। उसने ज़हर जैसा चेहरा बनाया और मोबाइल देखने लगा। दो नहीं तीन मिस्ड कॉल थे

डॉक्टर मंडल के। तभी एक मैसेज़ भी टपक पड़ा डॉक्टर मंडल का। उस मैसेज में रोमन के बड़े-बड़े अक्षरों से हिन्दी की ध्वनियाँ निकल रही थीं, "यह नाराज़ होने का नहीं...डरने का समय है अमृत...दूसरी लहर आ चुकी है...सुपर डेडली स्ट्रेन...।"

"क्या?" अमृत को तो भरोसा ही नहीं हो रहा था। अदालत के चक्कर में वह सात दिन तक वैसे भी ख़बरों की दुनिया से बेदख़ल था। अख़बार माँगना तो पिछली बन्दी में ही छोड़ चुका था। उछलकर वह बैठके में गया। रिया कार्टून देख रही थी। उसने रिया के हाथ से टीवी रिमोर्ट छीनते हुए डाँटा, "दिनभर कार्टून—दिनभर कार्टून! ऑनलाइन फी का पैसा तो पानी में ही जा रहा होगा!"

रिया तुनककर वहाँ से चली गई।

चैनल बदलकर अमृत ने ख़बरों की ओर रुख़ किया। देश हाँफ रहा था।

12

एक जोड़ी साइकिल उस्मानाबाद से साल भर पहले चली थी। साइकिल सवार महासागर में अपना नक़्शा खो चुके किसी जहाज़ी जैसे थे जिनका दिशा-बोध लड़खड़ाया हुआ था। वे किनारे को नहीं जानते थे पर भीतर की उम्मीद को जानते थे। उसी के दम पर वे अब तक का जीवन काटते आए थे और आगे उसी के सहारे कड़ी धूप में साइकिल खींचते हुए निकले थे। पर बेछाँह और जल्लाद सड़क उनकी उम्मीद से ज़्यादा लम्बी और गरम थी, जिस पर उनकी साइकिल के पहिये बारी-बारी से पंचर हो रहे थे।

पहली साइकिल पुरानी और जर्जर हो चुकी थी जिसके हैंडल और कैरियर पर घर का लगभग हर सामान टँगा था। बेडशीट-चादरों, पतले-पतले गद्दों और थोड़े-से अनाज को साइकिल सवार ने टेंट वाली प्लास्टिक की चद्दर से ढक रखा था और उसे अपनी सीट के पीछे कैरियर पर मजबूती से बाँध दिया था। उसके ऊपर प्लास्टिक की एक-दो बाल्टियाँ औंधी पड़ी थीं, जिनमें मग और छोटी-मोटी ज़रूरतों के सामान के साथ थालियों, कटोरों और गिलासों को

ठूँसा गया था। बाल्टियों को रस्सियों के सहारे कसा गया था और उन्हीं रस्सियों के सहारे उनके दाएँ-बाएँ दो तसले लटकाकर बाँधे गए थे। रोटी बनाने के तवे के हैंडल को साइकिल सवार ने अपनी सीट के नीचे फँसा दिया था। तवा औंधा ही रखा गया था। सब कुछ क़ायदे से इतना विन्यस्त था कि साइकिल के चलने से सामान आपस में टकराते नहीं थे। बस कटोरियाँ ही थीं जो थाली से टकराकर कभी-कभार शोर कर जातीं। साइकिल सवार को उस शोर से भी दिक़्क़त नहीं थी। उसकी नज़र बिलकुल सीधी सड़क पर थी और बीच-बीच में वह साइकिल के हैंडल के मध्य फँसे स्टोव को कनखियों से घूर देता था। स्टोव से मिट्टी का तेल रिस रहा था और यह चीज़ उसे परेशान कर रही थी।

साथ चल रही दूसरी साइकिल अपेक्षाकृत नई थी। उस पर एक लड़का और एक लड़की सवार थे। लड़का चौदह-पन्द्रह का होगा और लड़की बारह की उम्र के आसपास। लड़का साइकिल चला रहा था और साइकिल के हैंडल पर घंटी के अलावा कुछ नहीं था। लड़की पीछे साइकिल के कैरियर पर तौलिया डाले गुमसुम बैठी थी और उसके हाथ में एक एयरबैग था। बैग में दो-दो जोड़ी कपड़े और पानी भरी बोतलें थीं। साइकिल चलाते-चलाते लड़का कुछ हाँफने लगा था। उसके काँपते हुए पैर बता रहे थे कि वह अपनी उम्र से कहीं अधिक बोझ ढो रहा था। उसके साथ चल रहा साइकिल सवार उसका बाप था जो बेटे को हाँफते देखकर भी पिघल नहीं रहा था। बाप को लग रहा था कि अभी दो घंटे पहले ही तो साइकिल चलाने की अदला-बदली हुई थी उससे। तब बेहूदे ने जर्जर साइकिल को ऐसा हाँका था कि स्टोव से तेल रिसने लगा। अगर स्टोव की टंकी फूटी होगी तो भगवान ही मालिक है। बाप ने एक बार फिर स्टोव को घूरा और साइकिल की रफ़्तार बढ़ा दी। बेटा बाप की हरकत समझ रहा था। इसी रोष में वह भी रुका नहीं बल्कि बाप की ताक़त आँकने का फ़ैसला करते हुए उसने भी साइकिल की रफ़्तार बढ़ा दी। धूप अब भी तेज़ाबी थी और काली लम्बी सड़क बेछाँह।

बाप और बेटे के बीच चल रही इस मौन प्रतियोगिता को बेटी दो घंटे से महसूस कर रही थी। उससे रहा नहीं गया, सूनी सड़क पर जैसे कोयल कूकी, "मेडल

नहीं मिलेगा किसी को। रुककर पानी तो पी लो। मुझे भी प्यास लगी है।"

कोयल के कूकते ही दोनों साइकिलों की रफ़्तार धीमी हुई और फिर वे रुक भी गईं।

माधुरी बैग से पानी की बोतल के साथ थोड़ा गुड़ और चना भी निकालने लगी। लड़के ने साइकिल से उतरते ही मोबाइल निकाला और आसपास के नक़्शे को उसमें टटोलने लगा, फिर कुछ उम्मीद से बोला, "यह आगे कोई नदी दिखा रहा है।" बाप ने जैसे कुछ सुना ही नहीं। वह नक़्शे को नहीं उम्मीदों को टटोलना जानता था। इन मशीनी नक़्शों पर उसको भरोसा नहीं था। उसे कहीं भी बस अपना जुगाड़ बैठाना था जिससे तीन जीवों का दाना-पानी चलता रहे। वह भीतर से बहुत डरा हुआ था। उसने सालभर में दर्जनों मज़दूरों की लाशों को भूख और प्यास के मारे सड़कों पर मरा हुआ देखा था। एक गर्भवती मज़दूरनी तो राजमार्ग पर बच्चा जनते हुए ही मर गई थी। जब तक मज़दूरों की कोई दूसरी खेप वहाँ तक पहुँचती गिद्ध और चीलें उस मरी हुई माँ के साथ उसके ज़िन्दा नवजात की देह नोचकर आधा खा चुके थे। मज़दूरों की बिखरी हुई फ़ौज बिलखकर रह गई। मज़दूर इतने नासमझ नहीं होते कि निज़ाम के इस मानवता विरोधी अपराध को ना समझ रहे हों। बस पढ़े-लिखों की तरह उन्हें परिभाषाएँ गढ़नी नहीं आती है। इस सरकारी अपराध को वे तालाबन्दी के नाम से पुकार रहे थे और भुनभुनाते हुए मुट्ठियाँ भींच रहे थे। उस बिखरी हुई फ़ौज का एक हिस्सा इन दो बच्चों का बाप भी था। पर उसकी नज़र सरकार से ज़्यादा सड़क पर थी। और सड़क से ज़्यादा तीन प्राणियों के पेट पर।

चना-गुड़ फाँकते हुए बाप ने बेटे को डपटा, "तुम्हारे नक़्शे के चक्कर में तीन बार फँसे हैं हम लोग। बन्द कर नक़्शा और मुरारी को फ़ोन लगा।"

बेटे का पहले से ही माथा गरम था, बाप से उलझ गया "इसी नक़्शे के दम पर तीन माह दाना-पानी चला था नांदेड़ में। नहीं तो मैं भी देख ही रहा हूँ तुम्हारे दोस्तों को। कहीं ढंग की नौकरी नहीं लगवाई किसी ने तुम्हारी।"

एकदम छील दिया बेटे ने बाप को। बाप भी उलझ ही गया, "उस्मानाबाद में तुम्हारे दादा ने नौकरी दिलवाई थी क्या? ख़ाली हम पर ही बीत रहा है

यह? सब लोग उजड़ गया तालाबन्दी में! फ़ोन लगाओ मुरारी को फिर से।"

"अरे आपका मुरारी फ़ोन उठाएगा तब न? उठा ही नहीं रहा है!" लड़का एकदम आपे से बाहर हो रहा था।

अजीब मुसीबत है। साला कोई कहीं साथ नहीं दे रहा है। ऐसे तो भूखे ही मर जाएँगे। कुछ-कुछ सोचते हुए बाप परेशान हो गया। साल के तीन-साढ़े तीन महीने सड़क नापते हुए ही गुज़र गए थे। पर कहीं ढंग का काम मिले तब तो! बेटा अभी भी मोबाइल में घुसा पड़ा था। बाप झल्ला गया, "हम कह रहे हैं विजय कि उठाकर पटक देंगे मोबाइल। चना-गुड़ फाँको और साइकिल उठाओ।"

"वीडियो गेम नहीं खेल रहा। आसपास कोई फैक्टरी खोज रहा हूँ। क्या पता कुछ काम का निकल आए!"

"अरे भाग! फैक्टरी होगी तो काम भी मिल जाएगा क्या? नक़्शा केवल ई बताएगा कि फैक्टरी है। वहाँ काम है कि नहीं, यह थोड़े न बताएगा।"

विजय कसमसा कर रह गया। पर पिता की बात कुछ हद तक सही थी। अब तक का अनुभव भी यही कह रहा था। अब सच्चाई तो यह थी कि दोनों ही जीव इस हालत से बाहर निकलने का भरोसा खो चुके थे। ऊपर से तपते सूरज और दहकती धरती के बीच होश सँभालना मुश्किल हो रहा था। ऐसे में मोबाइल पर विजय क्या ही खोजबीन करता? वह साइकिल पर झटके से बैठ गया और बोला, "चल माधुरी बैठ।"

"चना-गुड़ तो खा लो भाई," माधुरी ने मिन्नत की।

"ना, अब सीधे नदी किनारे।" विजय ने पानी भी नहीं पिया। बाप का कलेजा कट रहा था पर कुछ बोलता तो फिर झगड़ा शुरू हो जाता। चुपचाप उसने भी अपनी साइकिल को पैडिल मार दिया।

नक़्शे ने इस दफ़ा कोई जालसाजी नहीं की थी। अगले सवा घंटे की मौन प्रतियोगिता के बाद नदी दिखी। बीच में एक पुल भी था। जल्लाद सड़क नदी के पुल पर जाकर धूसर हो रही थी। पुल के पार आगे की सड़क फिर वैसी ही काली और बेछाँह थी।

थके जीव बेछाँह सड़क से अलग होकर एक ढलान की ओर बढ़े और

आहिस्ता-आहिस्ता पुल के ठीक नीचे आ गए। साढ़े तीन घंटे बाद किसी छाया ने पनाह दी थी। नदी सूखकर पतली हो गई थी। पर उसमें धार थी। एक बहती हुई नदी से बड़ा सहारा भला क्या हो सकता है! उसकी शीतलता पुल के नीचे पसरी थी। माधुरी को लगा कि जन्नत नसीब हुई है। पिता ने भी साइकिल खड़ी करके अंगड़ाइयाँ लीं। इधर प्यासा विजय गश खाकर गिर गया। अचानक ही।

बाप और बेटी एक साथ उसकी ओर दौड़े।

पुल के नीचे माधुरी स्टोव जलाकर भात राँध रही थी। अनाज की गन्ध से विजय की आँख खुली। उसने आसपास निहारा। साँझ ढल रही थी। पिता नदी में पैर डाले आसमान निहारता दिखा। पिता की उम्र बहुत ज़्यादा नहीं थी और वह देह से भी मजबूत था पर कुछ था जो भीतर ही भीतर उसे कमज़ोर कर रहा था। आख़िर इस देह की भी सहने की एक सीमा थी। उस्मानाबाद आने के बाद जैसे उसकी देह ही शापित हो गई थी। तब विजय पाँच महीने का था। पता नहीं क्या सोचकर वह उस्मानाबाद आया था मैनेजर बनने! उतना पढ़ा-लिखा भी नहीं था पर ख़्वाब बहुत बड़े देख लिए थे। उन ख़्वाबों को किसी की नज़र लग गई। हालात ने मज़दूरों के बीच उनकी ही तरह की ज़िन्दगी गुजर-बसर करने का सबक़ सिखा दिया। यहाँ आने के दो साल के भीतर माधुरी का जन्म हुआ। गृहस्थी डांवाडोल होने लगी। बहुत सोच-समझकर अतिरिक्त आमदनी के लिए एक परचून की दुकान भी खोली गई। पर वह भी ग़रीब मज़दूरों के बीच सँभल नहीं पा रही थी। दुकान पत्नी के देखरेख में ही थी पर उस दुकान के ना चलने में उसका क्या क़ुसूर था? मज़दूर अक्सर उधारी लगाते थे। कुछ उधारी चुकाते तो कुछ बिना चुकाए अपने गाँव-घर भाग जाते। मज़दूर और मजदूरी में से कोई भी टिकाऊ न था। उधार बढ़ता गया और तंगी से दुकान बन्द करनी पड़ी। फिर विजय की माँ लगातार बीमार रहने लगी। डॉक्टर ने बताया कि उसके दिल में छेद है। उसके सालभर के भीतर ही विजय की माँ ने सबका साथ छोड़ दिया।

पिता क्या सोचकर आया था और क्या होकर रह गया। कई बार यह भी सोचा कि वापस अपने घर लौट जाए। पर घर लौटकर वह करता ही क्या?

क़ायदे के काम की गारंटी और कहीं दिख नहीं रही थी और यहाँ कमोबेश एक बँधी-बँधाई आमदनी थी। काम भी बहुत वजनी नहीं था। ज़िन्दगी सँभालने वाले कुछ भरोसेमन्द साथियों का साथ भी तो था।

वह जैसे-तैसे बच्चों को पालने लगा। बच्चे स्कूल जाने लगे। पिता ने सोचा कि विजय दसवीं कर लेगा तो कुछ कमा लेगा क़ायदे का। पिता वाली फैक्टरी बहुत बड़ी नहीं थी और उसका भविष्य भी कुछ बढ़िया नहीं दिख रहा था। पर उसी में विजय को घुसाने की जुगत में था वह। बस दसवीं कर जाए विजय। इसी उधेड़बुन में पिता पित्तमारू ज़िन्दगी काट रहा था।

किसी को अन्दाज़ा ही नहीं था कि ऐसी विपदा पड़ेगी। वह भी केवल उस्मानाबाद में नहीं बल्कि पूरी दुनिया में। अचानक महामारी का शोर उठा। देखते-ही-देखते खदानें और फैक्टरियाँ धड़ाधड़ बन्द होने लगीं। जब तक कोई होश सँभालता सड़क-दुकान-मकान सब सूने पड़ गए। लोग रेल-बस-ट्रक जैसे जहाँ थे वहीं थम गए। मज़दूरों में अफ़रातफ़री मच गई। आधे तो तत्काल अपना जुगाड़ लगाकर भाग खड़े हुए। जिनमें थोड़ी क़ुव्वत थी वे टिके रहे।

एक माह तो बैठकी में ही निकल गया। मजूरी करके भी जिन परिवारों का पेट नहीं भर रहा था उन्हें आटे-दाल का भाव सताने लगा। विजय के पिता ने तो वह भी सँभाल लिया। बात बिगड़ी किराए को लेकर। मकान मालिक ने दो महीने के बाद टोक दिया था। विजय के पिता ने एक और माह की मोहलत माँगी पर अगले माह में भी वह किराया नहीं जुटा पाया। उसे उम्मीद थी कि उसकी फैक्टरी आधी क्षमता के साथ जल्दी ही चालू होगी। वह मैनेजर से मिल भी आया था। मैनेजर ने एक दिन बीच लगाकर काम देने का आश्वासन दिया। इससे तनख्वाह तो पक्की आधी हो जानी थी पर ना की जगह कुछ तो हाँ थी। पिता उम्मीद में वक़्त काटने लगा पर फैक्टरी का काम चालू नहीं हुआ। वह फिर मैनेजर से मिला तो पता चला कि मार्केट में अभी कोई डिमांड ही नहीं है तो माल बनाकर सप्लाई किसे करेगी फैक्टरी। माँग और पूर्ति के इस बेरहम खेल से अनजान पिता मैनेजर को ही शक की निगाह से देखने लगा था। इधर मकान मालिक रोज़ दरवाज़ा खटखटाने लगा। पिता ने उसे पिछले

दस साल का वास्ता दिया पर कोई फ़ायदा नहीं हुआ। जमापूँजी पूरी तरह से निपट गई थी। पिता अब सूद पर पैसे उठाने की सोचने लगा। पर मन्दी में सबने अपनी-अपनी मुट्ठियाँ कस ली थीं। मज़दूरों के भागने से ब्याजियों के भरोसे हिले हुए थे। उन्होंने साफ़ इनकार कर दिया। बचे-खुचे संगी-साथियों की भी हालत उसी की जैसी दयनीय थी और काम था कि कहीं दिख ही नहीं रहा था।

बेचैन पिता प्यासे हिरण की तरह पैसे के जुगाड़ में दिन-रात इधर-उधर दौड़ लगाने लगा। शहर भी एक जंगल ही होता है जहाँ थके-प्यासे और मजबूर हिरण का शिकार पूँजी की ताक़त से अघाये भेड़िये करते हैं। थके पाँवों के साथ एक साँझ हिरण घर लौटा तो उसने देखा कि मकान मालिक कमरे के भीतर घुसा हुआ है और माधुरी को अपनी गोद में बैठाये कुछ बातें कर रहा है। बड़ा छौना भी नदारद था वहाँ से। पिता के बर्दाश्त के बाहर की चीज़ थी यह। ख़ून के घूँट पीकर उसने माधुरी को मकान-मालिक की गोद से बाहर खींचा और मकान-मालिक की हत्या करने की जगह उसको ज़ोरदार झापड़ मारा, "यह इतनी भी बच्ची नहीं कि तुम इसे गोद में रखो।"

निर्णायक फ़ैसला हो चुका था अब।

रातोरात पिता ने घर के ज़रूरी सामान को टेंट वाली प्लास्टिक में लपेटा, बाल्टियों में बर्तन डाले और रात के तीसरे पहर तक गृहस्थी की हर ज़रूरत का सामान चुपचाप अपनी साइकिल में कस डाला। पर एक साइकिल से बात नहीं बन रही थी। तभी मकान मालिक की नई साइकिल पर उसकी नज़र पड़ी। पिता ने मन-ही-मन कमरे में छूट रही चीज़ों का मौद्रिक मान तय किया और मकान-मालिक के अहाते में चमकती नई साइकिल को बाएँ हाथ से बेआवाज़ उठा भी लिया। चार बजते-बजते परिवार दो साइकिलों पर सवारी करता हुआ उस्मानाबाद को विदा कर चुका था और निजामाबाद के स्वर्णिम चतुर्भुज सड़क की ओर, बहुत दूर निकल आया।

पर किस्मत यहाँ भी ख़राब थी। पता चला कि स्वर्णिम चतुर्भुज पर पुलिस के बैरिकेट लगे हैं और मज़दूरों पर लाठी-चार्ज हो रहा है। पिता को लगा था कि सड़कों पर अब भीड़ ना होगी, पर महामारी फैल रही थी और बचे मज़दूरों की बाड़ेबन्दी शुरू हो गई थी। एक ज़िले से दूसरे ज़िले में जाना भी मुश्किल

हो गया था। मुरारी भी इसी भीड़ में कहीं फँसा हुआ था। पिता हकलान होने लगा। मुरारी के हिसाब से काम तो निजामाबाद में ही मिलना था पर जाएँ कैसे? इधर विजय को अब भी मकान मालिक का डर सता रहा था। उसने मोबाइल पर कुछ नक्शे तलाशे और नांदेड़ पर उसकी आँख चमकी।

नांदेड़ तीन महीने रहे तीनों। वे लोग लंगरों में खाना खाते और सड़क किनारे प्लास्टिक का टेंट लगाकर सोते रहे। कुछ समझ ही नहीं आ रहा था कि कहाँ जाएँ ये तीन प्राणी। दुनिया के किस हिस्से में उनकी बुनियादी ज़रूरतें पूरी होंगी? शहर को महामारी से कुछ उबरता देख पिता ने ठेले-गाड़ी पर हाथ आज़माया। बड़ा ही भारी काम था पर काम के नाम पर केवल यही बचा था। पिता दिनभर मजदूरी करते और विजय-माधुरी टेंट में बचे-खुचे सामान की निगरानी करते पढ़ते-लड़ते। तभी मुरारी देवता बनकर फ़ोन पर प्रकट हुआ। उसका कोई साला था नागपुर में। वहाँ के धंधे में कुछ तेज़ी शुरू हुई थी। नांदेड़ से फटाफट दोनों साइकिलें निकल पड़ीं। पाँचवे दिन वे नागपुर में थे।

नागपुर शहर से ही सटे इलाक़े में मोटरकारों के छोटे-बड़े पुर्जे बनते थे। लादने-उतारने का काम था। पर वह काम भी बहुत भारी निकला। इतना ज़्यादा खटने की आदत नहीं थी पिता को। पहली पाली में ही देह अकड़ जाती थी। दूसरी पाली में काम करने से देह साफ़ इनकार करने लगी। पर जैसे-तैसे कलेजाकाट काम करता रहा वह। फिर बीमार पड़ने लगा। तो कुछ दिन के लिए काम छोड़ दिया उसने। जब पैसे ख़त्म होने लगे तो वह फिर मोर्चे पर गया पर वहाँ जगह ही नहीं थी अब। शहर के कुछ पुराने मज़दूर अपने गाँव-घर से वापस लौट आए थे। इधर न रहने का ठिकाना और ना नहाने-धोने की ठौर! मुरारी को फ़ोन लगाया गया। मुरारी ने सारा क़िस्सा सुना और विजय के बाप को दर्जनभर गलियाँ सुनाकर फ़ोन रख दिया। उस्मानाबाद के बाक़ी साथियों को फ़ोन लगाया गया। एक साथी ने कोरबा का नाम सुझाया। कोयले की बड़ी-बड़ी खदानें थीं वहाँ। साइकिलें फिर चल पड़ीं। बड़ी मुश्किल से वे कोरबा पहुँचे थे। दो रातें तो जंगल की सड़क से होकर गुज़रीं। डर के मारे तीनों की देह थरथर काँप रही थी। पिता कभी अपने बच्चों की साइकिल के आगे चलता, तो कभी पीछे चलता, तो कभी साथ-साथ। कई तरह की

आवाज़ें आ रही थी जंगल से। पर इससे बुरा अब क्या घटता उनके जीवन में। कोरबा पहुँच ही गए।

यहाँ भी नाम बड़े और दर्शन छोटे। खदानें तो बड़ी-बड़ी थीं वहाँ पर कोयला आठों पहर नाक में जमा रहता। यहाँ बारी-बारी से तीनों बीमार पड़े। उस्मानाबाद वाली बात तो यहाँ एकदम नहीं थी। मज़दूरों की बस्ती भी बजबजाती हुई थी। पता नहीं कैसे रहते हैं? टेंट भी बस्ती से बहुत दूर लगाया नहीं जा सकता था। और बस्ती थी कि रात होते ही माहौल ख़राब हो जाता था। माधुरी की चिन्ता बराबर बनी रहती थी बाप को। कई तरह की अनचाही चीज़ें थी आसपास। ऊपर से दबंग कोयला माफियाओं की एक अलग ही कहानी थी। इस बार माधुरी की सुरक्षा में कोरबा छोड़ने का इरादा बना। पर वे वहाँ से कहाँ जाते? कुछ समझ में नहीं आ रहा था। फ़ोन पर किसी मज़दूर साथी ने बताया कि अब सूरत और अहमदाबाद ही बचा है। वही मज़दूरों का मक्का-मदीना है। पर विजय ने बताया कि "सूरत बड़ी दूर है महीना-भर लगेगा साइकिल से।" एक बार सबका मन हुआ कि साइकिलों को बेचकर ट्रेन से चलते हैं। पर यह ऊपरी मन था। तीनों भीतर से थक रहे थे और किसी भी जगह काम दिलाने की गारंटी लेने वाला कोई नहीं था। मन्दी और बन्दी ने बहुत भीतर तक हमला किया था। कोरबा के तीन सौ किलोमीटर के रेडियस में उनकी ज़िन्दगी बेचैनी से नाचने लगी। पर बात नहीं बन रही थी। जिसने जो कहा मानते चले गए।

फिर विजय मोबाइल के नक़्शे के हिसाब से बाप को चलाने पर अड़ गया। थकता हुआ पिता करता ही क्या? जब ख़ुद से कोई उम्मीद नहीं रहती तो यही होता है। नक़्शे ने भिलाई, दुर्ग और रायपुर की लम्बी परिक्रमा कराई। रायपुर ने कुछ दिन ज़रूर सँभाला। नई राजधानी थी और मज़दूरों की ज़रूरत लगातार बनी रहती थी। पर यहाँ का सारा काम ठेकेदार के माध्यम से होता था। मनहूसियत यहाँ भी नाता नहीं तोड़ रही थी। एक तो मजदूरी ही कम देता था ठेकेदार और दूजे पिता लोकल मज़दूरों की आँख की किरकिरी बनने लगा। बाहरी और भीतरी की ग़ज़ब ही लड़ाई थी वहाँ। पैसा आता तो खाने-पकाने में ही ख़त्म हो जाता। कुछ ख़रीदकर पहनना तो

सपना ही हो गया था। एक बार तो राजू ने ख़ुद भी मजदूरी करने के लिए बाप पर ज़ोर डाला पर बदले में बाप ने ऐसा झन्नाटेदार तमाचा जड़ा कि सात दिन तक उसके गाल सूजे रहे। पिता ने गरजकर कहा था, "स्कूल तो छोड़ने नहीं देंगे तुम दोनों को। बस ई ख़राब टाइम एक बार निकल जाए।" माधुरी जो अब तक स्कूल छूट जाने से ख़ुश थी, उदास हो गई। मन ही मन उसने बाप को कोसा।

कुछ दिनों बाद ही सही, अन्ततः मुरारी ने फ़ोन उठा लिया। संघर्ष का पुराना साथी था। कब तक वह नाराज़ रहता? उसने दो दिन की मोहलत माँगी। दो दिन के बेसब्र अन्तराल के बाद उसका फ़ोन आया। एक जुगाड़ निकल आया था बिलासपुर में। साइकिलें फिर कसी गईं।

बिलासपुर रायपुर का भी बाप निकला। पिता ने महसूस किया कि वे दक्षिण से उत्तर की ओर जैसे-जैसे आते जा रहे थे, मजदूरी हड़पने की समस्या आम होती जा रही थी। खदानों से कच्चे माल को निकालने वाली आसपास की दुनिया हक़मारी और आतंक पर खड़ी थी। अगर आप वहाँ के बासिंदे नहीं तो बोलने-लड़ने के लिए नाकाफ़ी हैं।

उस्मानाबाद वाली फैक्टरी का काम अब स्वर्ग की याद बनकर स्मृतियों में कौंधने लगा।

अब तो बिलासपुर भी छूट गया था। उसे छूटे हुए तीन दिन हो गए थे। बाप को समझ में ही नहीं आ रहा था कि इधर से किधर जाएँ? एकबारगी मन हुआ कि राउरकेला चले चलें या फिर वापस लौटकर भिलाई। पर रूह ही साथ नहीं दे रही थी उसकी। उसे घर की याद सताने लगी। बेरोज़गारी ने निर्वासन के घाव को ज़ोर से खरोंच दिया। घाव से टीस उठने लगी थी। उसे अपने भीतर जज़्ब करने के लिए ही पिता ना जाने कब से नदी में पाँव डाले आसमान निहार रहा था।

विजय गुमसुम पिता को एकटक देखे जा रहा था। फिर टोका, "पानी में देर तक पैर रखने से ज़ुकाम होता है। दवाई के भी पैसे नहीं हैं अभी तो!"

पिता ने तुरत नदी से अपने पैर बाहर निकाल लिए। विजय की आवाज़ में जो कठोरता थी उससे पिता ने अन्दाज़ा लगा लिया कि अब वह ठीक है।

बताओ भला! देखते-ही-देखते गश खा गया था!

पिता ने पूछा, "तुम्हारी तबीयत कैसी है अब?"

"हमको क्या हुआ है?" विजय ने जानबूझकर हैरानी जताई। माधुरी हँसने लगी। पास पड़ा कंकड़ उठाकर विजय ने उसके पीठ पर दे मारा। पर माधुरी की हँसी नहीं रुक रही थी, हँसते हुए बोली, "तुम बेहोश हो गए थे।"

"चल भाग! मेरा सोने का मन था।"

बच्चों की ठिठोलियाँ देखकर पिता को सुकून हुआ। दोनों बच्चे बेरहम थपेड़ों के बीच अब भी स्वस्थ थे।

नदी कलकल करते हुए बह रही थी।

पिता ने कुछ सोचते हुए विजय से पूछा, "कितनी दूर है अभी जबलपुर?"

विजय की देह में फिर से आग लग गई, "क्या जबलपुर की रट लगाए हो? आपका मुरारी फ़ोन ही नहीं उठा रहा है! जबलपुर में क्या नया कर लोगे?" विजय की आवाज़ भारी हो गई थी और उसके भीतर से विद्रोह की चिंगारी फूट रही थी। दस–ग्यारह महीने से यह आदमी नचा रहा है भाई-बहन को। पालने की ताकत नहीं थी तो पैदा ही क्यों किया था इसने? विजय के भीतर गालियाँ खदबदा रही थीं अब। बहुत हुआ।

बाप ने एकदम से चुप्पी मार ली। सच में लाचार था।

दूधिया चाँदनी से सारा आकाश जगमगा रहा था। पतली नदी किसी नागिन की तरह बलखाती हुई बहुत दूर तक बह रही थी। नदी पर चाँदी की चादर पड़ी हुई थी और आसपास झींगुरों का शोर था। पुल से कभी-कभी कोई ट्रक या बस हॉर्न देते गुज़रती तो झींगुर थोड़ी देर के लिए चुप हो जाते और फिर शोर करने लगते। नदी से कभी-कभी टप-टप की भी आवाज़ उठती। ये छोटी मछलियों के उछलने की आवाज़ थी। उनकी कुछ साथी मछलियों को माधुरी ने अपने दुपट्टे में छान लिया था और उनकी साफ़-सफ़ाई करके बड़े प्यार से नमक-मिर्च लगाकर भात के साथ राँध भी दिया था।

बहुत दिनों बाद तीनों ने माछ-भात खाया था, जिससे शरीर में ही नहीं बल्कि रूह तक में तृप्ति फैल रही थी। पिता की देह तो एकदम श्लथ हो गई थी। पर दिमाग़ चौकन्ना था। यह रात काटने की जगह नहीं थी। दूर सियारों का

भी शोर था। पर आगे चलने की हिम्मत तीनों में किसी की नहीं हो रही थी। परिवार ने आसपास आग जलाकर टेंट में सोने का फ़ैसला लिया। बाप ईश्वर को कोसने के सिवाय कर ही क्या सकता था। वैसे भी ईश्वर को बदनसीबी में कोसने के लिए बनाया गया था।

पिता ने पुल की दीवार को टेंट की पीठ बनाया और साइकिलों को दाहिने-बाएँ के स्तंभ। टेंट के काल्पनिक दरवाज़े से कुछ हटकर उसने आग जलाई।

फिर विजय से बात करने की कोशिश की, "बनारस कितनी दूर होगा यहाँ से?"

विजय चौंक गया और बोला, "आपने तो कसम खाई थी कि आप रिश्तेदारी में कभी नहीं लौटेंगे!"

"वह रिश्तेदारी नहीं मेरा ननिहाल है। समझे? और हम वहाँ जा नहीं रहे, मैं बस पूछ रहा हूँ।" शायद बेटे ने बाप की सोच की नस पकड़ ली थी। इसलिए बाप ना चाहते हुए भी उबल गया।

रात गहरी होने लगी और चाँद को बादलों ने ढकना शुरू किया। दूधिया चाँदनी किसी सपने की तरह फ़ुर्र हो चुकी थी। झींगुरों का शोर भी अचानक बढ़ गया था।

माधुरी को डर सताने लगा, "भाई! कोई जंगली जानवर तो नहीं आएगा न?"

"नहीं रे! नक़्शे में आसपास कोई जंगल और कोई जानवर नहीं।"

विजय ने माधुरी से झूठ बोला था। नक़्शे में साफ़-साफ़ गहरा हरा निशान दिख रहा था। नदी और उसका पुल उस गहरे रंगों के निशान के ठीक बीच में थे। यह कोई बंजर इलाक़ा नहीं था। बारह लेन वाली चौड़ी सड़क की नई परियोजना के लिए रास्ते के पुराने छायादार वृक्षों की मीलों तक बलि ली गई थी। लाडली माधुरी की झुलसी त्वचा पर इन्हीं परियोजनाओं का पराबैंगनी प्रभाव था। पर माधुरी इन सबसे अनजान थी। वह भाई के भरोसे निर्भीक होकर अँधेरे से आँख लड़ा रही थी।

विजय ने धीरे से पिता को इशारों में समझाया, "बारह बजे तक तो मैं जग ही सकता हूँ। पहले तुम सो लो।"

पिता ने खरा-सा जवाब दिया, "न, पहले तू सो ले।"

"मैं शाम को सो चुका हूँ। अभी नींद ही नहीं आएगी।"

माधुरी ने टोका, "जब आसपास जानवर ही नहीं तो क्यों जग रहे हो?"

विजय ने उसकी चोटी खींची, "और कोई भूत-पिशाच आ गया तो?"

डरकर माधुरी पिता की गोद में दुबक गई।

क्या दिन आ गए हैं! मेरे बच्चे भी अब ख़तरे में हैं। जंगल में छौनों के साथ भटक रहे काले हिरण की आँखों की कोर से बेबसी की बूँदें रिसने लगीं। वह माधुरी को गोद में लिये धीरे-धीरे सिसकने लगा।

इस काले हिरण का नाम कजरौटा था।

13

आफ़तकाल में अमृत का एक छोटा-सा नागरिक समाज इकट्ठा होकर सक्रिय हो चुका था। यह मुट्ठीभर युवाओं की एक टीम थी जिससे अमृत और उसके पत्रकार मित्र हिरेन का हालिया जुड़ाव हुआ था। इस टीम से कुछेक डॉक्टरों को भी जोड़ा गया था। पर टीम के भरोसेमन्द डॉक्टर थे बी.पी. मंडल। दिन हो या रात हो, फ़ोन करो और रिपोर्ट दिखाओ। कोई फीस नहीं। सहयोग तो एक अट्ठाइस साल का डॉक्टर एस.एस. राही भी कर रहा था पर सरकारी डॉक्टर होने की वजह से अब मुश्किल से समय निकाल पाता था। उसे जब फ़ुर्सत मिलती ग्रुप को ग्रीन सिग्नल दे देता था। इसके बावजूद भी इस टीम की असली ताक़त वे मुट्ठीभर युवा थे जो असली मोर्चों पर लड़ाइयाँ लड़ रहे थे। रिस्क जोन के बिलकुल भीतर। न जाने कहाँ-कहाँ से निकलकर आ गए थे! पिछली लहर में थोड़ी-देर से ही सही, पर सक्रिय हुए थे। तब भी छह-आठ ही लड़के थे जिनका प्रतिनिधित्व कर रहा था एक इक्कीस साल का लड़का, निरंजन। हिरेन की नज़र उसी दौरान पड़ी थी इन पर।

हिरेन किसी बड़े अख़बार का स्थानीय पत्रकार था और ख़बरों के अलावा कभी-कभी तंज़िया कॉलम लिखता था। हिरेन ने इस ग्रुप के बारे में शहर को

बताया और उनकी तस्वीर भी छापी। लड़कों का हौसला बढ़ गया था तब। हिरेन इस तरह के काम करता रहता था। शहर की हर हरकत पर नज़र रहती थी उसकी। उसी ने एस. अमृत के अघोरी बाज़ार वाले स्टेटमेंट को ज्यों-का-त्यों छापा था। अमृत और हिरेन गहरे दोस्त नहीं थे पर उनकी जान-पहचान थोड़ी पुरानी थी। अब दूसरी लहर ने इन सबको आपस में जोड़ दिया था, वह भी सांगठनिक स्तर पर। एक कच्चा-पक्का नाम भी रख दिया गया था इस संगठन का इस बार, 'टीम साँस'। इस नाम का स्टिकर चिपकाए लड़के ऑटो से मदद करते थे। एम्बुलेंस नहीं थी इनके पास। दो ऑटो थे, वे भी किराए के थे।

मोबाइल के ज़रिये 'टीम साँस' की कोर कमेटी की कॉन्फ्रेंसिंग चल रही थी। युवा डॉक्टर राही जो बातें कह रहा था वह न तो हिरेन समझ पा रहा था और न अमृत। निरंजन भी शामिल था पर वह केवल सुनता था। जब कुछ पूछा जाता तभी बोलता था वह।

डॉक्टर राही उत्तेजित था, "ऑक्सीजन दो तरह के होते हैं। एक मेडिकल और दूसरा नॉन-मेडिकल। ये सारे सिलिंडर जो आ रहे हैं, इनमें इंडस्ट्रियल ऑक्सीजन हैं, फैक्ट्रियों के प्लांट के। और लोगों को लग रहा है कि राहत पहुँच रही है।"

"अरे भाई जानलेवा तो नहीं है न?" हिरेन ने टोका।

"इसका कोई सीधा जवाब हो ही नहीं सकता हिरेन भाई," राही ने साफ़ कहा।

"क्यों?" हिरेन ने फिर टोका।

"हिरेन भाई मैं चेस्ट और लंग्स ही देखता हूँ। इंडस्ट्रियल ऑक्सीजन कभी नहीं दिया जाता था। कभी नहीं। और इसका क्या असर पड़ सकता है आगे चलकर, गॉड नोज़।" राही ने कुछ छुपाते, कुछ बताते अपना पक्ष रखा।

"अरे भाई! जान बच रही है, इतना काफ़ी है! आँकड़े बता रहे हैं कि देश में ऑक्सीजन की डिमांड नॉर्मल डिमांड से हज़ार गुना ज़्यादा बढ़ सकती है। बाक़ी यही है कि इस मुद्दे पर कुछ लिखित दोगे, तो ही मैं यह ख़बर बनाऊँगा।"

"जब हमारा सीएमओ ही नहीं बोल रहा है तो मैं कैसे बोलूँ?" राही बचने लगा।

"यही तो दिक़्क़त है! बोल तो सभी रहे हैं कुछ न कुछ, पर कोई कुछ लिखकर नहीं दे रहा है। विश्वस्त सूत्रों और अज्ञात सूत्रों के हवाले से लिखते-लिखते कब तक रिपोर्टिंग करूँ मैं?" हिरेन ने अपने पेशे की सीमा बताई।

अमृत को मौक़ा मिल गया। वह टपक पड़ा, "नाम के साथ लिखकर तो दिया है एम.एम.टी.एच. के ख़िलाफ़ मैंने। पर्यावरण सुरक्षा अधिनियम, नर्सिंग काउंसिल अधिनियम, अर्बन लैंड अधिनियम, ब्लड-बैंक, ड्रग्स ऐंड कॉस्मेटिक अधिनियम और दर्जन भर क़ानूनों की धज्जियाँ उड़ाकर एम.एम. टी.एच. को लाइसेंस दिया गया है। कैसे?"

हिरेन ने अचरज किया, "अरे भाई साहब! आप अब भी उसके पीछे पड़े हैं?"

महीने भर पहले हिरेन ने इसकी बाबत एक ख़बर तो छापी ही थी। अब कितनी बार एक ही ख़बर को वह छापता रहे? पर अमृत अड़ियल घोड़ा था, बोला, "हिरेन भाई, बस दिक़्क़त यह है कि देखकर मक्खी नहीं निगली जाती मुझ से।"

हिरेन ने अपना पक्ष रखा, "और मुझे देखिए आप! रोज एक दर्जन मक्खी देखते हुए भी निगलता रहता हूँ।" उसका इशारा शहर की ढेरों नंगी सच्चाइयों की ओर था जिसे एक पत्रकार होने के नाते वह जानता था पर लिख नहीं सकता था। नाम के साथ कोई आगे ही नहीं आता था!

हिरेन अमृत से उम्र में छोटा था। हिरेन को लगा कि अमृत को बात बुरी न लगे, इसलिए उसने अगली पंक्ति जोड़ी, "देखिए अमृत भाई, इस बात को समझिए कि ऐसी एक दर्जन चीज़ें एक साथ चल रही हैं शहर में। डिजास्टर मैनेजमेंट ऐक्ट लागू है और सारी शक्ति ज़िलाधिकारी के पास है। मरीज़ों का प्रेशर इतना है कि दूसरी ओर ध्यान ही नहीं जा रहा है किसी का। बेड-ऑक्सीजन-आईसीयू, बेड-ऑक्सीजन-आईसीयू बस यही हो रहा है। और कुछ नहीं।"

डॉक्टर राही के भीतर जैसे कुछ घुमड़ रहा था पर बोलने से भी डर रहा था। उसके मन में आया कि एक बार वह हिरेन के इस 'बेड-ऑक्सीजन-आईसीयू'

की मारामारी पर अपना नज़रिया रखे, पर नौकरी का डर किसे नहीं होता? फिर चुप्पी मार गया वह। अमृत भी समय के फेरे को समझकर चुप हो गया।

निरंजन ने महसूस किया कि अब हस्तक्षेप करना चाहिए, बोला, "मुझे एक बात कहनी है। बात यह है कि देह से तो हम लोग जितना हो सके मेहनत कर ही रहे हैं पर फंड एकदम ख़त्म हो गया है। ऑटोवाला बकाया पैसे माँग रहा है बार-बार।"

सबको जैसे काठ मार गया।

हिरेन की लाख कोशिश के बावजूद 'टीम साँस' को कहीं से कोई बड़ा बाहरी सपोर्ट नहीं मिल रहा था। यही बारह-चौदह लोग। इनमें भी आठ तो विद्यार्थी थे। उनसे उम्मीद करना पाप था। बाक़ी बचे लोगों ने इस माह की तय राशि से अधिकतम दे दिया था टीम को।

'टीम साँस' से अब मदद की गुहार ज़्यादा लगने लगी थी। दो लड़के तो आठ-आठ घंटे की शिफ़्ट में फ़ोन अटेंड करते रहते थे। और बाक़ी दिनभर ऑटो लेकर शहर के एक छोर से गाँव-देहात के दूसरे छोर तक मरीज़ टाँगे रहते थे। जहाँ वे मदद नहीं पहुँचा सकते थे वहाँ नए चलन के हिसाब से हैशटैग एस.ओ.एस. करते। यह नया चलन था और इससे भी काफ़ी मदद पहुँच रही थी। पर अब सब नाकाफ़ी पड़ रही थी। अमृत ने हिम्मत दिखाई, "हज़ार तो मैं भेज देता हूँ अभी, दो-तीन हज़ार डॉक्टर मंडल भी कर देंगे। आज बात करता हूँ उनसे।"

हाथ से हाथ मिलने लगे। डॉक्टर राही ने भी 'दो हज़ार और' कहा। हिरेन के पास अमूमन पैसे नहीं होते थे पर वह इन्तज़ाम करवाता रहता था, बोला, "मेरे पास तो नहीं हैं पर एक सेठ को फ़ोन करूँगा आज, उसका एक काम करवाया है मैंने, दो-चार हज़ार तो दे ही देगा। पर उतने से काम नहीं चलेगा। और लोगों को जोड़ना होगा।"

"मदद के लिए लोग कहाँ आ रहे हैं सर?" निरंजन ने हताश मन से कहा। वह बार-बार लड़कों के गिरते मनोबल की ओर इशारा कर रहा था। इस टीम से दो शिक्षक भी जुड़े थे पर उनकी तनख़्वाह ही नहीं आई थी। एक तो भागा ही रहता था।

पर डॉक्टर राही का ध्यान कहीं और था। वह शायद कुछ सुन ही नहीं रहा था। फिर उसने सबकी बात काटते हुए निरंजन से कहा, "निरंजन! बी केयरफुल एवरीबडी।" डॉक्टर राही लड़कों के संक्रमित होने से डरा हुआ था।

पर निरंजन उत्साह से बोला, "बिलकुल सर। डबल मास्क और ग्लव्स के साथ रहता हूँ।"

"नहीं-नहीं। बात समझो। एक्सट्रीमली केयरफुल। चेहरे पर शील्ड भी लगाओ और टीम को भी बोलो ऐसा करने के लिए। लगातार लगाना होगा। लगातार नहीं पहन सकते तुम लोग, तो जस्ट गिव-अप मैन। छोड़ दो यह सेवा। मरना नहीं है। सच्चाई तो यह है कि मुझे भी अब डर लग रहा है।" इतना कहकर डॉक्टर राही ने फ़ोन कट कर दिया।

राही को सोना था। आज युवा डॉक्टर की नाइट-शिफ़्ट थी।

सन्नाटा पसर गया।

कुछ देर बाद अमृत और हिरेन ने निरंजन की टीम के बाक़ी लड़कों को कॉन्फ्रेंस पर लिया। मीटिंग डॉक्टर राही के दिए गए स्पष्ट निर्देश के साथ शुरू हुई "बी केयरफुल बॉयज़....ख़तरा बढ़ता जा रहा है।"

फिर विस्तार से आगे की रणनीति पर चर्चा होने लगी। हिरेन के पास कुछ नई रणनीतियाँ थीं और उससे टीम साँस को उत्साह मिलने लगा था।

अमृत ऊपरी मन से सुनता और सोचता रहा। उसे लग रहा था कि रोग किसी जड़ में है और सब मिलकर पत्तों की सलामती में लगे हैं। लेकिन यहाँ बहस करने से कोई फ़ायदा नहीं था। कई बार इस तरह की बहस में क़ीमती समय चला गया था टीम का। हिरेन ने साफ़ कहा था और कई बार कहा, "सिस्टम की कोई एक जड़ नहीं है जिसे दुरुस्त कर दें तो सब ठीक हो जाएगा। सिस्टम की कई जड़ें हैं और ऐसे में कोसने से बेहतर है कि ख़ुद से जितना बन पड़े लोगों की मदद करें, बस।"

विपदा में सेवा या मदद धीरे-धीरे विज्ञापन का रूप ले रही थी और जिसके सामने एक पूरी आबादी प्रार्थना की मुद्रा में कतारबद्ध खड़ी थी। दस प्रतिशत

ग़रीब रोगियों के मुफ़्त इलाज की दावेदारी के साथ इधर एम.एम.टी.एच. भी लोगों की मदद करने में लगा हुआ था। उसकी ओ.पी.डी. की फीस भी मात्र बीस रुपए थी और उसके आधे से अधिक मरीज़ डॉक्टर मंडल की क्लीनिक के थे। इस एम.एम.टी.एच. का पूरा नाम था महन्त महेन्द्रनाथ ट्रस्ट एंड हॉस्पिटल।

शुरू-शुरू में यह चार माला इमारत बनी ही थी किसी व्यवसाय को ध्यान में रखते हुए। हॉस्पिटल का ख़याल तो महन्त के सपने में भी नहीं आया था। भू-तल तो पक्का मालगोदाम के लिए बनाया गया था। पर ऐसा मंत्र मारा रामायन ने कि महन्त उसके क़ब्ज़े में आता गया। जब इस इमारत की नींव पड़ रही थी तब से ही रामायन ने महन्त को साधना शुरू कर दिया था। इमारत जब तक तैयार होती रामायन महन्त को कई तरह के रापने दिखा चुका था। रामायन ख़ुद महीनों से एक सपना सँजोए घूम रहा था। राजू और कुसुम उस सपने के पहले साझीदार थे। रामायन के कहने पर महन्त ने पैसे का थोड़ा रिस्क लिया पर इस सोच के साथ कि क्लीनिक ही खुलेगी पहले, वह चली तो ठीक है नहीं तो मालगोदाम में अघोरी बाज़ार के लालाओं का माल स्टॉक होगा।

बहरहाल, गोदाम को सजाकर क्लीनिकनुमा बनाया गया। तय हुआ कि किराए पर दो डॉक्टर चार-चार घंटे की शिफ़्ट में बैठेंगे। यह सब रामायन के ज़िम्मे ही रहा। इस तरह क्लीनिक जैसे-तैसे, शरमाते हुए खोली गई।

जैसे बिल्ली के भाग्य से छींका टूटता है, हफ़्ता बीतते-बीतते रामायन के पक्ष में क्लीनिक ने पलटा खाया। बाज़ार में अचानक ही डायरिया और टाइफ़ाइड की शिकायतें बढ़ने लगीं। लोगों ने इसे दूसरी लहर कहा। रामायन ने अपनी सारी शक्ति झोंक दी। वह शायद इसी दिन का बेसब्री से इन्तज़ार कर रहा था। डॉक्टर मंडल के सिखाए गुर का क़तरा-क़तरा निचोड़कर वह मरीज़ों में लगाने लगा। डॉक्टर केवल पर्ची बनाते थे पर रोगियों को फ्रंट पर दिख रहा था रामायन ही। उसके हाथ की जादूगरी कोई मनगढ़ंत क़िस्सा न थी। पुराने मरीज़ इस जादू को जानते थे और नए साक्षात् देख रहे थे। क्लीनिक की फ़ीस तो बीस ही रुपए रखवाई थी रामायन ने पर ग्लूकोज, सुई और दवाई चढ़ाने के लिए अलग चार्ज था। रामायन कई बार अपने हिसाब से भी दवाई-सुई मँगवाता था मरीज़ों से। मरीज़ों और उनके परिचायकों पर

मठ वाली दवाई दुकान से ही सब कुछ लाने का दबाव रहता। इसका कोई लिखित आदेश नहीं था पर रामायन का रोगियों से स्पष्ट कहना था, "बहुत जाली माल फैला है जी मार्केट में दवाई-सुई के नाम पर। लेकिन मठ की दवाई दुकान पर हमको भरोसा है।"

इसके बावजूद रोगियों की क़तार लगातार बढ़ती जा रही थी। सुई-दवाई तक तो ठीक था पर मालगोदाम में कुर्सियों पर बैठाकर ग्लूकोज चढ़ाना अब सम्भव नहीं हो रहा था रामायन के लिए। अब बिस्तर चाहिए थे। पहले तो गोदाम में ही आठ-दस चौकियाँ डाली गईं और सौ रुपए घंटे के हिसाब से उनकी प्रायोगिक नीलामी हुई। यह योजना भी सफल हुई और पैसा एडवांस में जमा होने लगा। भीड़ उफान पर थी और पैसे जमा करने के लिए धक्का-मुक्की होने लगी।

बीसवें दिन महन्त ने क्लीनिक और मठ वाली दवाई दुकान की आमदनी का खाता देखा तो जैसे पागल हो गया। उसे अब जाकर अन्दाज़ा हुआ कि रामायन नाम की सोने की मुर्गी हाथ लग गई है, जो रोज एक नहीं दो अंडे दे रही थी। धावाधाही में इमारत की ऊपरी मंज़िल पर चालीस-पचास चौकियाँ और डाली गईं और महन्त महेन्द्रनाथ ट्रस्ट एंड हॉस्पिटल नामक सोच की नींव पड़ी। इस सोच के पीछे भी रामायन ही था। पर शहर के पुराने मठाधीशों ने महन्त को समझाया कि "ऐसे हॉस्पिटल नहीं खुलते महाराज जी! यह उस तरह का मठ नहीं है। इस मठ लिए कुछ नियम बनाए हैं सरकार ने।" अब मठ चाहे जैसा भी हो, उसे चलाने का कुछ अनुभव तो था ही महन्त को। महन्त चुने हुए मठाधीशों के साथ आनन-फ़ानन राजधानी निकल गया। दस दिन लगे थे उसे वहाँ। वह जब राजधानी से वापस शहर लौटा तो लम्बे-चौड़े अंडरटेकिंग और अदालती हलफ़नामे के एवज में हॉस्पिटल का कच्चा लाइसेन्स उसके हाथ में था।

महन्त की तमन्ना थी कि वह हॉस्पिटल का उद्घाटन धूमधाम से करे पर दूसरी लहर आ चुकी थी। रामायन ने पाँव दबाते हुए महन्त को समझाया, "उद्घाटन तो समझिए हो ही चुका है। हॉस्पिटल के प्रचार पर ध्यान देने की ज़रूरत है अभी।" महन्त को बात समझ में आने लगी। शहर में सक्रिय

छोटी-मोटी एजेंसियों से सम्पर्क किया गया। एजेंसियों ने जितना दाम लिया उससे ज़्यादा प्रचार हुआ। सूचना के हर माध्यम पर एम.एम.टी.एच. का परचम लहरा रहा था। अघोरी बाज़ार ने भी ख़ूब साथ दिया। यहाँ तक कि कछार-गंगा में दाह-कर्म को आने वाले लोगों के बीच प्रसाद और पर्चे बाँटे गए। यह रामायन की ही सोच थी।

ठीक इसी बीच अमृत ने हिरेन को पकड़ा। हिरेन के अख़बार ने हॉस्पिटल-निर्माण को लेकर कुछ सवाल और शंकाएँ सार्वजनिक कीं। एस. अमृत ने भी नियमों की अनदेखी के आरोप लगाए जिसे बाक़ायदा अख़बार ने उसके नाम के साथ छापा भी था। पर हॉस्पिटल के पास एक कच्चा लाइसेंस तो था ही। अख़बार लिख नहीं सकता था कि अवैध है सब। अब इससे ज़्यादा कोई क्या उम्मीद करता? एक रास्ता अदालत का भी था पर उसकी प्रक्रिया मन्दी में और भी लम्बी थी। इधर महन्त को इस मुख़ालिफ़त की ख़बर मिली। उसे अब सलाहकारों की कमी नहीं रह गई थी। ख़बर के सातवें दिन से हिरेन के ही अख़बार के स्थानीय पन्ने पर महन्त महेन्द्रनाथ ट्रस्ट एंड हॉस्पिटल का आधे-आधे बित्ते का विज्ञापन आना शुरू हो गया। विज्ञापन हफ़्ते भर आया। विज्ञापन में प्रामाणिक इलाज की गारंटी के साथ-साथ मठ के दिव्य प्रसाद का भी फ़ोटो थी। प्रसाद को काले कपड़े में बाँधकर रोगियों को मुफ़्त बाँटा जाता था। सिद्ध-मठ की भूमि से चिकित्सा-विज्ञान को मिलाने का दावा ऐसा जादुई रहा कि उसके असर से शहर को बचाना मुश्किल था।

14

हर पेशे का एक धर्म होता है। धर्म मजबूरी है या मजबूती, यह चुनाव करने वाले की प्रतिबद्धता पर निर्भर करता है। जाहिर है डॉक्टर मंडल को अपने पेशे का चरमपन्थी घोषित होना था। वे किसी की नहीं सुन रहे थे। किसी की भी नहीं। युद्ध की दुन्दुभि बज चुकी थी। आराम करने के मानकों का उल्लंघन करते हुए वे बारह-बारह घंटे क्लीनिक में बैठ रहे थे और इधर भीड़ से घबराकर

राजू डॉक्टर मंडल का साथ छोड़ चुका था। क्लीनिक में दवाइयों का स्टॉक तेजी से घट रहा था और बेहद ज़रूरी दवाइयों की उपलब्धता पर बाज़ार के अखाड़ेबाज धीरे-धीरे अपने हाथ खड़े कर रहे थे। बस यही राहत थी कि इस अखाड़े में डॉक्टर मंडल के लिए एक नया पहलवान उतर चुका था—रजत किशोर। अमृत ने ही डाकसाहब से उसकी मुलाक़ात कारवाई थी। उसके बाद उसे कुछ नहीं करना पड़ा।

युद्ध में कुछ हद तक संजय बना अमृत चारों ओर की सेनाओं पर नज़र टिकाए हुए था। पक्षधरता के साथ। उसकी विशेष नज़र डाकसाहब और रजत पर टिकी थी। युद्ध लगातार तेज़ होता जा रहा था। उसने देखा कि डाकसाहब ने दवाइयों पर अब राशनिंग शुरू कर दी है। जो बहुत ग़रीब थे उनको पाँच दिन की दवाइयाँ मिलतीं बाक़ियों को केवल पर्ची। इस आग्रह के साथ कि बाज़ार से ख़रीदकर जल्दी कोर्स शुरू करो नहीं तो दिक़्क़त हो जाएगी। दवाइयों के बाबत बीच-बीच में वे रजत को फ़ोन मिलाते। रजत उन्हें बाज़ार की डिमांड और सप्लाई का फंडा बताता। वे आपा खोकर कभी रजत पर चीख़ते तो कभी उससे फ़रियाद करते। पर रजत ख़ुद बाज़ार नहीं था। गुमनाम शक्तियों ने बाज़ार की डोर को अपने हाथों में ले लिया था। फिर भी रजत शहर के कोने-अँतरों से वाजिब दाम पर डाकसाहब के लिए दवाइयाँ लाता और हल्के मुनाफे के साथ सप्लाई कर देता। पर यह उसका एक पक्ष था। अधिकांश दवाइयाँ रह-रहकर कालाबाज़ारी के चपेट में आ जातीं और ठीक उसी समय रजत किशोर अपना प्रॉफ़िट बढ़ा लेता। ख़ासकर मठ और हॉस्पिटल की सप्लाई में तो वह अपने सेल्स की कारीगरी दिखा ही रहा था। साथ-के-साथ अपनी इस हरकत पर वह कुछ डरा भी रहता। वैसे उसे मालूम था कि इस महासागर में उसकी औक़ात झींगा मछली जैसी भी नहीं थी। जबकि व्हेलें और शार्कें चारों तरफ तैर रही थीं।

युद्ध के ठीक बीच में अमृत के मोबाइल पर एक सन्देश आया। सन्देश रोमन में था जिससे हिन्दी की ध्वनियाँ निकल रही थीं, "क्या एक ऑक्सीजन सिलिंडर मिल सकता है?" सन्देश प्रेषित करने वाले ने सन्देश के नीचे अपना नाम लिखा था—एक जासूस। अमृत ने सोचा, कौन है भई यह?

फिर जैसे बिजली कौंधी, "अरे, ताकिओ हाशिगावा साहब?"

"हाँ।"

"कमाल है! अब तक यहाँ क्या कर रहे हैं महाराज आप?"

उधर से बस दो शब्दों का उत्तर आया, "सिलिंडर, अर्जेंटली।"

अमृत ने गम्भीरता समझी, फिर एक शब्द का सवाल पूछा, "एड्रेस?"

टीम साँस का तत्काल आवाहन किया गया। पर आठ घंटे तक सिलिंडर का प्रबन्ध नहीं हो पाया। डॉक्टर राही लगा रहा पर जूनियर डॉक्टर के हाथ में था ही क्या? उसका सदर अस्पताल ख़ुद डाँवाडोल था, ऊपर से वीआईपी मरीज़ों के नख़रे।

नौवे घंटे में ज़िलाधिकारी ने हिरेन का फ़ोन उठाया तो हिरेन ने समझाया, "दो जापानी नागरिक हैं। मर गए तो आप समझिएगा! मेरा क्या है?" ज़िलाधिकारी को अफ़सोस होने लगा। उसने अपनी मजबूरी बताई, "चौदह-चौदह घंटे फ़ोन पर रहता हूँ। लग रहा है कि ब्रेन हैमरेज कर जाएगा। कितनों का फ़ोन उठाऊँ?"

हिरेन ने साफ़ कहा, "आपके ऑफ़िस का स्टाफ़ मुस्तैद नहीं है। सूचनाएँ आप तक समय रहते नहीं पहुँचती रहीं तो पूरा ज़िला 'कोलैप्स' कर जाएगा।" ज़िलाधिकारी ने अपने ऑफ़िस स्टाफ़ का क्या किया यह सूचना किसी को नहीं पर ताकिओ हाशिगावा और उनके जापानी विद्यार्थी को तत्काल भर्ती किया गया। टीम साँस ने इसे अपनी एक और जीत माना।

यदि उस दिन अमृत ने हाशिगावा को लम्बी कहानी न सुनाई होती तो उनके बीच फ़ोन नम्बरों का आदान-प्रदान शायद ही हुआ होता! कहानी बड़ी ताकतवर चीज़ होती है। वह सुननेवाले पर जितना असर करती है, उतना ही कहानी कहनेवाले पर भी। उस कहानी को सुनाने के बाद अमृत के सपनों में बाघ और काले तेंदुए की लड़ाई अक्सर होने लगी थी।

तीन दिन बाद डॉक्टर राही ने अमृत को बताया कि दोनों जापानी अब ठीक हैं और उनका ऑक्सीजन मास्क भी हट चुका है। राही ने यह भी बताया कि हाशिगावा के चेस्ट में अभी भी इन्फेक्शन है जो धीरे-धीरे ठीक होगा। सूचना पाते ही अमृत के भीतर का देश-प्रेम उसे परेशान करने लगा। अमृत ने एक नागरिक होने के नाते, तत्काल हाशिगावा से औपचारिक माफ़ी माँगी, "मेडिकल

सुविधाएँ आप तक देर से पहुँचीं इसके लिए मैं अपने देश की ओर से माफ़ी माँगता हूँ हाशिगावा साहब।"

इस तात्कालिक कार्रवाई पर उधर से उस वक़्त कोई जवाब नहीं आया। पर अमृत ने फिर ग़लत शख़्स को छेड़ा था। शाम को उधर से अंग्रेजी में जवाब आया, "मदद के लिए शुक्रिया पर माफ़ी वाली कोई बात नहीं। बहुजन हिताय का कोई राष्ट्र भी होता है?" बहुजन हिताय शब्द को हाशिगावा ने अंग्रेजी में भी बहुजन हिताय ही लिखा था। साथ में प्रश्नवाचक चिह्न। अमृत के माथे पर बल पड़ गया। पर यह कोई नई बात नहीं थी। ताकिओ ऐसे झटके अमृत को पहले भी दो बार दे चुके थे पर जैसे किसी राहगीर का बटुआ गिर गया हो और वह बारम्बार उसी रास्ते पर आ-आकर अपना गुम हुआ बटुआ तलाश रहा हो, ठीक वैसे ही अमृत बार-बार मोबाइल में हाशिगावा का वह सन्देश पढ़ रहा था। कुछ तो था उस सन्देश में जिसे वह बार-बार पढ़ता, सोचता और फ़ोन रख देता। देर रात उसने यह किस्सा थके-हारे डाकसाहब को बताया। मौक़ा निकाल कर दोनों रोज़ एक बार बात कर ही लेते थे। आज वह बारी रात को आई थी।

डाकसाहब ने भरसक 'बहुजन हिताय' को डिकोड करने की कोशिश की, "जापानी प्रोफ़ेसर का कहना है कि मदद कोई सरकारी नहीं बल्कि मानवीय गुण है।" पर अमृत का अपना ऐंगल था, "ठीक है डाकसाहब पर राष्ट्र की एक भूमिका तो होती ही है न?"

"राष्ट्र जब आता है न अमृत तो नागरिकता की वरीयताएँ तय होने लगती हैं, इस बात को समझो!"

"डाकसाहब! नागरिकता शब्द से आप इतना चिढ़ते क्यों हैं, यह मैं आज तक समझ नहीं पाया?" अमृत के मन में यह विचार कई दिनों से खदबदा रहा था। उसने कई बहसों में यह महसूस किया था कि 'नागरिक' शब्द बोलते ही डॉक्टर मंडल के मुँह का स्वाद जैसे कसैला हो जाता है। आज उसने यह गुत्थी डाकसाहब के सामने रख ही दी।

आजकल डाकसाहब भी फॉर्म में चल रहे थे, बोले, "नागरिकताएँ सभ्यताओं का जाली चेहरा होती हैं।" यह बात उन्होंने बेहिचक बोली थी और एकदम साध कर बोली थी।

जैसे कि विस्फोट कर दिया डॉक्टर मंडल ने। हैरत से अमृत की आँखें फटी की फटी रह गईं। उसकी हैरानी ने उसे उत्तेजित कर दिया, "ऐसे नहीं डाकसाहब! पहले सिद्ध कीजिए। तर्क दीजिए और उदाहरण तो पक्का देना होगा आपको।"

बीच-बीच में फ़ोन पर डॉक्टर मंडल के चुस्की लेने की आवाज़ आ रही थी। अमृत समझ गया कि रसरंजन हो रहा है।

डाकसाहब ने गला साफ़ किया, "मैं दिनभर मरीज़ों की नब्ज़ टटोलता रहता हूँ। बीमार, बूढ़े, लाचार और ग़रीब मरीज़ों को देखते हुए दिनभर कुछ न कुछ सोचता रहता हूँ। कई बार लगता है कि हमने मनुष्य को नागरिक बनाकर कुछ मनुष्यों को बहुत पीछे छोड़ दिया है अमृत! जैसे वे किसी साँप की पुरानी केंचुली हों!" डाकसाहब ने कुछ पॉज़ लिया।

फिर बोले, "मैं देख रहा हूँ कि एक लपकी हुई नागरिकता में विशिष्ट और अतिविशिष्ट नागरिक अपने से कमतर नागरिकों को पीछे छोड़ते जा रहे हैं। नागरिकों की न ख़त्म होने वाली श्रेणियाँ लगातार बनती चली जा रही हैं और हम हैं कि इस भ्रम में जी रहे हैं कि हम एक सभ्य समाज के वासी हैं। बल्कि आधी से अधिक शताब्दी का समय हमने इसी सभ्यता के दम्भ में निकाल भी दिया।"

अमृत साँस रोके सुन रहा था। उसने इतना ही कहा, "आगे?"

अमृत को और तर्क चाहिए था। उदाहरण तो पक्का ही। डाकसाहब के इतना कह देने भर से नागरिकता। सभ्यताओं का जाली चेहरा सिद्ध नहीं हो रही थी।

डॉक्टर मंडल सुरूर में थे, बोले, "आज नागरिकता का संकट नहीं मनुष्यता का संकट है। मनुष्यता नागरिकता को तो बचा सकती है पर नागरिकता मनुष्यता को बचाने से रही।"

"डाकसाहब, अब आप भटका रहे हैं। आप मुद्दे पर आइए," अमृत का माथा गरम हो रहा था।

पर उसकी गर्मी से बेपरवाह डाकसाहब अपनी रौ में थे। उन्होंने एक घूँट और लिया, तब बोले, "मुझे कई बार यह भी लगता है कि हमने अपनी डेमोक्रेसी में बहुजन हिताय की पूरी फिलिंग ही सरकारी कर दी है। नागरिकता

ने हमसे मनुष्यता की वह आदत ही छीन ली। ट्रेनिंग ही ग़ायब है। इसी दम्भ में हमने बाँध बनाए, कारखाने तैयार किए और लड़ाइयाँ लड़ीं। ऊपर से अदोषपने से लगातार घिरे रहे हम।"

अमृत उबल पड़ा, "अब तर्क करने की जगह, डाकसाहब, आप तो सन्तई पर उतर आए! आप इतनी दूर क्यों चले जाते हैं?"

"मैं तो यहीं हूँ यार!" डाकसाहब मसखरी पर उतर आए पर अमृत का ग़ुस्सा ठंडा नहीं हुआ था। पढ़ा-लिखा आदमी है यह डॉक्टर। ऐसे कैसे कोई कह सकता है नागरिकता को लेकर? जाली मुखौटा? अमृत ने डॉक्टर मंडल को ट्रैक पर लाने की कोशिश की, "डाकसाहब, सामान्य भाषा में साफ़-साफ़ तर्क रखिए नहीं तो मान लीजिए कि नशे में आपने ग़लत पत्ता फेंक दिया है आज।"

डॉक्टर साहब ने अबकी बार अपना स्पष्ट विचार रखा, "मेरा मानना है कि नागरिकता मनुष्यता का एक छोटा-सा हिस्सा भर है। नागरिकता माने कमतर मनुष्यता। एक लालची अवस्थिति। नियन्ता के पद पर मनुष्यता को न रखना ही भूल है अमृत।"

"अजीब बात करते हैं आप भी डाकसाहब, नागरिकता बिना मनुष्यता के सम्भव ही नहीं!"

"तो इसकी ज़रूरत ही क्या है?"

"उफ़्फ़," अमृत को कोफ़्त होने लगी इस समूची बहस पर। उसने चिढ़ते हुए सवाल दागा, "कैसे ज़रूरत नहीं है डाकसाहब? आप यह तो मानेंगे न कि जीवन जीने और सोचने के लिए हम सब को एक राष्ट्र चाहिए, एक आधार?"

"बिलकुल।"

"तो फिर बिना नागरिकता के राष्ट्र कैसे बनेगा डाकसाहब? या फिर कहिए कि स्टेट की भी ज़रूरत नहीं!!" अपनी जानिब अमृत ने डॉक्टर को घेर लिया था।

डॉक्टर मंडल की पलकें अब भारी हो रही थीं। सुरूर में बतियाते हुए वे अपने बिस्तर तक आ चुके थे। पर अमृत के सवाल का जवाब तो देना ही था उन्हें,

बोले, "यही तो ट्रेजडी है वकील साहब! नागरिक बन तो गए पर दिक़्क़त यह है कि राष्ट्र के भीतर केंचुली की तरह पीछे छूट गए जो नागरिक हैं न, बूढ़े-बुज़ुर्ग और ग़रीब, वे डॉक्टर बी.पी. मंडल की क्लीनिक पर इस महामारी में चालीस टका में अपना पक्का इलाज़ खोज रहे हैं। वह भी हाँफते हुए। जबकि साबुन-तेल पर वे भी उतना ही टैक्स दे रहे हैं जितना कि यह बी.पी. मंडल।"

फ़ोन पर सन्नाटा पसरने लगा।

थोड़ी देर बाद ही फ़ोन पर डाकसाहब के खर्राटों की आवाज़ आने लगी। अमृत ने फ़ोन काट दिया। उसे अभी और ज़िरह करनी थी। उसे लग रहा था कि क्या पता डाकसाहब सरकार की शॉर्ट साइटनेस पर जिरह करते या ऐसा ही कुछ बोलते, लेकिन डाकसाहब तो पता नहीं किस गहराई में उतर गए जहाँ से उनका निकलना नहीं हो पा रहा था। पर अमृत यह भी देख रहा था कि वह एक पचपन पार के ऐसे एक्टीविस्ट से जिरह कर रहा था जो शुगर और बी.पी. निरोगी गोलियाँ चबाते हुए बारह-बारह घंटे मोर्चे पर लड़ रहा है।

अमृत ने अपने तर्क के घोड़ों को तत्काल रोक दिया।

अजीब हालात हो रहे थे उसके। उससे कम उम्र लड़के उसे समझ नहीं पा रहे थे और उम्रदराज उसे ख़ुद समझ में नहीं आ रहे थे। बहरहाल, इस बहस का असर तो पड़ ही गया था अमृत पर। सोने के पहले वह ताकिओ हाशिगावा का वह सन्देश फिर से पढ़ने लगा। उसने पाया कि उसकी उँगलियाँ बरबस उस सन्देश का जवाब लिखने लगीं और सोने से पहले उन उँगलियों ने एक छोटा-सा सन्देश हाशिगावा को भेज भी दिया। उँगलियों ने अंग्रेजी में लिखा था, 'अगर 'बहुजन हिताय' का कोई राष्ट्र नहीं होता तो फिर 'मदद के लिए शुक्रिया' भी नहीं कहते माननीय।"

15

दुनिया अपने-अपने घरों में क़ैद थी और अब ऊब रही थी। घर में क़ैद अमृत को भी ऊब होने लगी थी। एक ऐसी ऊब जिसका निकट भविष्य में कोई हल

नहीं दिख रहा था। पर यह ऊब और उकताहट उसके अकेले की नहीं थी। रेणु और रिया की भी थी। शायद अकेले इन सब की भी नहीं बल्कि पृथ्वी की एक तिहाई आबादी इसकी शिकार थी। अमृत को लगता था कि कितना टीवी देखे कोई? कितनी फिल्में देखें? कितना समाचार देखे और कितना पढ़े? वैसे भी किताबों के नाम पर कानून की ही किताबें थी उसके पास। उसने रिया के सिलेबस की किताबें पढ़ना शुरू कर दिया था। विज्ञान, इतिहास और साहित्य। उससे उसका ज्ञानवर्धन उतना ही हुआ जितना एक वकील का हो सकता था।

पर समय के इस गोताख़ोर को केवल ज्ञान ही नहीं मिल रहा था। समय एक रोशनी भी तो है। ऊर्जा का पिंड। उस ऊर्जा ने अपनी सघनता से रिश्तों के बारीक़ रेशों में आभा भरनी शुरू कर दी थी। ये रिश्ते आसपास की चीज़ों से थे जिनके साथ का गुरुत्वाकर्षण जीवन की आपाधापी में छीज-सा गया था। पर अब वे पास आने लगीं, दिखने लगीं। अमृत में एक बदलाव आ रहा था। वह आसपास की चीज़ों को बड़े ही इत्मीनान से देखने लगा था।

उसकी आदत में यह एक नई चीज़ शामिल हो गई थी और वह इस आदत को दुनिया की नज़रों से छुपाए भीतर-भीतर ख़ुश हो रहा था। इसकी शुरुआत रेणु से हुई। उसने सबसे पहले उसी को इत्मीनान से देखना शुरू किया, वह भी तब जब रेणु छत पर अचार के मर्तबानों को साफ़ कर रही थी। उसने रेणु को इतने इत्मीनान से देखा कि धीरे-धीरे वह उसे एक अजनबी औरत लगने लगी। उसे अपनी नई अन्तर्दृष्टि पर कुछ हैरानी भी हुई। इस परिचय-अपरिचय के बीच में अमृत ने नोटिस किया कि रेणु के कान के पास वाले लट सफ़ेद हो रहे हैं। पर इससे उसकी सुन्दरता और निखर आई है। उसकी कमर के पास चर्बी कुछ जम रही थी फिर भी उस काया को मोटापे की श्रेणी में नहीं रखा जा सकता है। रेणु ने अमृत को देख लिया कि वह उसे इत्मीनान से देख रहा है। वह कुछ नहीं बोली। बस मुस्कुराकर छत से उतर गई।

फिर अमृत ने अचार के मर्तबानों को उसी इत्मीनान के साथ देखा। लाल मिर्च से भरे काँच के मर्तबान में कई तरह के लाल रंग नज़र आ रहे थे। एक लाल रंग तो मिर्च का अपना था। एक लाल रंग मिर्च और सरसों तेल के मिलने से था। एक तीसरा लाल रंग भी था जो तेल पर मसालों के रंगों के

असर से भूरे से मिल रहा था। उसने देखा कि धूप जब मर्तबानों पर पड़ती है तब लाल मिर्च की लाली सबसे तेज़ हो जाती है पर तेल-मसाले की लाली में एक कत्थापन आ जाता है। धूप हो या छाँह, मर्तबान की तली के आसपास का लाल, लाल होते हुए भी उतना लाल नहीं दिखता। मसालों के असर से भूरे के भी कई रंग थे। गहरा भूरा, हल्का भूरा और एक मटमैले की तरह का भूरा।

इसी तरह गमलों के पौधों में पानी देते हुए उसने कुछ फूलों की पंखुड़ियाँ तक गिन डाली थीं। एक कोशिश उसने पत्तों को गिनने की भी की थी पर असफल हो गया था। हाँ, उसने यह ज़रूर नोटिस किया कि हरे रंग में भी नौ तरह का हरा होता है और सबसे हरा वह होता है जो पत्तों की शक्ल में उग रहा होता है। छुईमुई को छूने के बाद मुरझाने और फिर खिलने को उसने घड़ी के सेकेंड से क़ैद कर लिया था। वैसे तो फूल-पत्तियों में उसकी कोई ख़ास दिलचस्पी नहीं थी पर रंगों की दिलचस्पी ने उनके प्रति उसका आकर्षण बढ़ा दिया था। उसे फूलों पर चींटियों का हमला करना कभी समझ नहीं आता था। ये चींटियाँ सुबह होते ही छत की फ़र्श के एक कोने से झुंड में निकलतीं और सूरज ढलते ही उसमें बिला जातीं। कई बार छत की पानी-टंकी से पानी ओवरफ़्लो करने लगता तो चींटियाँ पानी की धारा में बहने-डूबने लगतीं। कुछ डूबतीं तो कुछ तैरकर अपनी जान बचा लेतीं। पता नहीं कैसे इतने ऊपर आ जाती हैं चींटियाँ? अमृत ने रिया की ई.वी.एस. वाली किताब में पढ़ा था कि यदि पृथ्वी की सारी चीटियाँ एक साथ ख़त्म हो जाएँ तो सृष्टि का अन्त बहुत पास आ जाएगा। तब से अमृत को कुछ टेंशन होने लगी थी। वह अब चींटियों के बारे में सोचने लगा था और इस बात का उसे ख़ुद भी भरोसा नहीं हो रहा था कि वह अब चींटियों के बारे में भी सोचता है!

आसमान निहारना तो उसके बचपन की आदत थी। पता नहीं कैसे उसकी यह आदत छूट गई थी। लेकिन वह आदत अब फिर लौटी थी। अमृत ने तो जैसे बचपन की कोई खोई हुई गेंद फिर से पा ली थी। वह आसमान देखते हुए बादलों के आकार में अपनी कल्पना का रंग-रूप भरने लगा था और बादलों में कभी हाथी खोजता तो कभी हिरण। बादलों में कई बार उसे मानव आकृतियाँ

भी दिखतीं और इनसानी चेहरे भी। क़िस्म-क़िस्म के चेहरे। एक बार तो उसने सफ़ेद बादलों में एक काला तेंदुआ भी देखा था जो बादलों के पहाड़ के पीछे दुबका हुआ था और बीच-बीच में अमृत को वह चोर नज़र से घूर रहा था।

इन सब के बावजूद भी ज़िन्दगी उबाऊ हो रही थी। अमृत ने बाहर निकलना एकदम बन्द कर दिया था। दूध, फल और सब्जियाँ अब रजत के ज़िम्मे थोपी गई थीं। वैसे भी वह सेल्स के काम से दिनभर बाहर ही रहता था। अपनी मोटर-साइकिल के हुड पर उसने बड़े-बड़े अक्षरों में 'मेडिकल-सेवा' लिखवा रखा था। उसकी व्यस्तता देखकर अमृत अन्दाज़ा लगा चुका था कि पट्ठा दाम तो ख़ूब कमा रहा है आजकल। पर उसकी आमदनी पर नज़र रखने से भी अमृत को कोई फ़ायदा नहीं होने वाला था। रजत अब किराया बढ़ाकर दे रहा था और कानूनन सालभर तक उसे छेड़ा नहीं जा सकता था।

पर रजत के लगातार बाहर-भीतर रहने से रेणु के मन पर संक्रमण का एक डर फैला रहता था। वह कुछ ज़्यादा ही घबराती थी और रजत जब भी मकान मालकिन की घरेलू ज़रूरतों का सामान लाता तो मकान मालकिन उसे सीढ़ियों पर रखवाती और बहुत देर बाद उसे सेनेटाइज़ करके ऊपर ले जाती थी। इसी चक्कर में कई बार दूध की थैलियाँ भीतर से ख़राब हो जातीं। वहाँ तक तो रेणु घर को सुरक्षित कर लेती पर वह रिया का क्या करे? रेणु की असली डर की वजह रिया की हरकतें थी। रिया जब ऊबने लगती तो नीचे जाकर छुटकी को गोदी में टाँग लाती। रेणु उस पर बेरहमी से चीख़ती, "क्यों लेकर आती है इसे? एक दिन सब बीमार पड़ेंगे तेरी वजह से। इसका बाप दिनभर बाज़ार में रहता है।"

रिया मुस्कुराकर छुटकी से संवाद करते हुए अपनी माँ को जवाब देती, "अपनी छुटकी सेनेटाइज़ है। है न छुटकी?"

रेणु रिया की चोटी खींचती, "यह बच्ची है। सामान नहीं।" रिया पलटकर माँ से लड़ती, "बोर होकर पागल हो रही हूँ मैं। छुटकी नहीं रहती तो सच में पागल हो जाती हूँ मैं मम्मी।" यह चौदह साल की एक लड़की की बौखलाहट होती। अकेलेपन और बोरियत के एहसास ने एक भयावह शून्य को जन्म दिया था जिससे उबरने का एक ही रास्ता बचा था उसके पास—छुटकी।

इधर छुटकी की माँ को रिया का बार-बार आना पसन्द नहीं था। यह बात रिया भी समझ गई थी लेकिन वह मकान मालिक की बेटी थी। अड़ियलपन भी कम न था वकील-पुत्री में। वह किसी भी वक़्त धीरे-से निचले तल्ले पर आ जाती। फिर अचानक 'छुटकी-छुटकी' पुकारने लगती। छुटकी की माँ बोले या न बोले पर छुटकी यदि जगी होती तो किलकारी पर किलकारी मारते हुए अपनी उपस्थिति दर्ज करा देती। रिया फिर ज़बर्दस्ती इशा के कमरे में घुस जाती और इशा के ना चाहने के बावजूद छुटकी को उठाकर छत पर चढ़ जाती। वह छुटकी को नहलाती, काजल-पाउडर लगाती, अजीब-अजीब क़िस्म के रंगों से उसके छोटे-छोटे नाख़ूनों को रंगती और फिर उसके सिर पर फैशनेबल चुटिया निकालती रहती। छुटकी सबसे हिलमिल गई थी। उसके ऊपरी तल्ले पर आते ही सच में पूरे परिवार की मनहूसियत और अकेलापन छू-मंतर हो जाता।

एक दिन सोई हुई छुटकी को रिया इशा के पास पहुँचाकर ऊपर आई तो आते ही अमृत से बोली, "पापा! घर के बाहर एक आदमी लगातार हमारे घर को घूर रहा है। काफ़ी देर से।" अमृत को हैरानी हुई, "क्या? हमारे घर को कौन साला घूर सकता है?" उसने रिया को ढाढ़स दिया और सीढ़ियों से गली में झाँका। रिया सही कह रही थी। एक आदमी एकटक घर को घूर रहा था। अमृत सीढ़ियों से धप-धप करता हुआ लगभग तैश में उतरा।

गली के बीचोबीच वह शख़्स अभी भी उसी मुद्रा में खड़ा था। अमृत को देखकर भी नहीं हिला बल्कि अमृत जैसे-जैसे अपने गेट के पास आता गया वह अमृत को एकटक ताड़ता ही रहा। उसके चेहरे पर मास्क था, इसलिए अमृत उसे ठीक से पहचान भी नहीं पा रहा था। अमृत को शक हुआ कि यह महन्त का आदमी है। पर गेट पर पहुँचते ही उस शख़्स ने अपना मास्क हटाया और अपनी बत्तीसी दिखाते हुए बोला, "अमृत भइया!"

अमृत उस चेहरे को पहचानने की कोशिश करने लगा। थोड़ी देर लगी पर पहचानते ही जैसे ख़ुशी के मारे अमृत फट पड़ा, "कजरौटा! भाई तू?" गली में अमृत की आवाज़ गूंज गई थी।

उसने बिजली की गति से गेट खोला और कजरौटे को बाँहों में भरने के लिए आगे बढ़ गया। अमृत भूल गया था कि उनके बीच महामारी की अदृश्य

दीवार भी है। पर कजरौटा नहीं भूला था। उसने अमृत को रोका, "अरे भइया!" और ख़ुद दो कदम पीछे चला गया। अमृत को अब इसका एहसास हुआ। उसकी आँख से आँसू झर रहे थे। उन आंसुओं को देखकर कजरौटे की आँखों की कटोरियाँ गीली हो गईं।

अपने आँसू पोंछते हुए अमृत ने अपने कजरौटे से पूछा, "कहाँ ग़ायब हो गया था एकदम से? कोई अता-पता नहीं। कितना खोजा सबने!"

पर कजरौटे को जैसे हालात ने रगड़कर समझदार बना दिया था। उसका बड़बोलापन किसी ने जैसे छीन लिया हो, वह हौले से बोला, "लौट तो आए न भइया हम! अब यहाँ से कहीं नहीं जाना है।"

"बहुत ख़ुशी हुई भाई। अच्छा किया कि लौट आया।"

"अब पता नहीं भइया अच्छा किया कि बुरा, पर लौट आया।" उसकी बतकही में एक उदासी दिख रही थी अमृत को।

"पर गए कहाँ थे?"

"छोड़िए न, लम्बी कहानी है। बस लौट आए न हम!"

अमृत समझ गया कि वह कुछ छुपा रहा था। पर क्या छुपाएगा वह? अमृत कुछ और सोचता कि कजरौटे ने ख़ुद को खोलना शुरू किया, "राम जी भी लौटे ही थे न भइया। चौदह साल बाद। हम तो पन्द्रह साल बाद लौटे हैं। पर हम राम जी की तरह सीता के साथ नहीं लौटे भइया। सीता को खोकर लौटे हैं।" कजरौटा दर्द से फट गया। शायद वह रोने के लिए ही अमृत के दरवाज़े पर आया था। अमृत ही वह कन्धा था जहाँ उसे पुरसुकून रोना था। वह हफ़्ते-दस दिन से इधर के चक्कर लगा रहा था पर अमृत दिखा ही नहीं उसे। आज दिखा तो सैलाब ने बाँध तोड़ दिया। रुलाई सिसकियों में बदल गई।

कुछ देर बाद कजरौटे की सिसकियाँ बन्द हुईं। इतनी देर में अमृत जैसे पाला मारे धान के पौधे की तरह मुरझा गया था। वह सोचने लगा था कि जिस लड़की के लिए कजरौटे ने सब कुछ दांव पर लगा दिया वह खो कैसे सकती है? उसने अपने को पहले झकझोरा और कजरौटे से पूछा, "हुआ क्या था? पूरी बात कहो। शुरू से।"

गली में खड़े-खड़े राम ने अपनी सीता के खोने की कथा शुरू की, "यहाँ से भागकर सीधे बंबई गए हम और रूपा। तब मुरारी भी वहीं था। उसने एक कमरा दिलवा दिया था किराए पर। नवी मुम्बई कहते हैं उसे। आठ-नौ महीना रहे मस्ती से हम लोग। विजय भी वही पैदा हुआ। पैसा खत्म होने लगा तब काम तलाशने निकला। जब काम तलाशने लगा तो समझ में आने लगा कि इतना आसान नहीं है। काम के नाम पर ईंटा ढोने का काम मिल रहा था और ऐसी मजूरी करने को मेरा मन तैयार नहीं हो रहा था। आप तो जानते ही हैं, मजदूरी कभी किए ही नहीं थे हम। इधर खर्चा बढ़ता जा रहा था। जब पैसा एकदम से खत्म हो गया तो रूपा चिड़चिड़ा गई हमसे। मुरारी हमारी हालत देखकर बोला कि उस्मानाबाद चले जाओ। उसके मामा थे वहाँ एक फैक्टरी में। हम लोग उसकी बात मान कर वहाँ चले गए। हमसे कहा गया था कि छह माह में मैनेजर बना देगा सब। वहाँ जाकर पता चला कि...हमारा पढ़ाई-लिखाई को तो आप जानते ही हैं भइया। जिन्दगी और सिनेमा में बहुत अन्तर है अमृत भइया।"

"फिर?"

"फिर मैंने फैक्टरी में चुपचाप मजदूरी शुरू कर दी और रूपा को बताया कि मैनेजर हो गया हूँ। पर भेद खुल गया। कब तक उससे छुपता? वह सँभाल नहीं पाई ख़ुद को। धीरे-से लड़खड़ा गई। उसे अब मेरे साथ भाग आने का अफ़सोस होने लगा। बहुत ही ज्यादे अफसोस। हम समझ गए। फिर हम अपना और उसका गहना बेचकर एक छोटा-सा दुकान भी खोल दिए परचून का। उसका मन कुछ लगने भी लगा था। फिर माधुरी पैदा हो गई। अब रूपा दुकान सँभाले कि माधुरी को! उधर दुकान और बीमार बच्ची। इधर मैं दिनभर फैक्टरी में। दुकान कर्जे में फँस गया। रूपा सँभाल ही नहीं पाई सब। ऊपर से बीमार रहने लगी। फिर वह अपनी माँ को टेलीफोन करने लगी और बिलख-बिलखकर रोते हुए अपनी माँ से मनुहार करती, 'ए माँ! हम आना चाहते हैं। बहुत बड़ी ग़लती हो गई अम्मा मुझसे। अब हम आना चाहते हैं अम्मा। ए अम्मा!' पर उसकी जल्लाद माँ फ़ोन पर ही गलियाने लगती उसे। उसका बाप फ़ोन के पीछे से चिल्लाता, 'आ गई तो लकड़ी चीरने वाली आरा मशीन

पर रखकर चीर देंगे तुमको और तुम्हारी औलादों को भी।' सदमा लगता गया उसको। टेंशन से और बीमार हो गई वह। हम डाक्टर को दिखाये तो बोला कि दिल में छेद है बहुत बड़ा। पहले वह छोटा था पर अब बड़ा हो गया है। हम तो एकदम डर ही गए ईमृत भइया," कथा बताते-बताते उसकी आँखों में एक बार फिर सैलाब उमड़ पड़ा। अमृत सुनता रहा।

कजरौटा जारी रहा, "रूपा ने अपनी माँ को फिर फ़ोन लगाया। फिर बिलखकर रोई और इलाज के लिए कुछ मदद माँगी। लेकिन वह तो और ज्यादे निर्दयी हो गई थी, बोली कि जिस दिन तुम डोम के साथ भागी थी उसी दिन हमारे लिए मर गई थी रूपा अब एकदम नहीं झेल पाई। अभी हम पैसे के जुगाड़ में लगे ही थे कि बीच मझधार में साथ छोड़ गई भइया," कहते हुए वह फिर सिसकने लगा। उसका सिसकना देख अमृत का कलेजा बाहर आ रहा था।

कजरौटा रुका नहीं, कहता गया, "फिर भी हम साहस नहीं छोड़े। डटे रहे। पर बन्दी ने ऐसा नचाया-ऐसा नचाया कि ढीहा ही उजड़ गया मेरा। नाचते-नाचते साल निकल गया। अब थक गए थे हम भी। बच्चा सब तो मुझ से नफ़रत ही कर बैठा था। जबलपुर में एक अन्तिम कोशिश की। मुरारी भी वहीं था। पर किस्मत साथ ही नहीं दे रही थी। फिर मुरारी के सामने हाथ जोड़कर अपने ननिहाल बनारस चले गए हम।"

"फिर?"

"दस-पन्द्रह दिन बनारस रहे। मामा सब बोला कि ऐसे खलिहर कब तक रहोगे? पुश्तैनी काम शुरू कर दो। आप तो जानते ही हैं कि हमको घिन्न आता है इस काम से। हम कुछ नहीं बोले। फिर बदबू से वहाँ भी रहा नहीं गया। लाश से मसान भरने लगा है वहाँ अब। जहाँ रहते थे वहाँ, बहुत पास तक, चिताएँ जलने लगीं। सब छोड़-छाड़कर यहाँ आ गए। हमको लगा कि जब मरना ही है तो अपनी धरती पर मरेंगे।"

"बच्चे भी साथ में आए हैं?" अमृत को बच्चों की चिन्ता हो रही थी अब।

"हाँ भइया...बहुत ख़ुश है बच्चा लोग। उनको तो लगता है कि ख़ुद का एक टूटा-फूटा ही सही अपना मकान तो है। आँगन है। आँगन में पेड़ है। इतने पर ही ख़ुश हैं सब। बच्चा लोग भी मेरे चक्कर में बहुत पिसा गया था भइया।"

अमृत अब सब समझ चुका था। उसे लगा कि ऐसे में पैसे-रुपए से कजरौटे की मदद करनी चाहिए पर सीधे कैसे देता। उसने बात घुमाई, "आ तो गए पर आगे का सोचा है कुछ?"

"भइया हमको अपने बच्चों को बचाना है अब। पढ़ा-लिखा देना है कैसे भी करके। उनके लिए हम धीरे-धीरे अपना आदत बदल रहे हैं। नफासत तो बहुत पहले ही चूर हो गई थी।" उसके बोलने में एक आवेश था पर उसकी आवाज़ भीतर की किसी मजबूरी की अनुगूँज लिए हुए थी।

अमृत साफ़ सुनने का आदी था। उसने कुछ अनुमान लगाते हुए पूछा "मसान?"

"ना, कभी नहीं। वह काम तो होने से रहा।"

"तो?"

"तो क्या? बौने के होटल में गार्ड बन गए हैं।" कजरौटा हँसा।

"बौने ने होटल कब खोल लिया?"

"अरे वही हॉस्पिटल। गए नहीं का कभी? एकदम चमका दिया है उसको होटल की तरह।" कजरौटा बचपन से ही महन्त महेंद्रनाथ को उसके छोटे क़द की वजह से 'बौना महाराज' कहकर चिढ़ाता था। अमृत की तरह कजरौटे ने भी कभी महन्त को सम्मान की निगाह से नहीं देखा था। कजरौटे के पिता और अमृत के पिता का महन्त से अलग एक अपना गुट था। अब पता नहीं किस दबाव में कजरौटे को महन्त ने गार्ड की नौकरी दे दी थी। लोकल का कुछ दबाव रहा होगा शायद।

पर होटल वाली बात पर अमृत कुछ ठहर-सा गया, "हम तो सुने थे कि पहले वह मालगोदाम के लिए बना था!"

"अब जाकर देखिएगा जरा। लिफ्ट लगवा दिया, आईसीयू बेड बनवाया दिया, उ भी ठूँस-ठूँस कर। दो फ़्लोर तो आईसीयू का है। फुल्ली एसी। बहुत पैसा झर रहा है वहाँ।" कजरौटे ने हॉस्पिटल का गणित अमृत को समझाया।

अमृत ने समझते हुए प्रतिक्रिया दी और सवाल भी दागा, "अच्छा! कितने डॉक्टर हैं वहाँ?"

"अढ़ाई ठो?"

अमृत का सर चकराया "मतलब?"

"दो तो किराया का डॉक्टर है, बाक़ी सब रामायन देखता है।"

"पर उसके पास डिग्री कहाँ हैं?" अमृत ने जासूस की तरह पूछा।

"ई महामारी में डिग्री कौन देख रहा है जी! सबके जान पर पड़ा हुआ है। डॉक्टर का बोर्ड लगा रामायन का अपना कमरा है और वह बहुत मेहनत करता है हॉस्पिटल के लिए। बौना महाराज तो उसको बेटे की तरह मानने लगा है।" कजरौटे ने सनसनी ही फैला दी। बिना डिग्री की डॉक्टरी? अमृत का माथा घूमने लगा।

बात कहाँ से चली थी और कहाँ ख़त्म हो रही थी। दोनों साथी कुछ देर के लिए चुप हो गए। अमृत के भीतर एक निराशा आकार ले रही थी। उसने कजरौटे को इत्मीनान से देखना शुरू किया। देह तो वैसी ही मजबूत थी पर उसकी नमी कुछ कम हो गई थी। चेहरे का पानी भी लगभग सूख गया था। पता नहीं कैसे बिल्लौरे जैसी आँख अपनी कटोरियों में भीतर धँस गई थी। चश्मा, घड़ी, जूता और हैट कवच-कुंडल की तरह धारण करने वाला कजरौटा फटेहाल खड़ा था। जींस घिस गई थी और जूते उधड़ चुके थे। कजरौटा लाज से अपने में सिमटने लगा। उसे महसूस हो रहा था कि अमृत गौर से उसे देख रहा है।

फिर कजरौटे ने इजाज़त माँगी, "चलते हैं। फिर आएँगे हम।"

अमृत थोड़ा गम्भीर हो गया, "देख भाई! कुछ छुपा नहीं मेरा-तेरा। भाई मानता हूँ इसलिए साफ़ पूछ रहा हूँ, कोई ज़रूरत है तो बोलो, अमृत मरा नहीं है।"

कजरौटा मुस्कुराया "यह भी कहने की बात है भला! आधी रात को आ जाऊँगा। और कहाँ जाऊँगा? पर अभी ज़रूरत नहीं है भइया।" अमृत की गम्भीरता पर भारी पड़ा कजरौटा। वह सच कह रहा था या नहीं, अमृत भाँप नहीं पाया। पर इससे आगे वह क्या कर सकता था। दुआ-सलाम करते हुए कजरौटा वहाँ से पलट गया। वह कुछ लंगड़ाकर चल रहा था। अमृत की उस पर भी नज़र गई, पूछ ही डाला, "तुम्हारे पैर में क्या हो गया है?"

"अरे कुछ नहीं। बौने का मैला धँस गया था पैर में परसों," उलटबांसी कजरौटे की पुरानी आदत थी।

"मैला भी भला धँसता है जी?" अमृत उस इशारे को समझना चाहता था।

"वह मन्दिर वाला टीला याद है भइया आपको? जहाँ से हम लोग छलांग लगाते थे?"

अमृत माह-भर पहले ही वहाँ गया था, बोला, "हाँ-हाँ...क्या हुआ उसको?"

"बस उसी के आगे का कछार खुदवा दिया है हॉस्पिटल ने। सारा कचरा वहीं दबता-उड़ता है अब। परसों उधर टहलने गया था तो सिरिंज का सुई ही साला पैर में घुस गया।" बात ख़त्म करने के बाद कजरौटे ने ज़ोर से थूक दिया। जैसे सुई पैर में नहीं मुँह में घुस गई थी।

कजरौटा तो चला गया पर अमृत में नए सिरे से बेचैनी बो गया। बड़ी मुश्किल से तो शान्त किया था उसने अपने चित्त को। हॉस्पिटल के नाम पर जो मनमानी हो रही थी उसे देख-सुन उसकी देह फिर उबलने लगी। महीने-भर में यह बदलाव? कजरौटे के पैर में धँसी सुई के बारे में अमृत सोचने लगा। उसने अपने माथे पर ज़ोर लगाया तो महन्त का हॉस्पिटल जैव चिकित्सा अपशिष्ट अधिनियम के चिथड़े उड़ाते हुए दिख रहा था। अच्छा सालो! कर लो उत्पात! थोड़ा शान्त होने दो इस लहर को। फिर कोर्ट में ऐसा रगेदूँगा कि जल-समाधि लेने के सिवाय कोई चारा नहीं रहेगा। अमृत ने मन ही मन भीष्म-प्रतिज्ञा की और धप-धप करता हुआ सीढ़ियों से ऊपर चला गया।

16

वरुणा और अस्सी के बीच बसे इस शहर की नदियों में जैसे धीरे-धीरे आग लग रही थी। नदी के घाटों के दीयों की रोशनी को असंख्य चिताओं ने निगलना शुरू कर दिया था। शंख और डमरू की संगत वाली तमाम प्रार्थनाएँ उस रुदन के सामने स्तब्ध हो गई थीं जो हुजूम की शक्ल में रह-रहकर उठता। देखते-देखते मसान घाटों को छोड़कर शहर के ख़ाली मैदानों में पसरने लगा था। बनारस ने इतनी चिताएँ एक साथ कब फूंकी थीं इसका आँकड़ा पंडों के उन खातों में भी नहीं था जिन्हें उनकी कई पीढ़ियों ने सदियों में तैयार किया होगा।

वरुणा से सटे एक इलाक़े में सुलगते शहर की आबादी से सी.पी. जूझ रहा था। उसे इसकी कतई उम्मीद नहीं थी। सालभर पहले डॉक्टर मंडल उसके साथ इस शहर का मुआयना करने आए थे। उन्होंने ही इस इलाक़े को सी.पी. की क्लीनिक के लिए चुना था। उनका स्पष्ट मानना था कि हर शहर के उन्नत और पिछड़े इलाक़े के ठीक बीच में एक ऐसी जगह होती है जहाँ कुछ नया करने का स्पेस होता है। उनका यह नज़रिया बरसों-बरस सुन्दरनगर और अघोरी बाज़ार के बीच क्लीनिक चलाने से ही पैदा हुआ था। सी.पी. का यहाँ के लिए मन नहीं था पर डॉक्टर मंडल के खाते को देखते हुए बैंक ने जितना लोन पास किया था उसमें क्लीनिक खोलने के लिए कोई पॉश जगह मिलनी नहीं थी। छोटे मन से सी.पी. ने बैठना शुरू किया। क्लीनिक खुलने के बाद शुरुआती एक सप्ताह तक डॉक्टर मंडल भी उसके साथ बैठे। फिर लौट गए। लेकिन बेटे से यह कहते हुए लौटे कि "ज़िन्दगी झिझक में नहीं जीनी चाहिए। अगर क्लीनिक न चले तो सब बेच-बाचकर घर लौट आना। महत्त्वाकांक्षाओं के लिए जीवन की सहजता की बलि नहीं चढ़ाते सी.पी.।" तब बेटे ने बस 'हूँ' की आवाज़ निकाली थी।

वह शायद पिता से सहमत नहीं था। डॉक्टरी फ़ीस को लेकर भी दोनों में सहमति नहीं थी। मंडल साहब ने फ़ीस सौ रुपए तय की थी पर उनके जाते ही सी.पी. ने दो सौ रुपए कर दी। उसका मानना था कि पाँच दिन की दवाइयाँ भी तो इसी में दे रहा हूँ। बाहर के मेडिकल स्टोर की लूट से तो कमतर ही है। पर फीस बढ़ाते ही क्लीनिक के मरीज़ों की संख्या घट गई। फिर भी दिनभर में गाहे-बगाहे दस-बारह मरीज़ आ ही जाते थे। पर उसे लगने लगा था कि मामला ख़राब हो रहा है तो उसने फ़ीस पचास रुपए घटा दी और पाँच की जगह तीन दिन की दवाइयाँ देने लगा। दवाइयों के मामले में उसका ट्रैक रिकॉर्ड उसके पिता की तरह ही शानदार रहा। मरीज़ अमूमन तीन दिन में ठीक हो जाते। जिनका मियादी बुख़ार होता वे भी हफ़्ते-दस दिन में चंगे हो जाते। दवाइयों के असर की बात आसपास के मोहल्लों में फैलने लगी और क्लीनिक सँभलने लगी।

पर फ़ीस के मसले पर कई बार बनारसी अपने ठेठ लहज़े में उसे सुना भी जाते "मर्दवा फिसिया कुछ कम करा।" सी.पी. मुस्कुराकर रह जाता।

उन्नत इलाक़े की तुलना में बस्तियाँ ज़्यादा बीमार रहती हैं, इसलिए बस्ती से ज़्यादा मरीज़ आते। एक दिन एक उम्रदराज़ महिला आई। उसके साथ उसकी पोती भी थी। बीस-बाईस की रही होगी। दोनों के पास बड़ी-बड़ी गठरियाँ थीं जिनमें ढेरों कपड़े लपेटकर बाँधे गए थे। सी.पी. ने बुज़ुर्ग को बैठने का इशारा किया तो बुज़ुर्ग ने कहा, "एके देखावे के ह।" बुज़ुर्ग का इशारा अपनी पोती की ओर था।

"क्या तकलीफ़ है?"

लड़की की जगह बुज़ुर्ग दादी ने जवाब दिया, "पेटवा पिरात ह।"

"अच्छा। और क्या-क्या दिक़्क़त है?"

"अब ई तो भोले बाबा ही जनिहन...," दादी ने ही जवाब दिया।

डॉक्टर ने दादी की बात पूरी नहीं होने दी और बीच में ही टोका, "यह लड़की गूंगी है?"

इतना सुनते ही लड़की ने कटार चलाई, "हम काहे गूँगी होंगे?" उसके लहज़े में आक्रामकता आ गई। पलक झपकते ही उसकी आँखें बड़ी हो चुकी थीं और उसके ग़ुस्सैल चेहरे पर उसकी लटें झूलने लगी थीं। इस बार डॉक्टर ने लड़की को गौर से देखा। हॉस्टलों में रहते और मेडिकल की पढ़ाई करते डॉक्टर सी.पी. ने अब तक जो भी थोड़ी-बहुत ज़िन्दगी गुज़ारी थी, उतने में शायद ही इतनी सुन्दर लड़की उसने देखी होगी। एक लम्हे के लिए युवा डॉक्टर हतप्रभ हो गया। उसी लम्हे में उसने अनुमान भी लगा लिया कि इस लड़की की सुन्दरता किसी भी विवरण और वर्णन के बही-खाते को रौंद कर बाहर पसर रही है। पर दूसरे लम्हे में डॉक्टर को ध्यान आया कि उसका धर्म मर्ज़ की पहचान करना है मरीज़ की नहीं। वह अपने में लौटा और उससे कहा, "तकलीफ़ आपको है और रोग आपकी दादी बता रही हैं? आपको बताना चाहिए था न?"

"उ बता तो दी कि पेट दुखता है," लड़की कठोर बनी रही।

"कब से दुखता है?"

"चार दिन से।"

"इसके पहले भी दुखा था?"

"हाँ...दो-तीन महीने से ऐसा हो जाता है।"

"लेडी डॉक्टर को दिखाया?"

"हम काहे दिखाएँ लेडी डॉक्टर को?" लड़की की आँखें हैरानी से फिर फट गईं।

"कमाल है! अरे मैं बस पूछ रहा हूँ।" डॉक्टर का माथा भन्ना गया।

पर लड़की ताव खा रही थी, "हमारी शादी नहीं हुई है कि हम लेडी डॉक्टर को दिखाएँ!"

सी.पी. समझ गया। उसे हँसी आने लगी लेकिन वह बोला, "ऐसा नहीं है। लेडी डॉक्टर को दिखाने के लिए शादीशुदा होना ज़रूरी नहीं है।"

दादी ने बीच में ही टोक दिया, "अरे कौन बदनामी ले बचवा लेडी डाक्डर के देखाई के? पेट पिरात ह। अउर कोनौ बात न ह।"

दादी और पोती की मानसिकता समझते देर नहीं लगी डॉक्टर को। वह मन ही मन उनकी मूर्खता पर मुस्कुराया और आला निकालकर लड़की को चेक करने लगा। क्लीनिक में मरीज़ों के लिए एक छोटा-सा बेड भी था जिस पर गहरे हरे रंग की चादर बिछी रहती थी। उसने लड़की को उस पर लेटने का इशारा किया। दादी-पोती ने एक साथ अपनी-अपनी गठरियाँ नीचे रखीं और दोनों इकट्ठी बेड तक आईं।

डाक्टर रोग के साथ-साथ उनकी मानसिकता भी पकड़ रहा था। उसने लड़की से बात करने की जगह उसकी दादी से बात की, "पेट तो चेक करना होगा न दादी जी? हम डॉक्टर हैं और मरीज़ हमारे लिए देवता समान होता है। समझ रही हैं, मैं क्या कह रहा हूँ?"

बुज़ुर्ग क्या नहीं समझते! दादी ने हामी भर दी तो सी.पी. ने लड़की के पेट का जायज़ा लेना शुरू किया। कुछ ख़ास पकड़ में नहीं आ रहा था। लड़की झिझक से दोहरी हुए जा रही थी। डॉक्टर ने मरीज़ की झिझक तोड़नी चाही, "कितना पढ़ी हो?"

"मैट्रिक।"

"इन गठरियों में क्या है?"

"कपड़ा।"

डॉक्टर ने रोग पकड़ लिया, "कपड़े धोने का काम करती हो?"

"हूँ।"

"कितनी देर धोती हो?"

"सुबह चार घंटा।"

"और शाम को।"

"शाम को धोते नहीं, बस इस्तरी करते हैं।"

"सुबह नाश्ता करके कपड़े धोती हो?"

"हम सीधे दोपहर में खाते हैं?"

"चलो उठ जाओ। चेकअप हो गया।"

लड़की को हैरानी हुई। डॉक्टर ने उसे अचानक ही कहा था उठने को। वह समझ नहीं पाई कि उसे हुआ क्या है। डॉक्टर ने दादी से कहा, "इनका रोग ठीक नहीं हो सकता।"

दोनों जीव कुछ देर के लिए सकते में आ गए, तो डॉक्टर ने व्यंग्य में कहा, "कैसे ठीक होगा आप ही बताइए? बिना नाश्ता किए कोई बारह-एक बजे तक भूखा रहेगा। तो गैस तो बनेगी ही न? ऊपर से चार-चार घंटे की मेहनत। यह कोई बीमारी नहीं, बस आदत बदलनी होगी। आदत नहीं बदलेगी तो रोगी हो जाएगी यह लड़की।"

डॉक्टर मंडल के लाख समझाने के बावजूद भी सी.पी. ने मरीज़ों से रूखा बोलने की आदत नहीं सुधारी थी।

रूखा बोलने का जो प्रभाव पड़ना था वह पड़ गया था दोनों पर। सी.पी. तीन दिन के लिए दवाइयाँ निकालकर उनको एक लिफ़ाफ़े में भरने लगा और लिफ़ाफ़ा बन्द करते हुए ही बोला, "सुबह-शाम खाना है एक-एक गोली। तीन दिन कपड़े भी नहीं धोने हैं और नाश्ता करने की आदत डलवाइए लड़की को।"

उसकी रुखाई पर लड़की की भवें खिंच आई थीं पर दादी सफ़ाई देने लगी, "कई दफ़े त टोकै रहीं पर मानत है ई बिटियवा?"

डॉक्टर कुछ कहने को हुआ तो लड़की ने बीच में ही टोका, "फीस कितनी हुई?"

"डेढ़ सौ।"

"बाप रे...एकदमे लूट ही मचा दिए हो।" अब तक हिन्दी में संवाद करती हुई बाला अचानक से ठेठी पर उतर आई थी। लड़की का रूप ही तीखा नहीं था ज़ुबान भी तीखी थी।

डॉक्टर की देह झनझना गई, फट पड़ा, "बांह मोड़ के तो ऐंठूँगा नहीं, नहीं देनी है फ़ीस तो मत दो।"

डॉक्टर को समझ नहीं आ रहा था कि आगे वह क्या करे। चेहरा लाल किए वह चुपचाप कुर्सी पर बैठ गया और उनके जाने का इन्तज़ार करने लगा। तभी एक और मरीज़ उपस्थित हुआ। डॉक्टर को कुछ राह दिखी, "आप लोग जाइए। दवाई दे ही चुका हूँ।"

पर बुज़ुर्ग दादी डॉक्टर की इस नाराज़गी को समझ गई। दादी ने अपनी आँचल की कोर की गाँठ खोली और उसमें से सारा पैसा निकालकर डॉक्टर की टेबल पर उझल दिया, "रख ल बचवा। एतने ह। अस्सी-नब्बे रुपया त होखे के चाहीं।" बुज़ुर्ग ने गाँठ के रुपए भी नहीं गिने थे।

"कोई बात नहीं दादी जी। आप इसे भी रख लीजिए।" डॉक्टर अभी भी बौखलाया हुआ था।

दादी को अपनी पोती पर जैसे ग़ुस्सा आ रहा था। वह एक शरीफ़ लड़के की चेहरे की शिकन पढ़ रही थी। लड़की की धारदार ज़ुबान ने डॉक्टर को भीतर तक छलनी कर दिया था। दादी ने जैसे मिन्नत की, "अरे ज़िद न करआ भइया, रख ल। ई बिटियवा तो..." इतना कहकर दादी ने पोती की पीठ पर अपना मुक्का जमा दिया। लड़की कुछ नहीं बोली बस सी.पी. को घूरती रही। नया मरीज़ इन तीनों को घूरे जा रहा था।

हालात सँभालने के लिए सी.पी. ने एक झूठी मुस्कुराहट दिखाई, फिर दादी से बोला, "ठीक है रख लेता हूँ पर तीन दिन बाद बताइएगा कि सुधार हुआ कि नहीं।"

डॉक्टर ने अपने पेशे की ईमानदारी दिखाई।

बारी-बारी से गठरी उठाते हुए दोनों प्राणी चले गए। नए मरीज़ ने अपनी राय रखी, "उजड्ड लोगों का इलाक़ा है बाबू, क्या कहें?"

अमर देसवा

डॉक्टर ने नए मरीज़ को भी डाँट दिया, "अपना रोग बताओ। फ़ालतू की बातें नहीं।"

तीन दिन बाद वह लड़की अपनी गठरी लिए फिर हाज़िर हुई। उसने अपनी बड़ी-बड़ी आँखों से पहले तो क्लीनिक में झाँका। उसे जब तसल्ली हो गई कि और भी दो-तीन मरीज़ बैठे हैं तब वह क्लीनिक के अन्दर आई। सी.पी. ने कहा कुछ नहीं बस एक उड़ती निगाह से उसे देखा फिर बारी-बारी से मरीज़ों को देखने लगा। लड़की की बारी आई तो वह सीधे डॉक्टर को देखने की जगह डॉक्टर के माथे के ऊपर लगे कैलेंडर को निहारने लगी। सी.पी. समझ गया कि लड़की निगाह मिलाने से बच रही है। उसने टोका, "अंग्रेजी पढ़ लेती हो?"

जैसे उसकी चोरी पकड़ी गई। वह आँखों से मुस्काई पर चेहरे के भाव को कठोर ही रखा, बोली, "अब सब भूल गए।"

"दवाई खाना तो नहीं भूलीं थी न?"

"ना।"

"नाश्ता करना?"

"ना! मतलब हाँ।"

"क्या हाँ-ना?"

"करते हैं अब।"

"और कपड़ा धोना?"

"तीन दिन से कहाँ धो रहे हैं अब," कहते हुए उसने अपनी दोनों हथेलियों को ऊपर उठाकर धप्पा मारने वाले अन्दाज़ में दिखाया।

सी.पी. मन ही मन मुस्कुराया पर बाहर से वह भी गम्भीर बना रहा, "इससे कैसे पता चलेगा कि कपड़े धोये हैं कि नहीं तुमने?"

"लो! इतना भी नहीं जानते? कपड़ा धोने से मेरा पंजा सिकुड़ जाता है। अभी कहाँ सिकुड़ा है?" लड़की ने डॉक्टर को श्रम का दैहिक सिद्धान्त समझाया। उसके पंजे गुलाबी और चुस्त थे।

"पेट दर्द बताओ।"

"अब नहीं है।"

"तो क्यों आईं?"

"आप ही तो बोले थे।"

शब्द ख़त्म हो गए डॉक्टर के। इससे आगे अब क्या बोलता वह? इसके आगे के शब्दों की धरती नापने में उसे झिझक हो रही थी। तभी लड़की बोली, "गंदा कपड़ा है आपका यहाँ?"

"कैसा गंदा कपड़ा?"

"पहले का पहना हुआ...हम धोकर बाक़ी का हिसाब चुका देंगे।"

डॉक्टर समझ गया कि वह बक़ाए फ़ीस की बात कर रही है, बोला, "इसकी कोई ज़रूरत नहीं।"

"कैसे चुकता होगा फिर? पैसा तो है नहीं अभी!"

मन की सफ़ाई कपड़े की सफ़ाई से भी पहले दिख जाती है। उसकी चमक पहचानना मुश्किल नहीं होता। लड़की का मन समझते देर न लगी सी.पी. को। वह मर्ज़ दिखाने नहीं बल्कि बकाया चुकाने आई थी। सी.पी. का जवाब सुनकर उसका चेहरा कुछ उदास हो गया, पर लड़की ने एक आख़िरी कोशिश की, "आप खुदे कपड़ा धोते हैं का?"

"ना, मुझे कपड़े धोना नहीं आता। ड्राइक्लीनिंग के लिए देता हूँ।"

"उससे बढ़िया तो हम ही धोकर इस्तरी कर दें...ड्राइक्लीन तो उम्र घटा देता है कपड़ा का," लड़की ने अपना गुण बताया और ड्राइक्लीन के अवगुण भी। अब तक सी.पी. उसे निहारना शुरू कर चुका था। डॉक्टर का धर्म आले सहित किसी ताखे पर टँग गया था फ़िलवक़्त। वह भाषा की नई ज़मीन को टटोलते हुए आगे बढ़ा, "दे तो सकते हैं हम। अगर मेरा कपड़ा जल गया तो?"

इस बार मासूमियत के साथ लड़की मुस्काई, "बहुते महँगा-महँगा कपड़ा धोते हैं हम। आज तक दाग नहीं लगा।"

मासूमियत वैसे भी बेदाग चीज़ का नाम है। शुभ्रता या धवलता जैसे शब्द शायद इस भाव की परिभाषा में निकले होंगे। दो मासूम संवाद की अपरिचित धरती को नापते हुए आगे बढ़ते गए। घंटे भर बातें हुईं। लड़की ने नदी-तालाब, सर्फ़-सोडा, सूती-पॉलिएस्टर हर चीज़ पर बात की। किस नदी

के पानी में कौन-सा कपड़ा अच्छा धुलता है, सब कुछ। अपरिचय की गाँठ धीरे-धीरे खुलती गई।

लड़की का वरुणा तक जाने और कपड़े धोने का रास्ता क्लीनिक से होकर ही जाता था। परिचय से प्रेम बढ़ा। सी.पी. के कपड़े अब ज़्यादा गंदे होने लगे। पहले वह एक कपड़ा दो दिन पहनता था। अब एक दिन में दो-दो पहनकर मैला करने लगा। हर तीसरे दिन चन्दा आती और उन्हें अपनी मोटरी में कसकर ले जाती। समय के साथ सी.पी. ने अपने कपड़े ही नहीं दिए बल्कि अपना सब कुछ उन बेदाग़ हाथों के हवाले करता गया।

और सी.पी. एक दिन ठोस निर्णय पर पहुँचा। बेझिझक। उसका पहला साझीदार रामायन बना। माता-पिता की शादी की सालगिरह में वह इसी जोश के साथ आया था। उसका दूसरा साझीदार अमृत बना। फिर उसने धीरे से अपने मन की गठरी अपनी माँ के सामने खोल दी। पिता से तो वह कहने से रहा। माता से पिता के साथ जल्दी बनारस आने का वादा लिए वह फिर वापस यहाँ आ गया।

पर इसी बीच दूसरी लहर आ धमकी थी।

सी.पी. अब उकताने लगा था। रोगियों की बढ़ती भीड़ और शहर की जलती चिताओं की लपक ने उसे भीतर से दहला दिया था। उसकी उम्र ही क्या थी अभी! जलते शहर के बीच क्लीनिक उसके अन्दाज़े से कहीं ज़्यादा भरने लगी थी। हालाँकि उसने अपनी सुरक्षा के पुख़्ता इन्तिज़ाम कर लिए थे। काँच का केबिन भी बन चुका था और बस्ती के एक लड़के को अटेंडेंट भी रख लिया था। पर भीड़ सच में बेकाबू थी। मरीज़ सुकून से भोजन करने की भी फ़ुर्सत नहीं देते थे। रह-रहकर सी.पी. का जी मिचलाने लगा था। थकान और सिर दर्द से भरी देह के साथ जब वह बिस्तर पर गिरता तो तरह-तरह के ख़यालात उसे तंग करते। कभी लगता कि साँस फूल रही है तो कभी लगता कि बुख़ार है उसे। उसके मन पर डर इतना पसर गया कि वह रोज़ सुबह क्लीनिक जाते हुए सोचता 'आज बच जाऊँगा न?'

उसके जी में आता कि सब छोड़-छाड़कर लौट जाए। पर चन्दा क्या कहेगी? उसने तो कई सपने बुन लिए थे। लाख मना करने के बाद भी वह

दोपहर का खाना बनाकर क्लीनिक में पहुँचा जाती थी। डॉक्टर मंडल भी बीच-बीच में फ़ोन करते। नई दवाइयाँ, नए रिसर्च और नए स्ट्रेन पर बात करते। सुरक्षा घेरा बनाए रखने की हिदायतें भी देते पर एक बार भी नहीं कहा कि घर आ जाओ। सी.पी. ने भी अपनी घबराहट को छुपाए रखा। उसे झिझक होती कि पिता क्या सोचेंगे? क्लीनिक तो जम ही गई न!

17

जिस दिन ताकिओ हाशिगावा ओसाका से चलने वाले थे उसके एक दिन पहले उनका प्रिय विद्यार्थी योसी उनके चेम्बर में दौड़ता हुआ आया और एक अजीब-सी ख़बर दी, "प्राचीन बौद्ध मठ किनकाकु से कोई बूढ़ा भिक्षु आया है। पूरे कैम्पस में वह प्रोफेसर हाशिगावा को ही ढूँढ़ रहा है।" हाशिगावा को आश्चर्य हुआ। अमूमन किनकाकु के बौद्ध, मठ छोड़कर अपनी पहाड़ी से नीचे उतरते ही नहीं थे। बौद्धों की एक अपनी दुनिया थी और पूरा जापान उनकी सादगी के आगे नतमस्तक रहता था। योसी से सूचना पाकर हाशिगावा अपने महाविद्यालय के चेम्बर से भागते हुए उस बौद्ध भिक्षु की ओर दौड़े। पर बौद्ध भिक्षु तब तक उनके चेम्बर के सामने आ चुके थे। उनके झुर्रीदार चेहरे को देखकर कोई भी अन्दाज़ा लगा सकता था कि उनकी उम्र सौ साल से अधिक की थी। बौद्ध भिक्षु पसीने से तरबतर हाँफ रहे थे।

हाशिगावा ने बुज़ुर्ग का अभिवादन किया और उनको अपने चेम्बर में सहारा देकर ले आए। योसी ने उन्हें पानी पिलाया। बौद्ध भिक्षु पानी पीने के बाद कुछ देर सुस्ताए; और फिर धीमी आवाज़ में ख़ुद ही अपने आने की वजह बतानी शुरू की। उनकी आवाज़ काँपती हुई-सी थी और उच्चारण बेहद अस्पष्ट थे। वह बहुत ठहर-ठहर कर बोल रहे थे। भिक्षु ने बताया कि उन्होंने अख़बार में पढ़ा था कि हाशिगावा नदियों पर शोध के सिलसिले में अब भारत जा रहे थे और यह चीज़ उन्हें खींचकर किनकाकु से यहाँ ओसाका तक ले आई है। थोड़ी देर बाद बूढ़े भिक्षु ने अपने काँपते हाथ को

अपने गेरुए थैले में डाला और एक जर्जर प्राचीन ग्रंथ को हौले से निकालकर हाशिगावा को थमा दिया।

हाशिगावा अचरज से भर गए। उन्होंने ग्रंथ ले तो लिया पर यह भी सोचने लगे कि इसका करना क्या होगा? फिर भी बूढ़े भिक्षु से सवाल पूछने की हिम्मत नहीं हो रही थी उनकी। भिक्षु इस ग्रंथ की तरह ही प्राचीन हो चुके थे। हाशिगावा ने उनसे कुछ पूछने की जगह उनसे कुछ सुनने का फ़ैसला किया। पर भिक्षु थे कि अपनी छोटी पनियल आँखों से हाशिगावा को देर तक घूरते रहे। एकदम चुपचाप। जैसे अन्दाज़ा लगा रहे हों कि ग्रंथ सही हाथों में गया है कि नहीं। फिर वे उठे और हाशिगावा के हाथ को अपने हाथ में रखकर बोले, "इसे वहाँ खोजना।"

बौद्ध भिक्षु ऐसे ही हाथ पर हाथ रखकर ही किसी काम का वचन लेते हैं। यही उनकी परम्परा थी। बस इतना ही संवाद हुआ था उस भिक्षु के साथ। फिर वे वैसे ही मौन साधे चले गए।

एक अदृश्य रस्सी से बँधे हाशिगावा अपने विद्यार्थी योसी के सामने हतप्रभ खड़े के खड़े रहे। वचनबद्ध करके गए उस बूढ़े भिक्षु का दिया हुआ ग्रंथ इतना जर्जर था कि उसके पन्ने खोलने में भी हाशिगावा को डर लग रहा था। जैसे छूते ही पन्ने फट जाएँगे। सबसे ज़्यादा हैरानी इस बात की थी कि ग्रंथ के भीतरी पन्नों में कहीं कुछ लिखा हुआ नहीं था। केवल चित्र थे। कई तरह के चित्र। पहले पन्ने पर रथ पर सवार कोई राजा था जो नदी से निकलती हुई एक औरत की ओर अपनी बाँहें फैलाए हुए था। वह औरत उसे देखकर मुस्कुरा रही थी। दूसरे पन्ने के चित्र पर वही राजा था जो जंगल में शिकार खेल रहा था। तीसरे पन्ने में वह राजा एक रत्नजड़ित सिंहासन पर बैठा था। सिंहासन में तरह-तरह के पक्षियों के रंगबिरंगे पंख भी जड़े हुए थे। चित्र में उन पंखों के रंग सिंहासन में जड़े रत्नों से ज़्यादा चटक दिख रहे थे। अगले पन्ने पर किसी इलाक़े का नक़्शा था। शायद कोई नदी थी और उसके आसपास कछार था। फिर महल की चारदीवारी। चारदीवारी के भीतर चारों ओर रंगबिरंगे पंख बिखरे हुए थे। अगले पन्ने पर जानवरों की खाल से पूरा महल ढका हुआ दिखा। हाशिगावा को तो कुछ समझ में ही नहीं आ रहा था। शायद कोई सन्देश छिपा था उन चित्रों में।

हाशिगावा ने फिर से एक-एक पन्ने को पलटना शुरू किया। अब कथा कुछ समझ में आने लगी थी। अगले पन्ने में जंगल के असंख्य पक्षियों के बीच बैठी एक युवती थी, जो चेहरे पर हाथ रखे रो रही थी। उसकी देह कोमल हरी पत्तियों से बनी थी और उसकी गोद में एक काले रंग का शिशु तेंदुआ था जो ख़ून से लथपथ था। वहीं पास में मादा तेंदुआ तीरों से बिंधी मरी पड़ी थी। उसके अगले पन्ने के चित्र में राजा और जंगल की वह युवती आमने-सामने दिखे। युवती का चेहरा लाल था और उसकी गोद में शिशु तेंदुआ बेजान पड़ा था। इसके बाद के तीन पन्नों के चित्र स्पष्ट नहीं थे। शायद ये पन्ने पानी लगने से ख़राब हो चुके थे जिसकी वजह से चित्रों की आकृतियाँ एक-दूसरे में मिल गईं थीं। उनका कोई अर्थ नहीं था। उन तीन पन्नों के बाद के कुछ पन्नों में कई तरह के विचित्र चित्र थे। किसी चित्र में जंगल के एक कोने में सफ़ेद चमगादडों का झुंड मरा पड़ा था। उनके पंख उनकी देह से काटकर अलग कर दिए गए थे। किसी पन्ने पर एक नंगा साधु शिशु तेंदुए की पीठ पर चमगादड़ के पंख रखकर कुछ कर रहा था। उसके बाद के पन्ने अब क्रमवार नहीं थे। इनका क्रम ही उलट-पुलट गया था। कथा-क्रम के रूप में अब अन्दाज़ा लगाना मुश्किल हो रहा था कि इसमें पहले की घटना कौन-सी है और बाद की घटना कौन-सी है।

हाशिगावा ने फिर भी मन बाँधकर चित्रों को ध्यान से देखना शुरू किया। एक देखे हुए चित्र को फिर ध्यान से देखने पर एहसास हुआ कि नंगा साधु चमगादड़ के पंख को शिशु तेंदुए की पीठ पर रखे हुए नहीं था बल्कि पीठ और पंख को बेरहमी से आपस में जोड़कर सिल रहा था। उस नंगे साधु को कुछ सिपाहियों ने घेर रखा था और सिपाहियों के भाले साधु की ओर तने हुए थे। राजा भी वहीं पास में खड़ा था और जंगल की वह युवती राजा के आगे हाथ जोड़े कोई प्रार्थना कर रही थी। उसके अगले पन्ने पर जंगल की उस युवती को जंगली फूलों पर चलते हुए दिखाया गया था। हैरत की बात यह थी कि युवती के साथ-साथ एक शिशु तेंदुआ चलने की जगह अब ज़मीन छोड़कर कुछ ऊँचाई पर उड़ता हुआ चल रहा था। उसके पैर हवा में ही थे। यह वही पिछले पन्ने वाला शिशु तेंदुआ था जिसकी पीठ चमगादड़ों के सफ़ेद

पंखों के साथ सिली गई थी। उसी चित्र के एक कोने में राजा का चेहरा था जो झुरमुटों से उन दोनों को निहार रहा था जबकि चित्र के दूसरे कोने पर नदी वाली औरत का चेहरा दिख रहा था। नदी वाली औरत राजा को जलती आँखों से घूर रही थी।

हाशिगावा यहाँ ठहर गए। उनकी समझ अब पक्के तौर पर जवाब दे रही थी। ये क्या बला है? उन्होंने ग्रंथ को बन्द किया और हिन्दुस्तान आ गए।

ज़ाहिर है हाशिगावा जब हिन्दुस्तान आए तब उस प्राचीन ग्रंथ को भी अपने साथ लाए थे। फिर यहाँ उन्होंने अपना शोध-कार्य जोरोशोर से शुरू किया और धीरे-धीरे वे अपने काम में मगन हो गए। महीनों बीते। काम चलता रहा। पर एक दिन योसी ने उन्हें इस ग्रंथ की याद दिलाई तो उन्हें ध्यान आया कि बूढ़े बौद्ध भिक्षु को दिया हुआ वचन तो वे भूल ही रहे हैं। अब हाशिगावा गंगा के किसी घाट पर जाते तो वहाँ के मूल निवासियों से कथा कहने के लिए कहते। किताबी कथाएँ नहीं बल्कि लोक कथाएँ। लोगबाग हैरान होते कि क्या यह जापानी प्रोफ़ेसर इतनी दूर से कथाएँ सुनने आया है? कथा सुनने में हाशिगावा को धीरे-धीरे रस आने लगा। तरह-तरह की कथाएँ सुनते-सुनते महीनों बिता दिए हाशिगावा ने। पर उस प्राचीन ग्रंथ से जुड़ी कोई कथा ही सामने नहीं आई।

और एक दिन अमृत की कथा में वह सुराग मिल ही गया। पर दोनों कथाओं के बीच कुछ तार्किक दिक़्क़तें थीं जिन्हें हाशिगावा समझ नहीं पा रहे थे। पहली दिक़्क़त थी कालक्रम को लेकर। अमृत ने जिस तरह से कथा सुनाई थी उससे ऐसा लग रहा था कि उसकी कथा बहुत पास की घटना का बखान कर रही है। वह एकदम हालिया घटना लग रही थी जबकि प्राचीन ग्रंथ हज़ार वर्ष पुराना था। कमाल है? क्या काले तेंदुए का पुनर्जन्म भी होता है यहाँ? दूसरी दिक़्क़त यह थी कि अमृत की कथा वाले काले तेंदुए के पंख नहीं थे। तीसरी दिक़्क़त यह थी कि इस इलाक़े में काले तेंदुए पाए ही नहीं जाते थे। प्रोफ़ेसर ने पढ़ रखा था कि ज़्यादातर काले तेंदुए चीन और जावा में पाए जाते हैं। भारत में तो लगभग नहीं ही हैं। और यदि हैं भी तो उन्हें उँगलियों पर गिना जा सकता है। वे भी एकाध और उनका इलाक़ा भी छत्तीसगढ़ के

जंगल और पहाड़ियों में हैं, जो कि यहाँ से सैकड़ों मील दूर हैं। जानवरों के लिए तो यह फ़ासला अलंघ्य ही है। उन्होंने नक़्शा उठाकर देखा। छतीसगढ़ के पश्चिम-पूर्व में अमरकंटक की पहाड़ियाँ थीं जहाँ से सोन नदी निकलती थी। सोन इन्हीं इलाकों में कहीं गंगा में मिल जाती थी जहाँ हाशिगावा अभी थे। क्या तेंदुआ सोन के रास्ते इधर आया होगा? हाशिगावा एक वैज्ञानिक दृष्टि से सम्पन्न आदमी ठहरे पर क़िस्सों-कहानियों के देश ने उन्हें बौड़म बनाकर रख दिया था। उनके सारे तर्क उलझने लगे थे। पुनर्जन्म और वर्तुल समय को लेकर एकाध किताब भी पढ़ डाली थी उन्होंने। अब उनकी यात्रा उल्टी होने लगी। उनके सामने एक ऐसी नई दुनिया खुलने लगी थी जहाँ तर्क से कथा तक की यात्रा सम्भव ही नहीं थी, बल्कि कथा से कोई तर्क निकल आए तो अलग बात है।

अमृत के दिए सुराग ने ही उन्हें यहाँ रोक दिया था, नहीं तो अमृत से कथा सुने जाने के दो दिन बाद ही उनका दक्षिण भारत जाना तय था। अब उन्हें इस कथा की बाबत और जानकारी चाहिए थी। वे ठहर गए। पर महामारी ने ऐसा लपेटे में लिया कि उनकी जान पर ही बन आई थी। ठीक होने के बाद भी उन्हें साँस लेने में परेशानी हो रही थी और हिलने-डुलने से भी थकान होती थी। उड़ते हुए मन से उन्होंने एक बार फिर उस ग्रंथ को उठाया और चित्रों को देखने लगे। चित्रों की कुछ गुत्थियाँ तो लगता है कि सुलझा ली थीं उन्होंने। नदी वाली औरत कोई और नहीं बल्कि देवी गंगा थी। पत्तों की देह वाली वनदेवी थी शायद। हाशिगावा ने इस चित्र को देखकर अपने हिसाब से इस चित्र की गुत्थी मन-ही-मन खोलनी चाही, कि सभ्यता के राजसूय यज्ञ में गंगा ने सदैव राजाओं का साथ दिया और वनदेवी ने जंगल और उसके बाशिन्दों का। पर राजा का क्या? राजा ज़रूर विक्रमादित्य रहा होगा। पर इस देश में अलग-अलग समय में बत्तीस ऐसे राजा हुए थे जिन्होंने विक्रमादित्य की उपाधि धारण की थी। कौन-सा विक्रमादित्य होगा? पहला या बत्तीसवाँ? क्या पता भरत हों जिनके नाम पर इस देश के नाम की नींव पड़ी थी? हो भी सकता है। अब यहाँ हाशिगावा अटक रहे थे। यह राजा कौन है?

बाक़ी पन्नों के कुछ चित्र फट गए थे। बस अन्दाज़ा लगाया जा सकता था कि गंगा जंगल और नगर के बीच की विभाजन रेखा थी। एक फटे पन्ने पर राजा के इशारे से गंगा जंगल को निग़लती हुई दिख रही थी। शिशु तेंदुआ वनदेवी को डूबने से बचाने की कोशिश कर रहा है पर वनदेवी की कोमल देह पानी लगने से गल गई थी। अगले पन्ने पर मरे हुए जानवर बढ़ियाई गंगा में तैर रहे थे और वहाँ जंगल का कहीं नामोनिशान नहीं बचा था। जंगल की जगह आसमान में चमगादड़ उड़ रहे थे और उनके बीच शिशु तेंदुआ भी उड़ता हुआ साफ़ देखा जा सकता था। बस इतना ही। पर इतने से भी क्या समझ आएगा?

हाशिगावा ने फिर से उस ग्रंथ को उलटना पुलटना शुरू किया। पर एक गड़बड़ी हो गई। ग्रंथ को नत्थी करने वाली पुरानी डोर टूट गई और उसके पन्ने फ़र्श पर बिखर गए। हाशिगावा हड़बड़ा गए और बहुत ज़ोर लगाकर बिस्तर से उठे। फिर धीरे-धीरे उन पन्नों को समेटने लगे। पन्नों को उठाते हुए अचानक उन्होंने देखा कि एक पन्ना ऐसा था जिसके साथ एक दूसरा पन्ना चिपका हुआ था। उसे लेकर वे तुरत बिस्तर पर बैठ गए। आहिस्ता-आहिस्ता उन्होंने उन चिपके हुए पन्नों को अलग करना शुरू किया। देखा तो दो नहीं तीन पन्ने आपस में चिपके पड़े थे। उनको हैरानी हुई कि इतने दिनों में इस पर उनका ध्यान कैसे नहीं गया? पन्नों को खोला। एक पन्ना तो ग्रंथ के कवर पेज जैसा था। उस पर जापानी भाषा में लिखा था 'अमर देश की कथा'। "यह पक्का फ्रंट पेज है," हाशिगावा बुदबुदाए। उस पन्ने की चित्रकारी ने उनको और हैरान किया था। चित्र में एक बहुत घना और बहुत बड़ा वट-वृक्ष था जिस पर असंख्य मटके टँगे हुए थे। कुछ फूटे, कुछ साबुत। वट-वृक्ष के आसपास एक गोल चबूतरा था जिस पर एक काला तेंदुआ बैठा हुआ था। उसके पंख बेहद सफ़ेद थे। चित्र देखकर हाशिगावा के माथे पर बल पड़ गए।

पर अगला पन्ना और ही ज़्यादा हैरान कर देने वाला था। वह शायद पहले पन्ने के भी पहले का पन्ना रहा होगा! उसमें वह शिशु तेंदुआ घायल बैठा था। उसका मुँह आसमान की ओर था, जैसे वह आसमान में किसी को खोज

रहा हो। उसकी आँखें बेहद उदास लग रही थीं। जैसे कि अभी रो देगा। पर इससे भी ज़्यादा हैरानी वाली बात हाशिगावा के लिए यह थी कि इस पन्ने पर शिशु तेंदुए का जो चित्र था उसके ऊपर हायकू में चार पंक्तियाँ भी लिखीं थी। 'अमर देश की कथा' के अलावा पूरे ग्रंथ में बस यही चार पंक्तियाँ शब्दबद्ध थीं। हाशिगावा ने तुरत ही उन्हें नोट करना शुरू किया। राजा का नाम मिल गया था। उन पंक्तियों को पढ़ते और काग़ज़ पर उसकी नक़ल उतारते वक़्त वे रोमांचित हो रहे थे। रोमांच से उनकी देह थकी जा रही थी। फिर भी उन्होंने उन पंक्तियों की नक़ल उतारी और उसे कम-से-कम दस बार मूल प्रति से उसे मिलाया। अब उनकी थकान बर्दाश्त से बाहर हो रही थी। उन्होंने झटपट अपनी दवाई निकाली और पानी के साथ उसे निगलते ही बिस्तर निढाल पड़ गए। सोते वक़्त वे मुस्कुरा रहे थे।

बिलकुल शाम को उनकी नींद खुली। अँधेरा उतर चुका था। उन्होंने फिर से शिशु तेंदुए के चित्र वाला पन्ना उठाया और ध्यान से निरीक्षण करने लगे। उन्होंने देखा कि शिशु की नाक पर, पंजों पर और पीठ पर भी ख़ून के धब्बे थे। उसके पास एक टूटी हुई बाँसुरी पड़ी थी। शिशु के चेहरे की उदासी बता रही थी कि बाँसुरी टूटने से वह बहुत उदास है। क्या वह आसमान झाँककर कोई लय ढूँढ़ रहा है? और यह हायकू? इसको किस काल में रखकर पढ़ें? किससे जोड़कर? अचानक हाशिगावा को कुछ याद आया। उन्होंने उस हायकू का झटपट जापानी से अंग्रेजी में अनुवाद किया। पर पहला ड्राफ़्ट मूल प्रति की आत्मा से कुछ दूर लगा। अर्थ विन्यास में भी कुछ गड़बड़ी थी। एक दूसरा ड्राफ़्ट तैयार किया। फिर उन्हें लगा की अनुवाद तो ठीक ही हुआ है पर मूल प्रति के अर्थ वाली गेयता नहीं है इसमें। वे तीसरे, चौथे, पाँचवे ड्राफ़्ट तक गए, पर हर बार कोई न कोई कमी रह जाती। जब हाशिगावा दसवें ड्राफ़्ट तक पहुँचे तब जाकर उन्हें विश्वास हुआ कि मूल प्रति की आत्मा इसमें उतर आई है। गेयता के साथ। उन्होंने तत्काल मोबाइल उठाया और अंग्रेजी में अनूदित उन पंक्तियों को मोबाइल में टाइप करके अमृत को भेज दिया। उन पंक्तियों के साथ अमृत के लिए अंग्रेजी में ही एक हिदायत भी लिख दी थी हाशिगावा ने 'एक बहुत ही प्राचीन ग्रंथ से निकाली गईं ये पंक्तियाँ हैं। बड़ी मुश्किल से

इन्हें जापानी भाषा से अंग्रेजी में अनूदित किया है। तुम इसको अपनी भाषा में अच्छे से अनूदित कर सकते हो क्या?"

उस साँझ अमृत पौधों को पानी देकर छत से उतरा ही था। उसने सन्देश पढ़ा। उसे लग रहा था कि हाशिगावा उसे अपने ठीक हो रहे स्वास्थ्य के बारे में बताएँगे या फिर कोई और ज़रूरत होगी तो कहेंगे। पर यह तो एकदम अलहदा मामला था। अनुवाद का यह नया फ़ितूर? उसने हाशिगावा को तत्काल जवाब दिया, 'अपनी भाषा में अच्छे से अनूदित कर सकते हो का क्या मतलब है? हिन्दी तो आप जानते ही हैं?"

इधर से हाशिगावा ने भी तत्काल जवाब लिखा, 'हिन्दी नहीं! अपनी लोकल बोली। अपने आसपास की।" हाशिगावा की सोच थी कि हिन्दुस्तान की लोक-बोलियों में प्राचीन क़िस्से बिना छेड़छाड़ के लम्बे समय तक सुरक्षित रहते हैं। क्या पता हायकू में दर्ज यह गीत अमृत की बोली में ज्यों का त्यों सुरक्षित हो! इसलिए उन्होंने अमृत को दुबारा-तिबारा लिखा, 'इट मस्ट बी लिरिकल। माइंड इट। बट टेक योर टाइम।'

अमृत ने कोई जवाब नहीं दिया।

हाशिगावा ने लिख तो दिया था कि अमृत अपना समय ले पर, उनका ख़ुद का समय काटे नहीं कट रहा था। वे हर आधे घंटे बाद अपनी घड़ी देखते। रात के करीब बारह बजे अमृत ने उस गीत का अनुवाद भेजा। हाशिगावा उस वक़्त प्राचीन ग्रंथ के पन्नों में गोता लगाए छटपटा रहे थे। शिशु तेंदुए की उदास आँखों को निहारने के बाद ताकिओ हाशिगावा ने अमृत के सन्देश को पढ़ना शुरू किया, सन्देश रोमन में था पर ध्वनियाँ हिन्दी में निकल रही थीं। उन ध्वनियों को आपस में जोड़कर बुदबुदाते हुए हाशिगावा को ऐसा लग रहा था कि इसको लिखने वाले ने जैसे शिशु तेंदुए की ओर से कोई हलफनामा लिखा है। वह भी गाकर। ध्वनियाँ जिन शब्दों का निर्माण कर रही थीं, वे कुछ इस तरह थीं...

बाजू-बाजू बाँस के बँसुरिया, गाऊ मन के गीत
माई मोरा वन के बघिनिया, बाप बिकरमादीत।

उफ़!

भला कौन वह बाप होगा जो अपने बच्चे की पीठ को चमगादड़ों के पंख से नत्थी करवाएगा? कौन-सा बाप? कौन-सा विक्रमादित्य? कथा का भेद फिर भी नहीं खुल पाया।

18

अवसर को छोटे और बड़े में बाँटकर देखने की आदत रामायन में कभी नहीं रही। उसे ज़िन्दगी ने यही सिखाया था कि सही मौक़े की तलाश में ख़ुद को दाँव पर लगाते रहो। जूझते रहो। उसने किया भी यही। ख़ुद को दाँव पर लगाकर अपने समय से लगातार जूझता रहा वह। इतिहास भी मेहरबान रहा। उसे मौक़े देता गया। पर रामायन ने अपने हिस्से के जो मौक़े अब तक इतिहास से झटके थे उन सब में सबसे बड़ा दाँव उसने अब खेला था। अपना सब कुछ झोंक दिया था उसने। नए-पुराने रिश्ते-नाते, लोक-लाज सब। यहाँ से फिसलने का मतलब था कि फिर दुनिया के किसी कोने में शरण नहीं मिलनी थी। पर दाँव सही बैठ रहा था उसका और इतिहास ने सीधे उसे अपने रथ पर ही सवार कर लिया था। इधर राजू और कुसुम अब महन्त महेन्द्रनाथ ट्रस्ट एंड हॉस्पिटल के कर्मचारी थे। कहाँ तो ये भाई-बहन शहर में मजदूरी करने निकले थे। पर रामायन नाम की बैसाखी के सहारे समय को ऐसा पलटा दिया भाई-बहन ने कि उनकी भी ज़िन्दगी एक झटके में व्यवस्थित हो गई थी।

कुसुम बहुत ख़ुश थी। पर राजू इस व्यवस्थित व्यवस्था को पचा नहीं पा रहा था। एक वही था जिसको यह एहसास होता रहता था कि उसकी ख़ुद की भागदौड़ उसकी उम्मीद से बहुत ज़्यादा हो रही है। रोगियों की बढ़ती तादाद का जितना असर रामायन पर था उससे कम राजू पर न था।

किसी बड़ी कम्पनी ने महन्त के हॉस्पिटल से कुछ हटकर अघोरी बाज़ार में ही एक नया जाँच-घर खोल दिया था। इसे देखते हुए रामायन ने फ़ौरन ही रोगियों के सैंपल लेने के लिए दो नर्सें रखवा लीं हॉस्पिटल में। पहले तो महन्त

नर्सें रखने के लिए तैयार ही नहीं था। इतनी तनख़्वाह फ़ालतू में देनी होगी! पर रामायन ने जाँच पर कमीशन का फॉर्मूला ऐसा समझाया कि महन्त फिर मना नहीं कर पाया। अब नर्सें हॉस्पिटल में ही रोगियों का सैंपल लेतीं और राजू उन्हें जाँच-घर तक पहुँचाता। सैंपल देने और फिर उनकी जाँच-रिपोर्ट लाने की कोई समय सीमा तय नहीं थी। हस्पताल की यह कोशिश रहती कि हर मरीज़ की जाँच पर मुनाफ़ा हो। जब भी कोई आता तो पहले सैंपल लिया जाता। राजू उसे लेकर तुरत जाँच-घर भागता। इस आधे किलोमीटर के बीच की परिक्रमा वह दिन में सौ दफ़े करता। उसकी पिंडलियाँ दुखने लगतीं। पर वह यह सोचकर कुछ राहत लेता कि कम-से-कम हॉस्पिटल के रोगियों को सुई मारने से मुक्ति तो मिली।

हुआ यह था कि रामायन ने राजू को महन्त से मिलवाया ही था डॉक्टर मंडल के कम्पाउंडर के रूप में। डॉक्टर मंडल की क्लीनिक किसी पहचान की मुहताज न थी। रामायन के हुनर को महन्त देख रहा था। उसे लगा कि राजू भी हुनरमन्द ही होगा। पर सुई-दवाई के मामले में राजू फिसड्डी निकला। राजू अपनी बहन की तरह ही दसवीं पास था, पर जैसे-तैसे। राजू के लिए अंग्रेजी कभी अल्फ़ाबेट से आगे नहीं बढ़ पाई थी। दवाइयों की पहचान भी रंगों के सहारे ही करता था। जबकि कुसुम राजू से आगे निकल रही थी। कुसुम का काम मरीज़ों के नाम-पते और फ़ोन नम्बर दर्ज करने उन्हें मुलाकाती नम्बर देने का था। उसने धीरे-धीरे यह काम साध लिया था। इस काम से फ़ुर्सत मिलती तो वह हॉस्पिटल की साफ़-सफ़ाई की निगरानी करती। यह भी उसकी ड्यूटी में शामिल था। निगरानी के दौरान वह सफ़ाई-कर्मियों से लेकर मरीज़ों तक की ज़रूरतों का जायज़ा लेती और अपनी डायरी में उसे नोट करती। उसे इस काम में बड़ा मज़ा आता। इसे करते हुए एक मालिकाना भाव उसके भीतर भर जाता था। पर राजू? राजू तो जैसे नौकर हुआ जा रहा था।

डॉक्टर मंडल की क्लीनिक से राजू का काम छुड़वाने के बाद, रामायन ने पन्द्रह दिन मेहनत की थी राजू पर। बस सुई ही तो लगाना सीखना था राजू को! पर उसके हाथ काँपने लगते थे। इधर रामायन धीरज धरे, बड़े जतन से राजू को समझाता, "देखो राजू! यहाँ मांस है। देख रहे हो न? बस, धीरे-से यहाँ भोंकना है। बहुत धीरे। देखो ऐसे।" राजू के सामने रामायन ने दर्जनों

मरीज़ों को सुई लगाई। कभी कमर पर तो कभी बाँह पर। वह हर बार दिखाता था कि सुई कैसे लगानी है। पर राजू के हाथ ही जकड़ जाते थे। राजू की सुई मरीज़ की देह से सूत भर ऊपर नाचने लगती। रामायन राजू की हरकत देखकर डर जाता कि साला यह कहीं मरीज़ का माँस ही न उधेड़ दे। वह उससे सुई छीनता और फिर सिखाता, "ऐसे! ध्यान से देखो। डरने वाली बात ही नहीं।" यह प्रयोग अमूमन ग़रीब मरीज़ों पर इशारे-इशारे में होता था। पर राजू के हुनर में इंच भर भी इज़ाफ़ा न हुआ। तंग आकार रामायन ने एक दिन राजू को तमाचा जड़ दिया, "साले जिस दिन महन्त को पता चलेगा न कि तू किसी लायक नहीं, उस दिन वह लात मारकर तुझे भी बाहर निकालेगा और मुझे भी।" राजू को उस थप्पड़ का सदमा लग गया।

अब धीरे-धीरे राजू के मन पर रामायन का आतंक जमता जा रहा था। रामायन को देखते ही अब उसे हड़बड़ाहट होने लगती थी। राजू की कोशिश होती कि रामायन से उसका सामना ही न हो। इधर रामायन तीसरी आमदनी खोने को तैयार न था। तभी जाँच-घर ने एक नया रास्ता खोल दिया। रामायन ने राजू को तुरत नए काम में झोंक दिया। पर रामायन इतने से भी सन्तुष्ट नहीं था। उसे लगने लगा था कि राजू कामचोर है। वह लगातार उसके काम पर नज़र गड़ाए रहता। राजू उस नज़र से बचने के लिए दिनभर परिक्रमा करता। लेकिन ऐसा नहीं था कि रामायन की नज़र केवल राजू पर ही थी। हॉस्पिटल के हर कर्मचारी पर वह नज़र टिकाये रखता और समय निकालकर पूरे हॉस्पिटल का चक्कर लगाता। नया-नया गार्ड बना कजरौटा भी उसके लपेटे में आ गया था। कजरौटा डंडा लिए दिनभर मरीज़ों को पंक्तिबद्ध करता रहता और उन पर चीख़ता-चिल्लाता। भीड़ बढ़ने से कई बार पंक्तियाँ टूट जातीं और वे शोर की शक्ल ले लेतीं। ऐसे में नाम-पता लिखने में कुसुम को दिक़्क़त होने लगती। कजरौटा कुसुम की इस परेशानी को समझता था, इसलिए मरीज़ों से उलझता रहता। दिनभर उसका यही काम था। जब वह बहुत थक जाता तो गेट से सटी अपनी कुर्सी पर बैठ जाता।

एक दिन रामायन ने उसे कुर्सी पर बैठे हुए देख लिया। रामायन कजरौटा से सीधे उलझने से बचना चाहता था। लोकल से उलझने के कई ख़तरे होते

हैं। उसने धीरे-से किसी कर्मचारी को इशारा कर के वहाँ से कजरौटे की कुर्सी हटवा ली। अगले दिन कजरौटा ड्यूटी पर आते ही अपनी कुर्सी खोजने लगा। रामायन ने सन्देश भिजवाया, "महन्त जी का सीधा कहना है...काम नहीं तो दाम नहीं।" कजरौटे को लगा कि ज़रूर महन्त ने ही कुर्सी हटवाई होगी। परसों ही महन्त ने हॉस्पिटल का दौरा किया था। पर काम नहीं तो दाम नहीं का स्लोगन महन्त का नहीं रामायन का दिया हुआ था जो महन्त के नाम पर हॉस्पिटल में गूँजता रहता था। रामायन को पूरे हॉस्पिटल में चुस्ती चाहिए थी। हर कर्मचारी ड्यूटी पर मुस्तैद चाहिए थे। कोई ढील नहीं। उसका आतंक बढ़ता जा रहा था। यहाँ तक कि यह आतंक हॉस्पिटल के उन भाड़े के डॉक्टरों पर भी रहता जो अब आठ-आठ घंटे की शिफ्ट में मरीज़ देखते थे। हाल ही में उसने एक डॉक्टर को महन्त से कहकर निकलवा दिया था। उस डॉक्टर को यह लग रहा था कि वह डॉक्टर है और रामायन हॉस्पिटल का मामूली मुलाज़िम। पर वह डॉक्टर ग़लत था। हालाँकि महन्त ने रामायन से पूछा था कि "नया डॉक्टर कहाँ से लाओगो?" तब रामायन ज़ोर से हँसा, "महन्त जी! लड़के डॉक्टरी की डिग्रियाँ लेकर मारे-मारे फिर रहे हैं। किसी को भी देख-सुनकर उठा लेंगे।" डॉक्टर मंडल के यहाँ रहते-रहते उसने डॉक्टरों के समाज तक में पैठ बना ली थी। और हुआ भी यही। डॉक्टरों की डिमांड और सप्लाई का खेल वह जान गया था। इसलिए उतनी ही लागत में हॉस्पिटल ने अब दो की जगह तीन डॉक्टर नियुक्त कर लिए थे। तीन डॉक्टरों में से एक की ड्यूटी सारी-सारी रात होती थी। मरीज़ बढ़ते जा रहे थे। दाम चढ़ाकर रखने पर भी बेड भरने लगे थे। रामायन बारह-बारह घंटे की मेहनत करता। मरीज़ और प्रशासन एक साथ सँभालता।

रामायन के 'काम नहीं तो दाम नहीं' के मंत्र और हॉस्पिटल के बढ़ते हुए मुनाफ़े से महन्त इतना प्रभावित रहने लगा कि उसने रामायन के काम में हस्तक्षेप करना ही छोड़ दिया। बल्कि उसको हर बात मानने लगा था। अब तो महन्त ने रामायन को सारेआम 'रामायण जी' कहकर सम्बोधित करना शुरू कर दिया था। कजरौटे ने भी यह एक बार सुना था और हैरानी से रामायन को देखने लगा था। देखते-देखते रामायन कहाँ से कहाँ पहुँच गया साला! पर

कजरौटा रामायन के प्रति ईर्ष्या की जगह सम्मान का भाव का रखता। वह अपनी नंगी आँखों से उसकी दिन-रात की मेहनत देख रहा था।

राजू से कजरौटे की अच्छी छनती थी। दोनों दोस्त बन गए थे। फ़ुर्सत में दोनों खूब गप्पें मारते और साथ-साथ बीड़ी सुलगाते थे। कजरौटा राजू से कहता "देख लेना तुम राजू। एक दिन यह रामायन अपनी मेहनत से इस हॉस्पिटल का मालिक बन जाएगा।" पर अब राजू को जैसे अपने भावी जीजा के बढ़ते क़द से कोई फ़र्क़ ही नहीं पड़ रहा था। वह बीड़ी फूँकते हुए धुएँ के साथ-साथ अपनी उदासी और थकान को उड़ाता रहता और उल्टे कजरौटे को उलटबाँसियों में जवाब देता, "टीवी नहीं देखते का? राक्षस सबसे कम मेहनती होता है? टीवी में देखते नहीं कि राक्षस सब कितना-कितना साल तप करता है और जब शंकर जी बरदान दे देते हैं तो पूरी दुनियाँ में उत्पात मचाकर छोड़ देता है सब।"

बड़ी गहरी मारता है राजू। पर कजरौटे के कुछ समझ में आए तब तो! उसे एक ही बात समझ में आती थी और वह यह कि अपनी आँख-कान से देखा-सुना सब कुछ अमृत को बता आता था। हर दूसरे या तीसरे दिन वह अमृत को फ़ोन लगाता और साँझ ढले अमृत की गली में जाकर खड़ा हो जाता। बातें लम्बी होतीं। अमृत उसे अन्दर आकर बैठने को कहता पर वह मना कर देता, "अरे ठीक है भइया! दिनभर मरीजों को धकियाते रहते हैं। पता नहीं किसको क्या हो?"

आज भी वह गली में पहुँचा था। अमृत अभी-अभी हाशिगावा से फ़ोन पर बात करके नीचे उतरा था। हाशिगावा साहब ने हाँफती साँसों के साथ किनकाकु के भिक्षु वाले प्राचीन ग्रंथ का ज़िक्र किया और सारी कथा बता डाली थी। अमृत का ध्यान ग्रंथ के किस्सों से ज़्यादा हाशिगावा साहब की हाँफती-उखड़ती साँसों पर था। उसने पूछा भी कि "आप ठीक तो हैं न महाराज?" हाशिगावा ने साफ़ कहा कि कोई दिक़्क़त नहीं। यह रोग ही ऐसा है। साँस की दिक़्क़त अगले चार-पाँच महीने तक ऐसे ही बनी रहेगी। प्रोफेसर ने किसी मेडिकल जर्नल को पढ़ लिया था जिसमें इन परेशानियों के बारे में विस्तार से लिखा था। वैसे भी हाशिगावा का ध्यान अपनी साँस से ज़्यादा प्राचीन ग्रंथ

के चित्रों पर था। पर अमृत का तो साफ़ कहना था कि चित्र वाला वट-वृक्ष और मरघंट हिन्दुस्तान के किसी भी नदी के किनारे मिल जाएँगे। जहाँ नदी होगी वहाँ कछार भी होगा ही। इसलिए यह मानना तो बेवकूफ़ी ही है कि चित्र और उसकी कथा का सम्बन्ध इसी इलाक़े से है। अमृत को लग रहा था कि बीमारी ने हाशिगावा का हैलुशिनेशन बढ़ा दिया है। कई बार ऑक्सीजन की कमी से आदमी मतिभ्रम का शिकार हो जाता है। वैज्ञानिक कर्म का आदमी जब चमगादड़ के सफ़ेद पंख लगाकर उड़नेवाले किसी काले तेंदुए की खोज करने लगे तो वह मानसिक विकार के अलावा कुछ नहीं है। पर इसमें उस बुढ़ऊ का भी कोई क़ुसूर नहीं था।

अमृत ने हाशिगावा को अनतर्धान करके कजरौटे से पूछा "और भाई? सब कुशल मंगल?" कजरौटा ने मुस्कुराकर हालचाल का जवाब दिया, "बौने का दिया खा रहा हूँ।" स्ट्रीट लाइट की रोशनी में उसके दाँत पन्द्रह साल पहले के कजरौटे की तरह चमक रहे थे। उसके चेहरे का रंग भी अब कुछ निखर रहा था। देह भी भरने लगी थी उसकी। ग़रीब की देह में अनाज जल्दी लगता है। अमृत ने सोचा कि चलो साले महन्त ने कुछ तो पुण्य किया। फिर अमृत ने पूछा, "बौना कैसा है?"

"मोटा कर लाल हो गया है भइया।"

महन्त पर चर्चा चली तो अमृत के दिमाग़ ने हरकत की। उसे एक बात याद आई। उस बात को प्रामाणिक ढंग से शायद कजरौटा ही बता सकता था। अमृत ने बातों-बातों में पूछा, "एक बात बता भाई, महन्त का अपना गाँव घर कहाँ है? कहाँ से आया था? किसी का कहा-सुना याद है कुछ? कोई पुरानी बात?"

"न भइया! एक बार हमरे बाबा ने कुछ बताया था पर एकदम भूल रहा हूँ अभी।"

कजरौटे को अफ़सोस हो रहा था कि उसे अपने बाप की मार और दुत्कार के सिवाय अब कुछ भी याद नहीं। उसे लगा कि ज़रूर कोई गहरी बात है तभी अमृत भइया पूछ रहे हैं। उसने अमृत से जानना चाहा, "कोई बात है क्या?"

"नहीं-नहीं। बस ऐसे ही पूछ रहा हूँ।" अमृत ने बात की गहराई को हल्का किया। पर उसके दिमाग़ में कोई बात आ जाए तो उसका पीछा नहीं छोड़ती थी। थोड़ी देर सोचते हुए अमृत ने फिर सवाल किया, "तुमने एक चीज़ नोटिस की है कि महन्त जब बोलता है तो हम लोगो की बोली नहीं बोलता?"

"हमको तो उसका कुछ नहीं बुझाता भइया। आधा तो संस्कृत में बोलता है बौना," कजरौटे ने महन्त के प्रति हिकारत दिखाई।

"अरे घंटा संस्कृत। साले को कुछ नहीं आता। बस एकाध श्लोक रट के बाज़ार जमा लिया है पाखंडी ने।"

"उ तो बात है भइया पर बहुत माल कमा रहा है आजकल।" कजरौटे की नज़र महन्त की आमदनी पर हमेशा रहती थी। पर अमृत अभी भी किसी दूसरी सोच में खोया हुआ था। अमृत की देखादेखी कजरौटा भी महन्त का इतिहास मन ही मन टटोलने लगा। और फिर जैसे उसके हाथ बटेर लग गई, "अरे हाँ-हाँ याद आया।" कजरौटा जैसे उछल गया।

"क्या याद आया?"

"हमरे बाबा एक बार बोले थे कि महन्त अपना बाल-बच्चा कहीं छोड़कर आया था।"

"भक! इतने दिन में उसका भेद नहीं खुल जाता?" अमृत को पक्का भरोसा था कि महन्त शादीशुदा नहीं है। बल्कि कभी-कभी ऐयाशी करने राजधानी जाता है। उसे कजरौटे की बातों पर यक़ीन नहीं था। पर कजरौटा अडिग रहा, "हम कह रहे हैं कि हमरे बाबा बताए थे भइया।"

"अरे बताने को तो मेरे बाबा भी एक बार बताए थे कि वह बहुत दूर के किसी जंगल से आया था। इसका बाप नक्सल था शायद। पर इसका प्रमाण कहाँ है?" अमृत ने माथे पर बल पड़ता गया पर कोई सुराग हाथ नहीं लग रहा था।

कजरौटे को कुछ समझ नहीं आया पर उसने भी अपनी प्रतिक्रिया दी, "बताइए भइया! साला बौना! जंगल से आकर इतना पैसा कमा लिया हमारे इलाक़े में और एक हम लोग हैं! ग़रीबी में ही पैदा हुए और ग़रीबी में ही मर जाएँगे।" अचानक ही दर्द उभर आया कजरौटे का। यह ग़रीबी न होती तो आज उसकी रूपा जिन्दा होती! बच्चे किसी अच्छे स्कूल में पढ़ रहे होते।

कजरौटे की अन्तिम पंक्ति ने बातचीत का माहौल ही बदल दिया। उनकी दुनियाभर की बातें गमज़दा लम्हों में अचानक डूब गईं। अमृत इस लम्हे को उसी शिद्दत से महसूस कर रहा था।

अमृत ने बात बदली, "और बताओ बच्चे कैसे हैं?"

"ठीक ही हैं भइया। किताब ख़रीदकर दे दिए हैं। उसी को लेकर पढ़ते-लड़ते रहते हैं सब। अब स्कूल खुले तो दाखिला करवाएँगे।"

"हूँ। मेरी बेटी का भी स्कूल बन्द ही है पर..." आधे पर ही रुक गया अमृत। आख़िर वह क्या कहता? वह कह नहीं सकता था कि उसकी बेटी का भी स्कूल बन्द है पर लैपटॉप पर स्कूल में रोज़ हाज़िरी लगती है और ऑनलाइन पढ़ाई होती है। लेकिन जिनके पास यह सुविधा नहीं उनके बच्चे कहाँ जाएँगे? स्टेट उनके बारे में सोचता भी है क्या? जब से महामारी बढ़ी है तब से अमृत स्टेट की भूमिका पर अपनी पैनी नज़र धँसाए हुए है। कहीं तो कोई छूट रहा है इस महामारी में। कोई बड़ी ग़लती हुई जा रही थी।

अमृत ने एक बार फिर बात बदली। पर वह कोई नई बात नहीं थी बल्कि कजरौटे का ही कहा दुहराया अमृत ने, "चलो कम-से-कम बच्चे अपने घर में ख़ुश तो हैं। अब किसी मकान मालिक का डर नहीं।"

"हाँ भइया वह तो है। माधुरी रोज सुबह उठकर आँगन बुहारती है और पानी छिड़कती है। साफ़ करके चमका दी है घर को। पर..." अब कजरौटा आधे पर रुक गया। उसके आगे की बात उसने पूरी नहीं की। अमृत उसकी बातें ध्यान से सुन रहा था। कजरौटा ने ऐसे बीच में ही अपनी बात रोक दी तो अमृत ने इसे गहराई से लिया, "पर क्या? कोई दिक़्क़त है क्या?" अमृत को लगा कि कजरौटे को पैसे की कोई तंगी है इसलिए बात पूरी नहीं कर पाया।

अमृत फिर पूछा, "पर क्या? बताएगा कुछ?"

कजरौटे ने बीड़ी सुलगा ली, जैसे कोई लम्बी कहानी कहनी हो। "ए भइया। देखिए! हम तो मसान फिर भी बचपन से देख रहे हैं। हमारा बच्चा लोग नहीं देखा है कभी। आजकल बड़ी लाश आ रहा है मसान में। बहुते ज़्यादा। किसी-किसी दिन तो पूरा कछार भर जाता है। दिन-रात चिताएँ जलती रहती हैं। उसका धुआँ, उसकी गन्ध कई बार घर-आँगन में घुस जाती है।

बच्चा लोग गन्ध के मारे उल्टी करने लगता है। विजय तो फिर भी सँभाल लेता है पर माधुरी को धुआँ बहुत लगता है भइया। उल्टी करते-करते बीमार पड़ जा रही है। अब साला एकदम समझ में नहीं रहा है कि बाल-बच्चा को लेकर यहाँ से कहाँ भाग जाएँ? अब किस दुनिया में समा जाएँ भइया? कहाँ जाएँ भइया?"

अमृत की नाक में हरकत होने लगी। जैसे वह किसी काल्पनिक धुएँ से भरी जा रही हो। उसे साँस लेने में भी तकलीफ़ होने लगी थी अब। कछार बहुत दूर नहीं था। कजरौटा इस बार भी अपना घायल कलेजा अमृत के सामने रखकर चला गया।

19

हर देह की एक सीमा होती है। सहने की सीमा। लेकिन देह की सीमा का चतुराई भरा अतिक्रमण दिमाग़ के सहारे सम्भव है, डॉक्टर मंडल यही कर रहे थे। वह अपनी देह की सीमा का अतिक्रमण करते हुए मरीज़ों की फ़ौज से जूझ रहे थे। वह भी बिना किसी की सहायता के। डाकसाहब ने क्लीनिक के भीतर-बाहर दो-दो छोटे-छोटे खम्भे गड़वा दिए थे। मरीज़ उन्हीं खम्भों के भीतर कतारबद्ध खड़े रहते और अपनी बारी का इन्तज़ार करते। पर शोरगुल को नियंत्रित करना आसान न था। बीच-बीच में डॉक्टर मंडल अपने चश्मे के भीतर से शोर करने वाले मरीज़ों को झाँक लेते तो कुछ देर चुप्पी पसर जाती। फिर वही भुनभुनाहट शुरू हो जाती।

मंडल साहब अपना वजन बढ़ा चुके थे और शुगर के साथ-साथ अब बी.पी. भी परेशान करने लगा था। परेशानी तब और बढ़ जाती जब मरीज़ देखते वक़्त बिजली चली जाती थी। रामायन था तो हर चीज़ पर ध्यान रखता था। क्लीनिक में एक छोटा-सा जनरेटर था पर उसका पेट्रोल ख़त्म था। डॉक्टर साहब रोज़ याद करके घर जाते कि अगले दिन पेट्रोल लाकर भरना है पर अगले दिन बिलकुल भूल जाते।

आज सुबह से ही बिजली गुल थी और मंडल साहब पसीने से तरबतर मरीज़ देखे जा रहे थे। क्लीनिक के बाहर-भीतर की भीड़ ने उमस को और बढ़ा दिया था। तभी उनके मोबाइल फ़ोन की घंटी बजी। कोई अनजाना नम्बर था। उन्होंने तुरन्त ही लाल बटन दबा दिया और मरीज़ देखने लगे। फिर घंटी बजी तो फिर फ़ोन कट किया। जब उसी नम्बर से तीसरी बार घंटी बजी तब उन्हें एहसास हुआ कि 'टीम साँस' का कोई मरीज़ होगा। उन्होंने फ़ोन उठा लिया। फ़ोन पर किसी लड़की की रोने की आवाज़ आ रही थी। वह कुहुक-कुहुक कर रो रही थी। डॉक्टर मंडल ने पूछा, "कौन है भई? क्यों रो रही हो? किस मरीज़ के साथ हो?"

पर लड़की लगातार रोए जा रही थी। वह कुछ बोलना चाह रही थी पर उसकी आवाज़ बार-बार रुलाई में बदल जा रही थी। डॉक्टर मंडल ने फ़ोन पर ही डाँटा, "मैं मरीज़ देख रहा हूँ। साफ़-साफ़ नहीं बोलोगी तो फ़ोन रख दूँगा। समझीं?"

लड़की डर गई। वह अपनी रुलाई बिलकुल रोकना चाह रही थी पर वह उसे रोके नहीं रुक रही थी। बड़ी कोशिश के बाद उसकी आवाज़ नियंत्रित हुई, फिर भी वह बिलखकर बोली, "जल्दी आइए पापाजी। आपका बेटा बहुत बीमार है।"

उस लड़की ने पापा शब्द का सम्बोधन इस आत्मीयता से किया कि डॉक्टर मंडल का शरीर ही पानी हो गया। उन्हें यह समझते देर न लगी कि यह लड़की कौन है। अपनी काँपती देह को डॉक्टर मंडल ने जैसे-तैसे नियंत्रित किया और कहा, "बस पहुँच रहा हूँ बेटा। बस ऐड्रस बता दो।"

"सिटी हॉस्पिटल, बाँसटाल बस डिपो के पास।" सिसकते हुए वह इतना ही बोल पाई और फ़ोन रख दिया।

डॉक्टर मंडल ने अपने सिर को ज़ोर झटका और झाँककर मरीज़ों की क़तार देखने लगे। पचास से कम न थे। उन्हें जल्दी-जल्दी निपटाना था अब, पर पहले अमृत को फ़ोन किया, "सी.पी. इज़ सीरियस। आई एम लीविंग फॉर बनारस, राइट नाउ।" डाकसाहब की देह अब कुछ नियंत्रित लग रही थी।

अमृत को फ़ोन करने के बाद वे मरीज़ देखने में व्यस्त हो गए।

इधर अमृत सोच में पड़ गया था। डाकसाहब ने बस सूचना दी थी। उससे आगे उन्होंने अमृत से कुछ और कहा ही नहीं। साथ में चलने के लिए भी नहीं कहा! अकेले जाकर डाकसाहब क्या कर लेंगे वहाँ? कुछ आता-जाता तो है नहीं! एक टूटी-फूटी फ़िएट कार है, पता नहीं कैसे चलाएँगे? सफ़र लम्बा नहीं था पर दूरी इतने पास की भी नहीं थी। छह-सात घंटे तो कहीं नहीं गए। महामारी का असर देह से ज़्यादा लोगों के मन पर पड़ रहा था। ऐसी महामारी जिसमें चाहकर भी नज़दीक नहीं जा सकते। गए तो फिर घर के लोगों को ख़तरा! लोग तो अब रिश्तेदारों तक को कन्धा देने से बचने लगे थे। अमृत ने रेणु से सलाह ली। रेणु ने धीरे-से मना कर दिया। उसने टीवी पर जलते हुए बनारस को देख लिया था। पर अमृत जब अकेले पड़े डाकसाहब के बारे में सोचता तो उसकी रूह थर्राने लगती। इतने वर्षों का साथ। डाकसाहब के संग हँसना-रोना, लड़ना-झगड़ना, रूठना-मनाना सब एक साथ याद आने लगा अमृत को। "सी.पी. इज सीरियस" उसके कानों में गूँजता और फिर उदास डॉक्टर का चेहरा नाचने लगता उसकी आँखों के सामने। नहीं-नहीं! ऐसे छोड़ना तो पाप है! नहीं-नहीं। ऐसे नहीं।

अमृत ने कपड़े पहने और बचे-खुचे पैसे के साथ नीचे उतर आया। पीछे छत से रेणु की रोने की आवाज़ आ रही थी। घर छोड़ने से पहले अमृत ने रिया के सामने ही रेणु को तमाचा जड़ दिया था।

अमृत आज एक ही जगह क्रूर हो सकता था। डॉक्टर मंडल को अकेले छोड़ने की क्रूरता के आगे रेणु के प्रति की गई क्रूरता उसे कुछ कम लगी।

वह सीधे क्लीनिक ही पहुँचा। अभी भी मरीज़ों की लाइन लगी हुई थी। अमृत को डॉक्टर मंडल का यह समर्पण बर्दाश्त नहीं हुआ। वह मास्क लगाए धड़ल्ले से भीतर घुसा। डाकसाहब मरीज़ों को फुर्ती के साथ देख रहे थे। उनको सीधे कुछ कहना भारी लगा अमृत को। उसने क्लीनिक के कोने में लटक रहे ताले-चाबी को उठा लिया और मरीज़ों पर गरजा, "चलिए जाइए आप लोग...निकलिए यहाँ से। डाकसाहब अब कल देखेंगे। आज का हो गया।"

हैरान डाकसाहब चश्मे के भीतर से अमृत को झाँकने लगे पर अमृत अपना आपा खो रहा था, "हद है डाकसाहब हद ही है...बच्चा बीमार है और

आप अभी..." इतने पर रुक गया वह। क्लीनिक के मरीज़ भी हैरानी में थे पर उस लम्बी-चौड़ी काया से कौन भिड़ता? मरीज़ों के सामने ही उनका डॉक्टर डाँट खा रहा था। अमृत ने फिर मरीज़ों को धमकाया "बोल रहे हैं न कि अब नहीं देखेंगे...चलिए निकलिए यहाँ से।" डॉक्टर मंडल अपने सामने वाले जिस मरीज़ को देख रहे थे उसे दवाई दी, फिर चुपचाप अपनी कुर्सी पर धँसे रहे। बाक़ी मरीज़ हक्के-बक्के थोड़ी देर डॉक्टर मंडल घूरते हुए खड़े रहे। मरीज़ों ने देखा कि उनका डॉक्टर नज़रें झुकाये बिना किसी हरकत के चुपचाप बैठा हुआ है। मरीज़ों को माजरा समझ में आने लगा। धीरे-धीरे क्लीनिक ख़ाली हो गया।

हाइवे पर फ़िएट धीमी रफ़्तार से भागे जा रही थी। रोती हुई मैडम मंडल को डाकसाहब ने अपने साथ नहीं लिया था। उनसे कुल जमा इतना ही कहा, "सी. पी. बीमार है। उसे लाने जा रहा हूँ। देर रात तक उसे वापस लेकर आता हूँ।" ऐसा कहते हुए उनके चेहरे पर कोई हड़बड़ी नहीं थी। बल्कि पता नहीं कहाँ से और कैसे डाकसाहब ने दो सफ़ेद पीपीई किट का जुगाड़ कर लिया था। एक ख़ुद पहना और दूसरा अमृत को ज़िद करके पहनाया। अमृत ने टोका भी था, "रास्ते में इसे क्यों पहनना? वहाँ चलकर पहन लेंगे।"

पर डाकसाहब का जवाब था, "रिस्क नहीं लेना है।"

पर इस 'रिस्क' से बचने के चक्कर में फ़िएट की रफ़्तार वैसी नहीं थी जैसी होनी चाहिए थी। एक तो डाकसाहब वैसे भी धीमी गति के चालक थे ऊपर से किट पहन लिया था। अमृत से रहा नहीं गया, "डाकसाहब! ऐसा है कि इस रफ़्तार से तो बारह घंटे लग जाएँगे पहुँचने में! मैं चलाता हूँ। आप रहने दीजिए।"

अमृत के स्टियरिंग थामते ही गाड़ी की रफ़्तार बढ़ गई। बीच-बीच में डाकसाहब टोकते, "आराम से यार!"अमृत कसमसाकर रह जाता। पर अमृत भी क्या करे? वह लड़की डाकसाहब को दो बार फ़ोन कर चुकी थी। हर बार पूछने पर यही बताती, "जल्दी आइए। यहाँ कुछ समझ नहीं आ रहा है।" अजीब हॉस्पिटल है। मरीज़ की कोई सूचना ही नहीं दे रहे हैं। डॉक्टर और वकील दोनों हैरानी से भरे पड़े थे। हर घड़ी बुरे ख़यालात अमृत को परेशान कर रहे

थे। इस चक्कर में गाड़ी की रफ़्तार कुछ ज़्यादा हो ही जाती थी। डाकसाहब बार-बार टोकते। पर अमृत बार-बार वही ग़लती करता।

तीन घंटे बाद अमृत ने घड़ी मिलाई तो शाम के पाँच बज रहे थे। उसने अन्दाज़ा लगाया कि साढ़े सात-आठ तक तो बाँसटाल पहुँच ही जाएँगे। डाकसाहब निर्वेद में पड़े अपनी खिड़की से बाहर झाँक रहे थे। यात्रा बोझिल हो रही थी। अपना बोझ उतारने के लिए अमृत ने डाकसाहब को टोका, "क्या सोच रहे हैं डाकसाहब? चिन्ता मत कीजिए। सी.पी. को कुछ नहीं होगा।"

"नहीं! चिन्ता नहीं कर रहा," डाकसाहब ने सफ़ाई दी।

"तो?"

"देख रहा हूँ कि महामारी बहुत ज़्यादा बढ़ गई है।" डाकसाहब के बोलने में एक व्यथा थी। बढ़ती हुई महामारी को अमृत भी देख-सुन रहा था। पर निर्वेद में रहने वाले डाकसाहब की आवाज़ में जो कम्पन अचानक दिखाई देने लगा था उसे अमृत समझ नहीं पाया, तो पूछा, "कुछ नया पढ़ा है क्या आपने?"

डाकसाहब खीज गए, "पढ़ना क्या है यार? दिख नहीं रहा? अपने जीवन के छप्पन-सत्तावन साल में इतनी चिताएँ एक साथ जलती हुई नहीं देखीं कभी।"

"आप तो दिनभर क्लीनिक में घुसे रहते हैं। टीवी भी नहीं देखते। फिर कहाँ से देख लीं इतनी चिताएँ?" अमृत ने आदतन टोका।

डॉक्टर मंडल उखड़ गए, "आँख तो ठीक है न तुम्हारी? यह दाहिने-बाएँ क्या दिख रहा है?"

अमृत ने कार की रफ़्तार कुछ कम की और अपनी दाईं ओर देखने लगा, जगह-जगह जलते हुए खेत नज़र आए। अमृत बोला, "अरे डाकसाहब! किसान खेतों के खर-पतवार जला रहे हैं। इसे तो मैं आधे घंटे से देख रहा हूँ।"

"अच्छा! ये मौसम खर-पतवार जलाने का है?"

अमृत के भीतर बिजली की गति से सनसनाहट फैल गई। "क्या?" उसे भरोसा ही नहीं हो रहा था। डाकसाहब ने उसके 'क्या' का जवाब दिया, "कार रोककर ध्यान से देखो।"

अमृत जगह-जगह खेतों को जलता देखकर अब तक यही अन्दाज़ा लगा रहा था कि किसान अपने खेतों में खर-पतवार जला रहे हैं। उसने कार रोकी

और तुरत बाहर निकला। दाहिने-बाएँ दूर के खेतों में पाँच-पाँच दस-दस की संख्या में लोग खड़े दिख रहे थे। उसने उन लम्बी क़तारों को गौर से देखना शुरू किया। खेत के खर-पतवार जलाने में इतनी संख्या में किसान आते ही नहीं। यह तो एक या दो लोगों का ही काम होता है बस। पर यहाँ तो दो-दो चार-चार बीघे के फ़ासले पर चिताएँ-ही-चिताएँ जल रही थीं। अमृत की रूह काँप गई। इतने लोग मर रहे हैं? इतने? आग की लपटों में अमृत खोने लगा।

उसकी समूची देह फिर से सुन्न पड़ गई। वह दूर और बहुत दूर गुम होता जा रहा था। जहाँ तक उसकी नज़र जा रही थी एक आग का दरिया पीले रंग की मृगमरीचिका की तरह लहरा रहा था। अमृत के भीतर कोई बहुत बड़ी चीज़ बेआवाज़ टूटने लगी। डाकसाहब ने कार में बैठे-बैठे हॉर्न बजा दिया तब अमृत को होश आया। अचानक हॉर्न की आवाज़ सुनकर उसके रौंगटे बिल्ले के बालों की तरह खड़े हो गए थे। अमृत ने फिर भी पलटकर डाकसाहब की ओर नहीं देखा। डाकसाहब ने फिर हॉर्न मारा तब जाकर वह वापस आया और बिना कुछ कहे कार की स्टियरिंग पकड़ ली। डाकसाहब ने भी कुछ नहीं कहा। उसी तरह शान्त पड़े रहे। ऐसे में वे कहते भी तो क्या कहते?

कार मंज़िल के जितने पास आते जा रही थी आसपास के खेतों की रोशनी उतनी ही बढ़ती जा रही थी। एक घंटे बाद अमृत का ग़ुस्सा फूटा, "स्टेट क्या कर रहा था डाकसाहब? उसे तो ख़बर थी न? ऐसे मरेंगे नागरिक?"

डाकसाहब ने चुप्पी साध ली थी। तत्काल कोई जवाब नहीं दिया डॉक्टर मंडल ने। पर उन्हें भी फूटना ही था। देर-सबेर डॉक्टर मंडल फूटे, "तुम बार-बार जिस नागरिकता की दुहाई देते रहते हो न अमृत, वह मसाले वाले जहाज़ पर, घोड़े की तरह लदकर आया था। इस तथ्य को तो मत ही भूलो!"

डॉक्टर मंडल ने अमृत को और सुलगा दिया।

चिताएँ अब खेतों में नहीं अमृत के माथे में जल रही थीं। पर वकील ठहरा वह। मरने के बाद देह जल भी जाए तब भी उसकी खोपड़ी के तर्क को नहीं जलना था। तर्क अमर होता है। बस चन्द घड़ियाँ ही लीं अमृत ने जवाब सोचने में। फिर डाकसाहब से कहा, "मैं बस इतना जानता हूँ कि इस देश में मसाले वाले जहाज के साथ जो घोड़ा लदकर आया था, उसके आने से पहले इस

देश की आधी आबादी चौपाया थी डाकसाहब! नागरिकता के जादुई घोड़े ने अपने पीठ पर बैठाकर सबको बराबर का इनसान बना दिया। एक झटके में।"

बहस सीलबन्द हुई। कार ने तेज़ रफ़्तार पकड़ ली थी।

20

कार जिस रफ़्तार से बढ़ी चली जा रही थी उस लिहाज़ से उन्हें सात-साढ़े सात तक पहुँच जाना चाहिए था। पर शहर से चालीस किलोमीटर पहले ही सड़क जाम थी। पता नहीं कहाँ-कहाँ से इतनी गाड़ियाँ हाइवे पर उतर आई थीं। ज़्यादातर जीप, टैंपो और एम्बुलेंस। अमृत ने महसूस किया कि जैसे यह अघोरी बाज़ार वाली छह फुट की सड़क है। जीपों पर लदी अर्थियाँ गिनी नहीं जा सकती थीं। टैंपो में ज़्यादातर मरीज़ लदे थे। कुछ हाँफते हुए से तो कुछ बेहोश। एम्बुलेंस के सायरन से धरती और आसमान गूँज रहा था। किसी को कुछ पता नहीं था कि यह जाम कब खत्म होगा। कार अब इंच भर भी नहीं बढ़ पा रही थी। अमृत ने चाबी घुमाकर कार को बन्द कर दिया। कार में गर्मी बढ़ने लगी। वकील और डॉक्टर दोनों ने धीरे-धीरे अपनी अपनी-अपनी खिड़कियों के शीशे को नीचे कर लिए। गर्मी से तरबतर अमृत ने अपने पीपीई किट को खोलना चाहा पर डाकसाहब ने मना कर दिया, "नो...डोंट डू इट... बाहर देख रहे हो न?"

गाड़ी से बाहर क्या देखना था? मरीज़ों के हाँफने और कराहने के सिवाय कुछ भी देखा-सुना नहीं जा सकता था। शायद उनकी कार के आगे वाले टैंपो का मरीज़ मर गया था। टैंपो से औरतों के रोने-बिलखने की आवाज़ आ रही थी। शोर से बचने का एक ही उपाय था। शीशा चढ़ाकर एसी चलाना। पर कब तक? एक घंटे से तो यही कर रहा था अमृत। अब पेट्रोल ख़त्म हो जाने का डर था। कार भी कुछ पुरानी थी। बैट्री का कोई भरोसा था? कोफ़्त से उसका माथा भन्ना रहा था। साँस लेने में भी तकलीफ़ हो रही थी। पता नहीं डाकसाहब कैसे टिके हुए हैं इस किट के भीतर?

तभी गाड़ी के पीछे से दो सिपाही दौड़ते हुए आते दिखे। वे लगातार सड़क की दोनों ओर की गाड़ियों पर डंडे बरसाते हुए रास्ता बना रहे थे। उनके पीछे एक पुलिस वैन थी और वैन के पीछे कोई सफ़ेद एंबेसडर कार थी। सिपाही उस वीआईपी की कार के लिए ही रास्ता बनाते आगे बढ़े जा रहे थे। लठियों के ज़ोर से रास्ता बनता गया और वह एंबेसडर धड़ल्ले से निकल भी गई। एंबेसडर के पीछे लाल रंग से अंग्रेजी में लिखा था—सेंट्रल गवर्नमेंट।

डॉक्टर मंडल व्यंग्य में हँसे, "हुँह-हुँह।" अमृत ने उसे सुना पर कुछ बोला नहीं। थोड़ी देर बाद डाकसाहब ने फिर वैसी ही आवाज़ निकाली और थोड़ा-सा अन्तराल लेकर अमृत से पूछा, "एक नागरिक तो निकल गया तुम्हारा! हम कब निकलेंगे?" अमृत ने यह भी सुना पर उसे अनसुना कर दिया। उसके मन में आग लगी थी और शरीर से पानी टपक रहा था। अँधेरा धीरे-धीरे हाइवे पर उतर आया। गाड़ियों की बत्तियाँ जल उठीं। बत्तियों की रोशनी में चीख़ें और कराहें खेतों के कीट-पतिंगों के साथ उड़ रही थीं। दर्जनों एम्बुलेंस के शोर से अब भी आसमान का सीना छलनी हो रहा था।

रात दस बजे पहुँचे दोनों। सिटी हॉस्पिटल वरुणा से ही सटे हुए इलाक़े में था। यहाँ भी जैसे मेला लगा था। तिल रखने की भी जगह नहीं थी। जैसे-तैसे कार पार्किंग में खड़ी करके दोनों आईसीयू वार्ड की ओर दौड़े। लड़की को फ़ोन लगाया गया। आईसीयू वार्ड के बाहर पीले सलवार-कमीज़ में वह सिसक रही थी।

"बेटा हम आ गए, चिन्ता मत कर।" डॉक्टर मंडल ने लड़की को ऐसे सम्बोधित किया जैसे वर्षों से उसे जानते हों। पीपीई किट पहने डॉक्टर मंडल को उस लड़की ने एक बार निहारा और "पापाजी" कहकर उनके पैरों में गिर गई। डॉक्टर मंडल ने उसे गिरने न दिया, बीच से उठा लिया, "नहीं-नहीं, मत रो, अब आ गया हूँ।" लड़की की दादी वहीं पास में अपने मुँह पर आँचल ढाँपे रो रही थी। "बचवा का दु-तीन लाख रुपया भी ले लिया और कुछ बता नहीं रहा है निर्दयी सब।"

डॉक्टर मंडल ने उड़ती हुई निगाह से उस बूढ़ी औरत को देखा। बूढ़ी औरत की लाल आँखें बता रहीं थी सी.पी. को वह कम नहीं चाहती है। "चिन्ता मत

कीजिए। अब सब बताएँगे ये लोग।" डाकसाहब ने बुज़ुर्ग को दिलासा दिया। तभी लड़की ने अपने पर्स से निकालकर कुछ रसीदें दीं। डाकसाहब ने पूछा, "क्या है बच्चे यह?" अमृत धीरे से डाकसाहब के कान में बुदबुदाया, "इसका नाम चन्दा है।" चन्दा के हाथ से अमृत ने वे रसीदें ले लीं और फ़ौरन उन्हें पढ़ने लगा। करीब पौने तीन लाख का पेमेंट हो चुका था अब तक। अमृत को हैरानी हुई, "कब से सी.पी. भर्ती है यहाँ?"

चन्दा अभी भी सिसक रही थी, "चार दिन से।"

"तो पहले क्यों नहीं बताया?"

"हल्का बुख़ार और खांसी थी, मना किए थे।" लड़की का इशारा सी.पी. की ओर था।

"फिर?" अमृत ही सवाल पूछ रहा था।

"फिर डॉक्टर आकर बताया कि इन्फेक्शन बढ़ गया है।"

"फिर?"

"फिर कुछ नहीं बताया...न मिलने दे रहा है और न फ़ोन लग रहा है। भर्ती होने से पहले यह कार्ड और पैसे दिए थे उन्होंने।" लड़की का सम्बोधन सी.पी. को लेकर ही था। वह पर्स से सी.पी. का एटीएम कार्ड कार्ड और उसका रसीद निकालने लगी।

डॉक्टर मंडल ने बीच में टोका, "कोई दिक़्क़त नहीं बेटा। पैसे हैं मेरे पास।" इतना कहते हुए डाकसाहब अमृत की ओर मुड़े, "एक बार डॉक्टर से मिल लेते हैं।"

आईसीयू के बगल में ही डॉक्टरों का चेम्बर था जहाँ दो गार्ड तैनात थे। डाकसाहब ने अपनी डॉक्टरी का पहचान-पत्र दिखाया और भीतर दाख़िल हो गए। अमृत भी साथ हो लिया। सफ़ेद पीपीटी किट का असर था गार्ड पर।

अब टेबल पर सी.पी. की मेडिकल रिपोर्ट खुली पड़ी थी और डॉक्टर मंडल उसे ध्यान से पढ़ रहे थे। लंग्स, किडनी और लीवर बुरी तरह संक्रमित थे। रोग बहुत तेज़ी से फैला था। अन्तिम उपाय के रूप में कई महँगी सुइयाँ दी गई थीं सी.पी. को। इलाज़ तो ठीक ही चल रहा था। तभी उस हॉस्पिटल

का एक कर्मचारी आया और धीरे से डॉक्टर मंडल के सामने की कुर्सी पर बैठे डॉक्टर को कुछ कहने लगा। उस डॉक्टर ने अपना सर हिलाया तो कर्मचारी चला गया। फिर उस डॉक्टर ने मंडल साहब से विनम्रता से कहा, "बेड नम्बर सत्रह का कुछ पेमेंट रह गया है।"

"जी, अभी कर देता हूँ" डाकसाहब ने जवाब दिया और अपनी जेब टटोलने लगे।

"यहाँ नहीं, नीचे ग्राउंड फ़्लोर पर कैश काउंटर है, वहाँ।" उस डॉक्टर ने डाकसाहब को समझाया। पर अमृत उबल गया, "चार दिन में पौने तीन लाख के पेमेंट के बाद भी कुछ बचता है क्या?" उसकी आवाज़ भारी हो चुकी थी।

इस बात का असर हुआ और उस डॉक्टर को बुरा लग गया, लगना ही था। वह बोला, "देखिए एक तो यहाँ अन्दर आने की इजाज़त नहीं, ऊपर से आप..." उसकी बात पूरी भी नहीं हो पाई कि डाकसाहब ने अमृत को चेताया, "प्लीज़ अमृत प्लीज़...यहाँ ऐसे नहीं।

अमृत ने डाकसाहब की बात की अनदेखी की और उस डॉक्टर से बोला, "हमें मरीज़ देखना है, अभी।"

अब वह डॉक्टर ताव खा चुका था, "इसकी तो इजाज़त ही नहीं...गवर्नमेंट का साफ़ निर्देश है।"

"क्या निर्देश है? मरीज़ को बिना देखे पैसे झोंकते जाओ?" अमृत उखड़ता जा रहा था। डाकसाहब बार-बार उसका हाथ पकड़ते। अमृत उनके हाथ झटक देता।

उधर वह डॉक्टर आगबबूला हो गया, "आपको भरोसा नहीं तो ले जाइए अपने मरीज़ को।" आसपास उपस्थित वहाँ के डॉक्टर भी जलती आँखों से अमृत को घूरने लगे। डाकसाहब ने अब अपनी उपस्थिति दिखाई और अमृत पर चिल्लाए "तमाशा मत खड़ा करो तुम...बहुत हुआ।" अमृत का सारा ग़ुस्सा अब उस डॉक्टर से हटकर अब मंडल साहब पर केन्द्रित होने लगा। कैसा आदमी है यह? सरेआम इसे लूटा जा रहा है और इसे कोई परवाह ही नहीं!

इसी बीच उस डॉक्टर ने मंडल साहब को झिड़का, “प्लीज़ सर...यू मे लीव...प्लीज़...लड़ना है तो हॉस्पिटल प्रशासन से लड़िए, यहाँ नहीं।”

दोनों वहाँ से बाहर निकल आए। अमृत को लग रहा था कि जैसे उसे धक्के मारकर निकाला गया हो। उसकी चलती तो हॉस्पिटल को जलाकर अभी के अभी ख़ाक कर देता। पर उसका सेनापति ही डरपोक निकला।

नीचे कैश काउंटर पर जैसे अमृत के कलेजे से ख़ून निकल रहा था। डाकसाहब ने हॉस्पिटल की बकाया राशि का भुगतान किया। लगभग दो लाख रुपए। चार दिन में पौने पाँच लाख रुपए! ये हो क्या रहा है? उसने एक बार हिम्मत करके डाकसाहब को टोका भी पर डाकसाहब ने कुछ नहीं सुना। भुगतान करके आईसीयू के सामने आ गए। चन्दा रो-रोकर जैसे मर जाएगी। वह किसी के भी समझाने से चुप नहीं हो रही थी। वह अपनी दादी की गोद में किसी बच्चे की तरह बिलकुल सिकुड़ चुकी थी। जैसे किसी बच्चे की ऐसी चीज़ गुम हो गई हो जिसे दुबारा पाना मुश्किल हो और वह बच्चा इस बात को जान गया हो।

अमृत बाहर गया और एकाध खाने-पीने का सामान ले आया। सामान ज्यों का त्यों पड़ा रहा। डाकसाहब ने बस पानी पिया। बीच-बीच में गार्ड आकर मरीज़ों के रिश्तेदारों से जगह ख़ाली करने का निहोरा करता। पर कोई हिल ही नहीं रहा था। वहाँ एक नहीं कई-कई चन्दा रो रही थीं। कितने बाप सीने पर पत्थर बाँधे बेचैन खड़े थे। कई अमृत की तरह उबल रहे थे। रात गहराने लगी। जिसे जो जगह ख़ाली मिली वह वहीं बैठ गया। ज़्यादातर फ़र्श पर ही बैठे थे।

आधी रात के क़रीब हॉस्पिटल में लगा साउंड-बॉक्स गूँजा, ‘आईसीयू में बेड नम्बर सत्रह के साथ कौन है? नीचे हेल्प-काउंटर से सम्पर्क करें।’ डाकसाहब की आँख लग गई थी। चन्दा तो जैसे सोई ही नहीं थी। अपनी दादी की गोद से निकलकर तुरन्त खड़ी हो गई। अमृत ने डाकसाहब को जगाया, “डाकसाहब हेल्प-काउंटर पर बुलाया जा रहा है।”

तीनों झटपट वहाँ से दौड़े।

हेल्प-काउंटर पर दो कर्मचारी शायद इन्हीं लोगों का इन्तज़ार कर रहे थे। तीनों के पहुँचते ही वे उन्हें हॉस्पिटल मैनेजमेंट के कमरे में ले गए। कोई अधेड़ मैनेजर बैठा था। उसके साथ आईसीयू वाला वही डॉक्टर था जो मैनेजर से बातें कर रहा था। इनके आते ही मैनेजर खड़ा हो गया, "प्लीज़ कम।" काँपते हुए से डॉक्टर मंडल कुर्सी पर बैठ गए। अमृत और चन्दा वहीं बुत बने खड़े रहे। सी.पी. की सारी फ़ाइल और मेडिकल रिपोर्ट मैनेजर ने डाकसाहब को सौंपी। डाकसाहब कुछ समझ नहीं पाए, मासूमियत के साथ मैनेजर से पूछा, "क्या करना है अब?"

मैनेजर कुर्सी पर बैठा रहा। वह डॉक्टर भी एक कुर्सी खींचकर मैनेजर के साथ बैठ गया। डाकसाहब उन दोनों को अवाक्-से देखते रहे। थोड़ी देर की चुप्पी के बाद मैनेजर बोला, "मुझे अभी पता चला सर कि आप भी डॉक्टर हैं...आप तो सब समझ सकते हैं...।"

"नहीं-नहीं...साफ़ कहिए।" डॉक्टर मंडल कुछ हकलाए।

मैनेजर ने कहा, "बात यह है सर कि हम नहीं बचा पाए...वी आर एक्सट्रीमली सॉरी...हमने बहुत कोशिश की।"

किसी को बात समझ में आती उसके पहले ही चन्दा ज़ोर से चीख़ी "माई रे..." और किसी खड़ी लाठी की तरह सीधे नीचे गिरी। वह फ़र्श से ऐसे टकरा गई जैसे चट्टान टूटा हो। डाकसाहब कुर्सी में ही धँस गए। अमृत रोने लगा। उसने रोते रोते ही चन्दा को उठाया। मैनेजर पानी लेकर दौड़ा। सब कुछ लुट गया था। देखते ही देखते। किसी को समझ में ही नहीं आ रहा था कि ऐसे अचानक सब कुछ कैसे घट गया? अपना सी.पी. मर गया! अरे!

हॉस्पिटल प्रशासन के और भी कुछ लोग इकट्ठा हो गए। सब स्तब्ध-से मातम करने वालों के साथ शरीक हुए।

कुछ देर बाद जैसे डाकसाहब को होश आया। आँसू पोंछते हुए हकलाए, "ब-बॉडी कहाँ है? लाइए।"

मैनेजर ने दो कर्मचारियों को इशारा किया तो उनमें से एक ने सबको सुनाते हुए कहा, "उसके लिए तो मौरचरी चलना होगा।" अमृत ने हाथ के सहारे से डाकसाहब को कुर्सी से उठाया। मैनेजमेंट कक्ष से बाहर एक लहर

और उठी। पानी छिड़ककर होश में लाई गई चन्दा अपनी दादी को देखकर फिर उसी तरह छाती पीटकर रोई, "दादी हो...दुल्हवा गइल।" अमृत की आँख से मूसलाधार बारिश हो रही थी। ऐसा दुख उसने कभी नहीं झेला था। चन्दा किसी गोली खाई हिरनी की तरह तड़प रही थी। डाकसाहब उसे सँभालने लगे।

पर यह उनका अकेले का दुख न था। शव-गृह में लाश लेने वालों का तांता लगा हुआ था। शव-संख्या का काउंटर अलग। शव-गृह की एंट्री अलग। फिर वहाँ एक लम्बा इन्तज़ार। पर्ची कटाने के घंटे भर बाद घूमते पहियों वाली एक ट्रॉली आई। सफ़ेद पीपीई किट पर आईसीयू बेड नम्बर सत्रह का बिल्ला लगा हुआ था। पार्थिव देह के साथ दो कर्मचारी और एक डॉक्टर थे। अमृत की दिल की धड़कनें तेज़ हो गईं। उस रात की पार्टी में सी.पी. का दमकता हुआ चेहरा उसकी आँखों के आगे नाच रहा था।

उधर उस डॉक्टर ने आते ही एक फ़ॉर्म डॉक्टर मंडल के सामने बढ़ाया, "एक सिग्नेचर चाहिए आपका, यहाँ।"

"पहले चेहरा दिखाओ," यह डाकसाहब ने कहा, अमृत ने नहीं। वह भी बिना किसी लागलपेट के।

"सर आपको तो पता है कि संक्रामक रोग है। ऐसे में यहाँ..." उस डॉक्टर ने अपनी बात पूरी नहीं की और डॉक्टर मंडल गरजे, "सी! यू आर टॉकिंग विथ ए डॉक्टर। वी आर इन द पीपीई किट। डोंट मेक अस फूल।" इस बार अपनी भाषा में वज्र की कठोरता लिए गरजे थे वह। इसका असर हुआ और उस डॉक्टर ने सी.पी. के चेहरे को उस किट से बाहर निकाला। अमृत को कुछ दिखाई नहीं पड़ा। डाकसाहब एकदम उसके आगे सी.पी. के चेहरे पर झुक गए थे। उन्होंने धीरे-धीरे सी.पी. की दोनों पलकों को छेड़ा और धीरे-से उन पलकों को उठाकर उसकी आँखों के भीतर झाँकने लगे। फिर जैसे कोई बड़ा झटका लगा डाकसाहब को। अचानक उनकी आवाज़ चीत्कार में तब्दील हुई, "एस्काउनड्रल्स! मेरा बच्चा दिन में ही मर गया था...ओहो!"

पलक झपकते अमृत सब समझ गया। उसने छूटते ही वहाँ खड़े डॉक्टर का कॉलर पकड़ लिया "साले लुटेरों..." तब तक वहाँ खड़े दोनों कर्मचारी

अमृत से उलझ गए। देखते ही देखते उन दोनों ने मिलकर अमृत को फ़र्श पर पटक दिया। जैसे वे इसी काम के लिए तैनात किए गए थे। डाकसाहब हाथ जोड़ने लगे, "प्लीज़ छोड़ दो...प्लीज़ छोड़ दो।" उन्होंने उन कर्मचारियों को धक्का दिया। अमृत के आगे भी हाथ जोड़े, "प्लीज़...मुझसे और बर्दाश्त नहीं होगा अमृत...प्लीज़।" डॉक्टर मंडल का रोना देखकर अमृत एकदम से संयत हो गया। पर उसकी आँख से आँसू छलक आए। तब तक वो दोनों कर्मचारी अमृत को दो-चार घूँसे लगा चुके थे। डॉक्टर मंडल के रोने का असर उन पर भी पड़ा। कर्मचारी अमृत की देह से अलग हुए और हाँफते हुए खड़े हो गए।

इतनी देर में हॉस्पिटल के अन्य कर्मचारी भी इकट्ठे हो गए और उन दोनों की बाड़ेबन्दी कर दी। उनकी बाड़ेबन्दी में एक ख़ौफ़ का माहौल था। लगा कि मार ही डालेंगे। सब जलती आँखों से वकील और डॉक्टर को घूर रहे थे। डॉक्टर मंडल ने उस फ़ॉर्म पर जल्दी-जल्दी हस्ताक्षर किए और अमृत के साथ ट्रॉली खींचते हुए वहाँ से बाहर निकलने लगे। रास्ते में चलते हुए डाकसाहब को सी.पी. का खुला चेहरा दिख रहा था। जैसे किसी गहरी नींद में यह कहकर सोया हो कि "माँ पापा से कह दो कि मुझे सुबह-सुबह ना जगाया करें।" डॉक्टर मंडल ने सी.पी. का चेहरा उसी के ही किट से ढक दिया।

महामारी ने एक उद्योग का रूप ले लिया था। पार्थिव देह को वहीं गंगा में समर्पित कर देने की इच्छा थी डाकसाहब की। पर अट्ठारह घंटे बाद बारी आनी थी। गंगा के तट पर त्राहि-त्राहि मची थी। कितनी लाशें सँभालती गंगा? देह फूंकने और देह बचाकर सकुशल लौटने की जद्दोजहद में लोग सनक गए थे। इस यातना का दबाव ऐसा था कि एक राहगीर भी ठीक से नहीं चल पा रहा था। सड़कें जगह-जगह जाम थीं। जैसे पूरा शहर ही मुर्दाघाट बन गया था। अर्थियों की क़तारें कहाँ तक थीं कोई नहीं जानता था। अट्ठारह घंटे बाद भी मसान में सी. पी. की बारी आ ही जाती यह कहा नहीं जा सकता था। थककर डाकसाहब ने अमृत से कहा, "सी.पी. को लेकर घर चलते हैं अमृत। लगता है यह अपनी माटी नहीं छोड़ना चाहता।" पर एम्बुलेंस कहाँ से लाते? लम्बा

जाने के लिए कोई तैयार ही नहीं था। जैसे-तैसे एक एम्बुलेंस को खोजा गया पर उसका किराया सुनते ही अमृत के होश उड़ गए। एक लाख की माँग कर रहा था वह। अंधाधुंध लूट मची थी। किसी की कोई नहीं सुन रहा था। बाज़ार पसरा हुआ था। बिना सोचे पैसे फेंको और काम करवाओ। अमृत ने पुलिस की मदद लेनी चाही पर उसने भी हाथ झटक दिए। पचास हज़ार में एक जीप वाला चलने को राज़ी हुआ। तब अमृत ने डाकसाहब से कहा, "अपनी गाड़ी में भी तो लेकर चल सकते हैं डाकसाहब? आख़िर दिक़्क़त क्या है?" पचास हज़ार मामूली रकम नहीं थी। वह भी सारा का सारा एडवांस देना था।

दोनों की जेबें भी अब ख़ाली हो चुकी थीं। गिनकर दस-पाँच हज़ार से ज़्यादा नहीं था अमृत के पास। डॉक्टर मंडल के पास जो पैसे बचे थे उसमें से पचास हज़ार वह चन्दा को दे आए थे। सी.पी. की देह को जब कर्मचारी फ़िएट के ऊपर के कैरियर पर कस रहे थे तो लग रहा था कि तड़पकर मर जाएगी वह बच्ची। रुलाई के मारे उसके चेहरे का मास्क बार-बार हट जाता था। डाकसाहब ने उसका माथा चूमा। इसके बाद उसकी रुलाई कुछ थमने लगी। इधर डॉक्टर मंडल के आँसू सूख चुके थे। उनमें एक गहरी वीरानी उतर आई थी। उन वीरान आँखों से उन्होंने चन्दा से कहा, "बेटा! तुझे मेरी बहू बनाने से सी.पी. चूक गया। सी.पी. को माफ़ कर देना मेरे बेटे...।"

चन्दा सच में चाँद थी। उसकी ख़ूबसूरती पर छाई हुई मातमी छाया ने उसे और कारुणिक बना दिया था। डाकसाहब ने कार में बैठने से पहले चन्दा के घर का पता नोट किया और उसकी दादी से कुछ कहा भी। अमृत नहीं सुन पाया कि क्या बात हुई उन दोनों में। दादी रो-रोकर अपनी आँख सुजा चुकी थी। उनके घर में इन दो प्राणियों के अलावा और कोई नहीं था। एक आया भी था तो अब वह गाड़ी में लदकर जा रहा था। डाकसाहब ने जब चन्दा को रुपए देने चाहे तो सुबकते हुए उसने मना किया। डाकसाहब ने निहोरा किया, "पापाजी भी बोलती हो न मुझे? और मेरी बात भी नहीं मानोगी बेटी?" उसकी सुबकी रुलाई में बदल गई। फिर जैसे बेटी अपने बाप से लिपट गई। डाकसाहब ने ज़बर्दस्ती उसकी मुट्ठी में वे रुपए कस दिए, यह कहते हुए कि "जल्दी ही आऊँगा बेटा तुझे देखने...फ़ोन करता रहूँगा।"

रोती हुई दुलहन को छोड़कर दूल्हा-पक्ष निकल आया वहाँ से।

अर्थी को बाँस की खपचियों के सहारे कार के कैरियर से बाँधा गया था। बंधन मजबूत था। अर्थी बाँधने के लिए भी पाँच हज़ार देने पड़े थे।

कार अमृत ही हाँक रहा था। शहर से निकलने में कुछ वक़्त लगा। अभी भी असंख्य गाड़ियाँ शहर के गले में कसैली के टुकड़ों की तरह फँसी हुई थीं और शहर उनके प्रभाव से खाँस रहा था। फिर भी अँधेरा छँटने से पहले फ़िएट हाइवे पर आ चुकी थी। शहर छोड़ते ही पूरब में बहुत दूर थोड़ा-सा सवेरा हो रहा था। पर आधे घंटे बाद ही बरसात होने लगी। सड़कें कुछ ख़ाली थीं और हाइवे के पेड़ नदारद थे। कहीं रुकने से भी फ़ायदा नहीं था। चुपचाप अर्थी लिए दोनों प्राणी चले जा रहे थे। ऐसा लग रहा था कि कार से ज़्यादा बोझ उन दोनों के कन्धों पर था। थोड़ी देर के बाद बूँदों का बरसना थम गया। कार ने फिर रफ़्तार पकड़ ली।

आगे चौराहे पर पुलिस की जिप्सी खड़ी थी। एक पुलिसवाले ने हाथ दिया तो अमृत ने कार रोक दी। उन्हें बाहर निकलने के लिए कहा गया।

बाहर निकलते ही अमृत ने अपना वकील वाला पहचान-पत्र दिखाया। उसे लेकर सिपाही जिप्सी में बैठे थानेदार तक पहुँचा। थानेदार फुर्ती से निकलकर आया और आते ही नियम बघारने लगा, "आप तो वकील हैं फिर भी कानून तोड़ रहे हैं?"

"क्या किया है हमने?" वकील कड़का।

"क्या किया है? कार पर लाश बाँधकर चलने का मतलब जानते हैं? कहाँ से आ रहे हैं?"

डाकसाहब ने हस्तक्षेप किया, "सिटी हॉस्पिटल से आ रहे हैं। यह पार्थिव शरीर मेरे बेटे का है। वहाँ के घाट भरे हुए हैं। इसलिए घर ले जा रहे हैं।"

थानेदार ने रूखी नज़रों से डाकसाहब को देखा। उनके सफ़ेद किट और कार पर लगे मेडिकल के बिल्ले को भी उसने नोटिस में लिया, फिर पूछा "आप डॉक्टर हैं?"

डाकसाहब ने तुरत अपना पहचान-पत्र दिखाया। थानेदार कुछ नरम पड़ा, "वो तो ठीक है डाकसाहब पर यातायात के नियमों का उल्लंघन हो रहा है!

आप लाश देखिए, बाईं ओर ढुलक गई है। बीच सड़क पर गिर जाए तो पीछे आती गाड़ियाँ पलट जाएँगी।"

दोनों ने एक साथ सी.पी. की अर्थी को देखा। थानेदार ग़लत नहीं था। सी.पी. की देह एक ओर सरक आई थी। अमृत तत्काल अर्थी को फिर से बाँधने लगा। कच्ची बाँस की खपचियाँ सरक गई थीं और रस्सियों की पकड़ ढीली पड़ चुकी थी। थानेदार से अलग होकर डाकसाहब भी अमृत का हाथ बटाने लगे। मामला ज़्यादा ख़राब नहीं हुआ था। पन्द्रह मिनट की मशक़्क़त के बाद पार्थिव देह यथावत हो गई।

थानेदार ने कहना शुरू किया, "आप लोग समझदार होकर ऐसी ग़लती करेंगे? कुछ हो-हवा जाये तो हमारी नौकरी पर बन आएगी। समझते नहीं हैं आप लोग।"

"ग़लती हो गई साहब। पर मज़बूरी थी," डाकसाहब ने गला साफ़ करते हुए कहा।

"मज़बूरी हमारी भी है डाकसाहब। हम नौकरी को दाँव पर लगाए रहते हैं, आप समझिए इस बात को। आपकी एक ग़लती हमें सस्पेंड करा सकती है।" थानेदार किसी रिकॉर्डिंग की तरह बार-बार एक ही सुर दुहराये जा रहा था। डाकसाहब उसके 'समझिए' कहने को समझ गए। उन्होंने अचानक अमृत को सम्बोधित किया, "अमृत तुम कार में बैठो जाकर।" अमृत वहीं अडिग रहा जैसे कुछ सुना ही न हो। डाकसाहब ने अपनी बात दुहराई, "मैंने कहा न कि गाड़ी में जाकर बैठो।" अमृत के पास अब कोई चारा नहीं था। वह क्या नहीं समझता था। पर कुछ कर नहीं सकता था।

डाकसाहब थानेदार को जिप्सी की दूसरी ओर ले गए और झट से दो हज़ार रुपए उसकी मुट्ठी में थमा दिए। थानेदार ने बिना देरी उन्हें जेब में रख लिया। फिर डाकसाहब फुर्ती से कार में आकर बैठ गए। अमृत ने चाबी घुमाई और कार की रफ़्तार तेज़ कर ली। वह भीतर से लहूलुहान हो चुका था। पर क्या डाकसाहब जितना? बाप के कन्धे पर पड़ी हुई बेटे की अर्थी, अपना ही कलेजा निकालकर कन्धे पर धरने जैसा था। क्या कम ख़ून बह रहा होगा डॉक्टर मंडल का!

घंटेभर कार भागती रही। अँधेरा छंट चुका था पर काले बादलों ने आसमान की रौशनी को क़ैद कर लिया था। दोनों काफ़ी देर तक चुप रहे। फिर डाकसाहब अमृत से बुदबुदाए, "अमृत, लोकतंत्र में एक 'मास-किलिंग' लगातार चलती रहती है। ऊपर से तुम्हारे जादुई घोड़े पर अब धर्मध्वजधारी सवार हैं अमृत।"

अमृत तार-तार हो गया।

बरसात फिर से शुरू हो चुकी थी। बौछारें तेज़ हो गईं। अमृत ने रफ़्तार को कुछ नियंत्रित करने की कोशिश की। पर बार-बार उसकी रफ़्तार तेज होती जा रही थी। उसकी इस हरकत पर डाकसाहब ने एक बार भी उसे नहीं टोका। गुमसुम जैसे आए थे वैसे ही गुमसुम लौट रहे थे। निर्वेद में पड़े हुए। पूरी यात्रा में वह केवल दो ही बार बुदबुदाए। दूसरी बार इतना ही कहा था, "यह लड़का मुझ से कभी कुछ कहता ही नहीं है! तुम एक बार कार रोककर उसे देख तो लो अमृत! कहीं फिर न फिसल गया हो वह!"

21

रोग से मर जाओ लेकिन दुख से नहीं। दुख केवल सुख की अनुपस्थिति का नाम नहीं है, बल्कि वह एक ऐसी उपस्थिति है जिसमें भूत, भविष्य और वर्तमान को एक साथ सलते रहना है। रोग की स्मृति उतनी गहरी नहीं होती जितनी कि दुख की। अमृत केवल सी.पी. को फूँककर नहीं आया था। उसकी चिता के साथ-साथ अनजाने में अपना अभिमान भी फूँक आया था। एक नागरिक का अभिमान। वह ऐसा नहीं भी करता तब भी उसके अभिमान को जौहर करना था। ऊपरी तौर पर कोई पूछे तो वह इससे एकदम इनकार कर जाए। उसका दुख सम्भवतः इसी दुविधा का दुख था। हालात ने उसके दुख को और सघन कर दिया था।

अब अघोरी बाज़ार के ही नहीं पूरे शहर के भी हालात बिगड़ने लगे थे। इस शहर में वह डाकसाहब के साथ सी.पी. की अर्थी ही नहीं लाया था।

बल्कि उसे लगने लगा था कि सीपी के साथ-साथ उस शहर की सारी तकलीफ़ें पीछा करती हुई इस शहर तक आ गई थीं। महामारी, आर्तनाद और चिताओं के मामले में उस शहर और इस शहर में कोई अन्तर नहीं रह गया था। शायद किसी शहर से किसी शहर का अब कोई अन्तर नहीं रह गया था।

अमृत ने आते ही सबसे दैहिक दूरी बना ली और कमरे में बन्द हो गया। रिया और रेणु खिड़की के सहारे उसे खाना-पानी पहुँचाते। संक्रमण का डर घर में मनहूसियत की तरह फैल गया था। अब तो रिया छुटकी को भी नहीं छूती थी। जो जहाँ था ख़ुद में क़ैद था। बस रजत जैसे उन इक्के-दुक्के दुर्भाग्यशालियों को छोड़कर, जिन्हें डिमांड और सप्लाई के बीच के मुनाफ़े ने पहले तो नचाया और बाद में पस्त भी कर दिया। सी.पी. वाली घटना के बाद, शायद तीसरे या चौथे दिन के बाद की ही बात थी। रजत की हालत धीरे-धीरे करके बिगड़ी थी। वह तीन दिन से कह रहा था कि लोग अब घरों में ही दवाई खाकर ठीक हो जा रहे हैं, हॉस्पिटल क्या जाना? पर खाँसते-खाँसते बेहाल हो रहा था वह। सीटी-स्कैन की जब रिपोर्ट आई तो उसके होश उड़ गए। लंग्स में सत्तर प्रतिशत संक्रमण था। अमृत को बिना बताए वह महन्त के हॉस्पिटल में भर्ती हो गया। सात दिन में हॉस्पिटल ने इशा को कंगाल कर दिया था। छुटकी को सुलाकर वह दिन में दो बार वहाँ टिफ़िन पहुँचाती। पता नहीं रजत उसे खाता भी था कि नहीं। हर रोज वह उसके ऑक्सीजन लेवल के बारे में पता करती रहती। रामायन बताता कि रजत ठीक है पर उससे बात नहीं करवाता था। रोगियों के रिश्तेदारों की भीड़ को झेलते-झेलते रामायन तंग आ चुका था और इसी चक्कर में कई बार उसने इशा को भी झिड़क दिया था।

इशा की दुर्गति सब देख रहे थे। कम-से-कम अमृत का परिवार तो यह समझ ही चुका था कि हॉस्पिटल अब चरमरा रहे हैं। अफ़रातफ़री के माहौल में अस्पताल जाने को निश्चित मौत के रूप में देखा जाने लगा था। हिरेन और डॉक्टर राही की ख़बरें डराने वाली थीं। राही ने अमृत को बताया कि एक दिन सदर अस्पताल से एक नवजात को कुत्ता लेकर भाग गया था। नवजात की माँ उसे जनने के बाद बेहोश हो गई थी और महामारी के चक्कर में वहाँ महिला की देखरेख के लिए कोई रिश्तेदार भी नहीं था। उसका पति भी दवाइयाँ

ख़रीदने बाहर गया था तभी यह दुर्घटना घटी। हिरेन ने तत्काल अख़बार में वह रपट लगाई, जिसे अदालत ने पढ़कर स्वत: संज्ञान ले लिया था। मामले की जाँच के लिए तीन सदस्यीय समिति का गठन किया गया। अस्पताल में इससे भी बड़ी अफ़रातफ़री मची थी। राही ने बताया इसके बाद पाँचों प्राइवेट गार्ड टर्मिनेट कर दिए गए। उसने खुलासा किया कि ब्रिटिश राज के समय में बने इस अस्पताल का रेडियस एक किलोमीटर का है जहाँ कायदे से दो दर्जन गार्ड की ज़रूरत है पर पैसे के अभाव में प्रशासन ने सात गार्ड ही रखे हैं। उनमें से दो गार्ड सी.एम.ओ के ऑफ़िस के बाहर तैनात रहते हैं। गार्ड ही क्या तेरह डॉक्टर और नौ नर्सों के अलावा अस्पताल के लगभग सभी कर्मचारी पट्टे पर हैं। सफ़ाईकर्मी तक। युगों से भर्तियाँ नहीं हुई हैं। इसका असर अब अस्पताल पर सीधा पड़ रहा था। यहाँ तक कि महामारी की जाँच के लिए प्राइवेट लैब के लड़कों को अनुबंध पर रखा गया है। कौन नेगेटिव है और कौन पॉज़िटिव है किसी को ठीक से कुछ नहीं मालूम। जाँच-रिपोर्ट के आंकड़े सीधे सी.एम.ओ. दफ्तर से नियंत्रित थे। महामारी के मरीज़ों और मौत के आँकड़े छुपाए जा रहे थे पर उसके ख़िलाफ़ बोले कौन? ऊपर से ही आदेश था। राही ने उदास होकर अमृत से कहा, "काश! आँकड़े साँस ले पाते भाई साहब! काश!वे बोल पाते!"

नवजात को लेकर भागने वाले कुत्ते की पहचान की जा चुकी थी पर वह पकड़ में नहीं आ रहा था। सप्ताह भर बाद हिरेन के अख़बार ने छापा—'सदर-अस्पताल के उन्नीस आवारा कुत्तों की एक ही रात में मौत। ज़हर-खुरानी का शक नए सुरक्षा गार्डों पर।' लोग मर रहे थे और अख़बार में कुत्तों की मौतों की रपटें छप रही थीं। हिरेन ने अमृत को सफ़ाई दी कि उसे हर रोज तीन स्टोरी अख़बार मुख्यालय भेजनी होती हैं। हिरेन ने उस दिन दो और ख़बरें भी प्रमुखता से भेजी थीं, 'आंक्सीजन सिलेंडर की जबरदस्त कालाबाज़ारी' और 'मौतों के आँकड़ों में अप्रत्याशित उछाल से शहर में हाहाकार'। अब यह सम्पादक को ही तय करना था कि तीन में से कौन-सी ख़बर बेहद ज़रूरी है। सम्पादक ने तीसरी ख़बर को प्रमुखता दी थी। कुत्तों वाली। उसका कहना था कि महामारी के समय में जानवरों के बारे में कोई नहीं सोच रहा है।

इधर डॉक्टर राही ने एक दिन अमृत से पूछ लिया, "ये रामायन कौन है भाई जी आपके इलाक़े में?" तब से जैसे अमृत को बुख़ार चढ़ गया था। रामायन की पहुँच वहाँ तक कैसे? अमृत खोदता रहा पर राही ने आगे मुँह नहीं खोला। राही कुछ छुपा रहा था पर क्या, इसकी बस अटकलें ही लगाई जा सकती थीं। उसका मन हुआ कि राही पर वह चीख़े-चिल्लाए और उसे ज़ोर से 'कायर' कहकर पुकारे पर वह बस राही की हालत देख-सुन रहा था। सदर-अस्पताल में तीन नए रंगरूट बहाल किए थे सरकार ने दो साल पहले। राही उनमें से ही एक था। नई उम्र के डॉक्टरों को झोंक दिया था प्रशासन ने। बारह-बारह घंटे की युद्धक ड्यूटी होती उनकी। कभी दिन में तो कभी रात में। गन्ने की तरह निचुड़ गया था राही। इधर मरीज़ों की संख्या दिन दूनी और रात चौगुनी होती जा रही थी। ऊपर से हस्पताल में चार-चार पाँच-पाँच घंटे तक बिजली गुल रहती थी। एक जेनरेटर था भी तो उसकी लगभग पूरी ऊर्जा वीआईपी वार्ड चूस लेता था। बची-खुची ऊर्जा की खपत सी.एम.ओ. कार्यालय में हो जाती। बाक़ी बचीं नर्स, डॉक्टर और मरीज़ गर्मी के मारे पस्त हो जाते। ऐसे में मरीज़ों के लिए ऑक्सीजन सिलिंडर कैसे काम करता था यह राम ही जानें!

पर ऐसा नहीं था कि हालत केवल सरकारी अस्पतालों की ही बिगड़ी थी। बल्कि प्राइवेट अस्पताल तो अब भाले की नोंक पर थे। रामायन को आए दिन फ़ोन पर धमकियाँ मिलने लगीं। अफ़सर, नेता और पुलिस के साथ-साथ बाहुबलियों तक ने उसे धमकाना शुरू कर दिया था। मुद्दा एक ही था। उनके बीमार रिश्तेदारों को अविलम्ब भर्ती किया जाए। रामायन के पास अब केवल पैसा नहीं आ रहा था। उसके साथ-साथ आतंक भी आने लगा था। मरीज़ों की भर्ती और डिस्चार्ज के बिलों के भुगतान के बीच वह कई तरह के हेरफेर कर रहा था। फिर भी उसे डर नहीं लगा था। पर फ़ोन पर आने वाली धमकियों से निपटना उसके बूते के बाहर था। ऐसे में महन्त उस आतंक के सामने सुरक्षा-कवच की तरह खड़ा हो गया।

महन्त और रामायन ने परामर्श किया और निष्कर्ष निकला कि 'जिन लोगों से तत्काल ज़्यादा फ़ायदा हो उनकी ही सुनी जाए, ऑक्सीजन सिलिंडर

की काले-बाज़ारी की क़ीमत मरीज़ों से वसूली जाए, हॉस्पिटल के बढ़ते ख़र्चे को देखते हुए आईसीयू वार्ड के बेड की क़ीमत अस्थिर की जाए। जो ज़्यादा दे उनको ही भर्ती किया जाए, फिर भी रामायन का गणित लगातार औंधे मुँह गिर रहा था। अब एक नए तरह के बाज़ार का जन्म हो चुका था जिसका अर्थशास्त्रीय ढाँचा लाभ के सारे पुराने मनकों को तोड़कर बहुत ऊपर निकला जा रहा था। अब तक लाभ के ज्ञात तमाम सिद्धान्तों और उसकी कैपिंग को खोल देने के बावजूद भी बेड पाने के लिए मारामारी मची थी। ज़्यादा से भी बहुत ज़्यादा भुगतान करने वालों का ताँता लगने लगा था। लोग बड़ी-बड़ी सिफ़ारिशों के साथ-साथ झोले में नोटों की गड्डियाँ डाले अस्पतालों के चक्कर लगा रहे थे। उनमें से कई महन्त महेंद्रनाथ ट्रस्ट एंड हॉस्पिटल के दरवाज़े पर रोज़ भाले फेंक रहे थे। आतंक से रामायन के तो हाथ-पाँव ही फूल चुके थे। वह किनको मना करता और किनको भर्ती करता? अघोरी बाज़ार कोतवाली का थाना-प्रभारी उसे तीन दिन से धमकिया रहा था, "साले सब जानते हैं तुम्हारा गोरखधंधा! तीन दिन से कह रहे हैं कि मेरा साला बीमार है, उसे भर्ती कर ले और तू अब तक एक सीट मैनेज नहीं कर पाया?"

रामायन जानता था कि कोतवाली में उसके ख़िलाफ़ कई मरीज़ों और उनके रिश्तेदारों की शिकायती अर्ज़ियाँ पड़ी थीं। एक अर्ज़ी एस. अमृत की भी थी। हॉस्पिटल के मानकों के उल्लंघन और बिना डॉक्टरी की डिग्री के रामायन द्वारा की जाने वाली मेडिकल प्रैक्टिस का उस शिकायती-पत्र में प्रमुखता से उल्लेख था। शिकायती-पत्र को एफ़.आई.आर. में तब्दील करते समय ही कितना लगना था थाना-प्रभारी को? महन्त से कहकर रामायन ने थाना-प्रभारी को एक बार नज़राना भी भिजवाया था पर यह मामला अलग था। उसके अपने साले का मामला था।

रामायन ने फिर महन्त को फ़ोन खड़काया, "महन्त जी कुछ कीजिए!" उसकी डरी हुई आवाज़ सुनकर महन्त ने उसके भीतर साहस भरा, "किससे डरता है रे तू रामायन? इन कुत्तों से? सरकार से? कहीं कुछ नहीं है। अपने बाप के जमाने से जानता हूँ इस सिस्टम को। पैसाख़ोर हैं साले सब के सब। तू डरना बन्द कर पहले!"

पर रामायन का डर उससे दूर जाने का नाम ही नहीं ले रहा था। डरे हुए रामायन ने महन्त को फिर समझाया, "महन्त जी मामला नोटों से भी ऊपर जा चुका है। ताकतवर लोग अब नोट नहीं अपने लोग देख रहे हैं।"

"तो दिक़्क़त क्या है? पैसा ले और भर्ती कर।"

"जगह कहाँ बची है महन्त जी, तीनों फ़्लोर भरे पड़े हैं।"

"तो ख़ाली करवा। कौन आकर देख रहा है अन्दर?" महन्त के इशारे बेहद क्रूर थे। हॉस्पिटल के तीनों फ़्लोर वैसे भी सीलबन्द थे। डॉक्टरों के अलावा केवल रामायन के विश्वसनीय कर्मचारी वहाँ जा सकते थे। उन्हें वहाँ जाने से पहले निगरानी विभाग की मुखिया कुसुम की इजाज़त लेनी होती थी, पर कुसुम भी पहले रामायन से फ़ोन पर इज़ाजत लेती थी।

महन्त के इशारों को समझने के बावजूद भी रामायन का काम केवल महन्त के इशारों से नहीं चलने वाला था। रामायन अब खुलकर समझना चाहता था। एकदम ठोस। उसे महन्त का स्पष्ट निर्देश चाहिए था। सब जानते-बूझते हुए भी उसने महन्त से पूछा, "मैं समझा नहीं महन्त जी?"

"इसमें समझना क्या है? जो कमतर हैं उन्हें नॉर्मल बेड पर पटक! ऑक्सीजन की क़ीमत तो तू देख ही रहा है!" महन्त ने झटके से अपनी बात को सामने रख दिया। लगभग आदेश की तरह।

"और थाना-प्रभारी का क्या?"

यहाँ महन्त रुक गया। कुछ सोचने लगा। फिर रामायन से बोला, "तेरे पास डिग्री तो है न! फिर क्यूँ घबराता है?"

रामायन ने अपनी स्थिति एकदम स्पष्ट की, "पेट और सीना चीरने के अलावा हम क्या नहीं जानते हैं महन्त जी। पर आपको भी पता है कि डिग्री डॉक्टरी की नहीं बस कम्पाउंडरी की है।" रामायन जानता था कि वह कम्पाउंडरी की सीमा कब का लांघ चुका है। वह बेधड़क डॉक्टरी का बिल्ला लगाए मरीज़ों को देखता था, भर्ती करता था और हर सम्भव सुई-दवाई करता रहता था। आईसीयू में अपनी मेहनत और अनुभव के दम पर वहाँ के बाक़ी के डॉक्टरों को टक्कर देता रहता था। आख़िर डॉक्टर मंडल का चेला था। भर्ती होने वाले मरीज़ों का मेडिकल स्टेटस मुँहज़बानी याद रखता था वह।

बस बारीक़ जाँच-रिपोर्ट पढ़ने और समझने में उसे दिक़्क़त आती थी। पर उस मोर्चे को बाक़ी के तीन डॉक्टर सँभाल लेते। वे नहीं सँभालते तो आख़िर जाते ही कहाँ?

महन्त के लिए रामायन ही लाभ की धुरी था। उसको डांवाडोल होते हुए वह नहीं देख सकता था। उसने एक बार फिर रामायन के गिरते हुए मनोबल को सहारा देकर खड़ा किया, "अरे जब डिग्री है तो फिर क्यों मरा जा रहा है? इतना काफ़ी है। थाना-प्रभारी का बाप भी कुछ नहीं कर पाएगा। कल-परसों में उसके बाप तक पहुँचता हूँ मैं। तू बस हॉस्पिटल सँभाल।"

"नहीं-नहीं महन्त जी! लोकल थाना है। रिस्क लेना एकदम ठीक नहीं।" रामायन थोड़ा गिड़गिड़ाया। उसके भीतर का डर भगाए नहीं भाग रहा था। महन्त उसके अड़ियल हो चुके डर को समझ गया, बोला, "ठीक है! भर्ती कर उसके साले को। पर चांपकर पैसे लेना। अब तक जितना दिया है उसे, उससे दुगना वसूल करना है साले से।"

इतना कहकर महन्त ने फ़ोन रख दिया। समय के साथ-साथ महन्त भी बेधड़क हो चुका था। उसने अपनी मुफ़लिसी में किसी की परवाह न की थी। अब तो उसके यहाँ साक्षात् लक्ष्मी क़ैद थी।

महन्त के फ़ोन रखने के बाद रामायन को कई तरह की आज़ादी मिल गई थी। फिर भी रामायन गहरे पसोपेश में पड़ा हुआ था। हर व्यवस्था की एक अपनी क्रूर नीति होती है। वह भी छिपी हुई। विशेषकर आपातकाल के दौर में। पर इसके बावजूद भी किसी-किसी के पास एक अपना निजी और नर्म स्पेस होता है। यदि यह नर्म स्पेस रखने वाला साथ-के-साथ उस दौर की व्यवस्था का नियंता भी हो तो देवत्व धारण करने में उसे देरी नहीं लगती। रामायन अब उसी देवत्व को धारण कर रहा था। वह औसत हैसियत की आबादी से ऊपर देखते-ही-देखते उठ चुका था। पर वह यह नहीं भूला था कि वह कहाँ से उठा है। उसका इतिहास, जो कि बहुत पुराना नहीं पड़ा था, बल्कि दो माह ही पुराना था, उस इतिहास की कौंध उसके दिमाग़ में हमेशा छाई रहती थी। उस कौंध के असर से तैयार उसके निजी और नर्म स्पेस का ही नतीजा था कि रजत किशोर जब अपनी उखड़ती हुई साँसों के साथ उसके

हॉस्पिटल आया था तो रामायन ने उस मारामारी में भी उसके लिए एक बेड की व्यवस्था कर दी थी।

पर हॉस्पिटल के हालात बद से बदतर होते जा रहे थे। थाना-प्रभारी का फिर फ़ोन आ गया। इस बार उसकी आवाज़ कुछ थकी हुई थी। पूरे ज़िले में उसे अपने साले के लिए कहीं भी बिस्तर नहीं मिल रहा था। ओहदेदार और पैसे वाले थाना-प्रभारी पर भारी पड़ रहे थे। वह अब जगह-जगह अपने साले की जान के लिए शरण माँग रहा था। रामायन को अब तक प्रभारी ने धमकाया और गलियाया ही था। पर इस बार वह तौल कर बोल रहा था, "देखो भाई रामायन! जो सपोर्ट हम कर देंगे न...तुमको और तुम्हारे हॉस्पिटल को...वैसा सपोर्ट कोई एस.पी. या कलक्टर भी नहीं कर पाएगा...यह जान लो। हम फ्री में तो रखने के लिए कह नहीं रहे हैं भाई जी! कुछ तो करो न भाई जी!" उसकी बातों में हेकड़ी, सहयोग और विनती का सन्तुलन था।

थाना-प्रभारी के इस नए अन्दाज़ को रामायन ने नाप लिया। वैसे भी रामायन दिनभर ऐसे दर्जनों फ़ोन उठा रहा था। हालात ने कुछ और समझदार बना दिया था उसे। अब उसकी बारी थी। रामायन किसी माहिर खिलाड़ी की तरह खेलने लगा, बोला, "प्रभारी-महोदय जी, हम तो आपको बड़ा भाई मानते हैं। जब ज़रूरत हुई महन्त जी से कहकर चढ़ावा भी भिजवाता रहा और आप हैं कि हमें गलियाते रहते हैं?" रामायन ने प्रभारी को शर्मिंदा कर देने से अपनी बात शुरू की। फिर बातों-बातों में उसने वह सब बता डाला जिसे मुनाफ़े की भाषा कहते हैं। उसने थानेदार को बताया कि हॉस्पिटल चरमरा रहा है, एक-एक ऑक्सीजन सिलिंडर चालीस-चालीस, पचास-पचास हज़ार के दाम पर ब्लैक में मिल रहा है। अख़बारों ने भी लिखा है कि ऑक्सीजन सिलिंडर की खपत सामान्य से चार हज़ार गुना ज़्यादा हो चुकी है। इधर हॉस्पिटल के पाँच स्टाफ़, एक नर्स और एक डॉक्टर संक्रमित होकर काम छोड़ चुके हैं। अब तो हर कोई मनमानी करके पैसे ऐंठने के चक्कर में है। ऐसे में क्या किया जाए? यहाँ तक कि हॉस्पिटल को मज़बूरी में दुगनी-तिगुनी तनख्वाह देकर डॉक्टर और स्टाफ़ बहाल करना पड़ रहा है। पर लोगों को लगता है कि सब हॉस्पिटल लुटेरे हैं। कैसे-कैसे लगकर लोगों की जान बचाई जा रही है, यह किसी को नहीं दिखता!

थाना-प्रभारी के पास यह सब सुनने का समय नहीं था, वह एकदम बेचैन हो चुका था, बोला, "भाई रे! हम क्या नहीं समझते? पर समझने-समझाने का भी टाइम नहीं है अब। इकलौता साला है। हाँफ रहा है। जितना पैसा बोल, देंगे हम। बस जान बचा ले भाई।"

रामायन और बेचारा बन गया, "बड़े भाई! पुलिस से पैसा ऐंठने की ताकत किसमें है? हम तो बस मरीज़ को भर्ती करके रखने की लागत बता रहे हैं। एकदम सही-सही। आपसे कमाकर मरना है हमें?"

"वह सब छोड़ न भाई! तू जितना बोलेगा उतना देंगे और पलटकर हिसाब भी नहीं लेंगे। बस मेरे साले की जान बचा ले। मर रहा है वह।" थाना-प्रभारी सच में मजबूर था और अबकी बार वह खुलकर गिड़गिड़ाया। रामायन अच्छी तरह जानता था कि इसके बाद भी अगर इस पुलिस-अधिकारी का काम नहीं हुआ तो उसका क्या हश्र होने वाला है। उसने बिना समय गँवाए प्रभारी को ढाढ़स दिया, "अरे ऐसे कैसे आपका साला मर जाएगा बड़े भाई? हम ज़िन्दा हैं अभी। तत्काल भेजिए अपने साले को। अभी भर्ती करते हैं।"

प्रभारी को तो जैसे भरोसा ही नहीं हो रहा था, "पक्का न भाई? एम्बुलेंस लौट तो नहीं आएगी न?"

"क्या बात करते हैं भाई जी? हम मर जाएँगे पर ऐसा नहीं होने देंगे। जल्दी भेजिए उनको," रामायन ने भर्ती पर मुहर लगा दी। प्रभारी जैसे ख़ुशी के मारे जैसे रो पड़ा, "एक घंटे में भाई जी। बस एक घंटे में।"

रामायन को ग़ुस्सा आ गया, अब उल्टे वही प्रभारी पर गरजा, "फिर वही ग़लती कर रहे हैं आप! आधे घंटे में भेजिए। कहीं इसी बीच एस.पी. या डी.एम. का फ़ोन आ गया तो हम कोई मदद नहीं कर पाएँगे। बता देते हैं। भेजना है तो तत्काल भेजिए, पैसे के साथ।"

थानेदार एकदम डर गया। उसके साथ ऐसा पहले भी हो चुका था। शायद बीते कल ही। जब तक वह अपने साले को एक हॉस्पिटल में भेजता तब तक उस हॉस्पिटल से फ़ोन आ गया था, "सीट भर गई है। कृपया कहीं और देखिए।" किसी डी.आई.जी. रैंक के अधिकारी ने उसके साले की सीट हड़प

ली थी। रामायन के गरजते ही थानेदार हड़बड़ा गया "नहीं रे भाई रामायन! ऐसा मत करना। हम अभी भेज रहे हैं। तत्काल।"

थाना-प्रभारी ने हड़बड़ाकर फ़ोन काट दिया। थाना-प्रभारी के गिड़गिड़ाने और तड़पने से रामायन के मन में पता नहीं क्यों कुछ सुकून जैसा उतर रहा था। कोई ऐसी ग्रंथि जिसके सारे रेशे अब खुल रहे थे। धीरे-धीरे। रामायन अपनी बढ़ती हुई हैसियत पर भीतर-भीतर ही मुदित हो रहा था। उसने अपने सिर के पीछे अपने दोनों हाथ की हथेलियों को रखा। फिर कुछ गहरा सोचते हुए अपने बालों पर हाथ फेरने लगा और मन-ही-मन हॉस्पिटल में भर्ती मरीज़ों की लिस्ट टटोलने लगा, कमतर हैसियत का मरीज़ कौन हो सकता है अभी?

22

अमृत दिनभर सोता और देर रात तक जागता। कमरे में बन्द-बन्द उसका दम घुटता था। पर रिया और रेणु के संक्रमित हो जाने के डर से दिन में बाहर ही नहीं निकलता था। जब सब सो जाते थे तो रात के अँधेरे में दबे पाँव वह छत पर आ जाता। ऐसा करते हुए दस दिन हो गए थे। हालाँकि जाँच कराए हुए भी दस दिन से ऊपर हो चुके थे पर अभी तक उसकी रिपोर्ट नहीं आई थी। वह रोज़ मोबाइल चेक करता। अमृत के अकेले रहने की मियाद पन्द्रह दिन की थी। वह यह सोचकर थोड़ा सुकून कर लेता था कि उसके शरीर में अभी तक महामारी के कोई लक्षण नहीं उभरे थे। पर उसके मन के किसी कोने में डर ने अपनी एक छोटी-सी जगह बना ली थी। महामारी घर के निचले तल तक आ धमकी थी। उधर डाकसाहब की भी क्लीनिक बन्द थी। उनमें भी महामारी के कोई लक्षण नहीं उभरे थे पर उन्होंने भी ख़ुद को छत वाले कमरे में बन्द कर लिया था। रामायन की छूटी हुई चौकी पर वे सोते थे और उसकी ही रखी सुराही का पानी पीते थे। मैडम मंडल अपना उदास चेहरा छुपाए उनको खाना-पानी पहुँचाती रहतीं। पड़ोसियों ने अपनी दरियादिली

ज़रूर दिखाई और इस बुज़ुर्ग दम्पती का ख़याल रखना शुरू कर दिया था। वे उनके घर के ज़रूरी समान पहुँचाते रहते। कभी कोई अपनी तरफ़ से फल और नारियल पानी भी दे जाता।

अमृत दिन में तीन दफ़े फ़ोन करता। दो बार डाकसाहब को और एक बार मैडम मंडल को। डाकसाहब ने ही कह रखा था, "अपनी मैडम से भी बात करते रहना अमृत। बहुत अकेली पड़ गई है वह।" पर क्या बातें करता वह? खाना-पानी की? कोई ज़रूरत? स्वास्थ्य? इसके आगे क्या? और रोज़ वही! उस दम्पती के दुख की गहराई के आगे हर तरह की भाषा मौन होकर घुटने टेकते हुए डूब जाती थी।

कहीं से कोई अच्छी ख़बर ही नहीं आ रही थी। 'टीम साँस' के तीन लड़के बीमारी की चपेट में थे।

एक हिरेन ही था जो निरोग था और अमृत को हर पल नई सूचनाएँ देता रहता था। वही एक आख़िरी उम्मीद और सहारा था। बीते कल डॉक्टर राही भी बीमार पड़ गया था। बीमार तो वह तीन दिन से था पर अमृत को बीते कल ही जानकारी मिली। डॉक्टर राही ने हाँफते हुए फ़ोन पर अपनी बीमारी की ख़बर दी थी। पर फ़ोन उसने अपनी ख़बर देने के लिए नहीं किया था। एक दूसरी ख़बर थी जिसे सुनकर अमृत के होश उड़ गए थे दिनभर के लिए। राही ने वह ख़बर देने के साथ-साथ प्रार्थना भी की थी, "भाई साहब! प्रोफ़ेसर हाशिगावा को बचा लीजिए...उनको इंटेन्स केयर की ज़रूरत है और यहाँ सदर अस्पताल में वह केयर सम्भव नहीं।"

अमृत एकदम हैरानी में पड़ गया था, "हाशिगावा तो वापस आ चुके थे। अभी हाल ही में बात हुई थी मेरी। अचानक क्या हो गया उनको?" वह याद करने लगा कि कब बात हुई थी हाशिगावा से। शायद पन्द्रह दिन पहले!

राही ने कहा, "वह सब छोड़िए। केस डेटेरिएट हो रहा है।"

"पर मुझे फ़ोन क्यों नहीं किया उन्होंने? कब से भर्ती हैं?"

"बहुत संकोची आदमी है वह प्रोफ़ेसर। मुझे भी झेंपते हुए ही कल फ़ोन किया था। तब तक मैं क्वारन्टीन हो चुका था। सी.एम.ओ. साहब से कह-सुनकर एक बेड दिलवाया उन्हें," राही ने जवाब दिया।

"साला एकदम पागल है। यहाँ कर क्या रहा था इतने दिनों से?" अमृत को हाशिगावा पर बेहद ग़ुस्सा आ रहा था। क़ायदे से तो उन्हें अब तक अपनी एम्बेसी को सम्पर्क करके निकल जाना चाहिए था यहाँ से। पता नहीं किस जंजाल में फँसा हुआ है यह आदमी!

"जो भी कारण रहा हो! अब कुछ कीजिए भाई साहब। योसी भी परेशान है। एकदम अकेला पड़ गया है।"

"वह भी यहीं है अभी?"

"हाँ...जल्दी कुछ कीजिए," इतना ही कहा था राही ने और फ़ोन रख दिया था। उसकी उखड़ती हुई साँसें बता रही थीं कि वह सख़्त बीमार हो रहा है। अमृत को उसकी भी चिन्ता होने लगी। पर ज़्यादा ग़ुस्सा उन गुरु-चेलों पर आ रहा था। जैसा गुरु वैसा चेला। अमृत को पहले भी शक हो रहा था कि इस इलाक़े की गंगा पर उनका शोध-कार्य तो कब का पूरा हो चुका है, फिर क्यों रुके हुए हैं ये? अब वह यक़ीनी तौर पर समझ चुका था कि ज़रूर किनकाकु के उस ग्रंथ का चक्कर रहा होगा! साले पागल सब! क़िस्से-कहानियों के चक्कर में कोई जान पर खेलता है भला?

अमृत ने तब सबसे पहले हिरेन को ही फ़ोन लगाया था। उसे भी ख़बर नहीं थी। हिरेन को हैरानी हो रही थी कि उन लोगों ने अब तक अपने एम्बेसी से सम्पर्क क्यों नहीं किया है? अमृत ने कुछ-कुछ अन्दाज़ा लगाया, "जापानियों की देश-भक्ति का एक अपना ही लेवल है भाई। अपने प्रशासन से मदद माँगने में क्या पता उन्हें शर्मिंदगी महसूस होती हो?" फिर भी एक निर्णय तो लेना था। दोनों इस निर्णय पर पहुँचे कि ख़ुद ही एम्बेसी को फ़ोन लगाकर सारा हाल बताया जाए। हुआ भी यही।

हिरेन का सहारा नहीं होता तो हाशिगावा का मरना लगभग तय था। एम्बेसी ने पहले योसी से बात की और बारह घंटे बीतते-बीतते योसी और हाशिगावा एम्बुलेंस से राजधानी पहुँचे। फिर वहाँ से देर रात दिल्ली के लिए एयर-एम्बुलेंस में रवाना हो गए। यह था उनके देश और नागरिकता का आपसी रिश्ता। एक मुँह ही नहीं खोल रहा था और दूसरा इतना तत्पर था कि पता लगते ही देखते-देखते ले उड़ा। पर हिरेन ने भी कोई कसर नहीं छोड़ी

थी। जब तक उन्हें पूरी सहायता नहीं पहुँची, राजधानी तक हिरेन उनके साथ बना ही रहा। उसने उनकी हर ज़रूरत पूरी की। हिरेन को भी लग रहा था कि किसी चीज़ के अभाव में इन विदेशी नागरिकों के मन पर कोई ख़लिश न पड़ जाए।

एयर-एम्बुलेंस पकड़ने से पहले योसी ने हिरेन को प्लास्टिक की थैली में लपेटकर एक किताब दी थी। हाशिगावा बेहोश नहीं हुए थे, बस बेचैन थे। उन्होंने इस किताब के लिए ही शायद योसी को कुछ इशारा किया था। योसी ने हिरेन को थैले वाली किताब देते हुए इतना ही कहा था "फॉर एस. अम्रेट।" हिरेन ने योसी के अशुद्ध उच्चारण को पकड़कर अन्दाज़ा लगा लिया। अगले दिन ही उसने उस किताब को बिना देखे-खोले 'टीम साँस' के मुखिया निरंजन के मार्फ़त अमृत को भिजवा भी दिया।

अमृत आज दिन में बड़ी सावधानी से उस किताब के पन्नों को उलटता-पलटता रहा। यह किनकाकु के बौद्ध भिक्षु वाला ही प्राचीन ग्रंथ था। ग्रंथ के भीतरी पन्नों में अलग से एक सफ़ेद पर्ची भी पड़ी थी जिस पर अमृत के लिए हाशिगावा ने अंग्रेजी में एक सन्देश छोड़ा था। उसका अर्थ था—'दोस्त के लिए...दोस्ती के नाम...भवदीय...एक जासूस।'

कमाल के आदमी हैं हाशिगावा! पर इस ग्रंथ का क्या करेगा अमृत? दस बार तो वह उन प्राचीन चित्रों को देख गया था। सारे चित्र वैसे ही थे जैसा हाशिगावा ने कभी फ़ोन पर बताया था। बस एक ऐसा पन्ना था जिसका ज़िक्र हाशिगावा ने अमृत से कभी नहीं किया था। वह था उस ग्रंथ के आख़िरी पन्ने पर कुछ फटा-कुछ धुँधला-सा एक चित्र। उसमें काला तेंदुआ पंख फैलाए विक्रमादित्य की सेना से लड़ रहा था। सेनाएँ बर्छे-भाले और तीर से तेंदुए पर हमला कर रही थीं। उन हथियारों की चोट से तेंदुए के पंख में जगह-जगह सुराख़ हो गए थे और कहीं-कहीं उनमें आग भी लगी हुई थी। साफ़ दिख रहा था कि राजा विक्रमादित्य भी मैदान में डटा हुआ तीर चला रहा है। पर विक्रमादित्य के चेहरे की बनावट खुरदरी होकर पन्ने में से उखड़ गई थी। वह पन्ना शायद किसी दूसरे पन्ने से लम्बे समय तक चिपका रहा होगा। अमृत

ने अनुमान लगाया कि चिपके हुए पन्ने अलगाते वक़्त चेहरे के आसपास की पेंटिंग उखड़कर दूसरे पन्ने से चिपकी रह गई होगी। वैसे भी इससे क्या फ़र्क़ पड़ता है? असली मुद्दा था चित्र को समझना। एक-आध चीज़ें अमृत ने नोटिस कीं। एक तो तेंदुए के डैने अब सफ़ेद की जगह बिलकुल काले थे। जबकि पहले के सारे चित्रों में वे झक़ सफ़ेद दिख रहे थे। दूसरी नोटिस की जाने वाली चीज़ थी काले तेंदुए की जलती हुई आँख। प्रतिशोध की आंच उन आँखों में साफ़ दिख रही थी। चित्रकार ने उन आँखों पर बहुत मेहनत की थी। पूरे चित्र में वह आँख अलग-सी नज़र आ रही थी। आँखें बता रही थीं कि तेंदुआ अपनी जान की क़ीमत चुकाकर भी राजा और उसकी सेना को नोच खाना चाहता है। उसे बदला लेना था।

चित्र में काले तेंदुए के फैले हुए, आग से झुलसे और सुराख़ पड़े काले डैनों के पीछे एक जलता हुआ जंगल भी दिखाया गया था। इस चित्र में समझने के लिए अब था ही क्या? सब कुछ तो स्पष्ट है! यह वार अगेन्स्ट स्टेट है। राजसत्ता को सीधी चुनौती। जिसे ख़ुद राजा ने पैदा किया था। अमृत को उन चित्रों में कोई गूढ़ रहस्य नहीं दिखा। उसने उस बौद्ध-ग्रंथ को हौले से समेटा और सावधानी से अपनी अलमारी में रख दिया। उपहार जैसा भी था पर दोस्ती का था। उसकी हिफ़ाज़त तो करनी ही थी।

गहरी काली रात में अमृत फिर अपने छत पर मौजूद था। निपट अकेला। उसका चेहरा दक्षिण की ओर था। दूर दक्षिण में कछार-गंगा की ओर के आसमान को वह निहार रहा था। उसकी आँखें अगर धोखा नहीं खा रही थीं तो उधर दक्षिण में, क्षितिज की सीमा से कुछ पहले का आसमान, वहाँ की धरती की रोशनी से हल्का-सा चमक रहा था। उसे लगा कि यह कुछ और नहीं जलती हुई चिताओं की लपटें हैं। उसके ही असर से आसमान का रंग बदला हुआ था। पर यह उसके दिमाग़ का फ़ितूर था या सच्चाई, इसका तो तभी पता चलता जब कोई उसके साथ भी होता। अमृत ने जल्दी से तीन-चार बार लम्बी-लम्बी साँस ली, फिर ख़ुद से बुदबुदाया, "नहीं...हवा में तो कोई बदबू नहीं।" जैसे वह ख़ुद को दिलासा दे रहा था।

वह अब आसमान के बादलों को निहारने लगा। चाँद की बादलों के साथ लुका-छिपी शुरू हो चुकी थी। सफ़ेद और काले बादल आपस में मिल-बिछड़ रहे थे। तरह-तरह की आकृतियाँ बादलों के बीच फिर से उभरती हुई नज़र आने लगी थीं अमृत को। अमृत एक बार फिर उन आकृतियों के तिलस्म में फँसता चला गया। बादलों से कभी हाथी बन रहे थे तो कभी घोड़े। देर तक देखने के बाद भी वहाँ कहीं काला तेंदुआ नज़र नहीं आ रहा था। अमृत ने देर तक कोशिश की। पर उसे वह नहीं दिखा। किनकाकु के ग्रंथ के असर से या पता नहीं बचपन की किसी पुरानी आदत के जाग जाने की वजह से अमृत अब उड़ने की कल्पना करने लगा। उसने कल्पना की कि यदि उसके पास पंख होते तो वह उड़कर पहले कहाँ जाता? शायद वह सबसे पहले डाकसाहब की छत पर जाता और उन्हें अपने पंख दिखाता। तब भी डाकसाहब को कोई फ़र्क़ नहीं पड़ता शायद। लेकिन वे इतना ज़रूर कहते कि "सँभलकर उड़ना। कहीं चोट-ओट न लग जाए।" फिर वह उड़कर हिरेन से मिलता और कहता कि अगले दिन की हेडलाइन उसके पंखों पर होनी चाहिए। हिरेन ख़ुश होता और तुरत एक ड्राफ़्ट तैयार करता। शायद वह तब हिरेन को अपना एक संक्षिप्त-सा इंटरव्यू देता और हिरेन उसकी एक उड़ती हुई तस्वीर भी उतारता। बहुत महँगा कैमरा है हिरेन के पास। इसके बाद वह डॉक्टर राही के पास जाता और कुशल-क्षेम पूछता। इतना तो पक्का था कि पहली बार अमृत को उड़ता हुआ देखकर डॉक्टर राही डर जाता। उसके बाद अमृत 'टीम साँस' के लड़कों के पास जाता और निरंजन से बोलता, "अब चिन्ता मत करो। मैं मदद के लिए आ गया हूँ।" लड़के ख़ुशी से झूम उठते। तब तो फंड की भी दिक़्क़त नहीं होती। लोग उड़ने वाले आदमी के साथ तस्वीर खिंचवाने के भी पैसे देते।

पता नहीं क्यों ऐसी बेतुकी कल्पना करते हुए अमृत के भीतर गुदगुदी हो रही थी। उसने यह भी कल्पना की कि वह उड़कर महन्त के हॉस्पिटल भी जाएगा। पहले तो रामायन को एक चांटा लगाएगा और उससे माफ़ी मंगवाएगा। बिना डॉक्टरी पढ़े डॉक्टर का बिल्ला लगाए क्यों घूम रहा है? यह भी पक्का था कि रामायन अमृत के पैर पकड़कर गिड़गिड़ाने लगता। अमृत दुबारा उसे चांटा लगाता और डाकसाहब की क्लीनिक सँभालने का आदेश देता।

अमृत फिर उड़कर अपने कजरौटे के घर जाएगा। उसके बच्चों को बताएगा कि उनका बाप ऐसा नहीं था जैसा अब है। वह अघोरी बाज़ार का हीरो था हीरो। वह उन बच्चों से यह भी कहेगा कि पढ़ाई-लिखाई की चिन्ता मत करो। मैं हूँ अभी। इसके बाद वह कजरौटे के साथ मिलकर महन्त पर धावा बोलेगा। महन्त की दाढ़ी पकड़कर अमृत पूछेगा, "बोल साले कहाँ छुपा रखी है अपनी काली कमाई? बता नहीं तो अभी उड़ाकर ले जाऊँगा और गंगाजी में डुबा दूँगा। जल्दी बोल।" कजरौटा तभी साले को एक घूँसा मारेगा और महन्त डर के मारे अपने माल का ठिकाना बताएगा। फिर दोनों उसके माल को लेकर उड़ जाएँगे। कजरौटा और अमृत फिर उस लूटे हुए माल का आधा-आधा बँटवारा लेंगे।

'अरे क्या है यार? क्या फ़ालतू सोच रहा हूँ मैं?' अमृत ने अपने सिर को एक बार झटका और ख़ुद पर ग़ुस्सा भी हुआ। उसको अपनी ही सोच पर कुछ हैरानी हो रही थी। उसने तुरत अपने चेहरे को हथेलियों से मला और घप-घप करते हुए छत से उतर आया। उसे भरोसा नहीं हो रहा था कि वह बच्चों जैसी बेतुकी कल्पनाएँ भी करने लगा है। डाकसाहब को यदि कभी पता चला तो हँसते-हँसते लहालोट हो जाएँगे।

रेणु और रिया अभी भी शायद मोबाइल पर कोई फिल्म देख रहे थे। अमृत ने उनके कमरे की जलती हुई बत्ती को देखकर अनुमान लगाया। "यह औरत मेरी बेटी को बिगाड़ देगी...तीन-तीन बजे तक जागे रहने का मतलब? रोज इसी वजह से रिया की सुबह वाली क्लास मिस हो जाती है।" अमृत मन ही मन भुनभुनाया और अपने कमरे में चला गया। उसे नींद आ रही थी।

अमृत को सोए हुए अभी घंटाभर भी नहीं बीता था कि सन्नाटे को चीरती हुई एक चीत्कार उठी। चीख़ बहुत ज़ोर की थी और काफ़ी लम्बी भी। यह इशा थी। उसके चीत्कार से छुटकी भी अचकचाकर उठ गई और ज़ोर-ज़ोर से रोने लगी। अमृत को समझते देर न लगी कि अब रजत भी नहीं रहा। वह यंत्रवत् उठा और डाकसाहब की दी हुई एक दूसरी पीपीई किट को पहनने लगा। रेणु और रिया भी जाग चुके थे। अमृत जानता था कि उसे अब क्या करना है।

उसने उँगलियों से रेणु और रिया को इशारा किया कि वह सब सँभालने जा रहा है, तुम दोनों माँ-बेटी अपनी जगह से हिलना मत। रिया डरकर रोने लगी थी। अमृत ने नीचे उतारने से पहले उसे बुरी तरह से आँखों ही आँखों में डाँटा।

ग़रीबतें आती हैं तो लड़ियाँ बाँध कर आती हैं। उसकी चक्की में एक ही घुन को बार-बार पिसना पड़ता है। अमृत पिस रहा था। उसने रोती हुई छुटकी को गोद में उठा लिया और इशा के माथे पर हाथ रखकर ढाढ़स देने लगा। यह सब वह यंत्रवत् करता जा रहा था। जैसे उसने इस दृश्य कि पहले ही कल्पना ली थी। इशा लगातार चीख़ रही थी, "अब कहाँ जाऊँगी रे अम्मा... अब कहाँ जाऊँगी मैं?"

"इशा...इशा...छुटकी को सँभालो...यह उसी की निशानी है।" अमृत को इतना ही सूझा। अब एक दूसरी तरह की परेशानी का सामना कर रहा था अमृत। यह उसकी अपनी परेशानी थी। इशा और छुटकी के कारुणिक रुदन के बावजूद वह इतना संयत क्यों है? रजत तो छोटे भाई जैसा था फिर भी अमृत की आँखों में आँसू क्यों नहीं थे? शायद सी.पी. की मौत का असर उस पर इतना गहरा और ताज़ा था कि उसकी संवेदना किसी काली गुफ़ा में जा छुपी थी।

"अपने घरवालों को फ़ोन करो इशा...," अमृत ने कुछ सोचते हुए कहा। पर वह लड़की जैसे कुछ सुन ही नहीं रही थी। अमृत ने वही बात फिर दुहराई। पर इशा फिर भी नहीं सुन रही थी। वह लगातार "मैं कहाँ जाऊँगी...मैं कहाँ जाऊँगी" की रट लगाए हुए थी। अमृत ने उसकी बाँह पकड़कर झकझोरा, "घर वालों को फ़ोन लगाओ इशा...सँभालो ख़ुद को।" अमृत उस पर चीखा तब उसने रोते हुए जवाब दिया, "मेरा कोई नहीं वकील भैया...मेरा कोई नहीं इस दुनिया में।"

क्या मुसीबत है? यह भी होना था? अमृत ने कहा, "तो रजत के घर वालों को फ़ोन लगाओ...।" इशा ने फिर अनसुना किया। अमृत ने उसे फिर झकझोरा, "रजत के माँ-बाप का नम्बर दो मुझे।"

"उसका भी कोई नहीं वकील भैया...उसका भी कोई नहीं।"

"क्या?" अमृत को तो जैसे भरोसा नहीं हो रहा था। ऐसा कैसे हो सकता है? अमृत ने कहा, "अरे तुम लोगों का कोई तो रिश्तेदार होगा दुनिया में? उनका नम्बर दो।"

पता नहीं क्यों इशा पलटकर अमृत पर ही चीख़ पड़ी, "बोला न हमारा कोई नहीं...कोई नहीं है हमारा।" उसकी जलती हुई आँख और चीख़ती आवाज़ से अमृत स्तब्ध हो गया। जैसे काटो तो ख़ून ही नहीं।

छत से रेणु इशा पर गरजी, "ऐ लड़की! तमीज़ से बात कर...एक तो मदद के लिए वो खड़े हैं और तू उन पर ही चीख़ रही है?" ऐसी महामारी नहीं होती तो शायद रेणु उसके बाल खींचकर घसीट देती।

पर इशा रोते-रोते अभी भी बेहाल हो रही थी। उसे सुध ही नहीं थी कि वह क्या कह रही है और क्या कर रही है! उसके रोने से पूरा मोहल्ला जागकर अपनी-अपनी छतों पर आ चुका था।

तभी अचानक ही इशा ने अमृत के पैर पकड़ लिए, "वकील भैया... हमारा कोई नहीं वकील भैया...मैं सच कह रही हूँ...हम लोग तो जान बचाकर भागे हुए लोग थे भैया...।" इतना कहकर वह फिर फूट-फूटकर रोने लगी।

"ओह!" अमृत को अब सब कुछ समझ में आने लगा। डेढ़ साल में एक भी रिश्तेदार मिलने नहीं आया इन लोगों से यहाँ। ज़चगी के समय में भी नहीं। रेणु को पहले ही शक था। पर अमृत ने रेणु के सन्देह को 'पिछड़ी मानसिकता की औरत हो तुम' कहकर निर्मूल कर दिया था। अब रेणु ग़लत नहीं थी। पर यह जानने से भी क्या फ़र्क़ पड़ता है अमृत को? हर लिहाज़ से ये बढ़िया किराएदार थे।

अमृत इशा को बच्ची देकर अपने गेट का ताला खोलने लगा। तभी बच्ची को लिए हुए इशा भी पीछे आ खड़ी हो गई। अमृत ने उसे टोका, "महामारी के बारे में जानती हो न? कहाँ जाओगी वहाँ? वह भी बच्ची लेकर? इसको कुछ हो गया तो?"

पर इशा ढीठ बनी रही। एकदम जड़ हो चुकी थी।

अमृत के टोकने पर उसने अपने दुपट्टे को नकाब की तरह लपेट लिया। पर छुटकी? वह रह पाएगी मास्क के भीतर! चीख़-चीख़कर छुटकी ने भी अपना गला बैठा लिया था। कुछ तो करना होगा अमृत को। उसने इशा को फिर डाँटा। पर उसे कोई फ़र्क़ ही नहीं पड़ रहा था। नंगे पैर गेट से सटकर खड़ी थी। ऐसे कैसे चलेगा?

क्रूरता का जन्म ऐसे समय में भी होता है और अमृत को पता था कि दो तरह की क्रूरताओं के बीच किस क्रूरता का चुनाव करना है। उसने छुटकी को इशा की गोद से अपनी गोदी में झटका और बिजली की गति से इशा को घसीटते हुए उसके कमरे की ओर ले गया। इशा को बात जब तक समझ में आती तब तक अमृत ने उसे और बिलखती हुई छुटकी को कमरे में धकेलकर बाहर से कुंडी लगा दी। इशा किसी बाघिन की तरह दरवाज़ा पीटने लगी। एक पल के लिए लगा कि दरवाज़ा ही तोड़ देगी। अमृत वहाँ से फुर्ती से हटा और बरामदे के ग्रिल में भी ताला मार दिया। इशा भीतर चीख़ती-छटपटाती रही। अमृत अब मेन गेट को भी बन्द करने लगा। इशा अन्दर चीख़ रही थी, "मत बन्द करो भैया...एक बार उसे देख लेने दो...एक बार...पैर पड़ती हूँ भैया"

अमृत पर कोई फ़र्क़ नहीं पड़ने वाला था। वह निर्णय ले चुका था। तभी इशा ने खिड़की खोल दी और उसकी सलाख़ों के पीछे से अमृत को पुकारने लगी, "ए वकील भैया...अनर्थ मत करो...।" जैसे इशा को कुछ याद आया हो। वह समझ गई कि यहाँ से बाहर निकलना मुश्किल है। वह क्षण भर के लिए चुप हुई, अपने रोने को जैसे एकदम थाम लिया और फिर चीख़ते हुए अमृत से बोली, "जलाना मत...जलाना मत रजत को...मेरी बात सुनो भैया, मैं नहीं जाऊँगी वहाँ...पर बात सुन लो एक बार...प्लीज़।"

अब ये क्या लफड़ा है? इशा रोते-रोते अचानक सामान्य बातचीत पर उतर आई थी। ऐसा होता नहीं है। मानव स्वभाव के बिलकुल विपरीत था उसका व्यवहार। अमृत हैरत में पड़ गया। पगला गई है क्या यह लड़की? अमृत ने फिर से मेन गेट खोला और खिड़की की तरफ़ आया, पूछा, "बोलो क्या बात है?"

इशा के स्याह पड़े होंठ टेढ़े हो चुके थे। उसकी आँखों में मोटे-मोटे आँसू कुछ कहने ले लिए ठहरे हुए थे। इशा ने अपने आंसुओं को झटके में पोछा और बेहद बेचारगी के साथ अमृत के आगे हाथ जोड़ दिए, जैसे कोई ईश्वर के आगे हाथ जोड़कर मिन्नतें करता है, बोली, "वकील भैया! वकील भैया... रजत को जलाना मत भैया...आग मत देना उसे...वह हिन्दू नहीं मुसलमान है भैया...मुसलमान।"

जहाँ मरो वहीं सड़ जाओ। जंगली कीड़े की तरह। न क़ब्र के लिए मिट्टी मिल रही थी और न चिताओं के लिए लकड़ी। क्या हम तिलचट्टों की तरह मरने के लिए पैदा हुए हैं? और डाकसाहब थे कि कह रहे थे कि महामारी में ऐसा ही होता है। महामारियों का ऐसा ही इतिहास रहा है। यह कोई नई बात नहीं! चाहो तो इतिहास के पन्ने पलटकर देख लो! इसी बात पर अमृत भड़क जाता। नई बात क्यों नहीं? नदी-नाले, जंगल-समुद्र, पृथ्वी और आकाश सब तो खोद डाला हमने सौ वर्षों में। फिर भी कीड़े की तरह मर जाओ! मरने वालों तक का सम्मान करना अब भूल जाएँ हम! फिर क्यों है यह विस्तार? क्या है? किसके लिए है यह? टीवी में साफ़ दिखा रहा था कि एक औरत अपने मुँह से अपने पति के मुँह में साँस भर रही थी। यह दुर्दशा! इसके बाद भी जब हर घटना जस्टिफ़ाई होने लगे तो पक्की बात है कि नज़रिए में भयानक खोट है। अभाव में मरते हुए आदमी के लिए कोई जिस्टिफ़िकेशन भी हो सकता है भला? टाली जा सकने वाली मौत के दुख का कोई तार्किक शमन नहीं! कतई नहीं।

तब डाकसाहब कहने लगे कि "मानक जब गिरने लगते हैं न अमृत, तो ताश के पत्तों की तरह भरभराकर गिरते हैं। एक गिरेगा तो दूसरे पर असर होगा। दूसरे की वजह से तीसरा भी गिरेगा और यह गिरना तब तक जारी रहता है जब तक सारे मानक ज़मींदोज़ न हो जाएँ।"

अमृत ने पूछा भी, "तो यही सच मान लें? और हाथ पर हाथ धरे बैठ जाएँ न?"

"धर्मध्वजधारियों की लोमहर्षक ध्वनियाँ नहीं सुनते क्या तुम?"

"क्या?" अमृत को कुछ समझ में नहीं आ रहा था।

डाकसाहब ने धीरे-से समझाया, बोले, "राजसत्ता सभ्यताओं के साथ मिलकर एक और उपाय रचती है ऐसे में।"

"क्या?"

"ईज़ी डेथ!"

"क्या मतलब?" अमृत नहीं समझा।

डाकसाहब ने समझाया, फिर से, "ईज़ी डेथ मतलब ईज़ी डेथ! और क्या?"

"साफ़-साफ़ बोलिए न महाराज?"

"इस देश में हर तरह की अदूरदर्शिता का जवाब है धर्म।"

"और हम कुछ कुछ नहीं कर सकते डाकसाहब?"

"अबे तुम्हारी औकात ही क्या है इनके सामने?"

अमृत एकदम से उखड़ गया। उसने फ़ोन ही ऑफ़ कर दिया। अचानक ही।

इनसान क्रूरता को सहज स्वीकृति कैसे दे सकता है? क्या क्रूरता सहज ग्राह्य है? यदि है तो इनसान हिंसक जानवरों से अलग कैसे है? करुणा इनसान बने रहने का वह लौह-दुर्ग है जो क्रूरता के लिए अभेद्य होता है। दुर्ग टूटा और इनसान ख़त्म।

मेंटल हेल्थ एक महानगरीय शब्द है। पर छोटे शहरों के लोग कम तनावग्रस्त न थे। कई चीज़ों के अभाव ने उसे और गहरा दिया था। किसी को पता ही नहीं था कि शहर जो ट्रॉमा झेल रहा है उसका एक मनोवैज्ञानिक असर हो रहा है। मानव व्यवहार ही बदल रहे थे। जिसका कोई जाँच-केन्द्र नहीं था यहाँ। उसे महसूस करने वाले चुपचाप महसूस कर रहे थे। पर कहते नहीं थे किसी से। अमृत में यह नई तरह की बीमारी अब घर कर गई थी। वह लगातार सोचता रहता था। वह हर बात पर सोचता। हर हरकत पर गौर करता। हर चीज़ को वह ध्यान से देखता और देखता रह जाता।

ग़नीमत थी कि अमृत अब तक अपने आसपास होने वाली मौतों की आधी सच्चाइयाँ ही जानता था। जिस दिन पूरा सच जान जाता तो शायद पागल हो जाता। फिर भी तनाव में वह डूबा-डूबा दिनभर अटकलें लगाता रहता था। वह सी.पी. के बारे में सोचता। रजत के बारे में सोचता। और अब राम बचन राउत उर्फ़ छोटे के बारे में भी सोचने लगा था। कैसे मरे होंगे वे लोग? छोटे का तो पता ही नहीं चल रहा था कि वह झुलसा कैसे? अदालत ने जेल प्रशासन को उसके मेंटल चेकअप का निर्देश दिया था। पर इस बीच झुलस कैसे गया? उसकी मेडिकल रिपोर्ट में उसके जलने तक का ज़िक्र नहीं था। अमृत नहीं

जान पाया कि छोटे के साथ क्या हुआ था। छोटे का अपाहिज बाप और बड़ा भाई भी नहीं जान पाया। शायद कोई भी कभी भी नहीं जान पाएगा कि छोटे के साथ हुआ क्या था?

कुछ लोग अपनी ज़िन्दगी का दस्तावेज़ बिना स्याही वाली कलम से लिखकर चले जाते हैं। कलम चलती रहती है, लेकिन कोरे काग़ज़ पर कोई स्याही नहीं उगती। ज़िन्दगी घिसटती रहती है पर उसका कोई प्रमाण नहीं मिलता। छोटे ठीक वैसे ही प्रमाण छोड़े बिना चला गया था। उसका काग़ज़ कोरा का कोरा था। और कलम थी कि लिखते-लिखते टूट गई।

फिर भी ज़िन्दगी की सच्चाइयाँ कलम की नोक पर अपना वजन लिए होती ही हैं। काग़ज़ों पर उनका दबाव भी पड़ता है। उन दबावों से कुछ आकृतियाँ बनती हैं। उन आकृतियों को छूने से अदृश्य शब्द धड़कते हुए मिलते हैं। बस टटोलने की ज़रूरत होती है। छोटे की ज़िन्दगी का अनदेखा दस्तावेज़ उन्हीं आकृतियों ने मुकम्मल किया था।

मेंटल-चेकअप की सुविधा ज़िले में न थी पर कोर्ट का जेल प्रशासन के लिए आदेश निकल चुका था; 'आदेश निकलने के पन्द्रह दिन की सीमा के भीतर' काम हो जाना चाहिए। जेल की जिप्सी छोटे को तत्काल राजधानी लेकर भागी। इधर राजधानी में कोहराम मचा था। अब तक न्यायालय ने सरकार को ज़ोरों की फटकार लगा दी थी और सारी व्यवस्था सेना के हवाले करने तक की धमकी दे डाली थी। दबाव में सरकार मरीज़ों की बढ़ती फ़ौज के लिए बेड बढ़ाने में जुट गई। अस्पताल के अस्पताल महामारी के लिए आवंटित किए जाने लगे। उनमें रेड ज़ोन तैयार होने लगे। बिस्तरों का पुनर्गठन किया गया। महामारी वाले रोगियों के बेड जगह घेरने लगे और ग़ैर-महामारी वाले पुराने रोगी देखते-देखते विलुप्त हो गए। गम्भीर क़िस्म के तमाम रोगियों के लिए एक कोना छोड़ दिया गया। मानो हार्ट, किडनी, लंग्स और कैंसर सारे के सारे वार्ड सिकुड़ एक ही जगह आ गए थे। ऐसा पहली बार हुआ कि सामान्य बीमारी वाले रोगी अस्पतालों के रजिस्टर से यकायक ग़ायब हो चुके थे। सम्भवतः महामारी को छोड़कर बाक़ी सारी बीमारियाँ देश छोड़ चुकी थीं। ठीक इसी बीच छोटे की जिप्सी राजधानी पहुँची।

मनोरोगियों का अस्पताल राजधानी के बीचोबीच था। जब यह अस्पताल बना था तब राजधानी छोटी थी और अस्पताल उससे काफ़ी किनारे था। यहाँ एक जेल भी था। पहले जेल बना था। अंग्रेजी राज में। जो क्रान्तिकारी हुकूमत की यातनाएँ नहीं झेल पाते थे उनके इलाज़ के लिए जेल की दीवार से सटाकर एक पागलखाना भी बना दिया गया था। आज़ादी के बाद अंग्रेजों की उस मानवीय विरासत पर पढ़े-लिखों की नज़र पड़ी और उसके विस्तार पर क़ायदे से सोचा जाने लगा। यह वही दौर था जब देश में बड़े-बड़े बाँधों और नई-नई संस्थाओं का जन्म हो रहा था। उसी दौर में इसके विस्तार की भी नींव डाली गई। इसको एक आधुनिक नाम दिया गया—मनोचिकित्सा एवं मनोरोग अध्ययन केन्द्र।

अब महामारी की रोकथाम की ज़िम्मेवारी केवल सामान्य अस्पतालों के कन्धों पर न थी। इस बीमारी से सहभागिता के साथ ही लड़ा जा सकता था। इसलिए इस अध्ययन केन्द्र का भी सत्तर फ़ीसदी हिस्सा महामारी के मरीज़ों की झोली में आ गया। वैसे भी यहाँ मनोरोगियों की संख्या बहुत ज़्यादा नहीं थी। बहुत होंगे भी, तो भी उनकी संख्या सौ तक नहीं पहुँच पा रही थी। मनोरोग आधुनिक काल में पहचानी जा सकने वाली बीमारी थी। इसका जन्म आधुनिकता के साथ-साथ हुआ था और आधुनिकता की ही गति से ताल मिलाता वह आगे बढ़ सकता था। मनोरगियों की कम संख्या से इस इलाक़े की आधुनिकता की गति का अन्दाज़ा लगाया जा सकता था। पूरे प्रदेश को याद नहीं कि एक नामी गणितज्ञ के अलावा शायद ही कोई यहाँ मनोरोगी हुआ हो। पर वह सच्चाई भी सहज ग्राह्य न थी। उस विश्व प्रसिद्ध गणितज्ञ की बीमारी को प्रदेश की जनता आज भी अमेरिका की साज़िश का नतीजा मानती है।

इस अध्ययन केन्द्र के मनोचिकित्सकों के ऊपर अब सरकार द्वारा एक नोडल अधिकारी भी नियुक्त किया गया था। उसकी देखरेख में मनोचिकित्सकों के हाथों अब महामारी वाले मरीज़ धड़ाधड़ भर्ती किए जाने लगे थे। रोगी आते चले गए और जगह भरती चली गई। अच्छी बात थी कि चिकित्सा केन्द्र दोमाला था। अत: नोडल अधिकारी के आदेश पर मनोरोगियों को तत्काल

ऊपरी माले पर भेजकर वहाँ ताला लटका दिया गया। ऊपरी माले पर मरीज़ों के लिए दस-दस की संख्या के लिए पाँच वार्ड बने थे जिसे मनोरोगियों के लिए पर्याप्त माना गया। उनकी निगरानी और सुविधा के लिए दो स्टाफ़ भी लगाए गए। बाक़ी का सारा हिस्सा पूर्णतया रेड ज़ोन घोषित हो गया।

छोटे की जिप्सी चिकित्सा केन्द्र के अहाते में रुकी और जेल अधिकारी कोर्ट का आदेश थामे तैश में मुख्य चिकित्सा अधिकारी के कार्यालय में घुसे। वहाँ भीड़ लगी थी और बेड के लिए लगभग मारामारी वाले हालात थे। उसी अफ़रातफ़री में मुख्य चिकित्सा अधिकारी ने उस आदेश को पढ़ा। फिर नया फ़ॉर्म निकालकर छोटे को आधिकारिक रूप से उन्होंने भर्ती किया और एक संक्षित-सा नोट लगाकर उसके वार्ड को आवंटित करने के लिए जूनियर डॉक्टर को रेफ़र कर दिया।

पर भीड़ कहाँ नहीं थी? भीड़ सारे तर्क और सारी वरीयताओं को ही निगल रही थी। इसमें भीड़ का भी कोई क़ुसूर न था। इलाज़ सबको चाहिए। शासन के आदेश और प्रशासन के प्रभाव से कहीं के भी सरकारी अस्पताल के जूनियर डॉक्टर की शुरुआती ज़िन्दगी कोल्हू के बैल की तरह हो जाती है। उसकी आँख तो खुली रहती है पर दिमाग़ पर आदेशों की पट्टी बाँध दी जाती है। वह भी बारह-बारह घंटे तक के लिए। फिर भी महामारी के महाभारत में असली अभिमन्यु वे ही थे। इतिहास उन गुमनाम अभिमन्युओं का ऋणी हो रहा था जो महामारी के सात दरवाज़ों के भीतर लड़-मर रहे थे। जेल प्रशासन ने एक जूनियर अभिमन्यु के हाथ में छोटे के सारे काग़ज़-पत्तर रख दिए और अपनी जानिब छोटे को डॉक्टर के हाथों सुपुर्द करके उल्टे पाँव राजधानी से भागे। रोगियों की संख्या और सामने नाचती मौत को देखकर जेल अधिकारियों के हाड़ काँप रहे थे। और ठीक इसी क्षण उस अभिमन्यु से चूक हो गई। छोटे को महामारी वाला वार्ड आवंटित हो गया। छोटे की ज़िन्दगी के अदृश्य दस्तावेज़ का दूसरा हिस्सा बिन स्याही के यहीं से लिखा जाना शुरू हुआ।

वार्ड नम्बर तीन, बेड संख्या दस। यह छोटे का नया ठिकाना था।

उसके आने के एक दिन बाद से ही वार्ड नम्बर तीन की फ़िज़ा बदलने लगी। उस वार्ड में कुल बीस मरीज़ थे। सभी पुरुष। पहले दिन तो छोटे ने

वार्ड का चुपचाप मुआयना किया। फिर अगले दिन वह थोड़ा खुला। वह अब वार्ड में टहलने लगा और अड़ोस-पड़ोस के मरीज़ों को चाचा-काका कहकर सम्बोधित करने लगा। उसे सुबह-शाम देखने वाला डॉक्टर उसे चेताता, "मास्क?" तो वह पेट दिखाकर अपना 'मांस' दिखाता। डॉक्टर उसे डाँटता और आसपास के मरीज़ उसकी हरकत पर हँसते। तीन दिन में छोटे ने जोकर की पदवी धारण कर ली। दिन हो या रात, वह अचानक ही कोई धुन छेड़ देता। ज़्यादातर अपनी बोली में 'सुगनी रे सुगनी' गीत गाने लगता। बाक़ी मरीज़ इसे अपने हिस्से का मनोरंजन मानकर ख़ुश हो जाते। कुछ कूढ़ते भी थे। एक दाढ़ी वाले चचा भी भर्ती थे। आशिक मिज़ाज थे। वह भी छोटे को बीच-बीच में छेड़ दिया करते थे, "क्या भतीजे? चुप काहे हो? अरे कोई तान छेड़ो!" और छोटे जहाँ होता वहीं से शुरू हो जाता। कई बार वह वार्ड में टहलते हुए गाता। बस नर्सों का ख़ौफ़ था उसे। पता नहीं क्यों? नर्सें आतीं तो अपने बिस्तर पर जा दुबकता। उनके आते ही उसका व्यवहार एकदम शालीन हो जाता। नर्सों ने मास्क पहनने के लिए उसे दर्जनों बार टोका। वार्ड में ऐसे टहलने से मना भी किया। वह गुमसुम-सा उनके कहे को बस सुन लेता। उनके जाने के बाद वह फिर वार्ड में चहलकदमी करने लगता। तीन दिन बाद जब उसकी बीमारी की जाँच-रिपोर्ट आने लगीं तब नर्स और डॉक्टर हैरानी में पड़ गए। न बुख़ार न संक्रमण। फिर क्यों भर्ती है यह यहाँ? पुरानी फ़ाइल टटोली गई तो मुख्य चिकित्सा अधिकारी का वह संक्षिप्त-सा नोट भी दिखा। अब काटो तो ख़ून ही नहीं! छोटे को सुबह-शाम देखने वाले डॉक्टर को तो पहले दिन ही लग गया था कि इस मरीज़ का व्यवहार सामान्य नहीं है। जब खुलासा हुआ तो डॉक्टर और नर्स वार्ड नम्बर तीन की ओर दौड़े। तब तक देर हो चुकी थी।

पता चला कि छोटे से तान छिड़वाने वाले चचा सुबह स्वस्थ होकर डिस्चार्ज हो गए थे। दोपहर होते-होते भतीजे का मन नहीं लगा तो चचा की खोज में वह भी चुपके से कहीं बाहर निकल गया था। पूरे हॉस्पिटल में कर्मचारी दौड़ाए गए पर भतीजा कहीं नहीं मिला। शाम तक प्रशासन के हाथ-पाँव फूल गए। एक तो कोर्ट का आदेश ऊपर से यह ग़लती! जूनियर डॉक्टर का तो जैसे हार्ट

ही फेल हो जाएगा। वह सीनियर डॉक्टरों के पैरों में गिरकर गिड़गिड़ाने लगा। अब क्या किया जाए? शहर में किसी को कुछ हो गया तो क्या होगा? बात लीक हो गई तो ऊपर तक कोहराम मच जाएगा!

24

लोग बरसाती पतिंगों की तरह मर रहे थे। शहर ख़ुद त्रस्त था। वह क्या किसी मनोरोगी का ख़याल रखता! पर छोटे को भी इसकी कहाँ परवाह थी। उसे तो बस अपनी 'सुगनी' को ढूँढ़ना था। नर्सों के चेहरों ने उसके अवचेतन में बैठी सुगनी को सामने लाकर खड़ा कर दिया था। जेल में उस लड़की से हुई मुलाक़ातें यकायक छोटे की यादों में बिजली-सी कौंधने लगी थी। ऐसे में उसे मनोचिकित्सा केन्द्र से भागना ही था। अगर नहीं भागता तो अब पक्का था कि अपना सिर फोड़कर ख़ून से वार्ड की दीवार लाल करना शुरू करता या फिर अपनी हाथ की नसें काटता। पर ग़नीमत थी कि उसने जो चाहा वह होता गया। अध्ययन केन्द्र से बाहर निकलते वक़्त उसे न तो किसी ने रोका, न किसी ने टोका। परिंदा अब बिलकुल आज़ाद था और अपने जोड़े की तलाश में राजधानी की सूनी गलियों में गश्त लगा रहा था। घूमते-घूमते साँझ हो गई। साँझ से रात हुई। रात भी गहराती गई पर उसे सुगनी नहीं मिली। यहाँ तक कि शहर सो गया पर बावले ने अपनी खोज नहीं छोड़ी।

रात की चाँदनी गलियों की सुनसान सड़कों पर आड़ी-तिरछी बिखरी थी। बावला कभी चाँद देखता तो कभी चाँदनी निहारता। चाँदनी के पहरेदारों ने उसे देखते ही शोर मचाना शुरू कर दिया था। उन्हें लगा कि यह बावला उनकी चाँदनी चुराकर ले जाने आया है। वे झुंड के झुंड बावले पर टूट पड़े। बावला उन्हें कभी पत्थर मारता तो कभी पुचकारता। चाँदनी के रक्षक फिर भी नहीं मानते। एकाध ने तो बावले के पैर और कमर पर भी वार किया था। घायल बावला एक गली से दूसरी गली में 'सुगनी रे सुगनी' गाते निकल जाता। पर हर गली में चाँदनी के पहरेदार थे। कहीं कम कहीं ज़्यादा।

गहराती रात में उसके गीत अब धीरे-धीरे कराह में बदलने लगे थे। टखनों के मांस उधड़ चुके थे और पीछे कमर से ख़ून टपक रहा था। चाँदनी के रक्षकों ने उनमें अपने दाँत गड़ा दिए थे। बावला कराहते-कराहते गीत गाता या फिर गीत गाते-गाते कराह उठता। पर उसकी खोज जारी रही। तभी उसकी नज़र एक ऐसी गली में पड़ी जो दुलहन की तरह सजी हुई थी। बावले के अरमान जैसे क़ब्र से जाग गए। उसने अपनी कल्पना में कई बार यही गली देखी थी। कई-कई बार। जहाँ वह बैंड-बाजे के साथ सुगनी से ब्याहने आने वाला था।

गली सजी हुई तो थी पर वीरान थी। बराती भी न थे। वहाँ शहनाई और संगीत की जगह सन्नाटा पसरा था। झालरें लटकी हुई थीं पर उनमें रोशनी नदारद थी। जूठे पत्तलों पर कुत्ते सो रहे थे। ऐसा लग रहा था कि जैसे यकायक ही यहाँ की बरात लुट गई हो। कुछ औरतें और मर्द एक सजे-धजे घर के बाहर सिसक रहे थे। यह कोई ब्याह वाला ही घर था। यहाँ भी महामारी तांडव मचाकर जा चुकी थी। चार घंटे पहले तक तो सब ठीक ही था यहाँ। ख़ूब चहल-पहल थी। ब्याह की वेदी पर दुलहन को बुख़ार चढ़ा हुआ था। मंडप में दुलहन की सखियाँ दुलहन के बुख़ार पर ठिठोली कर रही थीं। पर दुलहन का बुख़ार बढ़ता चला गया। घरवालों की नज़र भी पड़ी पर ब्याह को बीच में रोकना किसी ने उचित नहीं समझा। महीनों से इसी दिन की तो तैयारी हो रही थी। ऐसे कैसे रोक दें! सिंदूर-दान तक दुलहन की साँस उखड़ने लगी। यह सब देखते-देखते हो गया। पंडित को जल्दी-जल्दी मंत्र पढ़ने का आदेश दिया गया। दुलहन के भाई बरातियों की मेज़बानी छोड़ डॉक्टर को लाने के लिए दौड़े। शहर का हाल बुरा था। बड़ी मुश्किल से एक डॉक्टर को हाथ-पैर जोड़कर बुलाया गया। जब तक दुलहन का भाई डॉक्टर लेकर आया दुलहन अचेत हो चुकी थी। फिर अफ़रातफ़री में दुलहन के लिए एम्बुलेंस बुलाई गई। एम्बुलेंस भी देर से आई। उसके पहुँचने से चन्द लम्हे पहले ही दुलहन विदा हो गई थी। वहाँ मौजूद डॉक्टर ने उदास होकर कहा, "अब कहीं ले जाने का कोई मतलब नहीं।"

शहनाइयाँ यकायक थम गईं। आर्तनाद से मंडप गूँज उठा। पलक झपकते बरात तितर-बितर हो गई। घंटे भर में सब कुछ वीरान पड़ गया। बरात को यमदूतों

ने ही लूटा था। दूल्हा-दुलहन के माता-पिता और भाई-बहनों के अलावा अब कोई नहीं बचा था वहाँ। महामारी के डर से सब भाग खड़े हुए और बचे हुए झुंड बनाकर बिलख रहे थे। दुलहन को उसके लाल जोड़े के साथ ही अर्थी पर सुलाया गया था और अन्तिम विदाई की तैयारी हो चुकी थी। तभी बावला वहाँ आ धमका। उसे दुलहन का ढका हुआ चेहरा दिखाई नहीं दे रहा था। कुछ देर तक वह टकटकी बाँधे सब कुछ देखता रहा। फिर उसने आगे बढ़कर दुलहन का घूँघट हटाने की कोशिश की। उसकी इस हरकत पर दूल्हे ने उसे लात मारी। दुलहन के भाई भी बावले पर टूट पड़े। देखते ही देखते बावला बिखर गया।

कुछ देर बाद दूल्हे के पिता ने सबको रोका, "जाने दो पागल है...पागल है...छोड़ दो...मर जाएगा।" वह डर गए कि कहीं यह पागल मर न जाए। पिता ने सबको धक्के मार-मारकर बावले से अलग किया। अब बावले को छोड़कर सब सुस्ताने लगे। हालात ने इन समझदारों को भी हैवान बना दिया था। अपनी लापरवाही का ग़ुस्सा कहीं तो निकालना था। जब निकला तब बावला अधमरा हो चुका था। उसके नाक-मुँह ख़ून से सन गए थे। उसका बायाँ कन्धा टूटकर झूल गया था। वह 'सुगनी रे सुगनी' कहकर अभी भी सिसकियाँ भर रहा था। उसने मान लिया था कि हो न हो यह उसकी ही सुगनी है। सुगनी के जल्लाद भइयों की हरकतों ने उसके इस भ्रम को और गहरा कर दिया था। दुलहन की अर्थी उठते समय तक बावला गली में वैसे ही बिखरा पड़ा रहा।

जब दुलहन की अर्थी कांधे चढ़कर आगे बढ़ी तो बावले ने अपनी बची हुई शक्ति बटोरी और अर्थी के पीछे-पीछे हो लिया। चलते-चलते वह रो रहा था। कराह रहा था और बिछुड़ चुकी सुगनी के लिए गीत गा रहा था। धीरे-धीरे वह भी मसान तक पहुँच गया। वहाँ भी उसकी जबरदस्त धुनाई हुई। पूरी की पूरी देह ही लहूलुहान हो चुकी थी। पर बावला भगाये नहीं भाग रहा था। थककर लोगों ने उसे उसके हाल पर छोड़ दिया। और यहीं ग़लती हो गई।

दुलहन की चिता को जब अग्नि दी गईं तो वह चीख़ने-चिल्लाने लगा। आग की लपटें उसकी सुगनी को निगल रहीं थीं। जलती हुई सुगनी को उससे देखा न गया। वह बिलखते, चीख़ते और चिल्लाते सीधे चिता पर ही कूदा। दूल्हे के पिता की नज़र उस पर पहले से ही थी। उसे कुछ-कुछ ऐसी ही किसी

बेतुकी और जानलेवा हरकत का अन्देशा था। छोटे जितनी तेज़ी से चिता पर कूदा था उतनी ही तेजी से दूल्हे के बाप ने उसे खींचना चाहा। पर बावले को अपनी जलती हुई देह की सुध कहाँ थी? हल्की देरी हुई पर छोटे को वहाँ से खींच लिया गया। दूल्हे के पिता सहित दो और लोग भी लगे थे उसे बचाने में। सबको थोड़ी-बहुत चिता की आँच लग गई थी। छोटे के पैर और हाथ बुरी तरह झुलसे थे। चेहरे पर भी असर था। पॉलिएस्टर की क़मीज़ गलकर उसके पेट और सीने से चिपक गई थी। टाँगों की हालत तो और बुरी हो गई थी।

हर व्यवस्था का एक भीतरी तंत्र होता है। वही असल में शासन करता है। वह चाहे तो भूसे की ढेर से टूटी हुई सुई की नोक तक तलाश ले। वह भी लम्हों में। छोटे के जलने की ख़बर पुलिस तक पहुँची। पुलिस ने पाया कि कराहता हुआ आदमी मनोरोगी है। यह सूचना बिजली की गति से मनोचिकित्सा और मनोरोग अध्ययन केन्द्र तक पहुँची। वहाँ से तत्काल एक एम्बुलेंस और दो सीनियर डॉक्टर भूत की तरह मसान में प्रकट हुए। भूतों ने सबसे पहले पुलिस को निपटाया। पुलिस रजिस्टर में दर्ज़ इस घटना को बेदर्ज़ किया गया। बिलकुल कोरा, जैसे कि कुछ हुआ ही न था। बिना स्याही की कलम घिसट रही थी। और देखते-ही-देखते छोटे को लेकर एम्बुलेंस फिर उसी केन्द्र में दाख़िल हुई जहाँ से छोटे को भागे हुए अभी चौबीस घंटे भी नहीं हुए थे। सबने चैन की साँस ली।

छोटे अब ना तो मनोरोगियों के बीच रह सकता था और न महामारी वाले रोगियों के बीच। जले हुओं के लिए यहाँ अलग से यहाँ कोई डॉक्टर या वार्ड हो, ऐसा भी नहीं था। मनोचिकित्सकों ने छोटे को दुनिया की नज़रों से महफ़ूज रखने के लिए अलग से व्यवस्था की। कड़ी निगरानी में उसकी गहन चिकित्सा के लिए गुपचुप ही बाहर से एक चर्म-रोग विशेषज्ञ को बुलाया गया। छोटे के केस को सँभालने में उस डॉक्टर को तीन दिन लगे। छोटे को होश आ गया।

उसके बचने की उम्मीद भी थी। पर परेशानी तब पैदा होनी शुरू हुई जब उसकी जाँच रिपोर्ट आने लगी। इतने के बावजूद भी उसके शरीर में महामारी के कोई लक्षण नहीं उभर रहे थे। जलने के बाद के तमाम कष्ट उसका शरीर झेल ही रहा था पर महामारी अब भी उससे कोसों दूर थी। इधर डॉक्टर हैरान थे कि अभी तक इसे महामारी ने क्यों नहीं जकड़ा? उन्हें उसकी रिपोर्ट हर

हाल में पॉज़िटिव होना चाहिए थी। नहीं तो अनर्थ हो जाता। जेल प्रशासन रोज़ फ़ोन करके छोटे की सुपुर्दगी की तारीख़ पूछता, बार-बार न्यायालय के आदेश का हवाला देता और चिकित्सा-केन्द्र से बार-बार एक ही जवाब जाता, "जाँच की प्रक्रिया तेजी से चल रही है। इन्तज़ार करें।" दो बार और उसकी जाँच करवाई गई। और दोनों ही दफ़े छोटे की देह ने महामारी के लक्षणों को अँगूठा दिखा दिया। यही चिन्ता की बात थी अब। महामारी के लक्षण नहीं उभरे तो तत्काल उसे सुपुर्द करना पड़ेगा। ऐसे में जेल प्रशासन क्या करेगा खुदा जाने! फिर अदालत को ख़बर लग गई तो क्या होगा? डॉक्टरों की साँसें थम रही थीं। बहुत माथापच्ची के बाद चिकित्सा केन्द्र के प्रशासन ने एक उच्च स्तरीय लेकिन गोपनीय बैठक की। तय किया गया कि छोटे के ज़ख़्म हर हाल में दस दिन के भीतर सुखाने होंगे। तब तक के लिए जेल प्रशासन को एक रिपोर्ट भेजी जाएगी—"आपका मरीज़ पॉज़िटिव पाया गया है। पहले उसका इलाज़ होगा फिर आगे की जाँच सम्भव हो पाएगी।"

दोनों पक्ष अब सन्तुष्ट थे। एक ने आधिकारिक पत्र लिखा और दूसरे ने वह प्रकट किया। छोटे के ज़ख़्मों को सुखाने के लिए दवाइयों और सुइयों की बाढ़ आ गई। उनकी गर्मी से उसका माथा लहरने लगा। मरीज़ की देखरेख के लिए एक विश्वासी वार्ड-बॉय को लगाया गया था। वह लगभग सेवा-निवृत्ति के पास था। बुज़ुर्ग वार्ड-बॉय से कहा गया था कि उसकी इस सेवा के बदले उसके बड़े बेटे को यहाँ नौकरी दी जाएगी। इसके एवज में वह बुज़ुर्ग छोटे की सेवा-टहल में जी-जान से जुट गया। वह छोटे की पट्टियाँ बदलता, मलहम लगाता और अपने हाथों से उसे खाना खिलाता। कभी-कभी उसके सर में मालिश भी करता। छोटे ने भी उससे आत्मीयता का नाता जोड़ लिया। छोटे उसे रह-रह कर अपनी सुगनी की कथा सुनाता और रोता रहता था। उसकी चेतना एक सन्तुलन लेकर लौटी थी। छोटे ने अपनी जेल जाने की घटना को बुज़ुर्ग को सिलसिलेवार बताया। उसने बताया कि कैसे बहन के सुहाग के लिए बाप-भाई ने उसकी बलि चढ़ा दी। उससे झूठ बोला गया। उसकी शादी टूटी। सारा क़िस्सा बताते-बताते वह कुहुककर रोता। वह अपनी माई को भी याद करता और उसके लिए भी छटपटाता। उस बुज़ुर्ग वार्ड-बॉय को भी उसने ख़ूब

रुलाया। वार्ड-बॉय को यक़ीन हो चला था कि छोटे लाइलाज़ मनोरोगी नहीं। उसने अपनी सारी उम्र बिता दी थी इस मनोचिकित्सा केन्द्र में, पर ऐसा केस वह पहली बार देख रहा था। नहीं-नहीं! मनोरोगी ऐसे नहीं होते। पर डॉक्टरी काग़ज़! बुज़ुर्ग विचलित हो जाता कि वह सही है या डॉक्टर! उसका विचलन तब और बढ़ जाता जब अपनी कराहों बीच छोटे उससे कहता, "चाचा हो... हमार सुगनी के बोला दअ...माई के बोला दअ।" पता नहीं कैसे उस हाल में भी छोटे 'सुगनी रे सुगनी' गाता और बूढ़े चाचा से अपनी और सुगनी की शादी करवा देने की कसमें लेता। बुज़ुर्ग आँखों में पानी लिए झूठी कसमें खाता और छोटे के मुँह में कौर डालता जाता।

बुज़ुर्ग ने अनुमान लगाया कि अगर इसी तरह सेवा-टहल होती रही तो यह मरीज़ ठीक हो जाएगा। बस ठीक होने के लिए उसे थोड़ा वक़्त देना होगा और बहुत सारा प्यार। प्यार तो बुज़ुर्ग दे ही रहा था पर वक़्त देने के लिए कोई तैयार न था। प्रशासन को सब कुछ वक़्त के पहले चाहिए था। तत्काल रिज़ल्ट चाहिए था। डॉक्टर ने उसकी दवाइयाँ और सुइयाँ और बढ़ा दीं। उसका माथा और लहरने लगा। वह अक्सर सर में जलन की शिकायत करता और पसीने से सराबोर तड़पा करता। उसकी देह के ज़ख्म अब तेज़ी से सूखने लगे थे पर उसका असर शरीर के भीतर भी पड़ने लगा। छोटे की सूखती चमड़ी पर गपड़ियाँ उग आईं। शायद दस दिन और लगते और चीज़ें नियंत्रण में आ जातीं।

पर छोटे की देह अब यह सब और सहने के लिए तैयार नहीं थी। बिलकुल नहीं। बहुत हुआ ज़िन्दगी का खेल। अब और नहीं!

रात के अँधेरे में उसने सुगनी के लिए एक आख़िरी धुन छेड़ी और सुबह जब बुज़ुर्ग उसके लिए गरम दूध और पावरोटी लेकर आया तब तक छोटे दुनिया को अलविदा कर चुका था। उसे अब कोई नहीं चाहिए था। न माँ-बाप, न भाई-बहन। और ना ही वह सुगनी। दुनिया को अलविदा कहते वक़्त बस उसकी आँखें खुलीं थीं। जिसे पढ़ने वाला एक ग़रीब वार्ड-बॉय के अलावा कोई न था। उसने गर्म दूध के ग्लास को वार्ड की दीवार पर दे मारा और उन पावरोटियों को दोनों हाथों से नोचकर वहीं फ़र्श पर बिखेर दिया।

धीरे-धीरे हर वह चीज़ अनुपस्थित हो रही थी जिनकी उपस्थिति से एक देश बनता है। नागरिकता को परिभाषित करने वाली हर शक्ति अपनी धुरी से हटी जा रही थी। संस्थानों ने ऐसा भरोसा तोड़ा था कि उससे पैदा होने वाले विश्वास को फिर से जमने में कई दशक लग जाएँ। टीवी पर किसी मन्दिर-निर्माण के नक़्शे पर बहस चल रही थी। अमृत को ख़बरों में मन्दिर का नक़्शा दिख रहा था पर मरते हुए इनसान नहीं। उसने चैनल बदला पर वहाँ भी मन्दिर ही था। मन्दिर में महामारी के ख़िलाफ़ जंग चल रही थी, कहीं यज्ञ और हवन के बहाने तो कहीं महामृत्युंजय का जाप हो रहा था। फिर यकायक अमृत के कमरे से 'भड़' की आवाज़ आई। रेणु समझ गई कि आज टीवी शहीद हो गया। दो दिन पहले ही अमृत ने उसे कह दिया था कि उसे अब टीवी से नफ़रत हो रही है और एक दिन वह इस टीवी को फोड़ डालेगा। बस यह काम उम्मीद से थोड़ा पहले हो गया था। रेणु ने कमरे में झाँका भी नहीं। क्या फ़ायदा था? आदमी जब चारों ओर से अविश्वास से घिरा हो तो वह हिंसक हो ही जाता है। पूरा का पूरा देश हाँफ रहा था और ख़बरों से अस्पताल, ऑक्सीजन सिलिंडर और मरते मरीज़ों की ख़बरें धीरे-धीरे ग़ायब की जा रही थीं।

न्यूज़ वाले कुछ कहें पर अस्पताल तो देखते-देखते अविश्वसनीय हो गए थे अमृत के लिए। डॉक्टरी रिपोर्ट में छोटे को महामारी के गम्भीर मरीज़ के रूप में चिह्नित किया गया था। उसकी लाश को किट से बाहर न निकालने की सख़्त हिदायत वाली एक पर्ची उसके कफ़न पर टाँक दी गई थी। मेडिकल रिपोर्ट के साथ छोटे की लाश को पहले जेल प्रशासन को ही सुपुर्द किया गया। जेल प्रशासन ने उस रिपोर्ट की छाया-प्रति पर अपनी नोटिंग लगाकर अदालत में आवेदन लगाया। छोटे के बाप-भाई को बुलाया गया और सरकारी निगरानी में उसका दाह-संस्कार करवाया गया। उस संस्कार से पहले कई दस्तावेज़ों पर जेल-प्रशासन ने छोटे के पिता के अँगूठे के निशान लगवाए। अपंग पिता ने भी गुमसुम प्रशासन की हर बात मान ली।

लेकिन जब अन्तिम-संस्कार का वक़्त आया तो पिता ने अपनी बैसाखी की तली में फँसे कील के सहारे छोटे के कफ़न को एक ओर से चीरने की कोशिश की। वहाँ उसने किसी की न सुनी। वैसे भी अँगूठे का निशान लग चुका था।

अमर देसवा

प्रशासन के हिसाब से अब कुछ होना-जाना भी नहीं था। कफ़न फटते ही छोटे का बायाँ हाथ झूलने लगा। साफ़ लग रहा था कि छोटे का हाथ अपने कन्धे से कब का ही उखड़ चुका था। हाथ कोहनी तक जला हुआ था और उस पर पपड़ियाँ जमी हुई थीं। "हे भगवान" कहकर अपाहिज पिता वहीं धरती पर बैठ गया। बड़ा भाई फफकियों के साथ रो पड़ा। कलम घिसटकर टूट चुकी थी। छोटे की ज़िन्दगी का अन्तिम दस्तावेज़ पूरा हुआ। बिन स्याही के ही।

बाप-भाई ने आगे कोई अपील नहीं की। वे भी थक चुके थे। उन्होंने अमृत से सम्पर्क भी नहीं किया। दाह-संस्कार के दो दिन बाद छोटे के बड़े भाई ने सुबकते हुए अमृत को फ़ोन पर सारा हाल सुनाया था। अमृत तब रजत की क़ब्र पर मिट्टी डलवाकर घर लौटा ही था। सारा हाल सुनने के बाद अमृत का माथा एकदम सुन्न पड़ गया था। अमृत को लगातार सोचते रहने वाली बीमारी ने यहीं से कुछ ज़्यादा ही गिरफ़्त में लेना शुरू कर दिया था। उसके लिए उसके मुवक्किल की फ़ाइल अभी बन्द नहीं हुई थी बल्कि उसकी असली फ़ाइल अब खुलनी थी, जिसमें एक नागरिक का अधजला दस्तावेज़ था। उसने छोटे के भाई को डाँटा भी था। भाई को लड़ना चाहिए था। अपील करनी चाहिए थी। हक़ था उसका। पर बड़ा भाई बार-बार विधि का विधान मानकर अमृत की हर बात नकार जाता। थककर अमृत ने यह कहते हुए फ़ोन पटक दिया था "साले कायर।"

25

अघोरी बाज़ार में अब दो ही ऐसी चीज़ें बची थीं जो अपनी जगह पर टिकी हुई दिख रही थीं—मसान और पुल। पुल से गुजरने वाली गाड़ियों और एम्बुलेंस का शोर दिनोंदिन बढ़ता जा रहा था। शोर तो अब पुल के नीचे भी कम न था। एक-दो बरसात के बाद आवाज़ें और साफ़ सुनाई देने लगी थीं। यह पता लगाना मुश्किल था कि कानों में पड़ने वाली ये आवाज़ें पुल के ऊपर से आ रही हैं या उसके नीचे से। छत से दक्षिण दिशा का आसमान देखो तो अब वह

हमेशा धुंधला ही दिखता था। कजरौटे के बच्चे कैसे जीते होंगे उस धुएँ में? यह सोचकर ही अमृत को मितली आने लगती थी।

आधी रात को एक बार फिर अमृत अपनी छत पर था।

दस दिन के भीतर उसने इतने सदमे झेले थे उसकी नींद उचट गई थी। रात और गहराने लगी पर छुटकी का रोना थम नहीं रहा था। इशा जितनी जल्दी आ जाए ठीक होकर, इसी में ग़नीमत थी। अमृत छुटकी को कभी गोद में तो कभी कन्धे पर झुलाता। लेकिन बिना माँ की बच्ची एकदम चिड़चिड़ी हो गई थी। तीन दिन हो गए थे इशा को भर्ती हुए। रजत किशोर के जाने के बाद इशा का सदमे में जाना लगभग तय ही था। पर उसने जानबूझकर जो किया था उससे अमृत हिला हुआ था। उसने अपनी बच्ची के बारे में भी नहीं सोचा! एक पल के लिए भी नहीं! अमृत की मानें तो वह एक तरह से आत्महत्या करने की तैयारी कर चुकी थी। वह भी चुपचाप। उस रात तीन बजे तक तो अमृत अपने छत पर टहल ही रहा था। नीचे से छुटकी के रोने की आवाज़ छनकर आ रही थी। इतना कभी नहीं रोती थी छुटकी। उस रात जब अमृत अपने कमरे में आया तब भी छुटकी की आवाज़ आती रही। 'कैसी माँ है? अब तक सोई है और बच्ची बिलख रही है?' अमृत को इशा पर बेहद ग़ुस्सा आ रहा था।

जाने वाला तो चला गया। लेकिन जो बचा हुआ है उसकी तो हिफ़ाज़त करो! समर्पण नहीं करना चाहिए। किसी भी हालत में नहीं। अमृत ने इशा को हर तरह की आर्थिक ज़िम्मेवारी से आज़ाद कर दिया था। उसने साफ़ कहा था कि रजत हिन्दू था या मुसलमान, इससे उसे कोई फ़र्क़ नहीं पड़ता है। अगर वे लोग भी सच बता देते तो भी अमृत उन दोनों को किराएदार रखता। उसने यह भी कहा कि "तुम जब तक चाहो यहाँ बिना किराए के रह सकती हो। कोई और ज़रूरत हो तो वह भी पूरी करूँगा...बस हार नहीं मानना।" पर इशा थी कि जैसे कुछ सुन ही नहीं रही थी। छुटकी को लेकर कमरे में बन्द रहने लगी। बीमारी के बारे में तो बताया ही नहीं किसी को। रजत को गए तीन दिन भी नहीं हुए थे कि...।

अमृत का शक यक़ीन में तब बदला जब उस रात साढ़े चार बजे तक छुटकी रोती रही। उसने पहले रेणु को जगाया। रिया भी जाग गई। तब अमृत

ख़ुद किट पहनकर रेणु के साथ नीचे आया। दरवाज़ा खटखटाया तो छुटकी के रोने के अलावा कोई आवाज़ नहीं आ रही थी। अमृत की बेचैनी बढ़ गई। रेणु भी रोने लगी। अमृत ने सारी ताक़त झोंककर दरवाज़े को पीटा। पर कोई फ़ायदा नहीं था। फिर उसने दरवाज़े पर ज़ोर आज़माना शुरू किया। तीन-चार धक्कों के बाद दरवाज़े की किल्ली भीतर से उखड़ गई। अमृत जब भीतर दाख़िल हुआ तो उसका अनुमान सही निकला। इशा अचेत पड़ी थी और छुटकी उसकी छाती से लिपटी रो-रोकर बेदम हो चुकी थी।

क्या-क्या नहीं करना पड़ा अमृत को उस औरत को बचाने के लिए! पाँच बजे कौन फ़ोन करता है किसी को? पर करना पड़ा। हिरेन तो एकदम से झल्ला गया था अमृत पर। लेकिन अमृत ने परवाह ना की। उसने उससे गुहार लगाई। हिरेन ने साफ़ कहा कि ऑक्सीजन की डिमांड सामान्य से चार हज़ार गुना ज़्यादा हो चुकी है। कहीं कोई उम्मीद नहीं। ज़िले के किसी भी अस्पताल में अब जगह नहीं बची है। लीडरों की लीडरी निकल चुकी है और अधिकांश अधिकारी अपना फ़ोन बन्द कर चुके हैं। किसी भी मरीज़ को दाख़िल करवाना अब नामुमकिन है। उसी समय 'टीम साँस' के आगे भी हाथ-पाँव जोड़े अमृत ने। छह बजे ऑटो लेकर निरंजन पहुँचा। साढ़े छह तक इशा सदर अस्पताल में थी। पर वहाँ जमा भीड़ देखकर अमृत के होश उड़ रहे थे। जगह पाने के लिए भीड़ ने मारामारी मचा रखी थी। अस्पताल के प्रशासन ने अपने हाथ खड़े कर लिए थे। तभी अमृत की कलाई को उसके एक पुराने मुवक्किल ने पकड़ लिया और उसे खींचते हुए अलग ले गया, बोला, "उधर नहीं वकील साहब इधर।" अपने वकालत के शुरुआती दौर में अमृत ने उसका केस लड़ा था। मुवक्किल आज भी अमृत का एहसान मानता था। उसने राह सुझाई "दाख़िला फ्रंट से नहीं बैक से होता है आजकल।" इसी रास्ते उस मुवक्किल ने अपने पिता को भर्ती करवाया था। कर्मचारी को पैसे खिलाए गए और तत्काल इशा भर्ती हुई। अमृत का तो मन हुआ कि इस गोरखधंधे का पर्दाफ़ाश करे पर ऐसे में फिर इशा नहीं बच पाती। लड़ो या मरो। अमृत इशा को किसी क़ीमत पर मरने नहीं देता। फिर छुटकी का क्या होता! दस हज़ार देने पड़े तब जाकर ऑक्सीजन वाला बेड मिला। भारी मन से अमृत लौटा था वहाँ से। जैसे उसके

अपने ही सिरजे हुए मूल्य और मान्यताओं की लाश उसके अपने ही कन्धे पर आ गिरी हो। अमृत के लिए उन लाशों को कन्धों से हटाना तो दूर हिलाना तक मुश्किल हो रहा था।

उस रोज़ अस्पताल से जब अमृत घर लौटा तो छुटकी रोते-रोते सो गई थी। उसे डर के मारे किसी ने छुआ तक नहीं था। क्या पता वह भी संक्रमित हो! अमृत उस बच्ची की दुर्दशा पर रो पड़ा। सी.पी. की मौत के बाद उसके आँसू सूख चुके थे। पता नहीं क्यों सोती हुई छुटकी को देखकर उसकी आँखों से सोता फूट पड़ा। उसने अपनी आँखें पोंछते हुए छुटकी को गोद में उठा लिया, 'जो होगा देखा जाएगा।'

तब से छुटकी को वह टाँगे फिर रहा है। रेणु और रिया छुटकी को दूर से ही पुचकारती हैं। उनको दूर खड़ा पाकर छुटकी किलकारी मारती है, पास आने का इशारा करती है पर डर के मारे उसके पास उनमें से कोई नहीं आता। वह फिर रोने लगती है। ऐसी महामारी न देखी थी न सुनी थी। प्रेम और करुणा जैसी सहज वृत्ति के पैरों में बेड़ियाँ पड़ गई थीं! अमृत छुटकी को लेकर कभी छत पर जाता है तो कभी कमरे में बिखरे रिया के बचपन के खिलौनों के आगे छोड़ देता है। एक तरह से छुटकी ने अमृत को उस तकलीफ़ से उबार लिया था जो रह-रहकर उसके कलेजे से हूक की तरह उठती थी। अब तो उदास होने का भी वक़्त नहीं था उसके पास। छुटकी की देख-रेख के बीच अमृत रोज़ एक बार इशा की हालत जानने के लिए हॉस्पिटल का चक्कर भी लगाता। वह पॉज़िटिव ही पाई गई थी। राही होता तो इस भागदौड़ से वह बच सकता था। पर राही का फ़ोन ही नहीं लग रहा था। हॉस्पिटल में भी पता किया था अमृत ने। एक स्टाफ़ ने बतया कि वह अभी तक ठीक नहीं हुए हैं। शायद लीवर में इन्फेक्शन फैल गया है। मुसीबतों का तो पहाड़ ही टूट पड़ा था 'टीम साँस' पर। सारी गतिविधि मन्द पड़ गई थी। वे मात खाए योद्धा की तरह लगभग पस्त थे।

अमृत के कन्धे पर झूलती हुई छुटकी सो चुकी थी। अमृत भी आसमान निहारता अब थक गया था। छत पर एक खाट रख रखी थी अमृत ने। पहले उसने

सोचा कि आज रात खाट पर ही सोया जाए पर घने बादलों ने आसमान को निगलना शुरू कर दिया था। दो दिन से मौसम ऐसा ही था। उमस अचानक बढ़ गई थी। मेघ कभी भी बरस सकते थे। तीन दिन से अमृत की दिनचर्या पर छुटकी का ही क़ब्ज़ा था। वह उसी की नींद सोता और जागता था। अब अमृत की भी पलकें भारी हो रही थीं। वह नीचे अपने कमरे में आया और ज्यों ही बत्ती बन्द करने के लिए गया कि उसका फ़ोन बज उठा।

यह कजरौटा था। अमृत को करंट लग गया। क्या हो गया अब? उसने तुरत फ़ोन उठाया।

"भइया...रमायना साला! मेरे बच्चे को दाँव पर लगा दिया।" कजरौटा बिलख रहा था।

छुटकी को सुलाकर अमृत एक बार फिर मोर्चे पर था।

कजरौटे ने कुछ समझदारी दिखाई थी। पहले वह विजय को सीधे अस्पताल ले आया था। फिर उसने अमृत को ख़बर की थी। पर सदर अस्पताल के भीतर क्या बाहर तक मरीज़ लेटे हुए थे। तिल धरने की जगह न थी। अस्पताल के सामने वाली सड़क तक पर मरीज़ भरे पड़े थे। अमृत वहाँ पहुँचा तो देखा कि विजय ज़मीन पर ही लेटा हुआ था और उल्टी-दस्त ने उसे पस्त कर दिया था। माधुरी उसे पंखे झल रही थी। अमृत जानना चाहता था कि इसमें रामायन की क्या भूमिका थी? पर उसके लिए वक़्त कहाँ था? कजरौटा किसी सफ़ाईकर्मी के आगे गिड़गिड़ा रहा था। सफ़ाईकर्मी बार-बार अपना सर हिलाकर अपनी असमर्थता ज़ाहिर कर रहा था। तभी आसमान ज़ोरों से कड़का और मूसलाधार बारिश शुरू हो गई। बाहर-भीतर भगदड़ मच गई। हर किसी को छिपने के लिए जगह चाहिए थी। कजरौटा सफ़ाईकर्मी को छोड़कर विजय की ओर दौड़ा।

अमृत ने कजरौटा के साथ मिलकर विजय को उठा लिया।

बड़ी मुश्किल से अस्पताल के एक टूटे-फूटे साइकिल स्टैंड में शरण मिली सबको। तब तक कुछ और मरीज़ भी वहाँ आ धमके। वे भी कहाँ जाते! स्टैंड की छत से पानी चू रहा था। विजय की तपती हुई देह भी भीगने लगी। बरसाती हवा के झोंके ने भी कोई कसर न छोड़ी।

"अब बच्चे को लेकर कहाँ जाएँ भइया?" कहते हुए कजरौटा हँसने लगा। उसकी हँसी डरावनी हो चुकी थी।

अमृत को तो जैसे पाला मार गया था। गरजते हुए बादलों और बरसते पानी के बीच वह अब तक छुटकी के ख़यालों में गुम था। वह बेचारी अगर डरकर जाग गई होगी तो उसे चुप कौन कराएगा? गोद में उठाने वाला भी कोई नहीं है। रिया और रेणु में से शायद ही कोई साहस करेगा। पर कजरौटे की हँसी ने अमृत को झकझोरकर छुटकी के ख़यालों से बाहर निकाल दिया। कजरौटा ज़ोर-ज़ोर से हँसे जा रहा था और बीच-बीच में रो भी रहा था, "अब कहाँ जाएँ भगवन? अब कहाँ जाएँ हम?"

नहीं-नहीं! ऐसे तो विजय मर जाएगा। अमृत एक बार फिर अपने सीने पर पत्थर रखकर अस्पताल की बैक एंट्री की ओर गया। आदर्शों की लाश कब की गिर चुकी थी। अब उनकी तिजारत करने में शर्मिंदगी कैसी? पर अस्पताल की पीछे वाली एंट्री गेट पर ताला लगा था। अमृत लड़खड़ा गया। अब क्या होगा? यह रास्ता भी बन्द है। हताश होकर वह फिर विजय के पास पहुँचा। विजय तेज़-तेज़ साँसें ले रहा था। जैसे पानी की बूँदें गर्म तवे पर नाचती हैं। कजरौटे और अमृत ने नाचना शुरू किया। वे सी.एम.ओ. के दफ़्तर की ओर भागे। वहाँ भी ताला लगा था। वार्ड की ओर गए तो छटपटाते मरीज़ों के अलावा कोई न था। एक दर्जन वार्डों को छानने के बाद दो जूनियर डॉक्टर मिले। अमृत बिना कुछ कहे उनके आगे अपने हाथ जोड़े। बदले में उन दोनों ने अमृत को हाथ जोड़ दिए, "हम कुछ नहीं कर सकते भाई साहब...कुछ भी नहीं...सारे रिसोर्स ख़त्म हो चुके हैं।"

"एक बार चलकर देख लीजिए...प्लीज़ सर प्लीज़," अमृत गिड़गिड़ाया।

उन डॉक्टरों की नाइट-शिफ़्ट अभी-अभी ख़त्म हुई थी। थककर चूर थे दोनों। अमृत ने डॉक्टर राही का हवाला दिया। टीम साँस के बारे में बताया। एक डॉक्टर राही का दोस्त निकला। उसने अमृत को टटोला। राही से उसके सम्बन्ध की जाँच-पड़ताल की, फिर साथ चल पड़ा। दूसरा वहीं वार्ड में ठिठका रहा।

बरसात तेज़ हो चुकी थी। भीगते हुए ही तीनों साइकिल स्टैंड पहुँचे। पहुँचते ही डॉक्टर ने अमृत को उसके मोबाइल की बत्ती जलाने के लिए

कहा और अपना थर्मामीटर निकाला। विजय का बुख़ार थर्मामीटर के ऊपरी छोर को छू रहा था। डॉक्टर तुरत अपनी जेब से एक काग़ज़ निकालकर कुछ दवाइयाँ लिखने लगा। अमृत डॉक्टर की हड़बड़ाहट भाँप गया। पीपीई किट के भीतर उस डॉक्टर का चेहरा नहीं दिख रहा था। बस चश्मे के भीतर की उसकी आँखें कुछ सन्देश दे रही थीं। अमृत ने उस सन्देश को पढ़ लिया।

"ये सुई और दवाइयाँ तुरन्त ले आइए," कहते हुए डॉक्टर ने अमृत को पर्ची पकड़ाई।

"आप तब तक रहेंगे न सर?" अमृत को डर था कि डॉक्टर कहीं चला न जाए।

डॉक्टर ने जवाब दिया, "आप लेकर आइए तो सही।" फिर वह डॉक्टर स्टैंड के भीतर बाक़ी मरीज़ों को देखने लगा। उसके समर्पण को देखकर शक की कोई गुंजाइश न थी।

अमृत जब लौटा तब तक वह डॉक्टर टिका हुआ था। बाक़ी बचे मरीज़ों को वह फुर्ती से देखते हुए मोबाइल की रोशनी में उनके लिए सुई-दवाई लिख रहा था। लोग उससे पर्ची लेते और दुकानों की ओर भागते। अमृत के आते ही उसने सीलबन्द सुई को खोला और दो छोटी शीशियों को आपस में मिलाकर सुई में भर लिया। फिर उसने विजय के गले की नस को टटोला और उसी में सुई का पूरा ट्यूब ख़ाली कर दिया।

कजरौटा चुपचाप यह सब देख रहा था। बरसात से भीगी उसकी देह में कोई हरकत ही न थी। माधुरी मन ही मन रो रही थी। उसकी आँखों ने बरसात के नमकीन पानी को रोक लिया था। सुई के असर से विजय की बेचैन देह धीरे-धीरे कुछ शान्त होने लगी। खाने-पीने और दवाई से जुड़ी कुछ हिदायतें देकर वह डॉक्टर भीगता हुआ चला गया। इसी बीच आगृत ने उसे रोककर कुछ पूछा भी था। तब डॉक्टर ने सुबह दस बजे वार्ड नम्बर चार के सामने आने को कहा, पर यह भी कहा, "यह पक्का नहीं कि बिस्तर मिल ही जाए लेकिन कोशिश करूँगा।"

एक उड़ता हुआ आश्वासन देकर वह डॉक्टर जा चुका था।

बरसात अब और तेज़ हो गई। तंग आकर साइकिल स्टैंड के मरीज़ों ने अब ख़ुद को गीला होने से बचाने की कोशिश भी छोड़ दी। कोई फ़ायदा ही नहीं था। सब के सब भीग रहे थे। ऊपर से बरसाती झोंके सबके चेहरों पर सभ्यता के तमाचे की तरह पड़ रहे थे। फिर भी सब ज़िन्दा थे। पानी धीरे-धीरे साइकिल स्टैंड में भी भरता चला गया। लेटे-अधलेटे मरीज़ उठाए जाने लगे। कराह की एक हल्की लहर उठ गई। देखते-देखते जलभराव टखनों तक हो गया। अमृत ने देखा कि रोगियों के बीच एक अंधी बूढ़ी औरत भी है। उस कृशकाय को साँस लेने में बहुत तकलीफ़ हो रही थी। साइकिल स्टैंड में जब जलभराव तेज़ होने लगा तो उस बूढ़ी औरत के नौजवान पोते ने अपनी दादी को गोद में उठाने की कोशिश की। कृशकाय दादी "आह-आह" करके कराहने लगी। अमृत ने उस बुज़ुर्ग को उठाने के लिए सहारा दिया। अमृत का सहारा पाते ही बलिष्ठ पोते ने अपनी दोनों मजबूत भुजाओं से अपनी अंधी दादी को किसी बच्चे की तरह गोद में उठा लिया। बुढ़िया झेंपने और बिलखने लगी, "छोड़ दे रे बबुआ छोड़ दे...अब ना...मर जाए दे...ओह भगवान!"

पर नवजवान अपनी बिलखती दादी की फ़रियाद को अनसुना कर गया। दादी बार-बार उससे उसे छोड़ देने और मर जाने की बात हाँफते हुए दुहराती। जवाब में उसका पोता मुस्कुराकर बोलता, "ना हो आजी! तहरा मूए ना देब... तहरा मूए ना देब हो आजी!" उस नौजवान पोते के आँखों में आँसू थे और कलेजे में अपनी दादी को बचा लेने का संकल्प।

बरसात और ज़ालिम हो गई। जैसे आज प्रलय होकर रहेगा। कजरौटे ने भी विजय को गोद में उठा लिया। पर विजय अब पूरी तरह भीग चुका था। अमृत को डाकसाहब की नागरिकता और कल्याणकारी राज्य पर कसी जाने वाली फ़ब्तियाँ एक-एक करके याद आ रही थीं। सभ्यता के तमाचे खाने के बावजूद भी साइकिल स्टैंड लोगों से भरा पड़ा था।

पता नहीं कैसे लोग हैं ये? अब भी सब के सब टखनों भर पानी में खड़े-खड़े बारिश ख़त्म होने का इन्तज़ार कर रहे थे। जैसे बरसात के निपटने के साथ ही उनकी सारी मुसीबतें निपट जाएँगी।

26

डॉक्टर की हड़बड़ाहट और उसकी उदास आँखों को अमृत ने उस दिन ने ठीक ही पढ़ा था। दस बजे वार्ड तक पहुँचने से बहुत पहले विजय पूरी तरह अचेत हो चुका था। अचेत होने से पहले उसने दो बार "पापा पानी...पापा पानी" कहा था। उसकी देह सूख चुकी थी पर कपड़े गीले थे। उसकी देह ने दो घंटे की मुसलसल बरसात झेली थी। वार्ड के बाहर वही डॉक्टर एक घंटे की देरी से आया था। देह तो उसकी भी लड़खड़ा ही रही थी। उसकी चाल बता रही थी कि शायद वह ठीक से सोया भी नहीं था। उसने मरीज़ को पहचान लिया था। आते ही आला निकालकर उसने विजय के सीने से लगाया था। देर तक उसकी धड़कनें सुनता रहा। फिर नब्ज़ टटोलने लगा। कहीं कोई हरकत नहीं दिखी डॉक्टर को। कुछ सोचकर उसने फिर विजय के सीने पर अपने आले को टिकाया। थोड़ी देर बाद उसने आला हटाते हुए अमृत से कहा था, "कमजोरी की वजह से कार्डियक-अरेस्ट हुआ है। अब तो बहुत देर हो गई।"

"क्या बात करते हैं डाकसाहब? पन्द्रह साल के बच्चे को हार्ट-अटैक?"अमृत को भरोसा नहीं हो रहा था।

तब डॉक्टर ने अपने आले को अमृत की आँखों के सामने किया था, "एक बार मैं ग़लत हो सकता हूँ पर यह नहीं," डॉक्टर का इशारा अपने आले की ओर था। देखते-देखते विजय मर गया था। सबकी आँखों के सामने। ओह! सदमे का मारा कजरौटा कभी हँसता तो कभी रोता तो कभी अपने सर के बाल धुनता। माधुरी हिचकियों में रो रही थी। कहीं बाहर नहीं, अपने ही घर आकर लुटा था कजरौटा। तभी माधुरी ने एक लम्बी चीख़ मारी, "भाई रे भाई!"

बरसात फिर से होने लगी थी। देर तक होती रही। आज प्रलय ही हो जाए तो बेहतर।

मसान में विजय को फूँकते वक़्त कजरौटे की आँखों में आँसू नहीं थे। जैसे आँख नहीं कछार की गंगा हो। सूखी हुई। एकदम सूनी। उसे ढाढ़स देने का

साहस किसी में नहीं था। मसान से लौटते वक़्त अमृत का पैर भारी हो गया था। चला ही नहीं जा रहा था उससे। सीने में एक आग धधक रही थी। बस एक बार, बस एक ही बार, अगर मौक़ा मिल जाता अमृत को, तो वह रामायन की गर्दन मरोड़कर फेंक देता। कजरौटे ने तो अपना ग़ुस्सा उतार दिया था उस जल्लाद पर। विजय जब बीमार पड़ा था तभी राजू ने सारा क़िस्सा कजरौटे को सुना दिया था। क़िस्सा सुनने के बाद कजरौटा किसी के वश में नहीं था। वह चीख़ते-चिल्लाते हुए सीधे हॉस्पिटल गया और रामायन को मारने लगा, "साले हमरे बच्चे को ही दाँव पर लगा दिए।" तब महिला सफ़ाईकर्मियों और नर्सों ने बचाया था रामायन को, नहीं तो उसी रात रामायन का अंग भंग होना तय था। पागलाए कजरौटे ने तब उसके मुँह पर थूक दिया था और तुरत सदर अस्पताल पहुँचकर अमृत को फ़ोन लगाया था।

हुआ यह था कि महन्त महेंद्रनाथ ट्रस्ट एंड हॉस्पिटल के पाँच कर्मचारी, दो नर्सें और एक डॉक्टर संक्रमित होकर अपना काम छोड़ चुके थे। लग रहा था कि हॉस्पिटल ही बैठ जाएगा। रामायन ने थाना प्रभारी को बरगलाने के लिए जो झूठ बोला था वह सच साबित हो रहा था। एक डॉक्टर खोजने में रामायन के पसीने छूट गए थे। पर मुँहमाँगी रकम पर तत्काल डॉक्टर का बन्दोबस्त हो गया था। वह हड्डी-रोग विशेषज्ञ था। पर वह डॉक्टर तो था ही। देर-सबेर महँगी क़ीमत देकर दो नर्सें भी बहाल की गईं पर उनकी तनख्वाह किसी डॉक्टर से कम न थी। अव्वल तो कोई तैयार ही नहीं हो रहा था। दो मिलीं भी तो एकदम हाई-फ़ाई। एक नर्स ज़्यादा नख़रे कर रही थी। ऊपर से हॉस्पिटल की हर गतिविधि पर उसकी निगाह रहती थी। वह पूछताछ भी ख़ूब करती थी। रामायन को यह बात अखर गई और उसने तीन दिन बाद उस चतुर नर्स को चलता किया। अब पूरा अस्पताल तीन डॉक्टर और एक नर्स के सहारे चल रहा था। चौथा ख़ुद रामायन था।

लेकिन असली दिक़्क़त मरीज़ों के रख-रखाव की थी, साफ़-सफ़ाई, नाश्ता-पानी और समय-समय पर दवाई देते रहने की थी। ऊपर से पाँच स्टाफ़ के लोग यकायक संक्रमित हो गए थे। रामायन पर संकट गहरा गया। उसे अब हर हाल में स्टाफ़ के लोग चाहिए थे। इधर महामारी का डर पूरे अघोरी बाज़ार

में फैला हुआ था। कछार-गंगा में आतीं लाशें देखकर पूरा अघोरी बाज़ार स्तब्ध था। काम करने के लिए कोई मिल ही नहीं रहा था। सबसे पहले तो रामायन ने राजू और कुसुम को तीनों फ़्लोर के मरीज़ों की तीमारदारी में लगाया। यह कहते हुए कि बस आज भर सँभाल लो। फिर उसने अघोरी बाज़ार में एक स्टाफ़ के जरिए बोली लगवाई। काम करने वाले को पन्द्रह सौ रुपए रोज। यह राशि कम न थी। साथ में यह भी कहा गया कि हॉस्पिटल सभी स्टाफ़ को जीवन-रक्षक किट देगा। बीमारी छू भी नहीं सकती। साँझ तक भी कोई नहीं मिला। तब रामायन ने रेट बढ़ा दिए—दो हज़ार रोज। इस बार यह भी कहा गया कि पैसा हाथोहाथ दिया जाएगा।

तीन औरतें और एक लड़का तत्काल हाज़िर हो गए। रामायन ने चैन की साँस ली। पर पहले ख़ूब पूछताछ की। उसे डर था कि कहीं वे बीच में ही भाग न जाएँ। तीन में से एक औरत को तो रामायन बहुत पहले से जानता था। कजरौटे की ही बस्ती से थी। लड़का भी परिचित ही निकला। उसकी माँ डॉक्टर मंडल के पड़ोस में झाड़ू-बर्तन करती थी। बातों-बातों में उस लड़के ने रामायन के कान में कहा, "एक और है जो काम करना चाहता है पर वह पीछे के रास्ते से आएगा।"

रामायन ने जानना चाहा, "कौन?"

वह लड़का फुसफुसाया, "आगके गार्ड का बेटा विजय। लेकिन बात खुल गई तो काम छोड़ देगा वह।"

रामायन समझ गया।

एक बार उसका मन हुआ भी कि मना कर दे। अगर कजरौटे को पता चल गया तो झंझट करेगा। पर बढ़ियाई हुई आमदनी ने रामायन को पागल कर दिया था। अस्पताल ठसाठस था और निकट भविष्य में भीड़ कम होती नहीं दिख रही थी। रामायन लगातार एक सनक से गुज़र रहा था। वह अच्छी तरह जानता था कि कमाई का यह मौक़ा उसे दुबारा नहीं मिलेगा। उसने सहमति दे दी। वैसे भी किट पहनने के बाद कौन किसको पहचानता है! और कजरौटे को भी कहाँ ऊपर वार्ड में आना था! रामायन ने दो घंटे में उन पाँचों को उनका काम समझाया। महिलाएँ अस्पताल और मरीज़ों की सफ़ाई में लगाई गईं। पर

उन दोनों लड़कों का काम पेचीदा था। सभी मरीज़ों के बिस्तरों के पास लिफ़ाफ़े में दवाइयाँ रखी रहती थीं। हर मरीज़ पर तीन लिफ़ाफ़े थे। उन पर सुबह दोपहर शाम लिखा रहता था। उसे ध्यान से पढ़कर बिना किसी लापरवाही के दवाई खिलानी थी और समय-समय पर मरीज़ों की हरकतें देखनी थी। विजय कुछ ज़्यादा समझदार निकला। बुख़ार नापने से लेकर ऑक्सीजन सिलिंडर के नॉब तक को एक बार में समझ गया था। किस मरीज़ को कितने लीटर पर रखना है, वह सब भी रामायन ने उसे समझा दिया। काम फ़ौरन शुरू हुआ। पैसे का जला विजय तीन दिन की नौकरी में ही ख़ुशहाल हो गया था। वह रोज़ माधुरी के लिए कुछ न कुछ लाता। एक दिन तो वह माधुरी के लिए बाज़ार से धानी चुनर भी ले आया था। हॉस्पिटल से मिलने वाले रुपए-पैसों को विजय अकेले में बार-बार जोड़ता-घटाता रहता। उसने हिसाब लगाया कि दो माह भी ऐसे निकल गए तो घर की तक़दीर बदल जाएगी।

उसकी ड्यूटी कजरौटे की ड्यूटी से आधे घंटे बाद शुरू होती। रामायन अब विजय की ज़रूरत के हिसाब से कजरौटे की ड्यूटी में हेर-फेर करता रहता। जब कजरौटा बाहर गेट पर तैनात रहता तो विजय पिछले दरवाज़े से भीतर दाख़िल हो जाता। पर यह आँख-मिचौली ज़्यादा दिन तक न चली। विजय को बुख़ार चढ़ने लगा। राजू को यह सब पता था पर उसने रामायन के डर से अपनी ज़ुबान नहीं खोली।

राजू ने अपनी ज़ुबान तब तक नहीं खोली जब तक रामायन ने अति नहीं कर दी। रामायन विजय को दवाइयाँ खिलाता, सुई देता और काम पर तैनात कर देता। उसका बुख़ार अभी हल्का ही था। हॉस्पिटल में मरीज़ों का आना-जाना और जीना-मरना लगा हुआ था। व्यवस्था अगर चुस्त नहीं होगी तो शोर-शराबे का डर था। जो मरीज़ ठीक होकर चले जाते वे भीतर की अव्यवस्था को वैसे भी कोसते रहते थे। स्टाफ़ की कमी तो थी ही। एक नर्स से कितना सँभलता? तंग आकर रामायन ने एक फ़ैसला लिया। उसने एक रात राजू को रोका और सबसे ऊपरी तल पर ले गया। वहाँ सबसे गम्भीर मरीज़ रखे जाते थे। डॉक्टर मरीज़ों को देखकर जा चुके थे और विजय मुस्तैदी से वहाँ हर चीज़ सँभाल रहा था।

एक मरे हुए मरीज़ के आगे जाकर रामायन रुका और उसके बेड की दराज से सुई निकालकर राजू को थमाई "चल सुई लगा इसकी बाँह पर," रागायन बिना किसी लाग-लपेट के बोला।

राजू को काटो तो ख़ून नहीं। हलक ही सूख गया उसका। फिर भी साहस करके उसने मना किया, "हम बोले थे न कि हमसे नहीं होता है।"

तभी रामायन ने एक ज़ोर का चाँटा मारा राजू को, "होगा क्यों नहीं? चल सीख।" रामायन की आँखों में हैवानियत उतर आई थी। उसने अपने पंजे से राजू की बाँह पकड़ी और लाश की ओर धकेल दिया, "चल शुरू कर।"

राजू सिहर गया। फिर रोने लगा, "हम से नहीं होगा...एकदम नहीं होगा।"

रामायन ने फिर चाँटा मारा, "मैं साथ में खड़ा हूँ। चल सीख। होगा क्यों नहीं!"

"मेरा हाथ काँपता है!" रोते हुए राजू ने अपनी विवशता दिखाई।

"ऐसे ही तेरा हाथ काँपता रहा न साले तो तुझको लात मारकर बाहर निकालेंगे और तुम्हारी बहन को भी छोड़ देंगे। फिर सड़क पर करते रहना मजूरी।" रामायन एकदम आक्रामक हो चुका था। उसकी दरिन्दगी उसके चेहरे पर साफ़ झलक रही थी। विजय चुपचाप उन दोनों को देख-सुन रहा था। रामायन की हरकत से वह भी सन्न था।

राजू सुई थामे कुछ सोचने लगा।

इस बीच रामायन राजू को एकटक ही घूरता रहा। जैसे राजू के मना करते ही रामायन उसे कच्चा चबा जाएगा। अब रामायन के लिए नहीं बल्कि राजू के लिए फ़ैसले की घड़ी थी। एक ओर बहन की ख़ुशी और दूसरी ओर लाश पर कारीगरी। एक को चुनना ही था। वह भी उसी वक़्त। राजू सोचता चला गया। विवशता भी आदमी को बलवान बनाती है। लगातार सोचने से राजू के भीतर पता नहीं कहाँ से इतना बल आ गया। कुछ देर बाद एक झटके में राजू ने फ़ैसला कर लिया और रामायन पर पूरी ताक़त से चीख़ा, "दू ठो रोटी के लिए साला हमको पिशाच बनाएगा रे रमयना? अपनी बहन को तुम जैसा राक्षस के हाथ में देंगे अब? तू भरम में है रे रमयना।"

राजू अपने ठेठ गँवई अन्दाज़ में आ चुका था। बात पूरी करते-करते उसकी साँसें तेज़ हो चुकी थीं और देह बगावत की भाषा बोल रही थी। राजू की मुट्ठियाँ तन गई थीं। एक क्षण के लिए विजय को लगा कि राजू अपने हाथ की सुई रामायन की देह में ही भोंक देगा। राजू आगे बढ़ा तो रामायन "अरे!" कहकर पीछे हटा। राजू ने अपनी मुट्ठी की सुई को फ़र्श पर पटक मारा और रामायन को गालियाँ देते हुए वहाँ से निकल गया।

राजू अब पिंजरा तोड़कर आज़ाद हो चुका था।

उसने उसी रात सबसे पहले कजरौटे को यह बात बताई। उसने यह भी बताया कि "तुम्हारा लड़का आज से नहीं तीन-चार दिन से बीमार है और उसे यहाँ गुपचुप ड्यूटी बजाते दस दिन से ऊपर हो चुके हैं।" तीर सही निशाने पर लगा। कजरौटे ने उसी रात रामायन को धोया था। इसी हो-हल्ला के बीच रोते हुए राजू ने कुसुम से रामायन की दरिन्दगी का सारा क़िस्सा कह डाला। राजू ने कुसुम को उस नरपिशाच से पिंड छुड़ाकर गाँव लौट चलने का निहोरा किया, बोला, "यह साला राक्षस है कुसुम। एक दिन यह तुम पर भी दाँव खेलेगा। इस साले का एकदम भरोसा नहीं। चल यहाँ से।" पर कुसुम पिंजरे से बाहर ही नहीं आ रही थी। बल्कि वह अड़ गई। राजू के बहुत मनाने पर भी वह नहीं मानी। उल्टे कुसुम ने अपनी आँखों में पानी भर कर राजू के आगे हाथ जोड़ दिया, "यहाँ से गई तो कहीं की नहीं रहूँगी भाई...कहीं की नहीं!"

राजू अपनी क्षत-विक्षत आत्मा के साथ उसी रात अपने गाँव के रास्ते पर था। आवेश में वह पूरी रात चलता रहा। गाँव पहुँचने के बाद राजू ने कजरौटे को फ़ोन किया। उसने कजरौटे को बताया कि जब गाँव वालों ने कुसुम के बारे में पूछा तो राजू ने साफ़ कह दिया "महामारी लील गई उसको...हम उसका श्राद्ध करने के लिए गाँव लौटे हैं।"

लड़ना भी एक धर्म है। लड़ते रहना भी एक धर्म ही है दरअसल। यह जानते हुए भी कि परिणाम अनिश्चित है तो भी लड़ाई जारी रखनी होती है। जब लड़ ही नहीं पाए तो सम्मान क्या खोजना? जब सम्मान ही नहीं तो जीना ही

क्या? ख़ामोशी से मर जाने का कोई मतलब भी है क्या? यही सब सोचते हुए अमृत ने प्रण कर लिया था कि महन्त महेन्द्रनाथ ट्रस्ट के ख़िलाफ़ मरते दम तक लड़ना है। ऐसा खिलवाड़! उसका अन्दाज़ा सही था। कजरौटे ने एकाध और बातें बताकर उसके अन्दाज़े को और पक्का कर दिया था। पूरी दुनिया में ऑक्सीजन सिलिंडर के लिए मारा-मारी मची हुई है और रामायन स्टॉक पर स्टॉक कर रहा है! कजरौटे ने बताया था, "सप्लाई तो सरकारी अस्पताल कर रहा है सब।" अमृत को याद आया कि उस दिन डॉक्टर राही इसीलिए रामायन के बारे में पूछ रहा था पर खुलकर कुछ कहने से भी बचना चाहता था। कहाँ है सरकार? किधर है संविधान? और आई.पी.सी. की धाराएँ? क्या वे अलमारियों में सड़ेंगी? नहीं-नहीं! नहीं छोड़ना है महन्त और रामायन को अब। उनकी लंका में आग लगाकर मानेगा अमृत। ज़रा यह अफरातफ़री ख़त्म हो एक बार। अमृत की बेचैनी इतनी बढ़ गई थी कि उसके सपने में फिर से बाघ और काले तेंदुए की लड़ाई छिड़ चुकी थी। मन बार-बार ज़हर से भर जाता। वह रोज़ नींद में महन्त की लंका जलाता। सरकारी अस्पताल के उस कर्मचारी को उड़ाकर गंगाजी में फेंकता जिसने तड़पती इशा को भर्ती करने के लिए पैसे लिये थे। सपने में वह रामायन को कछार-गंगा के वट-वृक्ष पर उल्टा लटकाकर कजरौटा से पिटवाता। पर यह उसका सपना नहीं बल्कि फ़ैंटेसी थी।

पर फ़ैंटेसी और हक़ीक़त में फ़र्क़ होता है। सच्चाई यह थी कि हक़ीक़त में अमृत प्रतिरोध के 'प' बराबर भी कुछ नहीं कर पा रहा था। और उसके बेचैन होने के लिए इतना ही काफ़ी था। अब तो हालत यह थी कि लड़ने के इस प्रण का असर अमृत के दिमाग़ पर होने लगा। वह अकेले में बड़बड़ाने लगा था। दिमाग़ के साथ-साथ उसकी देह भी गर्म रहने लगी। छुटकी को गोद में लिए-लिए वह घंटों कहीं खोया रहता। जब भी बरसात रुकती तो वह छुटकी को लेकर छत पर चला जाता। बरसात के बाद पूरे इलाक़े में गन्ध फैल गई थी। पर अमृत पर उसका कोई असर नहीं था। उसके सूँघने की शक्ति ही खो गई थी। पर इसका उसे अन्दाज़ा ही नहीं था।

पर जब खाना भी अमृत को बेस्वाद लगने लगा तो वह चौंक गया।

अब वह अपने आप में लौटा और तुरन्त डाकसाहब को फ़ोन लगाया, "डाकसाहब! देखिए न, खाने में कोई स्वाद ही नहीं आ रहा। लगता है कि हम भी धरा ही गए।" डॉक्टर मंडल ने दवाइयाँ बताईं और तत्काल उन्हें लेने का दबाव बनाते हुए कहा, "घबराना तो बिलकुल मत। बस ऑक्सीमीटर से अपना लेवल चेक करते रहना।"

भला हो कि रजत ने महीने भर पहले ही अमृत को वह मशीन गिफ़्ट की थी। उसने नापा। ऑक्सीजन का लेवल तो ठीक ही था। अमृत ने दवाइयाँ लेनी शुरू की। पर बुख़ार नहीं उतर रहा था। उसे कुछ हड़बड़ाहट भी होने लगी। इसी बीच उसे छुटकी की ज़िम्मेवारी भी निभानी थी। धीरे-धीरे वह छितराने लगा पर रेणु को अपनी इस स्थिति की भनक ना लगने दी। घरवाले वैसे भी कम डरे हुए नहीं थे। दो दिन बाद बुख़ार उतरने लगा तो अमृत ने राहत की साँस ली। उसने सोचा कि यह हल्का अटैक था शायद। पर नींद में दवाइयों के असर से उसे बुरे सपने आने शुरू हो गए थे। कई बार तो सपने में किनकाकु के मठ का वह बूढ़ा बौद्ध भिक्षु भी दिखा। एक बार वह बौद्ध भिक्षु अमृत की अलमारी से अपना प्राचीन ग्रंथ ही उठाकर ले जा रहा था। वह भी अमृत के सामने ही। अमृत ने टोका, "हाशिगावा साहब ने मुझे गिफ़्ट किया है। इसे वहीं रखो और चलते बनो। नहीं तो पुलिस बुलाऊँगा।" प्रत्युत्तर में वह बूढ़ा भिक्षु ग्रंथ पकड़कर रोने लगा। तब जाकर अमृत की आँख खुली। ना कभी देखा ना कभी मिला? फिर भी वह सपने में आने लगा? अमृत अपना माथा झटकता और फिर सो जाता।

सपने में फिर वही बौद्ध भिक्षु आ जाता। वह फिर उठता और अपना बुख़ार नापता। ऑक्सीजन लेवल भी चेक करता। सब तो ठीक ही है! डाकसाहब ने पाँच दिन की दवाइयाँ लिखी थीं। दो दिन में ही यह असर है। पाँच दिन में पता नहीं क्या-क्या सपने आएँगे? हालत यह हो गई कि अमृत सोने से भी घबराने लगा। पर दवाइयाँ ऐसी थीं कि उनको निगलने के साथ ही नींद की एक तूफ़ानी लहर उठती और ना चाहते हुए अमृत उसमें डूब जाता। ऐसे में तो कई दफ़े वह छुटकी की रुलाई सुनकर भी नहीं उठ पाता। रेणु या रिया उसे खिड़की से आवाज़ मारती तब जाकर उसकी नींद खुलती।

चौथे दिन सुबह से ही मूसलाधार बारिश हो रही थी और नाश्ते के बाद अमृत की हालत फिर बिगड़ने लगी। उसके फेफड़े को साँस खींचने में काफ़ी मशक़्क़त करनी पड़ रही थी। उसने डाकसाहब को फ़ोन किया पर अमृत को अपनी हलक से आवाज़ निकालने में ही तकलीफ़ हो रही थी। जैसे फेफड़ा बाहर आ जाएगा। डाकसाहब ने सब समझ लिया और उसे फ़ौरन पेट के बल लेटने को कहा। अमृत ने वैसा ही किया पर कोई फ़ायदा नज़र नहीं आ रहा था। बेचैनी बढ़ती जा रही थी उसकी। अमृत ने आवाज़ मारने की जगह रेणु को फ़ोन किया।

रेणु दौड़ती हुई आई।

रेणु समझ गई कि विपत्ति ने आ घेरा है। हिरेन को फ़ोन लगाया गया। पर उसने उठाया नहीं। हिरेन ने तीसरी बार में फ़ोन उठाया। रेणु ने अमृत की हालत बताई तो हिरेन छटपटा गया। डॉक्टर राही का इन्तक़ाल हो चुका था। यह पहली सूचना दी हिरेन ने। फिर बोला, "मैं अपनी माँ को लेकर ख़ुद जूझ रहा हूँ भाभी जी। ऑक्सीजन सिलिंडर की माँग सामान्य से पाँच हज़ार गुना ज़्यादा हो चुकी है। कल से ही ज़िलाधिकारी को सन्देश भेज रहा हूँ पर उसका कोई जवाब नहीं आ रहा है। लगता है कि अपनी माँ को ही खो दूँगा। इस देश में अब कोई हमारा रखवाला नहीं भाभी जी। सरकारें मर चुकी हैं।" हिरेन की आवाज़ काँपने लगी, फिर वह रोने लगा। पहली बार हिरेन इस तरह खुलकर रोया था। विश्वास का अन्तिम फ़ौलादी आधार जैसे बाढ़ के पानी के सामने मिट्टी की दीवार की तरह भरभराकर गिर गया। सबके सामने।

अमृत को अब समझने के लिए कुछ बचा न था। फ़ोन से छनकर आती हुई हिरेन की लड़खड़ाई-सी, रुँधी-सी आवाज़ को अमृत चुपचाप सुन रहा था। अमृत को तो जैसे काठ मार गया था। देह में प्रतिक्रिया करने की शक्ति नहीं थी अब। डॉक्टर राही की मौत की ख़बर ने उसकी लाचारी को दुगना-तिगुना कर दिया। ओह राही! तुम भी साथ छोड़ गए! अमृत फफक पड़ा।

अमृत की दयनीयता ने देखते-देखते ही उसकी हालत और बिगाड़ दी थी। अब वह अपनी सारी ऊर्जा साँस खींचने में लगा रहा था। रेणु हिरेन के आगे गिड़गिड़ाने लगी, "भैया कुछ तो करो। इनकी हालत बिगड़ रही है। एम्बुलेंस

ही भिजवा दो। जितना पैसा लगेगा, दूँगी। राजधानी लेकर जाऊँगी। प्राइवेट में दिखाऊँगी। बस एक एम्बुलेंस। प्लीज़।"

हिरेन ने आधे घंटे बाद एक एम्बुलेंस वाले का नम्बर भेजा। रेणु ने उसे फ़ोन लगाया। उसने राजधानी तक जाने का ख़र्चा पचास हज़ार बताया। बिना मौक़ा गँवाए रेणु मान गई। लेकिन जब अघोरी बाज़ार का पता रेणु ने उसे नोट करवाया तो एम्बुलेंस वाला एकदम बिदक गया, "अरे नहीं मैडम जी! उधर कहाँ जा पाएगी एम्बुलेंस! पहिया ही धँस जाएगा! बाप रे! वह सड़क है कि नरक है! रात की बरसात के बाद तो और नरक मच गया होगा वहाँ। ना-ना, मुझसे नहीं होगा।" वह साफ़ मुकर गया।

रेणु उसे बार-बार पैसे का लालच देती रही पर उसने खुदी हुई सड़क-सीवर और अर्थियों की भीड़ का हवाला देते हुए फ़ोन रख दिया। एम्बुलेंस वाला ऐसे ही नहीं बिदका था। तीन दिन पहले ही उसकी एम्बुलेंस महन्त के हॉस्पिटल से आते वक़्त फँस गई थी। बरसात की वजह से अघोरी बाज़ार में अब अर्थियाँ भी गाड़ियों की जगह कन्धों पर आने लगी थीं। बरसात का पानी खुदी हुई सड़क के कीचड़ से मिल चुका था। जलभराव से तीन किलोमीटर की लम्बी सुरंग दिखनी बन्द हो चुकी थी और अक्सर भूले-भटके किसी न किसी गाड़ी का पहिया उसमें धंस जाता था। ठसाठस भीड़ में अर्थी को कन्धा देने वाले कई तो धोखे में आकर सीधे उस नाले में ही गिर जाते। उनके कांधे की अर्थियाँ तक भी उसमें पलट जातीं। ज़िन्दा नरक था यह।

दुबारा-तिबारा फ़ोन करने पर भी एम्बुलेंस वाले ने फ़ोन नहीं उठाया। रेणु ने हिरेन को फ़ोन किया पर उसने भी कोई जवाब नहीं दिया। क्या दुर्योग था! शैलेन्द्र अमृत जिस नरक की कल्पना करते हुए सिहर पड़ता था, वही नरक साक्षात उसके दरवाज़े पर मौत बनकर नाच रहा था।

रेणु ने हर जगह फ़ोन लगाया पर कोई फ़ायदा नहीं। उधर डाकसाहब भी बेचैन थे और उनके जितने भी सम्पर्क थे सबको खँगाल डाला। पर कहीं से कोई मदद देने वाला नहीं था। सबने हाथ खड़े कर दिए थे। कोई कुछ कर ही नहीं सकता था।

बन्द कमरे में अमृत बेचैनी से तड़पने लगा और उधर छुटकी लगातार रो रही थी। अमृत में इतनी भी ताकत नहीं थी कि वह उठकर उसे पुचकारे। अपनी विवशता पर अमृत फिर रोया।

रेणु खिड़की से बार-बार चीख़ रही थी, "अमृत दरवाज़ा खोल दो। मुझे अन्दर आने दो।"

अमृत ना में अपना सर हिलाता और छुटकी को चुप कराने की असफल कोशिश करता। बीवी-बच्चे भी अगर इस महामारी के चपेट में आ गए तो अमृत की दुनिया ही लुट जाएगी। नहीं-नहीं!

रेणु और रिया खिड़की से लगातार चीख़ रहे थे पर अमृत ने दरवाज़ा नहीं खोला।

थककर रेणु ने डाकसाहब को फिर फ़ोन लगाया, "जल्दी आइए नहीं तो अमृत मर जाएँगे।"

अमृत की तकलीफ़ ने उसे भीतर से जकड़ लिया था। आधा बेहोश और आधा जगा हुआ। उसके कान में पड़ने वाले शोर के बीच में उसकी पलकें खुलतीं और बन्द होती थीं। उसने देखा कि खिड़की से डाकसाहब और कजरौटा उसे आवाज़ दे रहे थे। कुछ देर बाद कजरौटे ने दरवाज़ा तोड़ दिया। उसने अमृत को अपने कन्धे पर टाँग लिया और बड़ी सफ़ाई से अमृत को टाँगे वह सीढ़ियों से नीचे उतरने लगा। रेणु ने छुटकी को गोद में उठा लिया है। अब क्या होगा? अमृत की साँस बेहद तेज़ हो चुकी थी। डाकसाहब बार-बार उसका माथा पकड़कर साहस दे रहे थे, "बस अमृत, आ गया हूँ मेरे बच्चे। बस थोड़ा-सा साहस कर भाई, बस थोड़ा-सा।"

'टीम साँस' की ऑटो कीचड़ में डूबते-तैरते गली तक आ चुकी थी। निरंजन भी साथ में था। निरंजन को उम्मीद थी कि इस नरक से बाहर निकलते ही कुछ न कुछ जुगाड़ बैठ जाएगा। अमृत को फ़ौरन ऑटो में लादा गया। अघोरी बाज़ार के मुख्य सड़क पर अब अर्थियाँ ही अर्थियाँ दिख रही थीं। तभी ऑटो का पहिया कीचड़ में धँस गया। ख़ाली ऑटो तो जैसे तैसे आ गई थी पर अब उसमें तीन लोगों का वजन था। ऑटोवाला ड्राइवर अलग ही

चीख़ रहा था। उधर अर्थियों को कन्धा देने वाली भीड़ को डाकसाहब धक्के मार रहे थे, "साइड हो जाओ...साइड हो जाओ प्लीज़। मेरा मरीज़ मर रहा है।" पर कोई डाकसाहब की नहीं सुन रहा था। अर्थियों की लम्बी क़तारें, रोते-बिलखते लोग अपनों के बिछड़ने के ग़म में डूबे हुए थे। अमृत की साँस उखड़ने लगी। वह मतिभ्रम का शिकार हो रहा था, "प्लीज़ सर प्लीज़! नरक होने से बचा लीजिए। नरक होने से बचा लीजिए सर!" वह मतिभ्रमित निगम उपायुक्त के आगे हाथ जोड़े रिरिया रहा था। फिर उसे लगा कि वह मर रहा है। उसकी साँसें और तेज़ चलने लगीं और वह अब हिचकियों में बदलने लगीं। डर कर निरंजन अमृत का सर सहलाने लगा। छटपटाता हुआ कजरौटा ऑटो को पीछे से धक्के लगाता। उसने अपनी देह की सारी ताकत झोंक दी पर कीचड़ में ऑटो का पहिया बार-बार नाचने लगता। निरंजन ने घूमकर कजरौटे की ओर देखा। धक्का लगाते हुए कजरौटे का चेहरा भट्ठी की ईंट की तरह लाल हो रहा था जैसे ख़ून उसके चेहरे को, देह की नसों को फोड़कर बाहर आ जाएगा। पर ऑटो इंच भर भी आगे नहीं बढ़ा। डाकसाहब कभी भीड़ हटाते तो कभी अमृत का चेहरा झाँकते। पहली बार अमृत ने अधखुली आँखों से डाकसाहब को बिलखकर रोते हुए देखा, "अमृत प्लीज़...मरना मत...बस थोड़ी देर और साहस रख भाई।"

रोते-रोते अचानक ही डाकसाहब भरी भीड़ में चुप हो गए। एकदम चुपचाप खड़े होकर कुछ सोचने लगे। और फिर पलक झपकते सबको वहीं छोड़कर तेज़ी से दक्षिण दिशा की ओर भागे। कजरौटा और निरंजन जैसे करंट खा गए, 'यह आदमी भाग कहाँ रहा है?'

रामायन अस्पताल में मरीज़ देख रहा था। अचानक ही रामायन के कमरे का दरवाज़ा धड़ाम करके खुला और एक आदमी हाँफता हुआ उसके सामने दिखा। आदमी ने अपना मास्क हटाया।

"अरे? डाकसाहब?"

रामायन अपनी कुर्सी से उछल गया। उसे भरोसा नहीं हो रहा था।

डाकसाहब ज़ोर-ज़ोर से हाँफ रहे थे। जैसे मर ही जाएँगे। उनकी पूरी देह पसीने से नहाई हुई थी। डॉक्टर साहब ने अपने दोनों हाथों को रामायन के आगे जोड़ दिया, और प्रार्थना की शक्ल में गिड़गिड़ाए, "अमृत मर जाएगा रामायन! उसे ऑक्सीजन की ज़रूरत है। बचा लो उसे। हाथ जोड़ रहा हूँ भाई।"

उनकी आँखों से आँसू बिना रुके टपक रहे थे।

रामायन काँपने लगा। उसका देवता उसके सामने हाथ जोड़े बिलख रहा था।

27

सोए-सोए उसकी पीठ दुख रही थी। बाबा उसके सर को अपनी गोद में लिए सहला रहे थे। बालक को आराम मिलने लगा। बाबा बालक के सवालों के जवाब में एक कथा सुना रहे थे और वह कथा इतनी दिलचस्प थी कि कथा में खोया हुआ बालक अपना दर्द भूलने लगा था। बाबा कह रहे थे, "तब सीता जी को खोजने के लिए सुग्रीव ने अपने चारों सेनापतियों को बुलाया और आदेश दिया अगली पूर्णमासी से पहले सीता जी का पता लगा, वापस आओ। चारों सेनापति तत्काल चारों दिशाओं में फैल गए। कुछ दिन बीते तो पूरब और उत्तर की दिशा में गए सेनापति निराश होकर लौट आए। एक हिमालय की सबसे ऊँची चोटी से निराश लौटा था तो दूसरा पूर्व दिशा के अन्तिम देश तक चक्कर लगा आया था। पर उन दोनों को सीता नहीं मिली थी। कुछ दिनों बाद हनुमान, अंगद और सुग्रीव आए और ख़ुशखबरी दी कि सीता जी मिल गई हैं और वह दक्षिण दिशा में समुद्र पार रावण की क़ैद में हैं। अब सबको युद्ध की तैयारी शुरू करनी थी। पर सुग्रीव का प्रिय सेनापति सुसेन अभी तक नहीं लौटा था। वह पश्चिम दिशा में गया था। सेना जब दक्षिण के लिए कूच कर रही थी जब वह लौटा। उसकी देह क्षत-विक्षत थी। सेनापति सुसेन ने सुग्रीव को बताया कि वह पश्चिम में सोमगिरि के पर्वतों में भटक गया था। वहाँ पंखवाले शेरों ने हमला करके उसे घायल कर दिया था। शेर बड़े ही बेरहम हैं और अपने पेट के आगे वे किसी की परवाह नहीं करते हैं।" फिर

उस बालक के बाबा ने सुस्ताते हुए कहा, "ये सारी बातें पुराणों में लिखी हुई हैं। पर इसके अलावा कहीं भी पंख वाले बड़े जानवर की कथा नहीं मिलती। समझे?" बाबा ने कथा के बीच में एक बार फिर उस बालक के सर पर प्यार से हाथ फेरा। बालक को नींद आने लगी। नींद में खोने से पहले बालक ने फिर वही सवाल दुहराया, "किनकाकु के प्राचीन ग्रंथ में उड़ने वाला काला तेंदुआ है बाबा! मैंने देखा है उस ग्रंथ को। वह मेरे पास ही है।"

"ओह हो! अरे बोला तो कि दूसरे देश की कथा है वह।" बाबा ने पुचकारते हुए बालक को जवाब दिया।

लेकिन बालक सन्तुष्ट नहीं हुआ, "पर विक्रमादित्य तो अपना है न बाबा?"

बालक की बात सुनकर बाबा कुछ सोचने लगे 'विक्रमादित्य! विक्रमादित्य?'

"उसका क्या मतलब है बाबा? बताओ न बाबा!" बालक ने नींद में ही सवाल किया।

बाबा ने उड़ता हुआ जवाब देना चाहा, "कहीं कुछ नियम टूटा है मेरे बच्चे। शायद वह ग्रंथ कुछ गहराई से उस ओर इशारे कर रहा है। कोई राजलीला!"

बालक की आँख लग गई। सोने से पहले उसने पूछा "यह राजलीला क्या होता है बाबा?"

नींद में एक आदमी बार-बार उस बालक के बिस्तर के पास आ-जा रहा था। उसके हाथ में सुई थी। वह आदमी कभी बालक को इस करवट करता है तो कभी उस करवट। उस आदमी का हाथ इतना सधा हुआ है कि बालक को पता ही नहीं चलता कि उसे कब सुई लगी। सुई लगाने के बाद वह आदमी उस बालक को निहारने लगा। कई सुइयाँ लगते ही बालक की देह एकदम काली पड़ गई। काले तेंदुए की तरह। वह अपनी त्वचा को देखकर डर गया। बालक की पीठ अब फिर से दुखने लगी और उसमें धीरे-धीरे पंख उगने लगे। देखते-देखते उसकी पीठ पर उगते पंख फड़फड़ाने लगे। सुई लगाने वाला अब ज़ोर-ज़ोर से हँस रहा था। बालक के नाख़ून और दाँत भी बढ़ने लगे। उसकी समूची काया एक हिंसक जानवर में बदलने लगी। वह घबराकर रोने लगा।

बाबा उसे नींद से जगा रहे हैं। उसकी देह झकझोर रहे हैं। पर बालक नींद से बाहर नहीं आ रहा है। बल्कि सोये-सोये ही वह अपने बाबा को आवाज़ देने लगा, "बाबा! बाबा! मेरे पंख निकल रहे हैं बाबा! बहुत दुख रहा है बाबा!"

बाबा उसे ढाढ़स दे रहे हैं, "नहीं मेरे बेटे। डरना मत! डरेगा तो दाँत और पंजे निकलेंगे। पंख भी निकलेंगे। पर तू डरना मत। बड़े पेट वालों को पंख नहीं होने चाहिए मेरे बेटे। इससे सृष्टि नष्ट हो जाएगी। पंख मत निकलने दे बेटे। उस जानवर को उग आने से रोक!"

बालक चीख़ने-चिल्लाने और छटपटाने लगा, "बाबा! बहुत दुख रहा है... बहुत दुख रहा है बाबा।" बालक ने रोते-रोते ही अपनी आँखें खोलीं। सामने कोई काला तेंदुआ छुटकी को गोद में लेकर बैठा है और बालक को देखकर अट्टहास कर रहा है, "हा...हा...हा, उड़ने का बहुत शौक था न तुझे। अब तू मेरा है। साथ-साथ उड़ेंगे अब हम।"

काले तेंदुए के ललाट पर लाल रंग का त्रिपुंड लगा हुआ था और उसकी पीठ पर भी पंख थे। सफ़ेद चमगादड़ के बड़े-बड़े डैनों जैसे। तभी किनकाकु का बूढ़ा बौद्ध भिक्षु न जाने कहाँ से प्रकट हो गया। उसके एक हाथ में मशाल थी और दूसरे हाथ से वह बालक को शान्त हो जाने का इशारा कर रहा था। बालक ने भय से अपनी आँखें बन्द कर लीं। उसे डर था कि काला तेंदुआ कहीं उस बूढ़े भिक्षु को ही न खा जाए!

बालक अब भी रो रहा है। पर भीतर ही भीतर। छटपटा रहा है। उसने अब तो अपना पैर पटकना भी शुरू कर दिया।

अमृत ने जब अपनी आँखें खोलीं तो उसका तकिया उसके आँसुओं से गीला हो चुका था। आसपास के कराहते हुए मरीज़ अमृत को हैरानी से देख रहे थे। अमृत की साँस तेज़-तेज़ चल रही थी। ज़िन्दा है वह! कहाँ है? उसने आसपास नज़र घुमाई, "कौन-सी जगह है?

सोए-सोए उसकी पीठ सच में दुख रही थी। उसे बहुत प्यास भी लगी हुई थी।

अमृत के दाहिनी तरफ़ एक सफ़ेद तौलिया रखा हुआ था। उसने धीरे से वह तौलिया उठाया और पसीने से तरबतर अपने चेहरे को पोंछने लगा।

नाक पर लगा हुआ मास्क भी हटा लिया। थोड़ी देर में उसकी साँस नियंत्रित हो गई। उसने धीरे-धीरे अपने शरीर के सभी अंगों को हिलाया। सब सलामत थे। तभी पीपीई किट पहने एक आदमी आया और चुपचाप उसके बिस्तर के बगल में खड़ा हो गया। उस आदमी ने पहले अमृत का रक्तचाप चेक किया। फिर ऑक्सीजन सिलिंडर का नॉब बन्द किया। अमृत भी गुमसुम उसे घूरता रहा। उस आदमी ने अमृत पर नज़र टिकाई और अमृत के सूखे हुए होंठ को देखने लगा। अमृत के बगल में टेबल पर पड़ी सीलबन्द बोतल थी, उस आदमी ने उसे उठा लिया और सील तोड़कर वह बोतल अमृत की ओर बढ़ा दिया। अमृत के कंठ एकदम सूखे चुके थे। उसने पानी पिया तो कुछ आराम मिला।

अब उस आदमी ने अमृत से बोतल वापस ले ली और फिर अचानक ही हाथ जोड़कर अमृत से बोला, "भगवान की कृपा है भइया कि आप ठीक हो गए। तीन दिन से बेहोश थे आप। ऑक्सीजन लेवल एकदमे गिर गया था आपका। पर देखिए कि अब एकदम ठीक हो गए हैं आप। सब कुछ टनाटन है।"

किट के भीतर कोई और नहीं रामायन ही था। उसकी आवाज़ पहचानते ही अमृत का ग़ुस्सा सातवें आसमान पर पहुँच गया। पर अमृत जानता था कि वह विवश है और थका हुआ भी। जैसे सदियों की थकान उसकी देह में उतर आई हो। उसकी देह में इतनी ताक़त न थी कि वह कोई प्रतिक्रिया कर पाता। अमृत चुपचाप रामायन को आँखें फाड़े देखता रहा। पर दोनों ने आगे कोई बात नहीं की।

इधर रामायन अपनी जेब टटोलने लगा। उसने जेब से मोबाइल निकाला। यह अमृत का मोबाइल था। रामायन ने अमृत को वह मोबाइल देते हुए कहा, "ई धरिए...भाभी भिजवाई हैं। अभी तो रात के साढ़े तीन बज रहे हैं। मन ठीक हो तो आठ बजे भाभी से बतिया लीजिएगा। सब लोग ठीक हैं। चिन्ता बिलकुल मत कीजिए। कल-परसों में आप घर जा सकते हैं।"

रामायन की आवाज़ में आत्मविश्वास था और उसकी आँखों में दुनिया फतह कर लेने की चमक थी।

अमर देसवा

अमृत का कन्धा ठोंक कर रामायन वार्ड के बाक़ी मरीज़ों की ओर लपका। कुछ मरीज़ सो रहे थे। कुछ बेहोश थे तो कुछ कराह रहे थे। रामायन चुपचाप सुइयों को डोज़ बनाता और हौले से मरीज़ों की कमर में दे मारता। अमृत को रामायन की यह हरकत नहीं सुहाई। उसने उसकी ओर से अपना मुँह फेर लिया। अमृत का बिस्तर सबसे किनारे था। उसके पास की दीवार से सटी काँचवाली खिड़की थी जिसके हिलते पर्दों के बीच से बाहर का आसमान दिख रहा था। आसमान में जलती हुई धरती की प्रतिच्छाया थी। अमृत समझ गया कि कछार-गंगा की तरफ़ वाली यह खिड़की है। अमृत ने अपनी नाक से ज़ोरों से हवा खींची और छोड़ दी। फेफड़ों में कुछ तो सुधार था।

उसकी नींद उचट चुकी थी अब। उसने अपना मोबाइल ऑन किया। इनबॉक्स शुभकामना सन्देशों से भरा पड़ा था। अन्तिम सन्देश हाशिगावा का था। हाशिगावा ने लिखा था कि ठीक हो रहे हैं और अगर उनके शरीर ने साथ दिया तो वे दक्षिण भारत के भ्रमण का सपना एक दिन ज़रूर पूरा करेंगे। हाशिगावा के सन्देश के ठीक ऊपर डाकसाहब का सन्देश था। महामारी में भी डाकसाहब कहाँ सुधरने वाले थे! उन्होंने लिखा था—'गेट वेल सून अमृत... बट डोंट फ़ॉरगेट...दिस इज द बिगनिंग...।'

अमृत की आँख भर आई। अब कहाँ से जुटाएगा अमृत लड़ने की ताक़त? उसे जिन-जिन चीज़ों से नफ़रत थी वह ठीक उन्हीं चीज़ों के सामने घुटनों के बल आ चुका था। अगर यह शुरुआत है तो अन्त कितना दर्दनाक होगा? रेणु, रिया और छुटकी एक साथ याद आने लगे उसे। उसकी आँखें जो अभी-अभी झरकर सूख गई थीं फिर गीली होने लगीं। आँखों में न आँसू भरते देरी लगी न झरते ही। दो पतली-सी धाराएँ उसकी आँखों के दोनों कोर से निकलने लगीं। उनमें उन तमाम लोगों की यादें थीं जिनसे वह दो हफ़्ते के भीतर बिछड़ चुका था। डबडबाई आँखों से उसने काँच की खिड़की पर हिलते हुए पर्दों को देखा। पर्दों के बीच से आसमान दिख रहा था। हो बिहान! हो बिहान! जल्दी हो बिहान!

भोर अभी हुई नहीं थी पर उजियारे ने अपनी जगह बनानी शुरू कर दी थी। कछार-गंगा पर कोहरे की सफ़ेद चादर दूर तलक फैली हुई है। उस विराट

चादर के नीचे उतनी ही दूर तक कई चादरें बिछी हुई हैं। चटक लाल चादरें, गाढ़ी पीली चादरें। केसरिया चादरें। कोई-कोई चादर मटमैली भी है। सैकड़ों लोग उन रंग-बिरंगे और मटमैले चादरों को ओढ़े लेटे हुए हैं। कुछ आज ही लेटे हैं कुछ थोड़े पहले से। कुछ कई दिनों से। जैसे वे सोए-सोए किसी चीज़ की राह तक रहे हों। कहाँ से आए हैं, कोई नहीं जानता। चिरनिद्रा में सोए हुए ये लोग ख़ुद भी नहीं जानते थे कि उनके घर वाले उनको यहाँ छोड़कर कब के जा चुके हैं। जिनके घरवालों के पास न पैसे थे न लकड़ियाँ वे उन्हें यहीं गंगा की गोद में सुलाकर निकल गए। इससे ख़ुद गंगा भी स्तब्ध थीं और गंगोत्री से गंगा-सागर तक वह सिहर चुकी थी। गंगा के कछार पर इतनी चादरें सभ्यता के इतिहास में कभी नहीं बिछी थीं। यह कोई परम्परा नहीं त्रासदी थी।

इधर कछार-गंगा के सीने से लिपटकर गुमसुम सोए हुए उन लोगों से कुछ दूर मठ की ओर आसमान में असंख्य जुगनू तैर रहे हैं। छोटे-छोटे आग के कण हों जैसे। आग के कण ही हैं। धरती से उठती लपटों से छिटके हुए अग्नि-कण। ये अग्नि-कण समूह के समूह आसमान तक जाते और राख बनकर ज़मीन पर गिरते। जैसे राख की बारिश हो!

उठते-गिरते अग्नि-कणों से भी कुछ दूर किसी पेड़ से तोड़ी गई हरी टहनियों पर एक देह धानी चुनरी ओढ़े सोई हुई है। एक आदमी टेंट बनाने वाली प्लास्टिक को थैलीनुमा बनाकर, उसमें कुछ चीज़ों को लपेटे चला आ रहा है। वह धीमे-धीमे गुनगुना रहा है, "जहँवा से आयो...जहँवा से आयो अमर वह देसवा...जहँवा से।" वह अपने आप में खोया हुआ है। जैसे आसपास की चीज़ों से एकदम विरक्त और अविचलित हो। वह जैसे-जैसे गीत गाता हुआ हरी टहनियों के पास आता जा रहा है, उसका कंठ खुलता जा रहा है। बड़ा ही सुरीला कंठ है उसका। उसने इस गीत को अपने पिता के कंठ से सुना था। यह उसकी कई पीढ़ियों का गीत था। सोई हुई देह के पास आकर उसने खुलकर सुरीली तान छेड़ी, "जहँवा से आयो अमर वह देसवा...चाँद न सूर न रैन दिवसवा।"

अब उस आदमी की आँखें झरने लगीं। पर चेहरे पर रोने का कोई भाव न था।

हरी टहनियों पर सोई हुई देह को उसने एक बार गहराई से निहारा, चेहरा देखा और फिर गुनगुनाते हुए प्लास्टिक को खोलने लगा, "पवन न पानी न धरती अकसवा...जहँवा से आयो।" उस आदमी की प्लास्टिक की अनगढ़ थैली में ढेर सारी किताबें थीं। वह एक-एक करके उन किताबों को निकालने लगा और उन्हें उस सोई हुई देह पर सजाने लगा। उस आदमी ने झक सफ़ेद अध-धोती पहन रखी थी। उसके पूरे शरीर पर बस वह धोती ही थी। आग के जुगनू उसकी देह पर राख बनकर गिर रहे हैं। धोती की गाँठ थोड़ी ढीली होकर खिसक रही थी पर आदमी उससे लापरवाह किताबें सजाकर वहीं खड़ा हो गया। फिर वह अपनी कमर टटोलने लगा। शायद धोती की किसी गाँठ में माचिस टटोल रहा है। मचिस मिली तो वह प्लास्टिक की उस थैली में आग लगाने की कोशिश करने लगा, "जहँवा से आयो..."

पर पर लाख चाहने पर भी प्लास्टिक आग नहीं पकड़ रही थी। एक आख़िरी तीली बच गई। उसने फिर भी गुनगुनाना नहीं छोड़ा। चेहरे पर कोई कोई तनाव ही नहीं था बल्कि एक अजीब किस्म की विरक्ति थी। वह गाए जा रहा था, "जहँवा से आयो अमर वह देसवा...आदि न अन्त न काल कलेसवा।" उसकी देह को आसमान से गिरती हुई राख ने अब पूरी तरह से ढक लिया। उसके बिखरे केश राख से सन कर सलेटी हो चुके थे। जैसे कोई अघोरी ही हो। उसने सोई हुई देह की धानी चुनरी पर रखी एक किताब को उठा लिया और देखने लगा। वह किताब नहीं बल्कि एक कॉपी थी जिसके भीतरी पन्ने पर एक छोटे-से घर का चित्र था। हवा तेज़ चल रही थी। कॉपी के पन्ने फड़फड़ाने लगे। फिर कुछ सोचकर उस आदमी ने उस कॉपी को वापस वहीं रख दिया। अब उस आदमी ने अपनी धोती उतार दी और उसके एक कोर में माचिस की अन्तिम तीली जलाकर सटा दी। धोती ने पलक झपकते ही आग पकड़ ली। उसने झट से धोती को प्लास्टिक की थैली से लपेटा और हरी टहनियों के बीच उसे ठूँसने लगा।

कुछ ही देर में चिता धधक उठी। सोई देह पर रखी धानी चुनरी मटमैली होने लगी।

वह आदमी अब हँस रहा है। लगातार हँसता जा रहा है। फिर रोने भी लगा। फिर हँसने लगा। हँसी और रुदन के बीच के अन्तराल में वह गाए भी जा रहा था, "जहँवा से आयो...जहँवा से आयो अमर वह देसवा।"

गाते हुए ही उसने आसमान की ओर निहारा। राख उसके चेहरे पर सीधे गिरने लगी। उसने अपनी आँख बन्द न की। धू-धू करके जलती चिता से लपटें निकल रही थीं। उन लपटों के अग्नि-कण छिटककर आसमान में जाते और राख बनकर उस आदमी की आँखों में गिरते। फिर राख हुए कण उसकी आँख में पिघलकर आँसू बनते और दोनों आँखों की कोर से ढुलकने लगते। दूर से कुछ लोग उस आदमी की इस हरकत को देख रहे थे। वे लोग जानते थे कि यह मसान का कोई अघोरी नहीं है। अपना कजरौटा है।